BASTEI
LÜBBE

BASTEI LÜBBE PAUL KEARNEY IM TASCHENBUCH-PROGRAMM:

20 259 Der magische Wald

DIE KÖNIGREICHE GOTTES
20 299 Hawkwoods Reise
20 315 Die Ketzerkönige
20 379 Der eiserne Krieg

PAUL KEARNEY

Die Königreiche Gottes

DER EISERNE KRIEG

Roman

Ins Deutsche übertragen von Michael Krug

BASTEI LÜBBE

BASTEI LÜBBE TASCHENBUCH
Band 20 379

Erste Auflage: März 2000

Originaltitel: The Iron Wars
Lektorat: Wolfgang Neuhaus / Stefan Bauer
Titelbild: Steve Crisp / Agentur Luserke
Umschlaggestaltung: QuadroGrafik, Bensberg
Satz: KCS GmbH, Buchholz/Hamburg
Druck und Verarbeitung: 49515
Imprimerie Nouvelle Firmin-Didot, Frankreich
Printed in France
ISBN 3-404-20379-8

Sie finden uns im Internet unter
http://www.luebbe.de

Der Preis dieses Bandes versteht sich einschließlich der gesetzlichen Mehrwertsteuer

Dieses Buch ist dem Andenken von
Richard Evans gewidmet.

In deinem sanften Schlummer ich über dich wachte,
und hörte dich murmeln Geschichten von ehernen Kriegen …

Heinrich IV, Teil I

PROLOG

Im schweißtreibenden Alptraumfieber der Dunkelheit spürte er, wie die Bestie seine Kammer betrat und über ihm thronte. Aber das war unmöglich. Gewiß konnte sie nicht von so weit her …

O gütiger Gott im Himmel, Herrscher der Erde, steh mir bei …

Beten, beten, beten. Geradezu lachhaft schien es, daß er zu Gott betete, er, dessen Seele pechschwarz und bereits verkauft war; längst verloren und zu ewigen Qualen in den Feuern der Hölle verdammt.

Heiliger Ramusio, steh mir bei. Sei bei mir in dieser verzweifelten Stunde.

Er weinte. Sie war hier, selbstverständlich war sie hier. Sie beobachtete ihn, geduldig wie ein Stein. Er gehörte ihr. Er war verdammt.

Schweißgebadet öffnete er die verkrusteten Lider und blickte in die allumfassende Finsternis der mitternächtlichen Kammer. Während er schlief, waren ihm Tränen über Wangen und Hals gekullert, und die schweren Felldecken des Bettes lagen kreuz und quer. Ihre massige, haarige Beschaffenheit ließ ihn zusammenzucken. Aber da war nichts. Er war doch allein, Gott sei Dank. Allein mit der stillen Winternacht, die draußen vor der Kammer mit all ihrer frostigen Macht verstrich.

Vom Nachttisch ergriff er Feuerstein und Stahl, schabte beides aneinander. Nachdem der Zunder Feuer gefangen hatte, übertrug er den Glutkeim auf den Kerzendocht. Ein Licht, ein heller Schimmer in der drückenden Düsternis.

Mutterseelenallein. Sogar der Gott hatte ihn verlassen, den er einst verehrt und dem er die besten Jahre seines Lebens gewidmet hatte. Geistliche und Theologen behaupteten, der Schöpfer wäre überall, in jedem Winkel, jeder Nische der Welt. Nicht aber hier in dieser Kammer. Nicht heute nacht.

Doch etwas anderes nahte. Er spürte, wie es durch die Dunkelheit auf ihn zuraste, unaufhaltsam wie die Sonne am Himmel, mit fliegenden Füßen, die kaum den Boden der schlummernden Welt berührten. Binnen eines Lidschlags vermochte dieses Etwas, Kontinente und Meere hinter sich zu lassen.

Die Felle auf dem Bett zuckten; er kreischte auf. Von Panik ergriffen, kroch er mit hervorquellenden Augen und wild pochendem Herzen zurück ans Kopfteil. Dann begannen die Felle zu wachsen, bauschten sich in der Düsternis und im Schein der Kerze. Jäh verwandelte die Kammer sich im nunmehr flackernden, unsteten Licht in eine Spielwiese huschender Schatten.

Unaufhaltsam richteten die Felle sich im Bett auf, überragten ihn. Und als sie über ihm thronten, riesig wie ein unförmiger Megalith, blinzelten in ihrer Mitte zwei gelbe Augen, grell und gierig wie eines Feuerteufels Flamme.

Es war hier. Es war gekommen.

Huldvoll ließ er sich mit dem Gesicht auf die feuchten Leinenlaken fallen. Wahrhaftig *hier* – er konnte den Moder der Erscheinung riechen, die

Hitze der massigen Gestalt fühlen. Ein Speicheltropfen löste sich von der Schnauze, der ihm mit leisem Zischen die Haut versengte, als er in seinem Nacken landete.

Sei gegrüßt, Himerius, sprach die Bestie.

»Meister«, flüsterte der auf dem Bauch liegende Geistliche und wand sich in seinem entweihten Bett.

Fürchte dich nicht, mahnte die Stimme der Bestie geräuschlos. Himerius antwortete mit einem unverständlichen, gurgelnden Laut des Entsetzens.

Die Zeit ist gekommen, mein Freund, sagte das Wesen. *Sieh mich an. Setz dich auf und schau.*

Eine riesige Tatze mit Fingern und Klauen, gleich einem unwirklich anmutenden Mittelding aus Mensch und Tier, zog ihn auf die Knie. Die Ballen der Tatze versengten ihm durch die Wolle seiner Winterkluft die Haut.

Das Antlitz des Winterwolfs, die Ohren gleich Hörnern über dem massigen, schwarz behaarten Schädel, in dem die Augen wie safrangelbe Lichter in dunklen Schlitzen funkeln. Eine lange, mit Fängen bewehrte Schnauze, von der in silbrigen Fäden Speichel tropft; die schwarzen, bebenden Lippen zurückgezogen. Und zwischen den Zähnen glitzert ein zinnoberroter Klumpen.

Iß.

Von unaussprechlichem Entsetzen erfüllt, weint Himerius. »Bitte, Meister«, winselt er. »Ich bin noch nicht bereit. Ich bin nicht würdig –«

Iß.

Die Tatzen schließen sich um seine Oberarme

und heben ihn von den Beinen. Das Bett knarrt unter ihm. Sein Gesicht wandert dicht vor die heißglühenden Kiefer; der Atem der Bestie, gleich der feuchten Hitze eines fauligen Dschungels, dreht ihm den Magen um. Ein Tor zu einer anderen, gottlosen Welt.

Er nimmt den Fleischbrocken in den Mund, die Lippen zu einem gräßlichen Kuß gegen die Fänge des Wolfs gepreßt. Er kaut, schluckt, kämpft den Drang zu würgen nieder, als der Bissen seine Kehle hinabgleitet wie auf der Suche nach dem blutig-finsteren Weg zu seinem Herzen.

Gut. Sehr gut. Und jetzt zum anderen Teil.

»Nein, ich flehe Euch an!« wimmert Himerius.

Er wird bäuchlings auf das Bett geschleudert; ein beiläufiger Wink mit der Klaue, und das Wesen fetzt ihm die Kleider vom Rücken. Dann ist der Wolf auf ihm. Das furchteinflößende Gewicht drückt ihn nieder, preßt ihm die Luft aus den Lungen. Er hat das Gefühl zu ersticken, kann nicht einmal schreien.

Ich bin ein Mann Gottes. O Herr, hilf mir in meiner Not!

Und dann der jähe, lodernde Schmerz, als die Bestie auf ihn steigt und mit einem einzigen, erbarmungslosen Stoß in seinen Leib eindringt.

Sein Verstand wird vor Pein weiß und leer. Die Bestie keucht ihm ins Ohr; von der Schnauze trieft Speichel und verbrüht ihm den Hals. Die Klauen graben sich in seine Schultern, während das Wesen ihn schändet. Das Fell fühlt sich auf dem Rücken wie Tausende Nadeln an.

Schaudernd ergießt sich die Bestie in ihn; ein

tiefes Grollen der Befriedigung entringt sich ihrer Kehle. Die mächtigen Lenden heben sich von seinen Hinterbacken. Das Ungetüm zieht sich zurück.

Nun bist du wahrlich einer von uns. Ich habe dich mit einer kostbaren Gabe gesegnet, Himerius. Wir sind Brüder unter dem Licht des Mondes.

Himerius fühlte sich wie in Stücke gerissen, vermochte kaum, den Kopf zu heben. Nun gab es kein Beten mehr, niemanden, den er anrufen konnte. Etwas Kostbares war seiner Seele entwunden und durch ein fauliges Übel ersetzt worden.

Der Wolf entschwand, und mit ihm wich der Gestank aus der Kammer. Himerius weinte bitterlich; sein Körper wurde von Schluchzern geschüttelt, während ihm Blut zwischen den Beinen hinabrann.

»Meister«, stöhnte er. »Danke, Meister.«

Und als er schließlich den Kopf hob, war er allein auf dem großen Bett, allein in der Kammer, und draußen schwoll der Wind zwischen den verlassenen Kreuzgängen zu einem durchdringenden Heulen an.

ERSTER TEIL

Mittwinter

Ein Geist, der sich nicht zu unterwerfen weiß,
der vor keiner Gefahr zurückweicht,
weil sie Ruhm und Ehre für ihn birgt,
ist die Seele eines Soldaten

Robert Jackson, *Eine systematische Betrachtung zur Aufstellung, Disziplin und dem Unterhalt von Armeen, 1804*

Eins

Nichts, was man Isolla erzählt hatte, hätte sie darauf vorzubereiten vermocht. Natürlich schwirrten wilde Gerüchte umher, schauerliche Geschichten von Zerstörung und Gemetzeln. Doch es erstaunte sie, welches Ausmaß dies alles angenommen hatte.

Sie stand auf der leewärtigen Seite des Achterdecks der Karacke; ihre Zofen hielten sich stumm wie Eulen an ihrer Seite. Ein steter Nordwester blies von Backbord herein, und das Schiff stampfte im steifen Wind wie ein Hirsch auf der Flucht vor Jagdhunden; leewärts stieg eine zehn Fuße hohe Bugwelle auf, auf die der matte Schein der Wintersonne funkelnde Regenbogen malte.

Nicht der leiseste Hauch von Seekrankheit hatte Isolla befallen, was sie zutiefst erfreute; es war lange her, seit sie zuletzt auf See gewesen war, lange her, seit sie überhaupt irgendwo gewesen war. Die halsbrecherische Fahrt durch den Fimbrischen Golf war eine erfrischend aufregende Abwechslung gewesen, besonders nach der drückenden Wintertrübnis des Hofes – eines Hofes, der erst kürzlich einem versuchten Staatsstreich entronnen war. Isollas Bruder, der König von Astarak, hatte ein halbes Dutzend kleinerer Schlachten geführt, um sich den Thron zu wahren, und war als Sieger daraus hervorgegangen. Doch das war nichts im Vergleich zu dem, was sich in jenem Königreich ereignet hatte, in das ihre Reise führte. Überhaupt nichts.

Sie segelten beständig eine weitläufige Bucht entlang, an deren Ende sich die Hauptstadt von Hebrion befand, das schillernde, alte Abrusio, das gleich einer Dirne auf einem Nachttopf kauerte. Einst hatte Abrusio als der liederlichste und gottloseste Hafen der westlichen Welt gegolten. Und als der reichste, bunteste, belebteste. Nun war er nur noch eine verkohlte Hülle.

Der Bürgerkrieg hatte Abrusios Eingeweide zerfleischt. Ganze drei Meilen weit glich der Küstenstreifen einer rauchenden Ruine. Entlang der Überreste von Kais und Anlegestellen ragten die Rümpfe einst prächtiger Schiffe aus dem Wasser, und vom Ufer erstreckte sich landeinwärts ein mehrere Hektar großes Ödland: das immer noch schwelende Gerippe der Unterstadt, die Häuser vom Inferno zerstört, das dort gewütet hatte. Einzig der Admiralsturm ragte großteils unversehrt in den Himmel, wie ein ausgemergelter Wächter, ein Grabstein.

In den Außenstraßen lag eine mächtige Flotte vor Anker. Obwohl Hebrions Seestreitkräfte im Zuge des erbitterten Kampfes zur Rückeroberung der Stadt von den Glaubensrittern und den mit ihnen verbündeten Verrätern Verluste hinnehmen mußten, stellten sie auch jetzt noch eine beachtliche Macht dar: riesige Schiffe, deren Werften einem Nest verworrener Takelage und emsiger Matrosen ähnelten, die den Schaden zu beheben versuchten, den der Krieg angerichtet hatte. Abrusio besaß immer noch genügend scharfe Zähne.

Droben auf dem Hügel über dem Hafen standen nach wie vor der königliche Palast und das

Kloster des Ordens vom Ersten Tage, wenngleich an beiden Bauwerken deutlich die Narben der Beschießung von See aus zu erkennen waren, mit der die letzten Sturmangriffe geendet hatten. Irgendwo dort oben erwartete Isolla ein König, der auf die Ruinen seiner Hauptstadt hinunterschaute.

Isolla war die Schwester eines anderen Königs. Sie war eine großgewachsene, hagere, schlanke Frau, deren lange Nase über den Mund hinabzuhängen schien, außer wenn sie lächelte. Dazu ein Doppelkinn und eine breite, blasse, mit Sommersprossen gesprenkelte Stirn. Schon vor geraumer Zeit hatte sie es aufgegeben, nach der Porzellanpuppenreinheit zu streben, die man von einer Hofdame erwartete. Sogar auf Puder und Cremes verzichtete sie mittlerweile. Ebenso hatte sie die Vorstellungen verworfen, die sie überhaupt erst veranlaßt hatten, derlei Tand zu benutzen.

Isolla segelte gen Hebrion, um zu heiraten.

Es fiel ihr schwer, sich des Knaben zu besinnen, der Abeleyn gewesen war, jenes Knaben, aus dem mittlerweile ein Mann und König geworden war. In jenen Tagen, die sie als Kinder miteinander verbrachten, war er grausam zu ihr gewesen, hatte sie ob ihrer Häßlichkeit verhöhnt, sie an den flammend roten Haaren gezogen, die ihre einzige Zierde darstellten. Aber schon damals hatte Abeleyn einen gewissen Glanz versprüht – irgend etwas, das es schwierig machte, ihn zu hassen, hingegen leicht, ihn zu mögen. »Issi Langnase«

hatte er sie als Knabe genannt, und sie hatte ihn dafür verwünscht. Und dennoch: Als der junge Prinz Lofantyr ihr eines Winterabends in Vol Ephrir ein Bein stellte, so daß sie in den Schlamm stürzte, drückte Abeleyn das Gesicht des künftigen Herrschers von Torunna in eine Pfütze und rieb die königliche Nase in dem Dreck, in dem Isolla stand. Warum er das getan habe, hatte Isolla wissen wollen. Weil sie Marks Schwester war, hatte Abeleyn geantwortet, und Mark sein bester Freund. Dann hatte er ihr mit unbeholfener, jungenhafter Zärtlichkeit die Tränen abgewischt. Isolla hatte ihn angehimmelt – um ihn am nächsten Tag aufs neue zu hassen, als sie wieder zur Zielscheibe seiner Streiche wurde.

Nun würde er bald ihr Gemahl sein, der erste Mann, den sie je zu sich ins Bett ließ. Mit ihren siebenundzwanzig Jahren bereiteten Isolla derlei Dinge kaum noch Kopfzerbrechen, obwohl es selbstverständlich ihre Pflicht sein würde, einen männlichen Thronfolger zu gebären, je früher desto besser. Eine politische Ehe ohne jede Romantik, die aber praktisch war und gelegen kam. Isollas Leib verkörperte den Vertrag zweier Königreiche, ein Symbol ihres Bündnisses. Davon abgesehen, besaß er keinen echten Wert.

»Beim elften Breitengrad!« rief der Lotse im Bug. Und dann: »Beim heiligen Blut Gottes! Steuerbord, Steuermann! Da ist ein Wrack im Fahrwasser!«

Der Steuermann schwang das Ruder der Karacke, die sich sogleich sanft drehte. Als der Kahn an der Backbordseite des Bugs vorübertrieb, sah die Schiffsbesatzung das Wrack eines versunkenen Kriegsschiffes, dessen Rahspitzen höchstens einen Fuß aus dem Wasser ragten. Die dunkle Masse des Schiffsrumpfs zeichnete sich deutlich im klaren Wasser ab.

Die gesamte Besatzung starrte auf die vom Krieg verwüsteten Überreste der Stadt. Zahlreiche Matrosen erklommen wie Affen die Wanten, um eine bessere Aussicht zu erlangen. Auf dem Achterdeck hatten die vier schwer bewaffneten astarakischen Ritter ihre teilnahmslose Haltung aufgegeben und blickten ebenso gebannt wie alle anderen.

»Abrusio, Gott steh uns bei!« entfuhr es dem Kapitän, der mit seiner gewohnten Schweigsamkeit brach.

»Die Stadt ist zerstört!« platzte einer der Männer am Steuer hervor.

»Klappe zu und Kurs halten. Lotse! Gib gefälligst Laut. Ihr hirnloses Pack! Ihr würdet den Kahn noch auf Grund laufen lassen, um einen Tanzbären zu begaffen. An die Brassen! Bei Gott, wollt ihr so kurz vor dem Hafen den Wind sausen lassen, damit uns die Hebrionen für verträumte Narren halten?«

»Da ist kein Hafen mehr«, meinte einer der Obermaaten kurz und treffend und spuckte gleich darauf mit einem flüchtigen, schuldbewußten Blick zu Isolla über die leeseitige Reling. »Die Stadt ist bis zur Küste niedergebrannt, Käpt'n. Kaum 'n Kai übrig, an dem wir anlegen könnten. Wir werden wohl in den Innenstraßen ankern und ein Langboot reinschicken müssen.«

»Aye«, murmelte der Kapitän mit noch immer finsterer Miene. »Macht Tampen an die Nocks. Vielleicht hast du recht.«

»Augenblick, Kapitän«, rief einer der Ritter aus Isollas Leibwache. »Wir wissen noch nicht, wer über Abrusio herrscht. Vielleicht ist es dem König nicht gelungen, die Stadt zurückzuerobern. Sie könnte noch in der Hand der Glaubensritter sein.«

»Am Palast ist das königliche Banner aufgezogen«, warf der Obermaat ein.

»Aye, aber nur auf Halbmast«, fügte jemand hinzu.

Eine Pause entstand. Die Besatzung wartete auf Befehle des Kapitäns. Der öffnete den Mund, doch just als er etwas sagen wollte, überschrie ihn der Ausguck.

»Ausguck an Decksmannschaft! Ich sehe ein Boot, das vom Fuß des Admiralsturms ablegt. Es hat das königliche Banner gesetzt.«

Im selben Augenblick sah die Schiffsbesatzung Rauchwolken von den zerbombten Küstenwällen der Stadt aufsteigen. Einen Herzschlag später setzte das Krachen der Schüsse ein – ein entfernter, abgehackter Donner.

»Königliche Salutschüsse«, stellte der Anführer der Ritter fest, dessen Miene sich sehr aufgehellt hatte. »Die Glaubensritter und Thronräuber hätten uns nie und nimmer mit Salutschüssen begrüßt – eher mit einer Breitseite. Die Stadt gehört den Königstreuen. Kapitän, Ihr solltet Euch darauf vorbereiten, die Gesandten des Königs von Hebrion zu empfangen.«

Die Spannung an Deck ließ spürbar nach, und

die Seeleute redeten munter durcheinander. Isolla verharrte schweigend; es war der aufmerksame Obermaat, der ihre Gedanken für sie aussprach.

»Also, warum das Banner auf Halbmast weht, würde ich schon gern wissen. Eigentlich tun sie das nur, wenn der König ...«

Seine Stimme wurde übertönt vom Gepolter bloßer Füße, die über die Decks rannten, als die Besatzung Vorkehrungen traf, das herannahende hebrionische Schiff zu empfangen. Als es sich näherte – eine königliche Barke mit zwanzig Rudern und einer scharlachroten Kanonenbatterie –, erkannte Isolla, daß die gesamte Besatzung Schwarz trug.

»Wie es scheint, ist die edle Dame eingetroffen«, stellte General Mercado fest.

Er stand mit im Rücken verschränkten Händen da und blickte vom Balkon des Königs auf die Welt hinunter. Die gesamte Unterstadt war seiner Obhut anvertraut, ebenso die großen Buchten, die Abrusios Häfen bildeten, sowie die seewärtigen Befestigungsanlagen, die sich entlang der Buchten verteilten.

»Was, um alles in der Welt, sollen wir jetzt tun, Golophin?«

In der Düsternis des spärlich erhellten Zimmers, dort, wohin das Licht vom offenen Balkon aus nicht reichte, ertönte ein Rascheln. Eine hagere Gestalt löste sich geräuschlos aus den Schatten und gesellte sich zum General. Sie war dürrer, als ein lebendes Wesen eigentlich sein konnte – eine wie aus Pergament, Stöcken und angenagten Lederfetzen erschaffene Kreatur, haarlos und knochenbleich. Der lange Mantel, den die Erscheinung trug, schien sie förmlich zu überschwemmen. Doch aus dem zerschundenen Antlitz leuchteten zwei strahlende Augen, und als der Mann sprach, klang seine Stimme tief und melodisch, als wäre sie das Lachen und Singen gewöhnt.

»Wir spielen auf Zeit, was sonst? Ein angemessener Empfang, eine angemessene Unterkunft und striktes Stillschweigen über den Gesundheitszustand des Königs.«

»Die ganze Stadt ist in Trauer. Ich wette, die Bevölkerung hält den König bereits für tot«, herrschte Mercado ihn an. Eine Hälfte seines Gesichts hatte sich zu einer Grimasse verzogen, die andere präsentierte sich als ernste, starre silberne Maske, die sich nie veränderte, kein einziges Mal in all den Jahren, seit Golophin sie eingepflanzt hatte, um dem General das Leben zu retten. Der Augapfel auf der silbrigen Seite glarte blutunterlaufen und lidlos, ein furchterregend Ding, das Mercados Untergebene stets einschüchterte. Den Mann aber, der die Maske geschaffen hatte, konnte sie nicht einschüchtern.

»Ich kenne Isolla, zumindest kannte ich sie«, entgegnete Golophin in ebenso barschem Tonfall. »Sie ist ein einfühlsames Kind – mittlerweile wohl eher eine Frau. Wichtig ist auch, daß sie viel Verstand besitzt und nicht im Handumdrehen in Angst und Schrecken verfällt. Und bei Gott, sie wird tun, was man von ihr verlangt.«

Mercado schien beschwichtigt. Er mied den Blick des leichenblassen Magiers. Statt dessen murmelte er nur: »Und du, Golophin? Wie steht es um dich?«

Auf Golophins Züge legte sich ein überraschend mildes Lächeln. »Ich bin wie die alte Hure, die ihre Beine zu oft breitgemacht hat. Ich fühle mich wund und müde, General. Weder für Mensch noch für Tier von großem Nutzen.«

Mercado schnaubte verächtlich. »So weit kommt's noch.«

Gemeinsam wandten sie sich vom Balkon ab und kehrten zurück in die Tiefe des Zimmers – das königliche Schlafgemach, mit schweren, in der Düsternis kaum zu erkennenden Wandteppichen behangen, mit Läufern aus Ridawan und Calmar auf dem Boden und erfüllt von süßen Weihrauchdüften aus der Levangore. Und auf einem riesigen Himmelbett lag eine ausgemergelte Gestalt zwischen den Seidenlaken. Schweigend standen sie vor ihm.

Abeleyn, König von Hebrion, oder was von ihm geblieben war. Just im Augenblick des Sieges, als er Abrusio wieder in Händen und das Königreich vor einer grausamen Herrschaft der Kirche gerettet hatte, streckte ein Geschoß ihn nieder. Es war wohl einer Laune der älteren Götter zuzuschreiben, daß es so gekommen war, ging es Golophin durch den Kopf. Keine Spur von der sogenannten Gnade und dem Mitgefühl der ramusischen Gottheit. Abeleyns derzeitiger Zustand – ein Dahinvegetieren zwischen Tod und Leben – war wie ein blanker Hohn des Schicksals.

Der König hatte beide Beine verloren, und die Stummel oberhalb der Stümpfe waren zerschunden und gebrochen, ein Gewirr gräßlicher Wunden und zerschmetterter Knochen. Das einst knabenhafte Antlitz wirkte wächsern, die Lippen schimmerten blau, und der schwache Atem ging pfeifend und angestrengt, aber regelmäßig. Zumindest das Augenlicht war ihm geblieben. Und noch lebte er.

»Beim gütigen Heiligen, ich hätte nie gedacht, je miterleben zu müssen, daß ihm so etwas widerfährt«, flüsterte Mercado heiser, und Golophin hörte in der Stimme des harten, alten Soldaten einen Beiklang, der ihn verdächtig an ein Schluchzen erinnerte. »Kannst du denn gar nichts tun, Golophin? Überhaupt nichts?«

Der Zauberer stieß einen seltsamen Seufzer aus. Es war, als würde damit ein Teil seiner Lebenskraft entweichen.

»Ich halte seine Atmung in Gang. Mehr kann ich nicht tun. Mir fehlt die Kraft. Ich muß den *Dweomer* in mir wieder heranwachsen lassen. Der Tod meines Hausgeistes, die Schlachten … das alles hat mich ausgesogen. Es tut mir leid, General. Unsagbar leid. Er ist auch mein Freund.«

Mercado straffte die Schultern. »Selbstverständlich. Verzeih. Ich führe mich auf wie eine alte Jungfer. Wir haben keine Zeit für Jammer und Klagen, Händeringen und Zähneknirschen, nicht in Zeiten wie diesen … Wo hast du seine Geliebte untergebracht, diese Schlampe?«

»In den Gästegemächern, wo sie unentwegt danach schreit, ihn zu sehen. Sie steht unter Bewachung – zu ihrem eigenen Schutz natürlich.«

»Sie trägt sein Kind im Leib«, brummte Mercado grimmig.

»Anscheinend. Wir müssen sie genau im Auge behalten.«

»Verfluchte Weiber«, fuhr Mercado fort. »Und jetzt haben wir noch eine hier, die wir verhätscheln und umsorgen dürfen.«

»Isolla ist anders, wie ich schon sagte. Und sie ist Marks Schwester. Das Bündnis zwischen Hebrion und Astarak muß durch ihre Heirat besiegelt werden. Zum Wohle des Königreichs.«

Mercado prustete verächtlich. »Heirat! Und wann wird die wohl stattfinden? Soll sie etwa einen …« Jäh verstummte er und neigte das Haupt; Golophin hörte, wie Mercado leise fluchte und sich selbst verdammte. »Ich habe ein paar Dinge zu erledigen«, meinte er plötzlich. »Sehr viele Dinge sogar, bei Gott. Laß mich wissen, falls eine Veränderung eintritt, Golophin.« Damit stapfte er davon, als müßte er vors Kriegsgericht.

Golophin setzte sich auf die Bettkante und ergriff die Hand seines Königs. Die Züge des Magiers verwandelten sich in die eines gräßlichen Totenschädels; Zorn und Haß huschten über sein Antlitz; dann blinzelte er, und die Wut wich unaussprechlicher Erschöpfung.

»Besser, du wärst gestorben, Abeleyn«, murmelte er sanft. »Der letzte der Kriegerkönige hätte sich das Ende eines Kriegers verdient. Wenn du erst fort bist, werden all die Mickerlinge unter den Steinen hervorkriechen.«

Und er neigte den Kopf und weinte.

Zwei

Bei Gott, dachte Corfe, der Mann hat gewußt, wie man Pferde züchtet.

Das Roß war dunkelbraun, fast schwarz und gute siebzehneinhalb Hände hoch. Ein Tier mit gewaltiger Brust, kräftigem Hals, lebhaften Augen und geraden Beinen. Ein wahres Schlachtroß, wie es sonst nur Adelige ritten. Und er besaß Hunderte solcher Tiere, allesamt Wallache, und alle drei Jahre oder älter. Ein Vermögen aus Knorpel, Knochen und Muskeln – aber, noch wichtiger, die Grundvoraussetzung für eine Armee der Reiterei.

Corfes Männer lagerten auf den Weiden eines der Gestüte des kürzlich verstorbenen Herzogs Ordinac. Mehr als zehntausend Quadratmeter hatten die vierhundert Stammeskrieger, die unter Corfes Kommando verblieben waren, mit Lederzelten verbaut, die in vereinzelten Grüppchen angeordnet waren; auch die Zelte stammten aus dem Besitz des verschiedenen Herzogs. In dem behelfsmäßigen Lager herrschte dermaßen reger Betrieb, daß es an einen eingestürzten Ameisenhaufen erinnerte: Männer und Pferde, Rauch von Kochfeuern, das Klirren von Hämmern auf kleinen Feldambossen, der vertraute und für Corfe überaus belebende Gestank und Tumult in einem Biwak der Reiterei.

Der Wallach tänzelte unter ihm, als würde das Tier spüren, wie Corfes Stimmung sich hob. Er beruhigte ihn mit Stimme und Knien. Im Umkreis von einer halben Meile hatte er in jeder Richtung berittene Wachen aufgestellt, und Andruw war mit zwanzig Mann zu einem zweitägigen Erkundungsritt gen Staed unterwegs, wo Herzog Narfintyr gegen den König aufrüstete und bereits dreitausend Mann unter seinem Banner vereint hatte.

Trübe Aussichten. Andererseits waren es gewiß Bauernsöhne und niedrige Adelige, Pöbel, den man vorübergehend in Soldaten verwandelt hatte. Kein Vergleich zu den geborenen Kämpfern, die Corfes wilde Stammeskrieger verkörperten. Zudem gab es auf Erden nur sehr wenige Fußtruppen, die einem Angriff schwerer Reiterei die Stirn zu bieten vermochten, wenn er ordentlich geführt wurde. Geübte Pikenstreiter vielleicht; aber das war auch schon alles.

Nein, Corfes schlimmster Feind war die Zeit. Sie zerrann ihm wie Sand zwischen den Fingern; er mußte sich sputen, wollte er Narfintyr finden und besiegen, ehe ihm die zweite Armee zuvorkam, die König Lofantyr gen Süden entsandt hatte.

Heute war der dritte der fünf Heiligentage, die Gelehrte dem letzten Monat des Jahres hinzugefügt hatten, um den Kalender in Einklang mit den Jahreszeiten zu bringen. In zwei Tagen war *Sidhaon,* die Nacht zum Jahresende; danach würde der Kreislauf von neuem beginnen und sich langsam auf die Wärme und das Wiedererwachen des Frühlings zu bewegen.

Der schien längst überfällig. Dies war der längste Winter in Corfes Leben gewesen. Er konnte sich kaum erinnern, wie es war, die warme Sonne auf dem Gesicht zu spüren oder über Gras zu laufen, statt durch Schnee oder Schlamm zu stapfen. Eine höllische und widernatürliche Jahreszeit für Kampfhandlungen, besonders mit Reitersoldaten. Aber schließlich war auch die Welt in letzter Zeit ein höllischer und widernatürlicher Ort geworden; der alte Lauf der Dinge war auf den Kopf gestellt worden.

Corfe dachte über jene zweite Armee nach, die unterwegs nach Süden war, um sich der Rebellen anzunehmen, die zu zerschlagen eigentlich seine Aufgabe war. Einem gewissen Oberst Aras, einem der Lieblinge des Königs, war eine beachtliche gemischte Streitkraft unterstellt worden, mit der er den Adeligen im Süden Vernunft einbläuen sollte, da der König eindeutig erwartet hatte, Corfe würde die Sache mit seiner barbarischen, schlecht ausgerüsteten Truppe verpfuschen. Er hatte sowohl vor als auch hinter sich Feinde und mußte sich den Kopf über mehr als bloß Taktik und Fragen des Nachschubs und der Versorgung zerbrechen; er mußte in gewisser Weise auch als Politiker handeln. Solche Dinge waren unvermeidlich, wenn man zu einem höheren Rang aufstieg, doch Corfe hätte nie damit gerechnet, daß die Verästelungen und Zugeständnisse so mörderisch sein würden. Nicht in Kriegszeiten. Er hatte den Eindruck, die Hälfte der Offiziere in Torunn wäre mehr darauf bedacht, die Gunst des Königs zu erringen denn die Merduks aus der Senke von Ormann zurückzuschlagen. Wenn er daran dachte, überkam ihn ein heißer, schwarzer Zorn – eine Wut, die ihren Ursprung im Fall von Aekir

kamm aus beobachtet. Der ganze Troß kann sich nur so schnell bewegen wie Kanonenwagen und Gepäckkarren, und die Straße gleicht einem Sumpf. Ich wette, die verfluchen ihre Kulverinen schon den ganzen Weg seit Torunna.«

Corfe grinste. »Du hörst dich mehr und mehr wie ein Reitereisoldat an, Andruw.«

»Aye. Na ja, es ist eine Sache, Kanonen abzufeuern, aber eine ganz andere, sie durch einen Sumpf zu zerren. Was tun wir jetzt, Corfe?«

Alle schauten ihn an. Plötzlich erfüllte eine Spannung die Luft, die Corfe kannte und zu lieben gelernt hatte.

»Wir packen und ziehen unverzüglich los«, erwiderte er forsch. »Marsch, kümmere dich darum. In der Vorhut will ich eine Schwadron als Schutz. Du wirst sie befehligen. Dann brauche ich eine weitere Schwadron, die unsere Ersatzpferde treibt, und eine dritte als Nachhut unter Andruws Befehl. Die Vorhutschwadron bricht auf, sobald sie gesattelt hat. Der Rest folgt so rasch wie möglich. Meine Herren, ich glaube, auf uns wartet Arbeit.«

Die kleine Gruppe löste sich auf. Andruws Mannen steuerten auf die Pferdeherde zu, um frische Tiere auszufassen. Nur Ebro verharrte neben Corfe.

»Und was soll ich tun, Herr?« fragte er, halb ärgerlich, halb kläglich.

»Kümmere dich um die Packesel. Ich will, daß sie binnen zwei Stunden zum Aufbruch bereitstehen. Lad soviel auf, wie du kannst, aber übertreibe es nicht. Wir müssen uns schnell bewegen.«

»Herr, Narfintyr hat dreitausend Mann. Wir sind kaum vierhundert. Sollten wir nicht lieber warten, bis Aras eintrifft, und uns mit ihm zusammentun?«

Corfe bedachte seinen Untergebenen mit einem stechenden, kalten Blick. »Hast du denn gar kein Verlangen nach Ruhm, Fähnrich? Du hast deine Befehle erhalten.«

»Jawohl, Herr.«

Damit galoppierte Ebro davon, wobei er zutiefst unzufrieden wirkte.

Das geordnete Gefüge des Lagers fiel in sich zusammen, als die Offiziere umherritten und Befehle brüllten, die Stammeskrieger hastig die Rüstungen anlegten und die Pferde sattelten. Marsch hatte in der Burg des jüngst verblichenen Herzogs Ordinac ein Lager voller Lanzen entdeckt, und die Soldaten rannten los, um die ihren aus dem Ständerwald zu holen, der zwischen den Zelten wucherte. Die Zelte selbst wurden zurückgelassen, da sie zu schwer für die Packesel waren, die Corfes Gepäckzug bildeten. Die sturen, plärrenden Viecher hatten auch so genug zu tragen: einen Wochenvorrat Futter für tausend Pferde, die Feldschmiedeöfen mit den kleinen Ambossen und klirrenden Werkzeugen, dazu Rohmetall zum Schmieden zusätzlicher Hufeisen, Lanzen, Waffen und Rüstungen, und nicht zuletzt die sperrigen Kisten und Fässer mit den Vorräten, von denen die Männer auf dem Marsch zehren würden: vor allem doppelt gebackenes, steinhartes Brot und

Pökelfleisch. Außerdem wurde für jede Schwadron ein großer Kessel mitgeführt, in dem das Schweinefleisch aufgeweicht und gekocht wurde. Tausenderlei Dinge für eine Armee, die kaum groß genug war, um überhaupt als Armee zu gelten. Für gewöhnlich verfügte eine Feldstreitkraft über einen schweren, doppelachsigen Ochsenkarren für je fünfzig Mann; bei der Reiterei und der Artillerie waren es doppelt so viele. Corfes zweihundert Tiere umfassender Maultiertroß bot ein zwar eindrucksvolles Bild, konnte nach militärischen Maßstäben aber nur unbedeutende Mengen befördern.

Die Vorhut brach noch zur gleichen Stunde auf; der Haupttruppenkörper folgte eine Stunde später. Gegen Mittag wurde das Lager, das sie zurückgelassen hatten, nur noch von Geistern und ein paar räudigen Hunden bevölkert, die auf der Suche nach Essensresten oder Leder zum Kauen zwischen den Zelten umherstreiften. Der Wettlauf hatte begonnen.

In den Vorgebirgen der nördlichen Berge von Cimbric waren die Winter rauher als im Flachland von Torunna. Hier glich die Welt einem grausamen Ort von mörderischer Pracht und Gewalt. Die Berge von Cimbric ragten zwar immer noch dreieinhalbtausend Meter und mehr auf, schrumpften aber merklich; ihre Grate und Schluchten präsentierten sich deutlich weniger zerklüftet als weiter im Süden. An den Flanken und Hängen wuchsen karge Bäume und Sträucher: winterfeste Kiefern und Fichten, Gebirgswacholder. In diesem Land entsprang der Torrin. Schon hier war er ein reißender, schäumender, an die sechzig Meter breiter Fluß, eine zornige, von der Schneeschmelze genährte Wasserlawine, die zu heftig durch ihr Bett raste, als daß sie hätte gefrieren können. Bis der Torrin sich in den majestätischen, friedlichen Strom verwandelte, der gemächlich durch die Stadt Torunn floß und noch weiter flußabwärts in die wärmeren Gewässer der Kardischen See mündete, hatte er noch gut hundertfünfzig Wegstunden zurückzulegen.

Hier aber hatte er in den Tausenden und Abertausenden Jahren seiner Existenz die Berge, die ihn umgaben, zernagt und zerfressen, hatte sich inmitten der Gipfel ein Tal gegraben. Im Norden waren die letzten Anhöhen der westlichen Berge von Thurian zu erblicken, jener felsigen Sperre, die den Horden aus Ostrabar Einhalt gebot, so daß diese Krieger in den Jahrzehnten ihrer Einmärsche immer wieder gezwungen waren, einen Weg entlang der Küste einzuschlagen, um nach Süden auszuweichen, wo sie sich den Mauern von Aekir, den Kanonen der Feste von Ormann gegenübersahen. Im Südwesten des Flusses thronten die Berge von Cimbric, Torunnas Rückgrat, Heimat der felimbrischen Stämme und ihrer geheimen Täler. Diese Schlucht jedoch, gegraben vom Lauf des Torrin, stellte seit Jahrhunderten die Verbindung zwischen Torunna und Charibon dar, von Westen nach Osten. In den Tagen des fimbrischen Kaiserreichs hatte sie kaiserlichen Boten als Schnellstraße gedient. Damals war Charibon selbst lediglich eine bemannte Festung gewesen, erbaut, um die Straße vor den Barbaren Almarks zu schützen. Zudem war sie ein Handelskanal gewesen und zuletzt von den Torunnen befestigt worden, als die fimbrische Herrschaft zerbrach und die Menschen erstmals im Namen Gottes töteten. Und nun marschierte hier eine Armee, ein Infanterietrupp schwarz gekleideter Soldaten mit sechs Meter langen Piken oder Hakenbüchsen in Lederfutteralen. Eine Große Hundertschaft fimbrischer Soldaten, fünftausend der gefürchtetsten Krieger der Welt, die durch die Schneestürme und Wächten auf die Senke von Ormann zumarschierten.

Er hörte die Laute, vermochte sie jedoch nicht einzuordnen. Es war ein Geräusch, wie er es nie zuvor gehört hatte – lauter als das Knirschen des Schnees oder das Knarren von Holz und Leder, lauter sogar als das Klirren von Metall auf Metall.

Füße. Zehntausend Füße, die gemeinsam durch den Schnee stapften und dabei ein dumpfes Donnergrollen hervorriefen, das man mehr spürte als hörte: ein Kribbeln in den Knochen.

Albrec schlug die Augen auf und stellte fest, daß er noch lebte.

Anfangs lähmte ihn tiefste Verwirrung. Nichts um ihn herum wirkte vertraut. Er befand sich im Inneren von irgend etwas, das schaukelte, rumpelte und schlingerte. Über ihm ein Baldachin aus Leder, durch den an ein paar Stellen unerträglich grelle Lichtlanzen stießen. Schwere Felle bedeckten seinen Körper, so daß er sich kaum zu rühren vermochte. Sein Verstand war völlig leer. Er konnte sich an keinerlei Ereignisse erinnern, die zu seiner derzeitigen, rätselhafte Lage geführt haben mochten.

Schließlich setzte er sich auf. Als sein Kopf vor grellem Licht und Schmerz zu bersten schien, preßte er die Augen krampfhaft zu. Mühsam wand er einen Arm frei, um sich das Gesicht zu reiben – irgend etwas daran erschien ihm seltsam, die Art und Weise, wie sein Atem pfiff –, und die Hand, die unter den Fellen hervorkam, war in saubere Leinenverbände gewickelt. Doch sie wirkte eigenartig, gestaltlos. Sie war ...

Er blinzelte Tränen aus den Augen und versuchte, die Finger zu beugen. Aber das konnte er nicht. Da waren keine Finger mehr. Nur noch ein Daumen, doch von den Knöcheln aufwärts war nichts mehr. Nichts.

»Großer Gott«, flüsterte er.

Hastig wand er die andere Hand frei. Auch sie war in Leinen gewickelt, doch da waren noch Finger, den gütigen Heiligen sei Dank. Etwas, das er bewegen, womit er berühren konnte. Sie juckten, als er sie vorsichtig krümmte, so, als kehrten sie eben erst nach langem Schlaf ins Leben zurück.

Behutsam betastete er sein Gesicht, wobei er sinnloserweise die Augen schloß, als wollte er nicht sehen, was seine forschenden Finger ihm erzählen würden. Er fühlte die Lippen, das Kinn, die Zähne, die Augen. Aber ...

Der Atem pfiff hörbar durch das Loch, wo einst seine Nase gewesen war. Er fühlte Knochen. Der fleischige Teil der Nase war verschwunden, ebenso die Nasenlöcher. Es mußte aussehen wie das klaffende Loch in der Fratze eines Totenschädels.

Kraftlos sank er zurück, zu bestürzt, um zu weinen, zu verwirrt, um sich zu fragen, was geschehen sein mochte. Er besann sich nur der bruchstückhaften Schrecken eines weit entfernten Traumlandes. Das fängebewehrte Grinsen eines Werwolfs. Die Finsternis unterirdischer Katakomben. Die entsetzliche Leere eines Schneesturms. Dann nichts mehr, überhaupt nichts mehr. Außer …

Avila.

Und plötzlich kehrte alles mit der Gewalt einer Offenbarung zurück. Sie waren auf der Flucht aus Charibon. Das Schriftstück! Hektisch betastete er seine Kleider. Aber seine Kutte war verschwunden. Er war in einen weiten Wollkittel und lange Strümpfe gekleidet, ebenfalls aus Wolle. Entschlossen schüttelte er die Felle ab und kroch darüber, wobei er ins Wanken geriet, als das Gefährt, in dem er sich befand, schaukelte und rumpelte. Er fingerte an den Knoten, die das Lederverdeck zu seinen Füßen verschlossen hielten. Schließlich setzten die Tränen gleichzeitig mit der Erkenntnis ein, was geschehen war. Avila und er waren von den Mönchen des Ordens vom Ersten Tage ergriffen worden. Gewiß waren sie unterwegs zurück in die Klosterstadt. Man würde ihn und Avila als Ketzer verbrennen. Und das Schriftstück war verschwunden. Verschwunden!

Das Verdeck öffnete sich, als er mit der befingerten Hand an den Kordeln riß, und er stürzte mit dem Gesicht voraus in den zerfurchten Schnee.

Krampfhaft preßte er die Augen zu. Auf der Wange spürte er warmen Atem, und etwas Seidenweiches beschnupperte sein zerstörtes Antlitz.

»Weg da, Mistvieh!« knurrte eine Stimme; Schnee knirschte neben ihm. Albrec schlug die Augen auf und sah eine schwarze, über ihn gebeugte Gestalt, dahinter das schmerzlich grelle, auf dem weißen Schnee blendende Sonnenlicht.

Ein weiterer Schatten. Die beiden Schemen verfestigten sich zu den Gestalten zweier Männer, die Albrecs Arme ergriffen und ihn auf die Beine zerrten. Verstört wie eine Eule in hellem Tageslicht verharrte er.

»Komm weiter, Priester. Du hältst die ganze Kolonne auf«, brummte einer der beiden barsch. Dann versuchten sie, Albrec in den geschlossenen Karren zurückzuheben, in dem er zuvor gewesen war und den er nun zum ersten Mal sah. Hinter dem ersten Karren rumpelte noch einer über den Boden, gezogen von einem neugierigen Maultier; dahinter folgten hundert weitere sowie an die tausend Männer, deren in Rängen angeordnete Gestalten im Schnee eine dunkle Schlange bildeten, allesamt mit Piken an den Schultern.

Ein riesiger Menschenauflauf, der im Schnee stand und wartete, bis das Hindernis beseitigt war und der Karren weiterrollte.

»Wer seid ihr?« fragte Albrec mit matter Stimme. »Was ist das?«

Die Männer hoben ihn hinten auf den zweirädrigen Karren; dann verschwand einer der beiden, um den Halfter des Maultiers zu ergreifen. Der Karren rollte wieder an. Die Kolonne bewegte sich weiter. Zwischenzeitlich hatte es kein Getuschel gegeben, kein Geschrei ob der Unterbrechung, nur Geduld und nüchternen Gehorsam. Albrec sah, daß der zweite Mann, der ihm geholfen hatte, ebenso wie der erste in kniehohe, fellgefütterte Stiefel und einen schwarzen Mantel gekleidet war, der mit der Kapuze und den geschlitzten Ärmeln beinahe wie das Gewand eines Geistlichen anmutete. Von einem Schulterwehrgehenk hing ein schlichtes Kurzschwert. Am Geschirr des Maultiers, das der Mann führte, war eine Hakenbüchse angebracht, deren eherner Lauf in der Sonne grell wie ein Blitz funkelte; daneben hingen ein kleiner stählerner Helm und ein Paar schwarz bemalter Metallhandschuhe. Der Mann selbst hatte kurz geschorenes Haar und wirkte unter dem Mantel breit und kräftig gebaut. Auf seinem Kinn glitzerten die Stoppel eines mehrere Tage alten Bartes, und sein Gesicht war gerötet und von den Tagen und Wochen im Freien gebräunt.

»Wer seid ihr?« fragte Albrec noch einmal.

»Mein Name ist Joshelin von Gaderia, sechsundzwanzigste Hundertschaft. Beltrans Hundertschaft.«

Weitere Einzelheiten blieben aus; offenbar glaubte der Mann, Albrecs Fragen damit beantwortet zu haben.

»Aber *was* seid ihr?« hakte Albrec kläglich nach.

Der Mann namens Joshelin funkelte ihn an. »Was soll das werden? Ein Rätselspiel?«

»Verzeiht, aber seid Ihr ein Soldat aus Almark? Ein … ein Söldner?«

Zorn loderte in den Augen des Mannes auf. »Ich bin fimbrischer Soldat, Priester, und du befindest dich inmitten einer fimbrischen Armee. Also würde ich an deiner Stelle mit Begriffen wie ›Söldner‹ sehr vorsichtig umgehen.«

Albrecs Verblüffung mußte ihm ins Gesicht geschrieben stehen, denn der Soldat fuhr merklich weniger schroff fort: »Vier Tage ist es her, seit wir euch aufgelesen und vor den Wölfen und dem Erfrieren gerettet haben – dich und den anderen Geistlichen. Er war weniger übel zugerichtet als du. Zumindest hat er noch ein Gesicht. Bloß ein paar Zehen und die Ohrläppchen sind ihm abgefroren.«

»Avila!« rief Albrec voller Freude aus. Sogleich wollte er wieder vom Karren klettern, doch Joshelins hornige Handfläche legte sich auf Albrecs Brust, hielt ihn zurück.

»Er schläft, so wie du zuvor. Warte, bis er zu sich gekommen ist.«

»Wohin sind wir unterwegs, wenn nicht nach Charibon? Wieso marschieren die Fimbrier wieder?« Albrec hatte in Charibon zwar Gerüchte über derlei Dinge gehört, sie jedoch als Hirngespinste der Novizen abgetan.

»Wie es scheint, sollen wir die Feste von Ormann verstärken«, erwiderte Joshelin kurz angebunden und spuckte in den Schnee. »Die Festung, die wir selbst errichtet haben. Wir sollen den Schild dort wieder aufheben, wo wir ihn vor all den Jahren abgestellt haben. Und ich könnte mir vorstellen, daß uns kaum Dank dafür entgegengebracht wird. In dieser Welt traut man uns etwa ebenso weit über den Weg wie dem Orden vom Ersten Tag. Aber immerhin ist es eine Gelegenheit, wieder mal gegen die Heiden zu kämpfen.« Verkniffen schloß er den Mund, als fürchtete er, ins Plappern zu geraten.

»Die Feste von Ormann«, wiederholte Albrec laut. Der Name barg Geschichte und Legenden. Die große Festung im Osten, die noch nie im Sturm erobert worden war. Sie befand sich im nördlichen Torunna.

Sie marschierten gen Torunna!

»Ich muß mit jemandem sprechen«, sagte Albrec. »Ich muß wissen, was aus unseren Habseligkeiten geworden ist. Es ist wichtig.«

»Hast wohl was verloren, Priester, wie?«

»Ja. Ich sage doch, es ist wichtig. Ihr könnt Euch gar nicht vorstellen, wie wichtig. Ein Schriftstück.«

Joshelin zuckte mit den Schultern. »Davon weiß ich nichts. Siward und mir wurde aufgetragen, uns um euch beide zu kümmern, das ist alles. Ich glaube, eure Kutten hat man verbrannt … sie haben nichts mehr getaugt.«

»O Gott«, stöhnte Albrec.

»Was ist es denn? Eine Reliquie oder so etwas? Oder waren Juwelen in deine Kutte eingenäht?«

»Es war eine Geschichte«, entgegnete Albrec, dessen Augen brannten. »Es war bloß eine Geschichte.«

Dann kroch er zurück in die Finsternis des verhüllten Karrens.

Die Fimbrier marschierten bis spät in die Nacht. Als sie schließlich hielten, verteilten sie sich auf einem vertieft liegenden Platz, die Gepäckwagen und Maultiere in der Mitte. Angespitzte Pfähle wurden in den Boden gerammt, um einen scharfdornigen Zaun rings um das Lager zu errichten, und einzelnen Soldaten wurden befohlen, außerhalb der Umzäunung Feuerholz zu sammeln. Man reichte Albrec einen Soldatenmantel und Stiefel – beides viel zu groß für ihn – und setzte ihn vor ein Feuer. Joshelin warf ihm Zwieback, harten Käse und einen Weinbeutel zu; dann stapfte er davon, um seine Wache anzutreten.

Der Wind frischte auf und drückte die Flammen des Feuers nieder. Ringsum in der Dunkelheit woben weitere Feuer eine glutgepunktete Steppdecke über die schneebedeckte Erde, und an jedem Horizont war die überwältigende Macht der Berge zu spüren, ehrfurchtgebietende Riesen, durch deren Gipfel die Wolken wie schwebende Wollknäuel trieben und zerfransten. Vom gelegentlichen Schrei eines Maultiers abgesehen, herrschte eine beinahe gespenstische Stille im fimbrischen Lager. Einige Männer rings um die Feuer unterhielten sich mit leisen Stimmen, während die Rationen verteilt wurden; die meisten aber aßen nur, wickelten sich in die dicken Mäntel und schliefen ein. Albrec fragte sich, wie sie das alles durchhielten: den anstrengenden Marsch, die kurze, gemeinsame abendliche Mahlzeit, den unbequemen Schlaf auf gefrorener Erde ohne jede Unterlage für den Kopf. In gewisser Weise flößte die Härte dieser Männer Albrec Furcht ein. Natürlich hatte er schon früher Soldaten gesehen, die almarkische Garnison in Charibon und die Glaubensritter. Diese Fimbrier jedoch waren mehr als das. Ihre Enthaltsamkeit besaß etwas beinahe Mönchisches. Er wagte gar nicht erst, sich auszumalen, wie diese Männer sich im Kampf bewähren würden.

»Wie ich sehe, hängst du wie üblich am Weinbeutel«, meinte eine Stimme, und Albrec wandte sich vom Feuer ab.

»Avila!«

Sein Freund war einst der bestaussehende Bruder vom Ersten Tage in Charibon gewesen. Seine Züge waren zwar immer noch fein geschnitten, doch wirkte sein Antlitz nunmehr ausgemergelt und abgespannt, trotz des Lächelns, das darauf lag. Irgend etwas war aus seinem Inneren herausgerissen worden – sein gewohnter Überschwang oder gar ein Teil seiner Jugend. Wie ein Greis humpelte er herbei und ließ sich unbeholfen und schwerfällig neben seinem Freund nieder. Wie Albrec, war auch Avila in den Übermantel eines Soldaten gehüllt, und seine Füße waren verbunden.

»Schön, dich zu sehen, Albrec.« Und dann, als der Schein des Feuers das Gesicht des kleinwüchsigen Mönchs erhellte: »Gütiger Gott im Himmel! Was ist denn mit dir geschehen?«

Albrec zuckte die Schultern. »Erfrierungen. Wie's scheint, hattest du mehr Glück als ich. Nur ein paar Zehen, nicht wahr?«

»Mein Gott!«

»Ist nicht weiter wichtig. Es ist ja nicht so, als

hätten wir eine Frau oder ein Liebchen. Avila, weißt du, wo und bei wem wir sind?«

Avila starrte den Freund immer noch an, und Albrec brachte es nicht über sich, seinem Gegenüber in die Augen zu blicken. Er verspürte das beinahe übermächtige Verlangen, mit der Hand das Gesicht zu bedecken, wehrte sich jedoch dagegen und reichte seinem Freund statt dessen den Weinbeutel. »Da. Du siehst aus, als könntest du's gebrauchen.«

»Tut mir leid, Albrec.« Avila trank einen langen Schluck, wobei er die Finger in die Seiten des Beutels drückte, daß der Wein ihm tief in die Kehle spritzte. Er trank, bis ihm das dunkle Naß die Mundwinkel hinunterrann; dann zwang er noch mehr Wein in sich hinein. Schließlich wischte er sich den Mund ab.

»Fimbrier. Anscheinend sind unsere Retter Fimbrier. Und sie marschieren zur Feste von Ormann.«

»Ja. Aber ich habe es verloren, Avila. Ich meine … sie haben es genommen – das Schriftstück. Nichts anderes zählt mehr.«

Avila betrachtete seine Hände, die den Weinschlauch umfaßten. An manchen Stellen schälte sich die Haut, und die Handrücken waren entzündet.

»Kälte«, murmelte er. »Ich hatte ja keine Ahnung. Sieht aus wie das, was man uns über die Lepra erzählt hat.«

»Avila!« zischte Albrec.

»Das Schriftstück, ich weiß. Nun, es ist verschwunden. Aber wir leben noch, Albrec, und werden vielleicht doch nicht verbrannt. Danke Gott wenigstens dafür.«

»Und die Wahrheit wird im dunkeln bleiben.«

»Besser die Wahrheit als ich, um ehrlich zu sein.«

Avila mied den finsteren Blick seines Freundes. Irgend etwas in seinem Inneren schien erschreckt und eingeschüchtert von dem, was sie durchgemacht hatten. Albrec hätte den Freund am liebsten beim Kragen gepackt und geschüttelt.

»Schon gut«, meinte der Bruder vom Ersten Tage mit einem schiefen Lächeln. »Ich bin sicher, ich komme darüber hinweg ... über diesen Wunsch zu leben.«

Rings um sie hockten Soldaten am Feuer, die ihnen jedoch keinerlei Beachtung schenkten und so taten, als gäbe es sie gar nicht. Die meisten schliefen; aber im nächsten Augenblick rappelten sich jene auf, die wach waren, und verharrten unbewegt wie Statuen. Albrec und Avila schauten auf und erblickten einen Mann mit einer scharlachroten Schärpe um die Taille, der im Kittel eines gemeinen Soldaten neben ihnen stand. Der Fremde hatte einen Schnurrbart, dessen Enden tief herabhingen und der im Schein des Feuers rotgolden leuchtete.

»Rührt euch«, brummte er seinen Männern zu, worauf diese wieder zu Boden sanken. Dann setzte der Neuankömmling sich mit untergeschlagenen Beinen neben die beiden Mönche ans Feuer.

»Darf ich euch um einen Schluck Wein bitten?« fragte er.

Da Avila und Albrec die Worte fehlten, starrten

sie den Fremden bloß an. Endlich rührte sich Avila und sagte in seinem besten, aristokratischen, frostigen Tonfall: »Wenn es denn sein muß, Soldat. Vielleicht läßt du uns dann in Ruhe. Mein Freund und ich haben sehr wichtige Dinge zu besprechen.«

Der Mann trank ausgiebig aus dem ihm dargereichten Weinbeutel und wischte sich die Tropfen aus dem Schnurrbart. »Wie fühlt ihr euch?«

»Besser«, antwortete Avila, noch immer hochmütig, durch und durch der Bruder vom Ersten Tage, der mit einem minderen Waffenträger sprach. »Darf ich fragen, wer du bist?«

»Du darfst«, erwiderte der Mann gelassen. »Aber vielleicht ist mir nicht danach, es euch zu verraten. Wie der Zufall es will, ist mein Name Barbius, Barbius von Neyr.«

»Dann hättest du jetzt vielleicht die Güte zu gehen, Barbius von Neyr, nun, da du deinen Schluck Wein gehabt hast.« Avilas stolze Fassade zeigte erste Risse; seine Stimme klang ein wenig schrill. Der Mann hingegen musterte ihn mit hochgezogenen Augenbrauen.

»Seid Ihr Offizier?« wollte Albrec wissen, der auf die scharlachrote Schärpe des Mannes starrte.

»Das könnte man so sagen.« Irgendwo in der Dunkelheit ließ ein unsichtbarer Soldat ein halb unterdrücktes Lachen vernehmen.

»Dann kannst du uns vielleicht sagen, was aus unseren Habseligkeiten geworden ist«, meinte Avila. »Offenbar wurden sie verlegt.«

Der Mann lächelte, doch seine Augen versprühten die Kälte einer eisigen See; kein Hauch Belustigung wärmte den Blick. »Eigentlich hätte ich ein bißchen Dankbarkeit erwartet. Schließlich haben meine Männer euch das Leben gerettet.«

»Wofür wir auch angemessen dankbar sind. Und nun zu unseren Sachen. Wo sind sie?«

»Sicher im Zelt des Befehlshabers der Armee verstaut, keine Sorge. Und jetzt ist es an mir, Fragen zu stellen. Warum seid ihr aus Charibon geflohen?«

»Wieso glaubt Ihr, wir wären von dort geflohen?« entgegnete Avila.

»Dann habt ihr also bloß einen Spaziergang im Schneesturm gemacht?«

»Das geht dich nichts an«, spie ihm der junge Bruder vom Ersten Tage entgegen.

»O doch. Ich habe euch das Leben gerettet. Ihr wärt gefrorenes Wolfsfutter, hätten meine Männer euch nicht entdeckt. Ich finde, dafür verdiene ich eine Antwort auf jede Frage, die mir in den Sinn kommt, und zwar eine angemessen höfliche Antwort.«

Eine Zeitlang schwiegen die beiden Mönche. Schließlich war es Albrec, der das Wort ergriff.

»Wir entschuldigen uns für unseren mangelnden Respekt. Wir sind durchaus dankbar für unser Leben, aber wir stehen in letzter Zeit unter großer Anspannung. Ja, wir waren auf der Flucht aus der Klosterstadt. Es ging um eine innere Angelegenheit, einen … einen Machtkampf, in den wir ohne eigenes Zutun verwickelt wurden. Außerdem war noch Ketzerei im Spiel …«

»Ich bin neugierig«, sagte der Fimbrier. »Rede weiter.«

»Ich habe gewisse verbotene Texte vor der Zerstörung bewahrt«, erklärte Albrec, dessen Verstand raste, während er Halbwahrheit und Lüge miteinander verwob. »Sie wurden entdeckt, und wir hatten die Wahl zu fliehen oder als Ketzer verbrannt zu werden. Das ist alles.«

Barbius nickte. »So etwas Ähnliches dachte ich mir. Der Text, den ihr bei euch hattet ... ist er eines von diesen ketzerischen Schriftstücken?«

Albrecs Herz setzte einen Schlag aus. »Ja, in der Tat. Also ist das Schriftstück noch da?«

»Wie ich schon sagte, der Marschall hat es in seinem Zelt.« Barbius schien das Interesse an den beiden Mönchen zu verlieren. Sein Blick schweifte über die Lagerfeuer ringsum, an denen seine zu Tode erschöpften Männer dicht an den Flammen lagen und schliefen. »Ich muß los. Schaut morgen früh im Zelt des Marschalls vorbei, dann bekommt ihr eure Habseligkeiten zurück. Ihr könnt bei der Kolonne bleiben, so lange ihr wollt, aber seid gewarnt: Wir marschieren zur Senke von Ormann, und je länger ihr bei der Armee bleibt, desto schlechter werden die Straßen, und es wird immer schwieriger für euch, einen eigenen Weg durch die Wildnis zu finden.«

»Wenn Ihr ein paar Maultiere entbehren könnt, brechen wir schon morgen auf«, erwiderte Albrec mit Feuereifer.

Barbius' kalte Augen musterten den kleinen Mönch eindringlich. »Wohin wollt ihr denn?«

»Nach Torunn.«

»Weshalb?«

Einen Augenblick zeigte Albrec sich verwirrt,

fest überzeugt, er hätte zu viel gesagt und irgend etwas preisgegeben. Er begann zu stammeln, und so war es Avila, der das Wort ergriff, wobei seine Stimme vor Verachtung triefte.

»Na, um uns mit Himerius und seinen Ketzern zusammenzutun natürlich. Wir leben in einer rauhen Welt, Soldat. Sogar Geistliche müssen sich irgendwo anbiedern, um sich durchzuschlagen.«

Abermals lächelte Barbius. »Das ist wahr. Dann sehe ich euch also morgen früh.« Mühelos erhob er sich. Es war Avila, der ihn zurückrief, als er sich zum Gehen wandte.

»Warte! Wo ist das Zelt des Befehlshabers? Wie sollen wir es finden? Dieses Lager ist so groß wie eine Stadt.«

Der Fimbrier zuckte die Schultern und stapfte davon. »Fragt nach dem Hauptquartier von Barbius von Neyr. So weit ich weiß, befehligt er die Armee.«

Drei

»Mir gefällt das nicht, Fürstin«, meinte Brienne, während sie sich an den Nadeln in Isollas Haar zu schaffen machte. »Niemand erzählt mir etwas, nicht einmal die Pagen.«

»Wenn nicht einmal die sich dir mehr anvertrauen, ist mit der Welt wahrlich etwas nicht in Ordnung«, gab Isolla süßsauer zurück. »Das reicht, Brienne. Ich kann's nicht leiden, wenn du an mir herumzupfst.«

»Ihr sollt doch einen guten Eindruck machen«, beharrte Brienne stur. »Wollt Ihr etwa, daß diese Hebrionen denken, Ihr kämt von irgendeinem Hof am Ende der Welt, wo die edlen Damen die Haare noch bis auf die Schultern herabhängen lassen?«

Isolla lächelte. Mitunter hatte es keinen Sinn, mit ihrer Zofe zu streiten. Brienne war eine zarte, schlanke Frau mit rabenschwarzem Haar, leuchtenden, haselnußbraunen Augen und Haaren auf den Zähnen. Ihre Haut wies die makellose Blässe auf, nach der Isolla sich einst so gesehnt hatte, und sie brauchte kaum den kleinen Finger zu krümmen, schon starrten ihr die Männer stammelnd hinterher. Aber sie war kein leichtsinniges, ewig kicherndes Frauenzimmer. Sie besaß Verstand und kam dem am nächsten, was man als Isollas einzige Freundin bezeichnen konnte. Sonst hatte sie nur ihren Bruder Mark. Mark, der König, der seine Schwester liebte und hierhergeschickt hatte, um einen Mann zu heiraten, über den sie so gut wie nichts wußte. Ein Mann, der sich durch geheimnisvolle Abwesenheit auszeichnete.

»Du glaubst doch nicht etwa, er ist tot, oder?« wollte sie von Brienne wissen.

»Nein, Fürstin. Nicht tot. Ich habe gewagt, genau das einem der Köche gegenüber zu erwähnen und wurde für meine Dreistigkeit beinahe mit dem Kochlöffel erschlagen. Ziemlich gereizt, die Palastbediensteten, allesamt. Nein, ich glaube vielmehr, daß ihm bei der Schlacht um die Rückeroberung der Stadt etwas widerfahren ist. Er ist verwundet, das ist offensichtlich; aber niemand weiß oder will verraten wie schlimm. Das ist beunruhigend. Als Mädchen war ich in Abrusio – Ihr wißt ja, daß meine Familie aus Imerdon ausgewandert ist –, und damals war es ein gottloser Ort, an dem es vor Fremden und Heiden nur so wimmelte. Alles, was man für Geld kaufen konnte, war zu haben. Jetzt ist es anders. Das alles ist verschwunden.«

»Jeder Krieg verändert die Dinge, und meist nicht zum Besseren«, entgegnete Isolla, während sie sich im Spiegel der Frisierkommode betrachtete. »Das reicht jetzt, Brienne.«

»Kein Puder, Fürstin?«

»Zum fünfzehnten Mal: Nein. Ich werde mich auf keinen Fall bemalen, nicht einmal für einen König.«

Mißbilligend schürzte Brienne die Lippen, schwieg aber. Sie war ihrer Herrin hingebungsvoll ergeben, jener Frau, die sich mit der einstigen Küchenmagd angefreundet und sie in den Stand einer Leibdienerin erhoben hatte. Und sie wußte, daß Isolla sich ob der eigenen Schlichtheit keinen falschen Vorstellungen hingab, und litt mit ihr, wenn die anderen Damen am Hof hinter vorgehaltener Hand über sie tuschelten. Die Prinzessin von Astarak saß so sicher im Sattel wie ein Mann; zudem ging sie mit ihren langen O-Beinen auf äußerst männliche Weise durchs Leben und frönte auch derselben unverblümten Redeweise wie Männer. Und sie las *Bücher*, zu Hunderten sogar, wie gemunkelt wurde. Ein höchst seltsames Gebaren für eine Adelige. Doch Mark, der König, ließ nichts über seine Schwester und deren Eigenheiten kommen; es hieß sogar, er spräche in der Stille ihrer Gemächer über hohe Politik mit ihr. Über Politik – mit einer Frau! Einfach widernatürlich.

Brienne nahm einen traditionelleren Standpunkt ein, was die Pflichten und Aufgaben einer Frau betraf; für Isolla hingegen hatte die Weiblichkeit längst ihre mitunter schmerzlichen Auswirkungen verloren. Brienne wollte ihre Herrin glücklich sehen, verheiratet und mit Kind. All das, was eine Frau haben und sein sollte. Doch sie wußte, für Isolla hielt das Leben mehr bereit – nicht nur, weil sie als Prinzessin geboren war, sondern ihres Wesens wegen, ihrer Eigenwilligkeit und ihrem Unabhängigkeitsdrang.

Es klopfte an der Tür. Anmutig erhob Isolla sich von der Frisierkommode und rief leise: »Herein.«

Vor der Tür stand ein Botenjunge in hebrionischem Scharlachrot. Er verneigte sich. »Fürstin, der Magier Golophin läßt fragen, ob Ihr ihn empfangt.«

»Golophin?« Isolla runzelte für einen Moment die Stirn. »Ja, gewiß. Führe ihn herein.« Und dann, nachdem die Tür wieder geschlossen war: »Rasch, Brienne. Er trinkt gern Wein. Und bring ein paar Oliven mit.«

Hastig eilte ihre Zofe hinaus ins Vorzimmer, während Isolla auf den Besucher wartete. Golophin, Abeleyns Mentor und Lehrmeister. Und sein bester Freund, wie sie gehört hatte. Vielleicht würde sie nun erfahren, woran der unsichtbare König von Hebrion kränkelte.

Golophin trat ein, von einer knappen Verneigung abgesehen ohne großes Zeremoniell. Sein Erscheinungsbild, das verhutzelte Aussehen seiner Haut, bestürzte Isolla. Der Mann glich einem wandelnden Skelett. Den wachen Augen jedoch entging nichts.

»Meinen Dank, daß Ihr mich so informell empfangt, Fürstin«, sprach der greise Zauberer. Er besaß die tiefe, durch und durch melodische Stimme eines Sängers oder Redners.

Sie setzten sich und musterten einander eine Weile, während Brienne mit Wein und Oliven herbeieilte. Golophins Blick wirkte offen und ehrlich. Er wägt mich ab, dachte Isolla. Er fragt sich, wieviel er mir anvertrauen kann.

Der alte Magier schenkte ihnen beiden ein, hob den Kelch, verneigte sich knapp vor Isolla, trank den Kelch in einem Zug leer und schenkte sich nach. Isolla nippte nur vom Wein und versuchte, sich ihre Verwunderung nicht anmerken zu lassen.

Golophin lächelte. »Ich versuche, meine verlorene Kraft wiederzuerlangen, Fürstin. Vermutlich will ich auch vergessen, wie ich sie verloren habe. Schenkt mir einfach keine Beachtung.«

Isolla gefiel seine Offenheit. Sie verharrte, ohne ein Wort zu erwidern. Irgendwie spürte sie, daß belangloses Geplauder nicht Golophins Sache war.

»Seid Ihr mit Euren Gemächern zufrieden?« erkundigte Golophin sich abwesend.

Man hatte Isolla eine riesige, einsame Zimmerflucht zugewiesen, die einer längst verstorbenen hebrionischen Königin gehört hatte – vielleicht sogar Abeleyns Mutter. Die Zimmer waren häßlich und mit düsteren Wandteppichen, Vorhängen und frommen Gemälden von Heiligen geschmückt. Die Möbel waren klobig, schwer und aus dunklem Holz. Isolla kam sich wie in einem Mausoleum vor. Dennoch nickte sie und antwortete: »Sie sind ausgesprochen schön.«

»Ich selbst habe diesen Ort nie gemocht«, gestand der Magier. »Abeleyns Mutter Bellona war eine anständige Frau, aber ein wenig nüchtern. Wie ich sehe, habt Ihr die Balkonvorhänge aufgezogen. Das ist gut. So kommt wenigstens das bißchen Sonne herein, das dieser schwärzeste Monat des Jahres zu bieten hat.« Er stürzte einen weiteren Becher Wein hinunter. Insgeheim vermutete Isolla, daß es sich bereits um mehr als den dritten oder gar vierten Becher an diesem Vormittag handeln mußte.

»Ich erinnere mich noch an Euch«, fuhr er fort. »Ihr wart damals noch ein Kind. Ein geduldiges kleines Wesen. Abeleyn hat Euch gemocht, trotzdem war er grausam wie jeder Knabe. Ich hoffe, Ihr macht ihm keinen Vorwurf daraus.«

»Selbstverständlich nicht«, entgegnete sie ziemlich frostig.

Er lächelte. »Ihr habt einen sehr eigenen Kopf, Fürstin, zumindest habe ich das gehört. Deshalb bin ich hier. Wärt Ihr bloß eine von vielen Prinzessinnen, die nur der körperlichen Vollständigkeit halber ein Gehirn besitzen, hätten wir Euch in einen finsteren Winkel gesperrt und Euch erzählt, was immer Ihr zu glauben bereit gewesen wärt. Aber ich habe das Gefühl, in Eurem Fall wird das nicht reichen. Deshalb bin ich willens zu tun, was ich gleich tun werde.«

Aha, dachte Isolla und straffte die Schultern. »Brienne, laß uns allein.«

Mit gekränktem Blick verließ ihre Zofe die Kammer. Golophin erhob sich aus dem Stuhl und begann, auf und ab zu schreiten. Dabei verlieh ihm sein Mantel, der sich hinter ihm bauschte, das Aussehen einer riesigen, leichenblassen Fledermaus. Nein – eher das eines Raubvogels, vielleicht eines ausgehungerten Falken. Selbst seine Bewegungen wirkten knapp und sparsam wie die eines Vogels, ungeachtet des Weins, den er nachgerade in sich hineingeschüttet hatte.

Er ging zur gegenüberliegenden Wand, schob den gräßlichen Wandteppich beiseite, der dort hing, und drückte kräftig gegen die Steinmauer. Ein Klicken ertönte; dann erschien eine Öffnung, die sich rasch zu einem niedrigen Durchgang verbreiterte.

Isolla sog den Atem ein. »Zauberei.«

Golophin lachte. »Nein. Mechanik. Der Palast wimmelt nur so von verborgenen Türen und

Geheimgängen. Ihr müßt jetzt mit mir kommen.«

Isolla zögerte. Das Loch in der Wand, auf das der Magier deutete, gefiel ihr ganz und gar nicht. Der Gang dahinter mochte wer weiß wohin führen. War womöglich eine Verschwörung gegen sie im Gange?

»Vertraut mir«, forderte Golophin sie mit sanfter Stimme auf. Und dann sah Isolla das Leid in seinen Augen – einen Kummer, den er in seinem Inneren verschlossen hielt wie den Geist in der Flasche, den Isolla aus alten Sagen aus dem Osten kannte. Trotz ihrer Bedenken erhob sie sich und folgte Golophin zu der geheimen Tür.

»Ich will Euch zu Eurem Versprochenen führen«, erklärte der Zauberer; dann ging er voraus in die Finsternis.

Isolla hatte schon früher, als Kind, Werlichter gesehen. Nun schwebte eines über Golophins Kopf in der Dunkelheit und erhellte ihnen den Weg. Doch es war ein flackerndes Licht, gleich dem einer fast niedergebrannten Kerze. Mit einem Schlag erkannte Isolla, daß der greise Magier auf irgendeine Weise verletzt worden war – irgend etwas hatte ihm die Kraft geraubt und ihn in einen Abklatsch dessen verwandelt, was er einst verkörpert hatte. Der Krieg, vermutete Isolla. Der Krieg hatte Golophin ausgesogen.

Der Gang, dem sie folgten, bestand aus nahtlos aneinandergereihten Steinen und stieg gewunden an, gleich einer sich einrollenden Schlange. Isolla erblickte weitere Türen an den Seiten, die zu anderen Kammern des Palastes führten, wie sie vermutete. Ihr wurde bewußt, daß Golophin sie, eine Fremde, in einige der Geheimnisse dieses Palastes einweihte. Andererseits würde sie schon bald Hebrions Königin sein.

Sie blieben stehen. Das Werlicht erlosch, und das Knirschen von Stein auf Stein ertönte. Isolla folgte dem schmalen Rücken des Zauberers durch eine weitere niedrige Tür wie jene in ihren Gemächern und fand sich in einem hohen, fast gänzlich dunklen Zimmer wieder. Neben einem klobigen, reich verzierten Himmelbett befand sich ein Regal voller großer, flackernder Kerzen. An den Wänden erblickte sie Waffen, die in der Düsternis matt schimmerten. Landkarten, Bücher und weitere jener tristen Vorhänge. Ein Nachttisch mit Krug und Becher, beides aus Silber. Und überall eingraviert oder als Relief zu sehen: das königliche Wappen von Hebrion. Sie befand sich in den Gemächern des Königs.

»Sprecht ganz normal. Kein Flüstern«, forderte Golophin sie auf. »Er ist weit weg, aber nicht fort, nicht ganz wenigstens. Könnte sein, daß ihn eine fremde Stimme erreicht, wenn es einer vertrauten Stimme schon nicht möglich ist.«

»Was ...«

Doch Golophin packte Isolla am Arm und geleitete sie zur Seite des riesigen Bettes.

Der König. Isollas entsetzte Augen nahmen mit einem Blick auf, was noch von ihm geblieben war; unwillkürlich schlug sie die Hand vor den Mund. Dieses ... Ding sollte ihr Gemahl werden?

Golophin beobachtete Isolla. Sie spürte, wie Zorn in ihm aufwallte, der dicht unter der Oberfläche schwelte. Hastig nahm sie die Hand aus dem Gesicht und berührte damit jene Hand Abeleyns, die auf der Decke ruhte.

Seine Züge erkannte sie auf Anhieb: das dunkle Haar, trotz der grauen Strähnen dicht wie eh und je. Das Antlitz, das sie als sonnengebräunt in Erinnerung hatte, schimmerte fahl wie die Laken darunter. Überrascht stellte sie fest, daß sie Trauer empfand – nicht für sich selbst, da sie dieses Wrack von einem Mann ehelichen sollte, sondern für Abeleyn, den überschwenglichen Jungen, den sie gekannt hatte, der sie so gern an den Haaren gezogen und häßliche Dinge über ihre Nase gesagt hatte. Ein solches Ende hatte er nicht verdient.

»Was ist geschehen?« fragte sie; Golophins adlergleicher, musternder Blick verursachte ihr Unbehagen.

»Ein Geschoß. Noch dazu eines unserer eigenen, Gott erbarme dich, just in dem Augenblick, als die Schlacht gewonnen war. Zwar konnte ich die Stümpfe versiegeln, aber ich hatte mich bereits bei den Kampfhandlungen so sehr verausgabt, daß ich nicht mehr zu tun vermochte. Es bedürfte jeder Menge Theurgie, um ihn vollends zu heilen. Ich bin nicht sicher, ob ich es selbst dann schaffen könnte, wenn ich im Vollbesitz meiner Kräfte wäre. Und so liegt er nun hier. Sein Geist schmort in einer unergründlichen Vorhölle, in der ich ihn nicht erreichen kann. Wir haben uns unauffällig nach Hellsehern umgehört, aber diejenigen, die unter Sastro di Carreras Schreckensherrschaft nicht ermordet wurden, sind ans Ende der Welt geflohen. Die *Dweomer* können Abeleyn nicht helfen. Das vermag nur sein eigener Wille … und jede menschliche Wärme, die wir ihm geben können.« Er hielt inne, funkelte Isolla an, als wollte er sie davor warnen, ihm zu widersprechen.

Doch so einfach ließ sie sich nicht einschüchtern. Sie löste die Hand von der des bewußtlosen Königs und wandte sich dem greisen Zauberer zu. »So wie ich es sehe, wird es wohl keine Hochzeit geben, bis der König wieder vollends bei sich ist.«

»Das stimmt. Trotzdem *wird* es eine Hochzeit geben. Das Land braucht eine Hochzeit. Zwar haben wir Carreras Leibeigene hingemetzelt und die überlebenden Glaubensritter vertrieben, aber es gibt nach wie vor ehrgeizige Männer in Hebrion, die sich ohne weiteres bücken würden, um die Krone aufzuheben, so sie das gute Stück fallen sehen.«

»Ihr könnt die Welt nicht auf ewig zum Narren halten, Golophin. Letzten Endes wird die Wahrheit ans Licht kommen.«

»Ich weiß. Trotzdem müssen wir es versuchen. Dieser Mann hat Größe. Ich gebe ihn nicht einfach so auf und lasse ihn verrotten.«

Er liebt ihn, dachte Isolla. Er liebt ihn aufrichtig. Dieser Gedanke erwärmte sie für den alten Mann. Sie hatte immer schon eine Vorliebe für schier aussichtslose Unterfangen gehabt und sich stets auf die Seite des Benachteiligten geschlagen. Vermutlich weil sie sich selbst zeit ihres Lebens als Außenseiterin betrachtet hatte.

»Also habt Ihr mich hierhergebracht, damit ich mich an Eurer kleinen Verschwörung beteilige. Wer sonst weiß über den wahren Zustand des Königs Bescheid?«

»Admiral Rovero, General Mercado und vielleicht drei, vier der Palastdiener, denen ich vertraue.«

»Die ganze Stadt ist in Trauer.«

»Ich mußte eine Bekanntmachung über den Gesundheitszustand des Königs herausgeben. Er ist schwer krank, liegt jedoch nicht im Sterben. So die offizielle Kunde.«

»Wie lange glaubt Ihr, die Aasgeier im Zaum halten zu können?«

»Ein paar Wochen, vielleicht ein paar Monate. Rovero und Mercado haben die Armee und die Flotte fest im Griff, außerdem verehren Hebrions Soldaten und Seeleute Abeleyn, ja, sie beten ihn an. Nein, es ist wie immer der Hof, über den wir uns den Kopf zerbrechen müssen. Und genau da kommt Ihr ins Spiel, meine Liebe.«

»Ich verstehe. Ich soll im Palast Zuversicht verbreiten, nicht wahr?«

»So ist es. Seid Ihr dazu bereit?«

Abermals blickte Isolla auf die zerstörte Hülle des Königs hinunter und verspürte das widersinnige Verlangen, das dunkle Haar auf dem Kissen zu kraulen. »Ich bin bereit. Mein Bruder würde es auf jeden Fall so wollen.«

»Gut. Ich habe mich nicht in Euch getäuscht. In keiner Weise.«

»Und wenn dem so gewesen wäre, Golophin? Was wäre dann aus mir geworden?«

Der alte Mann stellte ein wölfisches Grinsen zur Schau. »Dieser Palast wäre Euer Kerker geworden.«

Fürstin Jemilla kam der Palast mit der Zeit tatsächlich wie ein Kerker vor. Seit der Rückeroberung der Stadt wurde sie wie eine Kriegsgefangene beobachtet und bewacht. Und Abeleyn hatte sie in all der Zeit kein einziges Mal zu Gesicht bekommen. Stets war dieser alte Teufel Golophin zur Stelle, um sie abzuweisen. Der König wäre zu krank, um irgend jemanden außer seinen ranghöchsten Ministern zu empfangen, meinte er. Doch die Gerüchte verbreiteten sich wie ein Lauffeuer im Palast: Abeleyn wäre tot und bereits begraben; er wäre zu gräßlich entstellt, um sich bei Tageslicht zu zeigen; seine Verletzungen hätten ihn in einen Schwachsinnigen verwandelt. Jedenfalls herrschte das Triumvirat aus Rovero, Mercado und Golophin – immer wieder Golophin – über Abrusio, als trügen diese Männer bereits selbst die Krone. Es betrübte Jemilla über alle Maßen, daß sie, die des Königs Erben im Leib trug, abgewiesen und herumgeschubst wurde, als wäre sie bloß eine lästige Metze, deren schwellendem Bauch man keine Beachtung zu schenken brauchte. Und dann war das Schlimmste überhaupt eingetreten: Die Prinzessin von Astarak war eingetroffen und mit allen Ehren empfangen worden, um den Vater von Jemillas Leibesfrucht zu heiraten. Oder besser den Mann, der sich für den Vater hielt, was aber keinen Unterschied machte – jetzt nicht mehr.

Die Dinge entglitten ihr mit jedem Tag ein wenig mehr. Die Hochzeit *durfte* nicht stattfinden. *Ihr* Kind mußte als rechtmäßiger Erbe anerkannt werden. Und wenn Abeleyn dem Tod auch nur annähernd so nahe war, wie jeder vermutete, war es doch ein Gebot der Vernunft, die Thronfolge zu sichern. Konnte das denn keiner begreifen? Mußte man sie erst mit dem Kopf darauf stoßen?

Jemilla lag nackt auf dem breiten Bett in ihren Gemächern. Der kurze Tag neigte sich dem Ende zu; abgesehen vom Schein des Feuers in dem riesigen Herd, der eine Wand des Zimmers beherrschte, war es dunkel. Wenigstens hatte man sie im Palast untergebracht. Immerhin etwas. Im Licht des Feuers betrachtete sie ihren Leib und betastete ihn mit den Händen wie ein Mann ein Pferd, das er zu kaufen beabsichtigt. Mittlerweile war die Wölbung zu sehen, ein sanfter Hügel, der die sonst so vollkommene Form ihres Körpers störte. Stirnrunzelnd betrachtete sie die Wölbung ihres Leibes. Gebären. Eine höchst unangenehme, schmerzvolle Angelegenheit. Noch unangenehmer, wenn man danach trachtete, eine Geburt zu verhindern. Sie erinnerte sich an das Blut und ihre Schreie in der Nacht, als sie sich Richard Hawkwoods ersten Kindes entledigte. Etwas Schlimmeres konnte es nicht geben.

Ihre Brüste schwollen an. Sie legte die Hände darauf; dann fuhr sie mit den zarten Fingern den Bauch hinab zum Unterleib, zwischen die Beine, in die ebenholzschwarzen Locken ihres Schamhaars. Abwesend streichelte sie sich dort, während sie nachdachte. Jemilla betrachtete ihren Körper als Werkzeug, das so nutzbringend wie möglich eingesetzt werden sollte. Diese fleischliche Hülle und alles, was sie enthielt, waren ihr Schlüssel zu einem besseren Leben.

Entschlossen sprang sie auf, schlang sich eine Robe aus nalbenischer Seide um die Schultern und trottete barfuß zur Tür. Einen Lidschlag verharrte sie, um sich zu sammeln und die Worte zurechtzulegen; dann riß sie schwungvoll die schwere Tür auf.

»Schnell, schnell – ihr da!«

Da waren zwei Wachen, nicht bloß eine. Offenbar hatte Jemilla sie bei der Wachablösung erwischt. Dieser Umstand ließ sie zögern, wenngleich nur für den Bruchteil eines Augenblicks.

»Da ist etwas in meinem Zimmer – eine Ratte. Kommt und seht nach!«

Die beiden Soldaten waren Mitglieder der Garnison von Abrusio, Veteranen der Schlacht um die Rückeroberung der Stadt, rauhe, ungehobelte Gesellen, denen niemand erklärt hatte, weshalb sie die Tür der Fürstin Jemilla bewachen sollten, nur daß jeder ihrer Schritte unmittelbar an General Mercado zu melden war. Unsicher wichen die Männer zurück, und einer erwiderte: »Ich hole Eure Zofe.«

»Nein, nein, ihr Narren. Die kann Ratten ebensowenig ausstehen wie ich. Kommt herein und tötet sie, um Himmels willen. Seid ihr Männer oder Memmen?«

Jemilla präsentierte sich auf wunderschöne Weise ungekämmt; eine Schulter leuchtete fahl wie Elfenbein durch die Robe, die sie an den Brüsten zusammenhielt. Die beiden Soldaten schauten einander an; dann zuckte einer mit den Achseln. Gemeinsam marschierten sie in Jemillas Kammer.

Sie folgte den Männern und schloß die Tür hinter sich. Die Soldaten stocherten unter dem Bett und unter den Vorhängen herum.

»Ich glaube, sie ist verschwunden, Fürstin«, meinte einer der beiden. Dann sprachen sie nichts mehr, sondern starrten nur noch mit weit aufgerissenen Augen, denn Jemilla hatte ihre Robe fallen lassen und stand nun splitterfasernackt vor ihnen, berührte sich selbst und wiegte dabei genüßlich den Körper, gleich einer Weide in einer sanften Brise.

»Es ist so lange her«, stöhnte sie. »Wollt ihr mir nicht helfen?«

»Fürstin …«, setzte einer der Männer heiser an. Er streckte die Hand aus, als wollte er sie abwehren.

»Oh, bitte. Tut es für mich. Nur dies eine Mal.« Langsam näherte sie sich den beiden, die wie vom Donner gerührt verharrten. »Bitte, Soldaten. Nur dies eine Mal. Es ist so lange her, und niemand wird es je erfahren.«

Flüchtig trafen sich die Blicke der Männer; dann fielen sie über Jemilla her wie Wölfe über ein Lamm.

Vier

Die Männer hingen schlaff im Sattel, und es war bereits mitten in der Nacht, als die ersten Reiter der Vorhut Staed ins Blickfeld bekamen. Corfe ließ die Kolonne halten. Nachdem die Stammeskrieger sich um die Pferde gekümmert hatten, ließen sie sich zu Boden sinken und schliefen ohne wärmende Feuer ein. Alle hundert Meter rings um das Lager waren Wachen postiert.

Corfe, Marsch und Andruw schlichen die Anhöhe hinauf, die sie vor ihrem Ziel verbarg, und blickten in der sternenklaren Nacht auf den Hafen hinab. Es war bitterkalt, und der Wind trieb gleich schwebenden Federn Schneeflocken vor sich her. Der Boden war hart wie Stein gefroren, was ihnen durchaus gelegen kam. Für die Pferde war es besser so. Es gab nichts Schlimmeres als einen Reitereiangriff in knöcheltiefem Schlamm.

Staed war eine größere Hafenstadt mit fast zehntausend Einwohnern, eine der aufblühenden Küstensiedlungen, die vor Jahrhunderten von den Fimbriern gegründet worden waren, um die damalige, von den felimbrischen Stämmen beherrschte Wildnis zu bevölkern. Corfe sah die mächtigen Wellenbrecher, die den eigentlichen Hafen schützten und in deren Schoß mehr als zwanzig Schiffe vor Anker lagen: Galeeren aus der Kardischen See, vermutlich aus einem der Sultanate; außerdem ein paar Karavellen, jene wendigen kleinen Schiffe, die das Lebensblut des Handels in der Levangore darstellten. Unten am Hafen befand sich die alte Festung, die Herzog Narfintyr zweifellos als Hauptquartier diente, sein angestammter Herrschaftssitz. Im Licht der Sterne wirkte sie hoch aufragend, eine Burg, die vor der Erfindung der Artillerie errichtet worden war. Heutzutage baute man Mauern niedrig und dick, damit sie schwerem Beschuß standhielten. Diese Burg jedoch bot kaum Platz für dreihundert Mann, geschweige denn für dreitausend. Wo hatte Narfintyr seine Armee untergebracht?

Während sie auf dem gefrorenen Boden lagen, kroch ihnen langsam die Kälte in die Glieder. Die Metallrüstungen, die sie trugen, sogen die Wärme ihrer Körper förmlich auf. Die Welt präsentierte sich riesig, sternenerhellt und voll der Bitterkeit des Winters. In Staed und der Burg, die den Ort beherrschte, brannten ein paar Lichter; der Rest der schlummernden Erde aber schien dunkel wie eine Höhle.

Dieses Land war einst Corfes Heimat gewesen. Er war in einer Bauernkate geboren worden, keine zwei Wegstunden von der Stelle entfernt, wo er nun lag. Vierzehn Jahre lang war er der Sohn eines Bauern gewesen, bis er sich den Hundertschaften anschloß und mit ihnen gen Norden nach Torunna zog, um Soldat zu werden. Es war der einzige Beruf, der den untersten Schichten des Fußvolks in Torunna offenstand, jenen Menschen, die durch die Verpflichtungen gegenüber ihren Lehensherren an das Land gebunden waren. Für die Armen hieß die Wahl: Soldatentum oder Leibeigenschaft. Er schien eine Ewigkeit zurückzuliegen, jener letzte Morgen auf dem

Gehöft, damals in der Jugend der Welt. Nun bargen die dunklen Hügel ringsum nichts Vertrautes mehr; sie besaßen nichts, woran Corfe sich erinnern konnte. Er besann sich lediglich seiner Mutter, einer kleinen, geduldigen Frau, und seines Vaters, eines stämmigen, schweigsamen Mannes, der härter geschuftet hatte als jeder Mensch, den er zuvor oder seither gekannt hatte. Er hatte seinem Sohn keine Steine in den Weg gelegt, als dieser Soldat werden wollte, obgleich dies bedeutete, daß niemand mehr da sein würde, der sich im Alter um ihn kümmerte.

Im Alter. Mittlerweile waren sie bereits zehn Jahre tot, verzehrt von einem Leben voller zermürbender Arbeit. Tot im vierten Jahrzehnt ihres Daseins, damit Adelige wie Narfintyr jagen, erlesenen Wein trinken und den Aufstand proben konnten. So war der Lauf der Welt. Doch es war eine Ironie, daß nun der Sohn des Bauern mit einer Armee zurückkehrte, deren Ziel es war, den Adeligen zu vernichten. Der Gedanke löste eine süße Genugtuung aus, die Corfe genoß.

Es war Marsch mit seinen Adleraugen, der das Lager des Feindes entdeckte. Ein paar vereinzelte Feuer auf einem Hügel im Süden der Stadt, ohne jede Form oder Regelmäßigkeit, gleich Funken, die vom Schmiedeofen eines im Himmel thronenden Gottes gefallen waren. Corfe musterte sie ein wenig verwundert.

»Keine Lagerordnung. Sie haben sich über fast eine halbe Meile ausgebreitet. Was denken sich deren Offiziere bloß dabei?«

»In der Burg sind Leute«, sagte Andruw leise.

»Lichter. Glaubst du, Narfintyr hockt dort drinnen? Oder draußen bei seinen Männern?«

»Es ist eine kalte Nacht«, erwiderte Corfe lächelnd. »Wärst du ein Sproß aus altem Adel, wo würdest du dich aufhalten? Und wenn seine ranghöchsten Offiziere bei ihm im Warmen sind, haben wir die Erklärung dafür, wieso seine Männer das Lager so schlampig angelegt haben. Aber weiß er denn nicht, daß eine Armee auf ihn zumarschiert? Ist ja geradezu unverzeihbar nachlässig von ihm, getrennt von seiner Streitmacht zu schlafen, auch wenn er ein holzköpfiger Adeliger ist.«

»Wir haben in den letzten achtzehn Stunden sechzig Meilen zurückgelegt«, erinnerte Andruw seinen Befehlshaber. »Gut möglich, daß sie noch nicht mit uns rechnen. Vielleicht erwarten sie auch nur Aras' Truppe, sonst niemanden, und die ist immer noch fünfundzwanzig Wegstunden hinter uns, was bei deren Geschwindigkeit einer guten Woche entspricht.«

Corfe ließ sich die Lage durch den Kopf gehen. Je mehr er darüber nachdachte, desto größer wurde seine Überzeugung, daß er sofort zuschlagen mußte. Jetzt. Falls er den Angriff auch nur einen Tag hinauszögerte, bestand durchaus die Gefahr, daß seine Männer entdeckt würden, wodurch er den Vorteil der Überraschung verlöre, der sich als entscheidend erweisen konnte, insbesondere beim vorliegenden Kräfteverhältnis.

»Wir greifen heute nacht an«, sagte er.

Andruw stöhnte. »Das kann doch nicht dein Ernst sein. Die Männer haben seit zwei Tagen nicht geschlafen. Sie haben eben erst einen mörderischen Marsch im Laufschritt hinter sich gebracht. Um Himmels willen, Corfe, sie sind doch auch nur aus Fleisch und Blut!«

»Und um dieses Fleisch und Blut zu schützen, will ich den Feind heute nacht angreifen. Sobald wir Narfintyrs Männer geschlagen haben, können sie schlafen, solange sie wollen.«

»Der Oberst hat recht«, meinte Marsch. »Wir haben sie genau dort, wo wir sie brauchen. Eine solche Gelegenheit bietet sich vielleicht nicht mehr. Es muß heute nacht geschehen.«

»Himmelherrgott, ihr seid schon rechte Draufgänger«, seufzte Andruw und fügte sich. »Also, wie sieht der Plan aus, Corfe?«

Ihr Oberst schwieg eine Zeitlang und betrachtete die planlos angelegten Feuer, die das Lager des Feindes bildeten. Es befand sich auf einem sanft ansteigenden Hügel – wenigstens waren sie so klug gewesen, eine Anhöhe zu wählen –, doch wenn er die Augen zusammenkniff, vermochte er, auf der fernen Seite des Lagers eine schwärzere Finsternis in der Nacht auszumachen. Ein Wäldchen. Wahrscheinlich hatten die Männer sich wegen des Feuerholzes dort niedergelassen. In Corfes Kopf fügte sich ein Plan zusammen. Schließlich sagte er: »Hast du je in einem Wald Keiler gejagt, Andruw?«

Die Sterne folgten ihrem Kurs, die Kälte nahm merklich zu. Es dauerte zwei Stunden, die Schwadronen in Stellung zu bewegen, weil die Männer vor Müdigkeit bereits taumelten und die Hälfte von ihnen, gemäß Corfes Plan, zu Fuß ging. Ein nächtlicher Marsch ist eine der kräfteraubendsten und schwierigsten Erfahrungen im Feld, dachte Corfe, während er auf dem Pferd saß und wartete, bis seine Männer ihre Stellungen bezogen hatten. Ein nächtlicher Marsch, wenn Körper und Geist längst benommen vor Erschöpfung sind. Die Männer nicken im Gehen ein und rucken erschrocken hoch, wenn die Knie unter ihnen nachzugeben drohen. Sie sehen helle Lichter und Wahngebilde in der Nacht. Aus Schatten werden lebendige Wesen; Bäume bewegen sich und laufen umher. Corfe hatte das alles selbst schon durchgemacht. Er hoffte nur, daß er seine bereitwilligen Stammeskrieger diesmal nicht überforderte.

Vier Schwadronen hatten sich um ihn geschart, zweihundert berittene Soldaten, die reglos wie Statuen im Sattel kauerten, während ihre Pferde fahle Atemwölkchen in die frostige Nachtluft schnaubten. Gott sei gedankt für die überschüssigen Tiere. Jeder von ihnen saß auf einem vergleichsweise frischen Roß. Nur zehn Mann waren im Lager zurückgeblieben, um die restlichen Pferde und das Gepäck im Auge zu behalten. Wie immer setzte Corfe alles auf eine Karte. Er hatte nicht genügend Männer, sich etwas anderes erlauben zu können.

Seine Reiterei war zwei Reihen tief über einen Hang nördlich des feindlichen Lagers verteilt, zwischen den Rändern des Lagers und Staed selbst. Von hier aus konnte Corfe zu seiner Linken die See unter dem klaren Nachthimmel glitzern sehen. Vor ihm, etwa eine halbe Meile entfernt, loderten mehr als hundert Lagerfeuer dem Morgengrauen entgegen.

Mittlerweile mußte sich der Rest seiner Männer, die zu Fuß marschierten, auf der Südseite des Feindlagers befinden und unter dem Befehl von Marsch und Andruw Stellung bezogen haben. Der Wald dort drüben würde ihr Herannahen und Formieren verbergen. Angreifen würden sie vom nördlichen Waldrand aus. Sie waren die Einpeitscher; ihre Aufgabe bestand darin, Schaden anzurichten und den Feind als wirren Haufen aus dem Lager aufs freie Feld zu treiben. Als ob man einen Keiler aus einem Haselstrauch in die Speere der Jäger treibt. Corfe standen keine Reserven zur Verfügung. Alles hing von Schnelligkeit, Dunkelheit, Überraschung und der nackten, ungezügelten Wildheit seiner Männer ab.

Und schon ging es los. Gebrüll tönte durch die Nacht, der rauhe Kriegsschrei der Felimbri, ein Laut, der das Blut in den Adern gerinnen ließ. Corfes Roß zuckte und tänzelte unter ihm, als es den fernen Lärm vernahm, während die anderen um ihn herum sich im Sattel aufzurichten und ihre Müdigkeit zu vergessen schienen.

Marsch und Andruw befanden sich im feindlichen Lager. Männer taumelten halbwach aus ihren Zelten. In der feuererhellten Düsternis suchten sie nach Waffen und flüchteten vor unbekannten Angreifern. Ihnen blieb weder Zeit, die Rüstungen anzulegen, noch sich zu formieren. Für ihre Offiziere war es aussichtslos. Sollte es einigen dennoch gelingen, ihre Männer um sich zu scharen, hatten Marsch und Andruw den Befehl, die

Feinde hinzumetzeln und jedes Zeichen geordneten Widerstands zu beseitigen. Ansonsten bestand ihre Aufgabe schlicht darin, den Feind in Panik zu versetzen und ihn nach Norden zu treiben – in die wartenden Schwertarme von Corfes Kathedraler-Reiterei.

Ein paar vereinzelte Hakenbüchsenschüsse: grelle, von Dröhnen und Knallen gefolgte Blitze. Das Gebrüll wurde lauter. Männer kreischten und gellten vor Furcht, Schmerz, Zorn. Hell loderten Flammen in der schwindenden Dunkelheit. Jemand setzte die Zelte in Brand. Schatten und Schemen huschten an den Flammen vorbei; Lagerfeuer leuchteten auf und verdunkelten sich, als Männer daran vorüberrannten. Dies war der schwierigste Teil: zu beurteilen, wann der Feind sich auf offenem Gelände befand, weit genug vom Lager entfernt, um durch Corfes Angriff nicht wieder hinein getrieben zu werden. Nun konnte er sie sehen. Ein Haufen rennender Männer auf dem Rückzug, eher ein Mob als eine Armee; Hunderte, die nordwärts in Richtung der Stadt flüchteten, verfolgt von unerbittlichen Stammeskriegern, die ihnen keinen Lidschlag lang Zeit ließen, sich zu formieren oder Ränge zu bilden. In all dem Wirrwarr war ihnen bestimmt nicht einmal bewußt, daß sie ihren Angreifern zahlenmäßig überlegen waren.

Jetzt! Corfe hoffte, seine Männer würden das Signal erkennen, das Andruw und er ihnen beizubringen versucht hatten. Er wandte sich an Cerne, den gedrungenen Stammeskrieger zu seiner Rechten.

»Blas zum Angriff.«

Cerne befeuchtete die Lippen und setzte ein Jagdhorn an die Lippen – ein etwas ungewöhnliches Instrument, einer Reitertruppe Signale zu geben, doch das Horn erfüllte den Zweck. Zudem schien es durchaus passend, daß diese Männer mit dem klaren, hohen Jagdton ihrer Heimatberge in den Kampf befohlen wurden.

Die erste Reihe schwer bewaffneter Reiter setzte sich in Bewegung. Anfangs im Schritt, dann im Trott. Metallisches Klirren und das gedämpfte Schnauben der Pferde erfüllten die Nachtluft. Und ein Geräusch, das beinahe an ein tiefes Brummen erinnerte: das Donnern Tausender Hufe auf harter Erde.

Corfe preschte mit erhobener Lanze an die Spitze seiner Männer. Er mußte sie in Reih und Glied halten, die Ordnung der Einheit bis zum letzten Augenblick wahren, so, als würde man die Finger für einen Schlag zur Faust ballen. Dieses Reiten in Formation war etwas Neues für dic Männer; wenngleich Corfe es ihnen auf dem Zug in Richtung Süden nach besten Kräften eingebleut hatte, konnte er sich nicht darauf verlassen, daß sie sich in der Hitze des bevorstehenden Gefechts an die eingeübten Manöver erinnerten. Also blieb er vor ihnen, so daß sie sich an ihm orientieren konnten.

Kanter. Die Reihe zerfranste, als einige Männer vorpreschten und die Pferde gegeneinander stießen. Der Feind präsentierte sich ihnen als schwarze Masse gesichtsloser Schemen, etwa zweihundert Meter voraus. An der Hinterfront kämpften Narfintyrs Soldaten immer noch gegen

Marschs und Andruws Männer; dunkel zeichneten sich ihre Umrisse gegen das Feuer im Lager ab. Das Licht der Flammen blendete sie, so daß sie nicht sahen, was aus der Nacht auf sie zustürzte. Doch sie hörten das Donnern der Hufe und hielten furchtsam und verunsichert inne.

»Angriff!« brüllte Corfe und senkte die Lanze. Cerne blies das durchdringende Fünf-Ton-Jagdsignal der cimbrischen Vorgebirge. Die Reiter trieben die Pferde zu einem wilden Galopp; die Lanzen schwenkten herab und verwandelten sich in einen Wall aus Holz und Stahl.

Corfe spürte, wie sein Pferd über kleine Unebenheiten preschte und in Einklang mit dem Gelände kleine Hänge hinauf oder hinunter galoppierte. Jemand stürzte – Corfe sah es aus dem Augenwinkel; sogleich folgte der Schrei, als ein Pferd mit wirbelnden Hufen zu Boden prallte. Vermutlich war es in einen Kaninchenbau getreten. Die Männer waren blind für alles, was sich unter den Hufen ihrer Rosse befand; eine beunruhigende Erfahrung für einen Reiter, besonders wenn Rüstung und Lanze ihn behinderten und ein schwerer, klobiger Eisenhelm die ohnehin schlechte Sicht zusätzlich einschränkte. Doch die Männer blieben zusammen und stießen ihren schrillen, durchdringenden Kriegsschrei aus. Hundert bewaffnete Soldaten auf hundert schweren Pferden, die Lanzen in Brusthöhe geführt. Aus vollem Lauf prallten sie mit den Feinden zusammen, gleich einer eisenschwangeren Apokalypse, die aus der Dunkelheit toste, und stampften die Gegner in den Boden, spießten sie auf, zertrampelten sie, traten sie von den Beinen.

Corfe konnte nun ein wenig deutlicher erkennen, was vor sich ging. Das brennende Lager verwandelte die Nacht in ein wirres, gelb erhelltes Mimenspiel kämpfender Schatten. Kurz sah man Stahl und Gesichter aufblitzen; dann wurden die Männer über den Haufen geritten, mit den langen Lanzen durchbohrt oder mit den Schwertern niedergemetzelt.

Ein zusammenhängender Widerstand blieb aus. Die feindlichen Soldaten vermochten keine geordneten Ränge zu bilden; die Reiterei jagte sie wie Tiere, pfählte sie oder hieb sie um. Es war blankes Morden, schlicht und einfach. Wer konnte, rannte durch die Lücken in Corfes vorderster Reihe, die sich mittlerweile in einen Knoten verzweifelter Reiter verwandelt hatte, vom Getümmel der Leiber und Tiere rings um sie zum Stillstand verdammt. Sie liefen in die vermeintliche Rettung – Richtung Norden nach Staed, zur Burg ihres obersten Herrn.

Doch diese taumelnden Überlebenden, die verzweifelt zu flüchten versuchten, wurden von Corfes zweiter Reihe überrascht, mit der Fähnrich Ebro nun in vollem Galopp aus der Nacht hervorbrach, mit gellendem Geschrei, wie eine Horde Dämonen: Ein weiterer, donnernder Schwall riesiger Schatten, die sich in wirr blickende Augen, Hufe und tödliches Eisen verwandelten. Keine Reiter, o nein, sondern furchteinflößende Wesen, halb Mensch, halb Tier, die einem alptraumhaften Mythos entsprungen zu sein schienen. Hauend und stechend schnitten sie durch den wirren Haufe der Feinde, ließen zerbrochene Lanzen fallen und zogen Schwerter, mit denen sie zustachen und um sich zuschlugen, während die kampferprobten Schlachtrösser sich unter ihnen aufbäumten, die tödlichen Hufe herabschnellen ließen und in Einklang mit den Hieben ihrer Reiter bissen und traten.

Corfe zeigte sich keineswegs überrascht, als er einige seiner Männer lachen hörte, während sie gnadenlos und unaufhörlich in jenen bluttriefenden Mahlstrom schlugen, hieben und stachen; alle Müdigkeit war vergessen, das Blut wallte in jener seltsamen, unbarmherzigen Erregung auf, die Männer mitunter in einer Schlacht befällt. Sie waren geborene Reiter und saßen inmitten eines Gefechts auf prächtigen Pferden. Sie taten, wofür die Natur sie geschaffen hatte. In diesem Augenblick wurde Corfe bewußt, daß er mit jenen wenigen Männern den Kern dessen besaß, woraus eine große Armee entstehen konnte, eine Streitmacht, die es mit fimbrischen Hundertschaften aufzunehmen vermochte. Mit zehntausend solchen Männern könnte er jeden vom Antlitz der Erde fegen, der sich ihm in den Weg zu stellen wagte.

Endlich stieg die Sonne hinter einem blutroten Wolkenwirbel aus dem glitzernden Meer auf. In den Nischen der Hügel verharrten noch Schatten, und ein trüber Bodennebel verhüllte das Schlachtfeld gleich einem aus Barmherzigkeit darüber ausgebreiteten Leichentuch. Der Morgen, mit all seiner grauen Kälte, und somit die Nachwehen der Nacht.

Es war *Andaon*, der erste Tag im Jahr des Heiligen 552.

Mehr als siebenhundert Leichen lagen über das Feld verstreut, und nur dreißig der Toten zählten zu Corfes Kommando. Herzog Narfintyrs Armee glich einem unbemannten Wrack. Mehr als tausend Gefangene hatten sie genommen, und Dutzende weitere waren bei der Verfolgungsjagd bis an die Stadtgrenze von Staed getötet worden. Ein paar hundert jedoch hatten sich einen Weg aus der Todesfalle erkämpft. Diese Männer befanden sich nun in den Hügeln, durch die schwere Reiterei Corfes von der Stadt abgeschnitten. Sollten sie dort bleiben. Nun, da der Rausch der Schlacht verebbte, liefen Corfes Männer mit stumpfen Blicken umher, zitternd vor Erschöpfung. Und sie hatten schwere Verluste an Pferden hinnehmen müssen: Die Kadaver von mehr als achtzig der großen Schlachtrösser lagen in ihrem Blut auf dem Feld.

Corfe stand neben seinem dampfenden, bebenden Pferd und betrachtete mit verkniffener Miene den Fleischlappen, dem ihm eine Klinge aus der Schulter gerissen hatte. Dies war das Schlimmste. Nichts haßte Corfe mehr, wenn der Ruhm des Kampfes wich und verstümmelte Männer und Tiere und die gräßlichen Nachwehen der Schlacht hinterließ. Wenn man in die schreckverzerrten, entstellten Gesichter der Toten blickte und begriff, daß es sich um Landsleute handelte, die einzig deshalb sterben mußten, weil ihnen befohlen worden war, ihre kleinen Gehöfte zu verlassen und den Willen ihrer adeligen Herren zu erfüllen.

Andruw gesellte sich barhäuptig zu ihm; sein

blondes Haar schimmerte dunkel vor Schweiß. Seine übliche Unbekümmertheit wirkte gedämpft.

»Arme Hunde«, brummte er und stieß mit dem Fuß den Leichnam eines toten Jungen an – kaum mehr als dreizehn Jahre alt.

»Wenn ich Narfintyr in die Finger kriege, knüpfe ich ihn auf«, erwiderte Corfe leise.

Andruw schüttelte den Kopf. »Der Vogel ist ausgeflogen. Ist auf ein Schiff gehopst, als die Kunde von der Schlacht die Stadt erreichte. Er ist draußen auf der Kardischen See, wahrscheinlich unterwegs in eines der Sultanate. Seinen halben Haushalt hat er mitgenommen. Dieses Stück Dreck. Trotzdem haben wir unsere Aufgabe erfüllt.«

»Wir haben unsere Aufgabe erfüllt«, wiederholte Corfe.

»Ein nächtlicher Reitereiangriff«, meinte Andruw. »Das ist einen Eintrag in die Geschichtsbücher wert.«

Corfe rieb sich die Augen und bohrte mit den Knöcheln in die Höhlen, bis er kleine Lichter sah. Die Erschöpfung fühlte sich wie eine nasse Decke an, die um seine Schultern hing. Seine Männer und er glichen matten Geistern, bloßen Schatten jener metzelnden Dämonen, die sie während des Kampfes verkörpert hatten. Zweihundert von ihnen beaufsichtigten den trägen, humpelnden Marsch der Gefangenen in die Stadt, während der Rest sich um verwundete Kameraden kümmerte und das Schlachtfeld nach Männern durchkämmte, die man bislang übersehen hatte und die womöglich noch lebend unter dem verhangenen

Himmel lagen. Andere, unter Ebros Befehl, hatten Narfintyrs Burg in ihre Gewalt gebracht, errichteten ein behelfsmäßiges Lazarett und rafften alles zusammen, was Staed an Vorräten zu bieten hatte. Es gab unendlich viel zu tun. Das Aufräumen nach einer Schlacht war stets schlimmer als die Vorbereitungen. Noch so viel zu tun … aber sie hatten gesiegt. Sie hatten eine Streitmacht geschlagen, die ihnen zahlenmäßig viele Male überlegen war, und das bei so geringen Verlusten, daß es nahezu unverschämt anmutete. Keine Schlacht, ein Blutbad.

»Hast du je solche Männer gesehen?« fragte Andruw ihn bewundernd. Dabei starrte er auf die Kathedraler, die mit schweren Beinen in jenen seltsamen, barbarischen Rüstungen des Ostens über das Feld zogen und ihre völlig erschöpften Pferde an den Leinen führten. Im Licht des Morgens wirkten sie wie Wesen aus einer anderen Welt.

»Auf Pferden? Noch nie. Im Vergleich zu diesen Burschen nehmen sich torunnische Kürassiere wie biedere Knaben aus. Sie sind von irgendeiner … Kraft beseelt. Etwas, das ich nie zuvor erlebt habe.«

»Ich glaube, du hast da eine Entdeckung gemacht, Corfe«, meinte Andruw. »Nein – du erschaffst da etwas. Du hast der Wildheit dieser Männer Disziplin aufgestülpt, und das Ergebnis ist ehrfurchtgebietend. Etwas ganz Neues.«

Sie waren beide trunken. Trunken vor Erschöpfung und dem Rausch des Mordens. Und vielleicht vor noch mehr.

»Ein paar der überlebenden örtlichen Bekanntheiten warten in der Stadt auf uns«, teile Andruw seinem Befehlshaber ein wenig munterer mit. »Sie wollen Frieden aushandeln und uns die Waffen ihrer Leibeigenen aushändigen. Die haben keine Lust mehr zu kämpfen. Nicht nach dem, was gestern nacht geschehen ist.«

»Wissen sie eigentlich, wie wenige wir sind? Und in welchem Zustand?« fragte Corfe.

Andruw grinste dämonisch. »Sie glauben, wir hätten da draußen zweitausend Mann, jeder ein heulender Berserker. Die wissen noch nicht mal, aus welchem Land wir stammen.«

»Belassen wir es dabei. Bei Gott, Andruw, ich bin schwach wie ein neugeborenes Kätzchen und fühle mich trotzdem wie der Herrscher der Welt.«

»Das macht der Sieg«, meinte Andruw lächelnd. »Ich persönlich möchte nur ein Bad und einen Winkel, wo ich mich aufs Ohr legen kann.«

»Da wirst du dich noch eine Weile gedulden müssen. Wir haben einen arbeitsreichen Tag vor uns.«

Albrec hatte nie Soldaten gekannt, nicht einmal die almarkanischen Truppen der Garnison von Charibon. Er hatte angenommen, daß Männer, die Krieg führten, notwendigerweise derb, grob, laut und anmaßend sein mußten. Diese Männer jedoch, diese Fimbrier, waren anders.

Grellweiße Schneewächten, die sich zu beiden Seiten zu wilden, gleißenden Bergen auftürmten. Schnee stob in Schlieren und Wolken von den höchsten Gipfeln der cimbrischen Berge zu seiner

Rechten und von den Felsmassiven Thurians zu seiner Linken. Dies war die Schlucht von Torrin, jener Ort, an dem Westen und Osten aufeinanderstießen, eine uralte Verbindung, seit Jahrhunderten die Straße der Armeen.

Schon früher waren hier Fimbrier marschiert, damals in den frühen Tagen des Kaiserreichs, als sie ein rastloses, unendlich neugieriges Volk gewesen waren. Zu jener Zeit sandten sie Erkundungsstreitkräfte nach Nordosten in die weite Leere der Ebenen von Torian, wo heute Almarks Pferdeherden grasten. Sie waren die ersten zivilisierten Menschen gewesen, die den Searil überquerten und das heutige Nördliche Torunna betraten, und ihre Landvermesser und Pflanzenkundler waren über die südlichen Berge von Thurian bis ins heutige Ostrabar vorgedrungen. Einst waren sie ein Volk gewesen, das um seinen Platz in der Welt wußte. Albrec kannte ihre Geschichte. Als er noch Hilfsbibliothekar in Charibon war, hatte er über unzähligen Bänden gebrütet, die sich mit der fimbrischen Hegemonie beschäftigten. Er wußte, daß die westliche Welt, wie sie sich heute darstellte, überwiegend von den Fimbriern geschaffen worden war. Die ramusischen Königreiche waren allesamt Provinzen des fimbrischen Kaiserreichs gewesen. Die Hauptstädte der westlichen Könige waren von fimbrischen Baumeistern errichtet worden; auch die großen Straßen Normanniens hatten die Fimbrier angelegt, um ihren Hundertschaften schnellere Märsche zu ermöglichen.

Und so fühlte er sich auf merkwürdige Weise in ein früheres Jahrhundert zurückversetzt, in eine

Zeit, in der die schwarz gekleideten Pikenstreiter der Kurfürstentümer die höchste Macht im Westen verkörpert hatten. Er befand sich in Gesellschaft einer fimbrischen Armee, die nach Osten marschierte – was man seit vierhundert Jahren nicht mehr erlebt hatte. Albrec fühlte sich seltsam bevorzugt, als würde ihm ein Blick auf eine größere Welt gewährt, in der die Rituale Charibons als veraltete Belanglosigkeiten galten.

Doch er war nicht schlüssig, was er von jenen hartgesichtigen Männern halten sollte, die derzeit seine Reisegefährten darstellten. Sie waren düster wie Mönche, wortkarg bis verschwiegen und doch nachgerade übertrieben großzügig. Avila und Albrec waren vollständig mit dicker Kleidung zum Schutz gegen kaltes Wetter und jeder nur erdenklichen Reiseausrüstung bedacht worden. Man hatte ihnen Maultiere aus dem Troß gegeben, auf denen sie reiten konnten, während alle anderen Männer der Armee zu Fuß marschierten, sogar der Befehlshaber, Barbius. Um ihre Wunden hatten sich kurz angebundene, dennoch höfliche Armeeärzte gekümmert, und da sie völlig hilflos waren, kochten abends Joshelin und Siward ihre Rationen für sie, jene beiden Soldaten, denen man offenbar aufgetragen hatte, sich ihrer anzunehmen: zwei ältere Männer, die aus den vordersten Reihen zum Troß beordert worden waren und ihre zusätzlichen Pflichten ohne Murren erfüllten.

»Die Gesellschaftsordnung in Fimbrien muß unglaublich sein«, meinte Avila zu seinem Freund, während sie fast am Schluß der meilenlangen Kolonne ritten.

»Wieso das?« fragte Albrec.

»Nun ja, soweit ich es erkennen kann, gibt es keinen Adelsstand, wenngleich sie ihre Herren als Kurfürsten bezeichnen. Sie halten Versammlungen ab, bei denen die männliche Bevölkerung ihre Regenten *wählt*, wobei jede Stimme gleich viel zählt, ob sie nun von einem Schmied oder einem Landbesitzer stammt. Das ist die reinste Anarchie.«

»Seltsam«, murmelte Albrec. »Alle Menschen gleich. Ist dir aufgefallen, wie frei und ungezwungen die Männer mit unserem Freund Barbius umgehen, dem Marschall? Er besitzt weder einen nennenswerten Haushalt noch Leibwächter oder Bedienstete. Und er nimmt sich keine Vorrechte heraus, abgesehen von einem Zelt, in dem die ranghohen Offiziere sich treffen. Die Männer tun, was er sagt; ansonsten aber besteht kein Unterschied zwischen ihm und dem niedersten Fußsoldaten.«

»Es ist unglaublich«, pflichtete Avila seinem Freund bei. »Ich begreife nicht, wie dieses Volk je die Welt erobern konnte. Waren sie schon immer so, Albrec?«

»Nein, einst hatten sie Kaiser. Doch die Wahl des letzten Kaisers ließ unter den Kurfürstentümern den Bürgerkrieg ausbrechen und eröffnete den Provinzen die Gelegenheit, sich abzuspalten und sich in die sieben Königreiche zu verwandeln.«

»Was ist damals denn geschehen?«

»Arbius Menin, der Kaiser, lag im Sterben und wollte seinen Sohn als Nachfolger einsetzen, obwohl der Knabe damals erst acht Jahre alt war.

Früher hatten des öfteren Söhne die Nachfolge ihrer Väter angetreten, doch sie waren reife und fähige Männer, keine Kinder. Die anderen Kurfürsten wollten nichts davon wissen – und schon brach der Krieg aus. Das Kaiserreich zerfiel, als Fimbrier gegen Fimbrier focht. Narbosk löste sich los und wurde zu dem eigenständigen Staat, der es heute ist. Die anderen Kurfürstentümer legten ihre Streitigkeiten schließlich bei und versuchten, die Provinzen zurückzugewinnen, doch sie hatten das Land ausgeblutet und besaßen nicht mehr genug Kraft. Statt des Kaiserreichs stiegen die sieben Königreiche zur Macht auf. Die Welt hatte sich verändert, und es sollte keine Umkehr geben. Fimbrien hat sich daraufhin eingeigelt und keinerlei Interesse mehr daran bekundet, was außerhalb der Grenzen des Reichs vor sich ging.«

»Bis jetzt«, warf Avila grimmig ein.

»Ja. Bis zu diesem Tag.«

»Ich frage mich, was ihre Meinung geändert hat.«

»Wer weiß? Jedenfalls können wir von Glück reden, daß es so gekommen ist.«

Joshelin gesellte sich zu ihnen. Das wettergegerbte Antlitz leuchtete rot vor Kälte und der Anstrengung des Marsches, während er seinen Maultiertroß führte.

»Du hörst dich an wie ein Geschichtsgelehrter«, sagte er zu Albrec. »Ich dachte, du wärst Mönch.«

»Früher habe ich viel gelesen.«

»Tatsächlich? Was ist mit diesem Buch, das du unbedingt aus dem Zelt des Marschalls zurückhaben wolltest? Ist es lesenswert?«

»Was auch immer es ist, es geht dich nichts an«, gab Avila schroff zurück.

Joshelin musterte ihn ungerührt. »Nur Unwissende sind zu arm, um sich Höflichkeit zu leisten«, brummte er. »Brüder vom Ersten Tage.« Damit verlangsamte er die Schritte, so daß die beiden Mönche ihm wieder davonzogen.

Albrec berührte das uralte Schriftstück, das er nun wieder verborgen in den Taschen seines Mantels trug. Barbius hatte es zurückgegeben, ohne eine einzige Frage über den Inhalt zu stellen. Der kleinwüchsige Mönch hatte den Eindruck, daß dem fimbrischen Marschall vieles im Kopf herumging. Jeden Tag kamen Boten und ritten wieder fort – die einzigen berittenen Fimbrier –, und den Gerüchten im Lager zufolge hielten sie Verbindung zu General Martellus an der Senke von Ormann. Außerdem hieß es, die Neuigkeiten, die sie brachten, wären alles andere als gut.

Schon bald würde die Zeit für die beiden Mönche kommen, sich von der Armee zu lösen und einen eigenen Weg nach Torunn zu bahnen, während die Kolonne weiter der Straße nach Osten zum Searil und zur Grenze folgte. Schon jetzt überlegte Albrec, was er Macrobius, dem Pontifex Maximus, zu erzählen gedachte. Das Schriftstück, das er bei sich trug, fühlte sich wie die Last eines Mühlrades der Verantwortung an. Schließlich war er nur ein bescheidener Antillianermönch. Er wollte es jemand anderem übergeben, einem der großen Menschen der Welt, und diesem die Bürde übertragen. Für ihn allein war sie zu schwer.

So ritten die beiden Geistlichen mit einer Armee

als Eskorte gen Südosten. Drei weitere Tage saßen sie auf übellaunigen Maultieren, teilten die nächtlichen Lagerfeuer mit Soldaten, ließen die nur langsam verheilenden Wunden von Armeeärzten behandeln. Mittlerweile hatten die Fimbrier die Schlucht von Torrin hinter sich gelassen und setzten zum erstenmal den Fuß auf das eigentliche Torunna, jenes wilde, hügelige Land, das der Torrin teilte, der sich über hundert Wegstunden hinweg bis zur Kardischen See erstreckte. Diese Gegend war größtenteils unbesiedelt, da sie sich zu nahe an den Bergen befand, aus denen immer wieder Schneestürme hervorbrachen; überdies war hier das Gebiet der felimbrischen Plünderer, die mitunter im Gefolge der Stürme von den Hängen heruntergaloppierten, sogar heute noch. Die bevölkerungsreichsten Städte und Ansiedlungen Torunnas lagen entlang der Küste. Staed, Gebrar, Rone, sogar Torunn selbst waren Hafenstädte, an der Ostseite von der Brandung der Kardischen See begrenzt. Im Inneren des Königreichs gab es immer noch gewaltige Streifen Wildnis, die sich bis hinauf in die Berge erstreckten und nie von einem Menschen betreten wurden außer von Jägern, königlichen Landvermessern und Gelehrten auf der Suche nach Erzvorkommen für die Gießereien der Armee, auf daß diese daraus Waffen, Rüstungen und Kanonen schmieden konnten.

Endlich ließen die Fimbrier den Schnee hinter sich und marschierten durch ein Land voller steiler, kiefernbewachsener Hänge, auf denen es von Wild nur so wimmelte. Hier gab es Antilopen, Auerochsen und Wildpferde im Überfluß. Barbius gestattete Jagdgruppen, die Kolonne zu verlassen und frisches Fleisch zu beschaffen, um die schlichten Armeerationen ein wenig aufzubessern. Von den Einwohnern des Königreichs aber, den Torunnen, sahen sie weit und breit kein Zeichen. Das Land präsentierte sich verlassen wie eine unberührte Wildnis. Nur die uralte Straße, der sie folgten, zeugte davon, daß hier je Menschen gewesen waren.

Doch die Straße gabelte sich; ein Abzweig führte nach Osten, der andere nahezu kerzengerade nach Süden. Der Weg nach Osten führte über den Torrin und verschwand hinter dem Horizont. Etwa sechzig Wegstunden weiter endete er an der Feste von Ormann, dem Ziel des Marsches dieser Armee. Der Pfad nach Süden wand und schlängelte sich über gut dreihundert erschöpfende Meilen, bevor auch er endete: vor den Toren von Torunnas Hauptstadt.

In jener Nacht lagerte die Armee an der Gabelung, und Albrec und Avila wurden ins Zelt des Marschalls eingeladen. Sie duckten sich unter der Lederklappe hindurch und fanden Barbius bereits auf sie wartend vor, doch er war nicht allein. Auch Joshelin und Siward waren da, außerdem ein junger Offizier, den die beiden Mönche nicht kannten.

»Nehmt Platz, Väter«, bot Barbius den beiden in geradezu leutseligem Tonfall an. »Wir Soldaten bleiben stehen. Joshelin und Siward kennt ihr ja bereits. Sie sind schon seit einiger Zeit eure … Schutzengel. Das hier ist Formio, mein Adjutant.« Formio war ein großer, schlanker Mann um die dreißig. Im Vergleich zu seinen Kameraden wirkte er beinahe knabenhaft, wenngleich dieser Eindruck vermutlich nur darauf zurückzuführen war, daß er nicht den üblichen, bullengleichen Körperbau der meisten Fimbrier besaß.

»Nun trennen sich unsere Wege«, fuhr Barbius fort. »Morgen früh zieht die Kolonne weiter zur Senke von Ormann, ihr hingegen reist gen Süden nach Torunn. Joshelin und Siward werden euch begleiten. In diesen Hügeln gibt es Wegelagerer und Straßenräuber. Seit dem Fall Aekirs und dem Krieg im Osten sogar mehr als sonst. Joshelin und Siward werden eure Beschützer sein und bei euch bleiben, solange ihr sie braucht.«

Albrec warf einen zögerlichen Blick auf Joshelin, jenen ergrauten Veteranen, und wurde mit einer finsteren Miene belohnt. Der alte Soldat war offenkundig alles andere als begeistert. Trotzdem schwieg er.

»Danke«, sagte der kleinwüchsige Mönch zu Barbius.

Der Marschall schenkte Wein in die schmucklosen Blechbecher, die im Lager die einzig verfügbaren Trinkgefäße darstellten. Die beiden Mönche und er tranken daraus, während Formio, Joshelin und Siward mit der eigenartigen Ausdruckslosigkeit von Soldaten ins Leere starrten, die auf Befehle warteten. Eine langwährende, unbehagliche Stille breitete sich aus. Von belanglosem Geplauder hielt Marschall Barbius eindeutig nichts. Er wirkte nachdenklich, als wäre er mit den Gedanken woanders. Auch sein Adjutant schien seltsam gedrückt, sogar für einen Fimbrier. Es war, als lastete auf den beiden ein geheimes Wissen, das sie nicht preiszugeben wagten.

»So bleibt mir denn nur, euch eine gute und sichere Reise zu wünschen«, brummte Barbius schließlich. »Es freut mich, euch nach allem, was ihr durchlitten habt, bei guter Gesundheit zu sehen. Ich hoffe, das Ende eurer Reise wird sich so gestalten, wie ihr es euch wünscht. Das hoffe ich für uns alle ...« Mit leerem Blick starrte er in den Becher. In dem düsteren Zelt sah der Wein so schwarz aus wie geronnenes Blut.

»Dann will ich euch nicht länger vom Schlafen abhalten, Väter. Das ist alles.« Damit wandte er sich von ihnen ab, drehte sich zum Tisch um und schien die zwei Mönche aus dem Gedächtnis zu streichen. Joshelin und Siward verließen schweigend das Zelt. Avila wirkte angesichts der knappen Verabschiedung fuchsteufelswild, sagte jedoch nichts. Er trank den Wein aus, murmelte etwas über *Manieren* und folgte den beiden Soldaten nach draußen. Albrec verweilte noch einen Augenblick, wenngleich er nicht recht wußte weshalb.

»Sind die Neuigkeiten von der Feste schlecht, Marschall?« fragte er.

Barbius drehte sich um. Er schien überrascht zu sein, daß Albrec immer noch zugegen war. »Dies zu bewerten ist Sache der militärischen Führer«, erwiderte er süßsauer.

»Was soll ich den torunnischen Behörden sagen, wenn sie sich danach erkundigen?« beharrte Albrec.

»Die torunnischen Behörden sind zweifellos gut

genug informiert, um die Meinung eines flüchtigen Mönchs nicht zu benötigen, Vater«, entgegnete der jüngere Adjutant, wobei er jedoch lächelte, um seinen Worten die Schärfe zu nehmen – eine weitere Geste, die nicht zu einem Fimbrier paßte.

»Die Depeschen, die ich täglich aussende, halten sie auf dem laufenden«, erklärte Barbius barsch. Er zögerte. Auf ihm lastete gewaltiger Druck; Albrec konnte es spüren.

»Was ist geschehen, Marschall?« hakte der kleine Mönch mit leiser Stimme nach.

»Die Feste von Ormann ist bereits verloren«, antwortete Barbius schließlich. »Der torunnische Befehlshaber Martellus hat den Abzug der Truppen befohlen.«

Albrec stand wie vom Donner gerührt. »Aber warum? Wurde die Feste angegriffen?«

»Nicht unmittelbar. Doch an der torunnischen Küste, südlich der Mündung des Searil, ist eine große Armee der Merduks gelandet. Dadurch haben sie die Feste umgangen. Martellus versucht, seine Männer – alles in allem zwölftausend – herauszubekommen und sie zurück nach Torunn zu führen, aber er ist wie in einem Schraubstock gefangen. Derzeit zieht er sich kämpfend vom Searil zurück, bedrängt von der Armee vor der Feste, während die frischen feindlichen Streitkräfte von der Küste heraufmarschieren, um ihm den Weg abzuschneiden.« Barbius hielt inne. »So wie ich es sehe, hat meine Mission sich geändert. Sie lautet nicht mehr, die Feste zu verstärken, denn sie existiert nicht mehr. Ich muß diese zweite Armee der

Merduks angreifen und versuchen, sie lange genug aufzuhalten, daß Martellus' Männer in die Hauptstadt flüchten können.«

»Wie groß ist diese zweite Armee?« fragte Albrec.

»Wohl an die hunderttausend Mann«, erwiderte Barbius mit tonloser Stimme.

»Aber das ist doch lächerlich!« empörte sich Albrec. »Ihr habt nur ein Zwanzigstel davon. Das kommt Selbstmord gleich.«

»Wir sind fimbrische Soldaten«, warf Formio ein, als würde das alles erklären.

»Sie werden euch niedermetzeln!«

»Vielleicht. Vielleicht auch nicht«, meinte Barbius. »Wie auch immer, meine Befehle sind klar. Meine Vorgesetzten haben ihnen zugestimmt. Die Armee marschiert nach Südosten, um den Vormarsch der Merduks von der Küste aufzuhalten. Vielleicht rufen wir dem Westen ins Gedächtnis, wie Fimbrier sich auf dem Schlachtfeld gebaren.«

Damit wandte er sich ab. Albrec wurde klar, daß Barbius seine Männer wissentlich in den Tod befahl.

»Ich werde für euch beten«, flüsterte der kleinwüchsige Mönch stockend.

»Danke. Und jetzt, Vater, wäre ich gern mit meinem Adjutanten allein. Wir haben vor morgen früh noch viel zu erledigen.«

Wortlos verließ Albrec das Zelt.

Fünf

Macht ist etwas Seltsames, dachte Fürstin Jemilla. Sie ist ungreifbar, unsichtbar. Manchmal kann man sie wie Weizen erwerben und veräußern; manchmal aber reicht kein Vermögen der Welt, sie zu kaufen.

Mittlerweile besaß sie ein wenig Macht, einen kleinen Vorrat gewissermaßen, den sie einsetzen konnte, wie es ihr beliebte. In der Welt, in die sie geboren war, blieben einer Frau jene Machtsymbole, die Männer besaßen, unweigerlich versagt. Armeen, Flotten, Kanonen. Die Werkzeuge des Krieges. Es hieß, die mächtigste Frau der Welt sei die Königswitwe von Torunna, Odelia, doch selbst sie mußte sich hinter ihrem Sohn Lofantyr verbergen, dem König. Kein ramusisches Volk würde eine allein herrschende Königin dulden. Zumindest war es bislang so gewesen. Ehrgeizige Frauen mußten sich anderer Mittel bedienen, um ihre Ziele zu verwirklichen. Das hatte Jemilla schon als Kind erkannt.

Sie hielt das Leben zweier Männer in Händen, und diese Macht hatte ihr Freiheit verschafft. Sich den beiden Wachen hinzugeben war unangenehm, aber notwendig gewesen. Jemilla verdrängte die Erinnerung daran, was sie im düsteren Feuerschein ihrer Gemächer mit diesen Männern getan hatte, und hielt sich statt dessen vor Augen, daß ein Wort von ihr die beiden an den Galgen bringen konnte. Palastwachen war es untersagt, sich mit edlen, ihrer Obhut anvertrauten Damen einzulassen. Sie wußten es – es war ihnen sofort klar geworden, nachdem ihre Lust versiegt und Jemilla, noch feucht und glänzend von ihren Ergüssen, sich vom Bett erhoben und über sie gelacht hatte. Deshalb stand es ihr frei, durch den Palast zu streifen, wann immer einer der beiden vor ihrer Tür seinen Dienst versah.

So einfach war es gewesen. Die Methode ließ sich auf gemeine Soldaten ebenso mühelos anwenden wie auf Könige.

Es war lange nach Mitternacht, und Jemilla wanderte durch die Gänge des Palasts wie ein in Seide vermummter Geist. Sie war auf der Suche nach Abeleyn.

Selbstverständlich wurden die königlichen Gemächer bewacht, doch im Palast gab es unzählige Geheimgänge, Tunnel und Nischen, von denen sich einige bis hinunter nach Abrusio erstreckten, und auf der Suche nach eben diesen geheimen Gängen schlich Jemilla nun durch die widerhallende Dunkelheit. Abeleyn hatte ihr vor Monaten davon erzählt, in einer stickigen Nacht in der Unterstadt, als sie beide erschöpft und schweißgebadet im Bett lagen, während vor dem Fenster die Sterne des Spätsommers funkelten und drunten im Hof der Herberge zwei Soldaten aus der Leibgarde des Königs unauffällig Wache standen. Abeleyn bediente sich der Geheimgänge des Palasts, um ohne Fanfarengeschmetter zu kommen und zu gehen, wie es ihm gefiel, und das wilde Nachtleben des alten Abrusio zu genießen, frei und unbeschwert wie jeder andere junge Mann mit Gold in den Taschen und Übermut im

Herzen. Für ihn war es ein herrliches Spiel – gewesen –, durch die Hinterhöfe und Seitengassen der geschäftigen Stadt zu streifen, verkleidet Bier und Wein in schmuddeligen, aber betriebsamen Spelunken zu trinken, den Hintern einer Schlampe aus der Unterstadt zu spüren, die sich auf seinem Schoß räkelte. Und ihr König zu sein, ohne daß sie es wußte. Vermutlich tat er dies alles, um selbst eine Zeitlang zu vergessen, daß er der Herrscher war, und ein junger, unbelasteter Mann zu sein – bloß ein Edelmann, der das Leben genoß.

Damals hat er einen gewissen Glanz ausgestrahlt, dachte Jemilla nicht ohne Bedauern. Etwas, das nichts mit seiner Rolle als König, sondern mit dem Mann selbst zu tun hatte. Es war leicht gewesen, ihn zu mögen, und angenehm, ihn im Bett zu haben. Der Junge in ihm war stets stärker als der Monarch gewesen. Dann aber war der Sommer zu Ende gegangen, und der Winter war voller Blut, Feuer und Pulverrauch über die Erde hergefallen. Und Abeleyn hatte sich verändert, war gewachsen. Danach hatte es Augenblicke gegeben, in denen er Jemilla Furcht einflößte – nicht durch Drohungen oder Gewalt, lediglich durch den stechenden Blick seiner dunklen Augen. Er hatte sich wahrlich in einen König verwandelt; doch gebracht hatte es ihm nichts.

Ihre bloßen Füße klatschten leise auf dem Boden. Unter dem Umhang hatte sie ihre Hausschuhe dabei, doch sie rutschten und schlitterten auf dem Marmor und hielten sie bloß auf. Es war kalt im schlummernden Palast. Nur ein paar Öllampen brannten in Wandgefäßen, schufen einen dichten Garten aus Licht und Schatten um sie herum und verwandelten ihre verhüllte Gestalt in einen vermummten Riesen, der durch die Gänge wandelte. In einer Hand trug sie die Hausschuhe, die andere strich schützend über den schwellenden Leib. Etwas Gutes hatte die Übelkeit, die Jemilla an den meisten Morgen überkam – sie blieb dadurch dünn. Ihr Gesicht war unverändert. Einzig ihre Brüste waren gewachsen, die Nippel oft steif und wund. Abgesehen von Bauch und Brüsten präsentierte ihr Leib sich geschmeidig wie eh und je.

Außer … o nein. Nicht ausgerechnet jetzt.

Außer dieser einen Sache. Sie nahm eine Vase und huschte damit hinter einen Vorhang; dann schob sie die Seidengewänder beiseite, kauerte sich auf das Gefäß und seufzte erleichtert, als Flüssigkeit aus ihr herausschoß. Oh, was für ein Gott erlegte Frauen derart erniedrigende Bürden auf!

Sie ließ die Vase stehen und trippelte weiter, so schnell sie konnte. Als Abeleyn betrunken gewesen war – und Jemilla vorgegeben hatte, ebenfalls berauscht zu sein –, verriet er ihr, wie man von seiner Kammer in andere Räume des Palasts gelangte. Aber das war vor langer Zeit gewesen; zumindest erschien es ihr so. Jemilla war nicht sicher, ob sie sich an die Stellen erinnern würde, und an die Dinge, die zu tun waren. Und so lief sie in jener mondlosen, frostigen Nacht durch den Palast, mied Wachen und gähnende Bedienstete auf mitternächtlichen Botengängen und bot ein denkbar lächerliches Bild, während sie gegen Wände und lose Kacheln drückte und hinter

Wandbehängen tastete. Doch es *war* irgendwo hier, im Gästeflügel des Palasts. Ein geheimer Eingang, der ihr den Zugang zum verborgenen Irrgarten der Tunnel und letztlich zum König selbst verschaffen würde. Sofern der König noch atmete und man seinen Leichnam nicht schon vor Tagen verschwinden ließ und klammheimlich begraben hatte. Dem Zauberer, Golophin, war alles zuzutrauen. Doch Jemilla mußte erfahren, ob Abeleyn tatsächlich noch lebte, ob er zu verstümmelt war, um je wieder zu genesen – diesbezüglich schwirrten gräßliche Gerüchte durch den Palast. Erst dann würde sie in der Lage sein zu entscheiden, wie sie weiter vorgehen sollte.

Eine Bewegung in dem Durchgang vor ihr. Mit wild pochendem Herzen duckte sie sich in die Schatten. Urplötzlich schien ihre Blase neuerlich zu bersten. Dank sei Gott für die dunkle Farbe ihres Umhangs.

»... keine Veränderung, überhaupt keine. Aber ich habe so etwas schon einmal erlebt. Wir dürfen nicht verzweifeln, noch nicht.«

Es war die Stimme des Magiers, jenes knochigen Satans Golophin. Aber wer war bei ihm? Jemilla drückte sich weiter in die Dunkelheit. Ein kaltes, waberndes Licht näherte sich, das sie als widernatürlich erkannte: des Hexers gottlose Laterne. Jemilla spürte einen schweren Vorhang hinter sich, der eine Nische verdeckte, in der die Palastbediensteten Bürsten und Besen verstauten, um sie den Augen der edlen Herrschaften zu entziehen. Dankbar schlüpfte sie in die Nische, spähte durch einen Spalt hinaus, den sie offenließ, und beobachtete, wie das kalte Licht näher und näher kam.

Ja – Golophin. Das Werlicht schimmerte von seiner kahlen, glatten Platte. Bei ihm war eine Frau in prächtigen Roben und einem Umhang mit Kapuze, der Jemillas eigenem ähnelte. Zwei fahle Hände warfen die Kapuze zurück, und Jemilla sah ein blasses Antlitz und den Glanz von kupferfarbenem Haar. Eine häßliche Frau mit einem Gesicht ohne Harmonie und Ebenmäßigkeit, und doch strahlte es Stärke aus. Zudem gebarte sie sich wie eine Königin.

»Dann werde ich ihn weiterhin besuchen«, sprach die Frau mit einer Stimme so tief und voll wie eine Baßlaute. »Mercados Männer sind doch noch auf der Suche, oder?«

»Ja.« Auch die Stimme des Zauberers besaß einen melodischen Klang. Ein Paar wundervoller Stimmen, die auf seltsame Weise zueinander paßten. Und in seltsamem Gegensatz zu den Zügen ihrer Besitzer standen. Wer mochte diese adelige, wenngleich schlichte Frau sein? Ihr Akzent hörte sich eigenartig und doch kultiviert an, stammte aber gewiß nicht aus Hebrion.

Mittlerweile befanden die beiden sich nur noch drei Schritt entfernt. Jemilla legte die Hand auf den Mund. Ihr Herz hämmerte so heftig, daß sie das Rauschen ihres Blutes in der Kehle zu hören vermeinte.

»Erfolglos, fürchte ich«, fuhr der Magier fort. »Das Königreich wurde gründlich von *Dweomern* gesäubert. Ich bezweifle, daß in Hebrion je wieder eine größere Zahl leben wird. Wir sind ein schwindendes Volk, wir Kundigen der sieben Disziplinen. Eines Tages werden wir nur noch ein Gerücht sein, ein vergessenes Märchen uralter Wunder. Nein, wir werden nie und nimmer rechtzeitig einen mächtigen Magier aufspüren, um Abeleyn zu heilen. Sie sind alle geflohen oder tot, oder im äußersten Westen verschollen … Und ich selbst gleiche bestenfalls noch einem geknickten Schilfrohr. Nein, wir müssen weiterhin alles versuchen, was wir können, und zwar mit dem, was wir haben.«

»Was herzlich wenig ist«, meinte die Frau.

Die beiden schritten an Jemilla vorbei. Ein Hauch des erlesenen Duftes der Frau stieg ihr in die Nase; sie sah das zu großen, kupferfarbenen Spiralen hochgesteckte Haar – abgesehen von der Stimme das einzig Schöne an ihr. Dann bogen sie und der Magier um die Ecke und waren verschwunden.

Jemilla verharrte noch eine Weile; dann verließ sie heftig atmend ihr Versteck. Lautlos wie eine Katze folgte sie den Schritten der beiden in umgekehrter Richtung und gelangte in eine Sackgasse. Der Gang endete vor einem bemalten Bleiglasfenster, durch das Jemilla die Lichter der Stadt, die Mastlaternen der Schiffe im zerstörten Hafen, den Schimmer der kalten Sterne sehen konnte.

Sie machte sich daran, jeden Zoll der Steinmauer zu untersuchen, drückte, klopfte, stocherte. Etwa eine halbe Stunde verbrachte sie mit wild hämmerndem Herzen und schmerzlich voller Blase. Und dann spürte sie unter den Fingern irgend etwas klicken, und ein Teil der Wand wich so jäh zurück, daß Jemilla um ein Haar gestürzt wäre. Sie taumelte, als ihr aus einem finsteren Loch in der Wand grabeskalte Luft entgegenströmte. Schemenhaft erblickte sie Stufen, die in die Tiefe führten; dahinter war nur Dunkelheit.

Sie zitterte; der winterliche Luftstrom ließ ihre Zehen taub werden. Diesen Ort um diese dunkle Stunde der Nacht zu betreten schien ein entsetzlicher Gedanke.

Rasch trippelte sie den Gang zurück und nahm eine Lampe aus einem Wandgefäß. Dann schlüpfte sie mit den eiskalten Füßen in die Hausschuhe, beschirmte die Flamme mit der Hand vor dem frostigen Luftzug und betrat den Durchgang.

An der Innenseite befand sich ein Metallhebel. Sie drückte ihn, und die Tür schloß sich hinter ihr, was sie einen Lidschlag lang beinahe in Panik verfallen ließ. Dann aber schalt sie sich eine Närrin und ging weiter, voller Zorn auf sich selbst, voll der Wut ob der Gelassenheit der schlichten Frau, die bei Golophin gewesen war, voll des Hasses auf beide, weil sie in die Geheimnisse des Palasts eingeweiht und dem Angelpunkt der Macht so nahe waren. Voll des Hasses auf alles und jeden, weil sie, Jemilla, wie eine Diebin durch kalte Gänge schleichen und kriechen mußte, obgleich sie des Königs Erben im Leib trug. Beim Blut der gemarterten Heiligen, sie würden dafür bezahlen, daß sie ihr das antaten! Eines Tages würde Jemilla sie allesamt beseitigen. Bevor sie ihr Leben aushauchte, würde sie diesen Palast ihr Eigen nennen.

Zu beiden Seiten waren Türen und Hebel,

gleich jenen, durch die Jemilla in den Gang getreten war. Es juckte sie, jeden einzelnen auszuprobieren, doch irgendwie wußte sie, daß keiner sie dorthin bringen würde, wohin sie wollte. Sie spürte, daß die Tür zu den Gemächern des Königs gekennzeichnet sein würde. Sie würde anders sein.

Und so war es auch. Hunderte Meter wand der Gang sich durch die Eingeweide des Palasts; an seinem Ende jedoch befand sich eine Tür, die größer als die anderen war. Zudem war ein Auge darin eingelassen.

Um ein Haar ließ Jemilla die Lampe fallen. Das Auge blinzelte sie an, erwiderte ihren entsetzten Blick. Ein menschliches Auge in einer Holztür … ein menschliches Auge, das Jemilla beobachtete.

»Gütiger Herr im Himmel!« stieß sie hervor. Das Auge war eine Scheußlichkeit, die dieser verwunschene Hexer hier angebracht hatte. Jemilla war entdeckt. Beinahe hätte sie gekniffen und wäre davongerannt, doch die härtere Jemilla, jene Jemilla, die Hawkwoods erstes Kind abgetrieben hatte, die sich eiskalt und berechnend aufgemacht hatte, den jugendlichen König zu verführen, zwang sie zu verharren und nachzudenken. Sie war so weit gekommen, nun würde sie nicht mehr umkehren.

Allein sich dem Ding zu nähern, drehte ihr den Magen um. Wie dieses Auge sie anstarrte! Jemilla schloß die eigenen Augen und stieß mit dem Daumen zu, so fest sie konnte.

Noch einmal, fester. Das Auge gab nach wie eine reife Frucht und zerbarst. Jemillas Daumen versank bis zum ersten Gelenk darin. Warme Flüssigkeit spritzte auf ihre Hand. Als sie die Augen öffnete, prangte in der Tür ein blutverschmiertes Loch, und ihr Umhang war mit scharlachroten Spritzern gesprenkelt. Sie wandte sich ab, beugte sich vornüber und übergab sich auf den Steinfußboden, wobei sie auch ihre Hausschuhe befleckte.

»Großer Gott.« Sie wischte sich den Mund ab, richtete sich auf und drückte gegen die Tür.

Die gab mühelos nach, und Jemilla befand sich im Schlafgemach des Königs – ein Ort, den sie gut kannte.

Sie hielt inne und fragte sich, ob der Alarm sofort anschlagen würde, ob dieser Dämon Golophin schon auf sie zuraste, mit fürchterlichen Zaubersprüchen auf den Lippen, die sie aus dieser Welt fegen würden. Nun, jedenfalls war sie dort, wo sie sein wollte.

Jemilla näherte sich dem großen, mit Schnitzereien verzierten Bett, in dem Abeleyn und sie sich in den schwülen Nächten des letzten Sommers vergnügt hatten, während die Balkonflügel weit offen standen, um einen Hauch Meeresluft hereinzulassen. Auch diesmal brannten, so wie damals, ringsum Kerzen. Abeleyns Kopf ruhte auf den Kissen.

Jemilla stand über dem ausgestreckten König wie ein dunkler, blutlüsterner Engel, der gekommen war, seine Seele zu rauben. Und sie begriff, weshalb man ihn hier verbarg, weshalb es nur Gerüchte über seinen Zustand gab.

Behutsam berührte sie die dunklen Locken und verspürte einen Lidschlang lang so etwas wie Mitleid; dann riß sie mit einem jähem Ruck die Laken weg.

Darunter lagen die verstümmelten Überreste eines Mannes, ihrem starrenden Blick hilflos ausgeliefert, die Stümpfe in Leinen gewickelt. Zwar hob und senkte sich die Brust, während er atmete, doch ihm haftete die Blässe des Todes an. Die Lippen schimmerten blau im Kerzenlicht, die Augen waren tief in die Höhlen eingesunken. Lange würde er nicht mehr auf dieser Welt verweilen, der König von Hebrion.

»Abeleyn«, flüsterte sie. Und dann lauter, eindringlicher: »*Abeleyn!*«

»Er kann Euch nicht hören«, sagte eine Stimme.

Jemilla wirbelte herum, so daß die Flamme der Kerze wild flackerte. Still wie ein Geist stand Golophin hinter ihr. Sie brachte kein Wort hervor; das Entsetzen schnürte ihr die Kehle zu.

Der alte Magier wirkte wie ein dämonisches, aus nächtlichen Schatten und Kerzenlicht erschaffenes Geschöpf. In seinen Augen funkelte ein unmenschlicher Schimmer, und aus einem kullerten Tränen schwarzen Blutes über die Wange.

»Fürstin Jemilla«, sprach er und glitt geräuschlos über den Fußboden auf sie zu. »Ihr seid noch sehr spät auf. Und das in Eurem Zustand.«

Nie zuvor hatte Jemilla sich so sehr gefürchtet, doch sie focht einen kurzen, lautlosen Kampf mit ihrem Entsetzen, meisterte es und faßte sich.

»Ich wollte ihn sehen«, preßte sie heiser hervor.

»Jetzt habt Ihr ihn gesehen. Seid Ihr zufrieden?«

»Er ist tot, Golophin. Er ist kein Mann mehr.«

Mit jedem Wort wurde ihre Stimme leiser, obwohl sie verzweifelt nachdachte und überlegte, ob ein hier ausgestoßener Schrei Gehör finden würde. Ob überhaupt jemand kommen würde, um nach dem Rechten zu sehen. Mit den leuchtenden Augen und dem totenschädelgleichen Antlitz wirkte der alte Magier wie ein pechschwarzer, wandelnder Teufel.

»Ich trage des Königs Erben in mir«, sagte Jemilla, als Golophin sich ihr näherte.

»Ich weiß.« Er zog die Laken wieder über den entblößten Leib des Königs. Jemilla vermeinte fast, die lodernde Wut in seinem Inneren zu spüren, doch seine Bewegungen waren sanft, seine Stimme klang beherrscht.

»Ihr dürft mich nicht anrühren, Golophin.«

»Ich weiß.«

»Ihr hattet kein Recht, mich von ihm fernzuhalten.«

»Erzählt mir nichts von *Rechten*, Fürstin«, zischte der Zauberer, und der Klang seiner Stimme richtete ihr die Nackenhaare auf. »Ich diene dem König bis zu meinem oder seinem letzten Atemzug. Solltet Ihr irgend etwas tun, das ihn verletzt, werde ich Euch töten.«

Er sprach es ganz ruhig, ganz gelassen aus. Es war keine Drohung, es war eine Feststellung.

»Ihr dürft mich nicht anrühren. Ich trage des Königs Erben in mir«, flüsterte Jemilla.

»Raus hier.« Die Worte troffen vor Haß, der in der Luft zwischen ihnen zu knistern schien. Jemilla spürte, daß sich ein Ausbruch der Gewalt anbahnte. Sie wich vom Bett zurück. Mit einer zitternden Hand hielt sie immer noch die Lampe, die andere wanderte schützend auf den Leib.

»Ich will meinem Stand gemäß behandelt werden«, beharrte sie. »Man wird mich nicht wegsperren oder vergessen. Ihr werdet mich nicht abkapseln, Golophin. Ich werde der Welt erzählen, was ich austrage. Ihr könnt mich nicht aufhalten.«

Der alte Magier starrte sie nur an.

»Ich werde bekommen, was mir zusteht«, zischte sie ihm plötzlich mit ebenso haßerfüllter Stimme entgegen.

Jemilla konnte seinen stechenden Blick nicht länger ertragen. Hastig wandte sie sich ab und verließ den Raum, ohne noch einmal zurückzublicken. Dabei spürte sie deutlich, daß Golophin sie den ganzen Weg beobachtete, ohne auch nur einmal zu blinzeln.

Sechs

»Da kommt er«, stellte Andruw fest. »Ein überheblicher Kotzbrocken.«

Sie beobachteten, wie die Reitergruppe sich näherte, mit Bannern, die in einer von der grauen See hereinwehenden Brise flatterten. Und dahinter warteten fast dreitausend Mann in voller Kampfausrüstung und Formation, die Feldkanonen vorne, die Reiterei als Reserve in der Nachhut. Klassische torunnische Kampfformation. Klassisch und einfallslos.

»Kennst du diesen Oberst Aras?« fragte Corfe seinen Adjutanten.

»Nur dem Ruf nach. Er ist ziemlich jung für seinen Rang, ein Günstling des Königs. Hält sich für eine Wiedergeburt John Mogens und geht zu leichtfertig mit seinen Männern um. Er hat ein paar Scharmützel gegen die Stämme hinter sich, aber noch nie eine richtige Schlacht miterlebt.«

Eine richtige Schlacht. Corfe war nach wie vor erstaunt darüber, wie viele Männer der torunnischen Armee noch keine *richtige* Schlacht miterlebt hatten. Das torunnische Heer hatte seinen militärischen Ruf den Männern der Garnison von Aekir zu verdanken, die einst als die besten Soldaten der Welt außerhalb Fimbriens galten. Doch nun waren diese Männer allesamt tot oder Sklaven in Ostrabar. Übrig waren zweitklassige Truppen, ausgenommen Martellus' Hundertschaften in der Feste von Ormann. Und jetzt waren es eben diese zweitklassigen Truppen, die sich dem Einmarsch der

Merduks entgegenstemmen und jene Armeen schlagen mußten, die Aekir eingenommen hatten. Ein beängstigender Gedanke.

Der Rest seiner eigenen Männer, der Kathedraler, stand in zwei Rängen hinter ihm. Kaum dreihundert der fünfhundert, mit denen er gen Süden aufgebrochen war, konnten noch ein Pferd besteigen. Trotz der Siege, die Corfe errungen hatte, war sein Kommando unleugbar ausgebrannt. Die Männer brauchten Erholung, neue Ausrüstung, frische Pferde. Und Verstärkung.

Vor Corfe und Andruw zügelte Aras' Gruppe die Pferde. Ihre Rüstungen glänzten, ihre Rösser wirkten wohlgenährt. Sie trugen die üblichen Rüstungen der torunnischen Reiterei, die wesentlich leichter waren als jene der Merduks, mit denen Corfes Männer vorlieb nehmen mußten. Corfe war nur allzu bewußt, daß er und seine Leute wie eine Horde barbarischer Vogelscheuchen aussahen, gekleidet in scharlachrot bemalte Kampfanzüge der Merduks, die Augen hohl vor Erschöpfung, die Pferde zernarbt und ausgezehrt.

»Seid gegrüßt, Oberst Cear-Inaf«, sprach der vorderste Reiter der Gruppe, ein junger, rothaariger, blasser Mann mit so vielen Sommersprossen, daß sein Gesicht beinahe sonnengebräunt wirkte. Er hatte die großen Hände eines Reiters und saß ordentlich auf dem Pferd; dennoch wirkte er im Vergleich zu Corfes Soldaten wie ein unschuldiger Knabe.

»Oberst Aras.« Corfe nickte ihm zu. »Ihr besitzt ein feines Kommando.«

Aras richtete sich merklich im Sattel auf. »Ja.

Gute Männer. Nun da wir eingetroffen sind, können wir uns der anstehenden Aufgabe widmen. Ich nehme an, Narfintyr und seine Armee sind aus der Umgebung fortgezogen, andernfalls wärt Ihr wohl kaum hier.« Und er lächelte. Hinter sich hörte Corfe zorniges Gemurmel einiger seiner Stammeskrieger. Sie verstanden ausreichend Normannisch, um zu begreifen, worüber gesprochen wurde.

»So ist es«, bestätigte Corfe beherrscht. »Ich fürchte, mittlerweile ist Narfintyr weit entfernt. Aber Ihr könnt gerne versuchen, ihn zu fassen.«

Aras' Lächeln zerfloß. »Deshalb bin ich hier. Ich bin sicher, Eure Männer haben sich unter Eurem Befehl redlich bemüht, aber nun müßt Ihr es mir und meinem Kommando überlassen, die Mission zu erfüllen.«

Corfe war unsagbar müde. Er hatte beinahe vergessen, wie man sich fühlte, wenn man nicht müde war. Er war sogar zu müde, um zornig zu werden. Oder um zu protzen.

»Narfintyr ist über die Kardische See geflohen«, erwiderte er nur. »Meine Männer und ich haben seine Armee vernichtet. Während wir hier sprechen, werden über tausend Gefangene in den Hallen seiner Burg eingekerkert. Den Rest der Aufräumarbeiten überlasse ich Euch, Oberst. Ich führe mein Kommando zurück nach Norden.«

Eine Pause entstand. »Ich verstehe nicht recht«, sagte Aras, der sich nach wie vor zu lächeln bemühte.

»Wie's scheint, haben wir Eure Mission für Euch erfüllt, Herr«, schaltete Andruw sich grinsend ein. »Solltet Ihr Zweifel an unseren Worten hegen – südlich der Stadt lodert ein Scheiterhaufen, auf dem noch siebenhundert Leichen schmoren. Narfintyrs beste Männer.«

Aras blinzelte heftig. »Aber Ihr ... ich meine, wo ist der Rest Eurer Männer? Ich dachte, Ihr hättet nur ein paar Hundertschaften.«

»Wir sind alle hier, Oberst«, erklärte Corfe matt. »Wir waren genug, um zu tun, was getan werden mußte. Ihr könnt Eure Männer schonen. Wie ich schon sagte, wir brechen unverzüglich nach Norden auf. Ich muß zurück in die Hauptstadt.«

»Das könnt Ihr nicht!« plusterte Aras sich auf. »Ihr müßt hierbleiben und mir helfen. Ihr müßt Eure Männer meinem Kommando unterstellen.«

»Großer Gott ... habt Ihr nicht zugehört?« herrschte Corfe ihn an. »Narfintyr ist weg, seine Armee zerschlagen. Ihr könnt mir keine Befehle erteilen ... Ihr seid nicht mein Vorgesetzter. Und jetzt geht mir aus dem Weg!«

Die beiden Reitergruppen verharrten einander gegenüber. Die Pferde begannen zu tänzeln, als sie die Spannung zwischen ihren Reitern spürten. Ursprünglich wollte Corfe ein nüchternes Treffen abhalten, eine Art militärisches Konklave, um Aras in die derzeitige Lage einzuweihen. Schließlich standen sie auf derselben Seite. Statt dessen stellte er fest, daß er den Gedanken nicht ertragen konnte, diesem überheblichen Grünschnabel etwas mitzuteilen. Seine ohnehin brüchige Geduld hatte sich letzten Endes gänzlich aufgelöst. Er wollte nur noch los und seinen Männern ein wenig hochverdiente Erholung verschaffen.

Und nach Norden ziehen, wo sich die wahren Schlachtfelder befanden. Für Schimpfen und Jammern war keine Zeit.

Eine Sache aber durfte er nicht vergessen.

»Bevor wir aufbrechen, Oberst, bin ich verpflichtet, Euch mitzuteilen, daß ich einige Verwundete zurücklassen muß, die zu schwer verletzt für die Reise sind. Sie sind in den oberen Geschossen der Feste untergebracht. Ihr habt Euch um diese Männer zu kümmern, als würden Sie zu Eurem Kommando gehören. Ich werde Euch für den Zustand jedes einzelnen verantwortlich machen. Ist das klar?«

Aras öffnete und schloß den Mund. Röte stieg ihm ins blasse Antlitz. Hinter ihm murmelte einer seiner Gehilfen hörbar: »Spielen wir jetzt Kindermädchen für Wilde oder was?«

Es war Andruw, der sein Pferd antrieb, bis er sich Schulter an Schulter mit dem Sprecher befand.

»Ich kenne dich, Harmion Cear-Adhur. Wir waren zusammen in der Kanoniersschule. Erinnerst du dich noch?«

Der Mann namens Harmion zuckte die Schultern. Andruw setzte das ihm eigene, ansteckende Grinsen auf.

»Jeder einzelne dieser Wilden ist soviel wert wie zehn von euren Exerzierplatzhelden. Und du – du hast diese Hauptmannstreifen einzig dadurch erlangt, daß du den Arsch jedes Offiziers geküßt hast, der dir je vorgesetzt wurde. Was hast du dazu zu sagen?« Andruws Grinsen hatte etwas Wildes angenommen, das seinem schmutzigen

Gesicht einen verwegenen bedrohlichen Ausdruck verlieh. Seine rechte Hand ruhte auf dem Säbel.

»Das reicht«, schritt Corfe ein. »Andruw, zurück in die Reihe. Du schlägst über die Stränge. – Oberst Aras, ich entschuldige mich für das Verhalten meines Untergebenen.«

Aras bekam sich wieder in die Gewalt. Er räusperte sich, nickte Corfe zu und erkundigte sich schließlich in beherrschtem Tonfall: »Ist es tatsächlich wahr? Eure Männer haben Narfintyr besiegt?«

»Es zählt nicht zu meinen Gewohnheiten zu lügen, Oberst.«

»Ihr seid derselbe Oberst Cear-Inaf, der in Aekir und in der Feste von Ormann war, richtig?«

»So ist es.«

Aras' Miene veränderte sich. Abermals räusperte er sich. »Dann darf ich Euch die Hand schütteln, Oberst, und Euch und Eure Männer zu einem großen Sieg beglückwünschen? Und vielleicht kann ich Euch überreden, noch eine Nacht hier zu verweilen und im Hauptquartier mein Gast zu sein. Außerdem kann ich Euren Männern Ausrüstung und frische Pferde zur Verfügung stellen. Wenn Ihr mir die Bemerkung gestattet, sie sehen aus, als könnten sie beides gebrauchen.«

Corfe ritt vor und ergriff die Hand des jüngeren Mannes. »Das ist noch gelinde ausgedrückt. Na schön, Aras, wir bleiben noch eine Nacht. Mein Fähnrich, Ebro, wird in Eurer Quartiermeisterei Bescheid sagen, was wir benötigen.«

Und so blieben sie, und die beiden kleinen Armeen lagerten auf der schlammigen Ebene nördlich von Staed. Aras wollte seine Leute bei den Dorfbewohnern unterbringen, was Corfe ihm jedoch ausredete. Die Ortsansässigen hatten in letzter Zeit sehr viel Leid ertragen müssen; außerdem waren sie trotz allem Torunnen und kein unterworfenes Volk. Es schien Strafe genug, daß sie Hunger litten, um die Soldaten versorgen zu können, die ihre Gegend heimgesucht hatten, und daß ihre Söhne zu Hunderten im Kampf gegen diese Soldaten gefallen waren.

Die Lager der Kathedraler und der regulären torunnischen Armee wurden getrennt voneinander aufgeschlagen; dazwischen wurde Aras' Hauptquartier errichtet. Zunächst wirkten die Torunnen argwöhnisch, dann neugierig. Kleine Gruppen aus beiden Lagern trafen sich an dem Bach, an dem die Pferde tranken, und wogen einander ab wie Hunde, die sich umkreisen, beschnuppern und sich nicht entscheiden können, ob sie einander an die Kehle gehen sollen oder nicht.

Aras' Kolonne war bemerkenswert gut mit hervorragender militärischer Ausrüstung ausgestattet. Er schickte ganze Karren voller neuer Lanzen zu den Kathedralern, und Roheisen, Holzkohle für die Feldschmieden, Vorräte und Futter für die Tiere sowie sechzig frische Pferde.

Corfe, Andruw und Marsch beobachteten, wie alles gebracht wurde. Die Pferde waren kräftig gebaute, rotbraune Wallache mit zerzausten Mähnen und wirren Augen.

»Die sind ja schon halb am Ende«, stellte Andruw betroffen fest.

»Was hast du erwartet – seine besten Schlachtrosse?« fragte Corfe ihn. »Ich würde die Tiere selbst dann noch nehmen, wenn jedes nur drei Beine hätte. Was meinst du, Marsch? Taugen sie was?«

Der großgewachsene Stammeskrieger musterte die schnaubenden, sich aufbäumend eintrudelnden Tiere mit fachmännischem Blick.

»Dreijährige«, erklärte er. »Erst kürzlich kastriert. Sie leiden noch darunter. Aber sie werden schon noch ruhiger. Meine Männer haben sie bald zugeritten.«

»Warum küßt dieser Aras dir plötzlich den Hintern, Corfe?« fragte Andruw nachdenklich.

»Das ist doch offensichtlich. Wir brechen morgen nach Torunn auf, zurück zum Hof. Er will, daß wir Gutes von ihm berichten und ihm vielleicht sogar ein wenig von unserem Ruhm abgeben.«

Andruw schnaubte verächtlich. »Sicher doch.«

»Oh, ich habe keineswegs die Absicht, ihn vor dem König schlechtzumachen. Dadurch schaffe ich mir auch keine Freunde. Aber er wird sicher nicht den Ruhm einheimsen, für den meine Männer geblutet haben.«

In jener Nacht fand in Aras' Besprechungszelt, einem riesigen, neun Meter langen Gebilde, hoch genug, um aufrecht darin zu stehen, ein Fest statt. All seine Offiziere waren anwesend, zu Corfes Erstaunen in Hofuniformen gekleidet, mit spitzenbesetzten Manschetten, Schnallenschuhen und allem drum und dran. Hinter jedem der Falzstühle aus Segeltuch stand ein torunnischer Soldat, der sich als Diener betätigte, und der lange Holztisch funkelte vor Silberbesteck und feinem Geschirr. Als Corfe, Andruw und Ebro eintraten, lachte Andruw laut auf.

»Wir müssen uns verirrt haben, Corfe«, murmelte er. »Ich dachte, wir wären auf einem Feldzug.«

Corfe wurde zu Aras' Rechter ans Kopfende des Tisches gesetzt, Andruw weiter unten, und Ebro fast am anderen Ende. Marsch hatte sich geweigert, mitzukommen. Er meinte, er müßte sich um die neuen Pferde kümmern, wenngleich Corfe insgeheim vermutete, daß ihm die Vorstellung, Messer und Gabel zu benutzen, mehr Entsetzen bereitete, als eine Schlacht es je vermocht hätte.

»Einige meiner Männer haben letzte Woche auf dem Marsch nach Süden Wild erlegt«, erzählte Aras dem neben ihm sitzenden Corfe. »Mittlerweile ist das Fleisch einigermaßen gut abgehangen. Ich hoffe, Ihr mögt Wildbret, Oberst.«

»Gewiß«, erwiderte Corfe abwesend. Aus einem Silberbecher trank er Wein – guten candelarischen Wein, den Wein der Schiffe – und fragte sich, wie groß Aras' Troß wohl sein mußte, um ein so prunkvolles Hauptquartier zu versorgen. Für eine Armee von weniger als dreitausend Mann schien ein so großer Aufwand nachgerade lächerlich.

Während der Wein floß und ein Gang nach dem anderen aufgetischt wurde, erhob sich rings um den Tisch zunehmend lauter Gesprächslärm. Fähnrich Ebro war, wie Corfe bemerkte, ganz in seinem Element und fütterte die anderen Jungoffiziere mit Kriegsgeschichten. Andruw aß und trank genußvoll wie ein Mann, der bitter Vermißtes nachholte. Er saß neben einem Offizier in der blauen Kluft der Artillerie, und die beiden ergingen sich zwischen hinuntergeschlungenen Bissen und großen Schlucken Wein in einer angeregten Unterhaltung. Corfe schüttelte kaum merklich den Kopf. Die Feldarmee von Aekir, John Mogens Kommando, hatte solchen Dingen nie gefrönt. Woher war all der Pomp und Prunk gekommen, der sich mittlerweile durch die gesamte torunnische Armee zog? Vielleicht rührte es daher, daß sie Soldaten waren, die fernab einer unüberwindbaren Grenze lebten. Abgesehen von ihm selbst und Andruw hatte keiner der Anwesenden je in einer Schlacht gekämpft, in der es Mann gegen Mann gegangen war. Und seit dem Fall Aekirs war die Grenze nicht mehr unüberwindbar. Eine gesamte Armee, mehr als dreißigtausend Mann, war im Zuge des Untergangs der Stadt vernichtet worden. Die einzigen erfahrenen Soldaten, die es im Königreich noch gab, waren jene bei Martellus in der Feste. Wieder spürte Corfe bei diesem Gedanken ein unbehagliches Kribbeln. An Lofantyrs Stelle würde er zu Tausenden Männer einziehen, ausbilden und zur Feste von Ormann schicken. Die Strategie des Oberkommandos erschien ihm geradezu erschreckend behäbig.

Aras sprach ihn an. Rasch sammelte Corfe die Gedanken und zwang sich zur Höflichkeit, die er in letzter Zeit zunehmend schwer aufbringen konnte.

»Ich nehme an, Ihr habt die Gerüchte schon gehört, da Ihr anläßlich der Ankunft des Pontifex am Hof gewesen seid, Oberst.«

»Nein. Erzählt mir davon«, forderte Corfe ihn auf.

»Es ist kaum zu glauben, aber offenbar hat unser Herrscher fimbrische Söldner in Dienst genommen, um die Feste von Ormann zu verstärken.«

Corfe hatte bei den Kriegsräten des Königs davon gehört, doch seine Miene verriet nichts. »Das ist einzigartig«, sagte er nur und trank einen Schluck Wein.

»Ja – wenngleich ich es mit anderen Worten ausdrücken würde. Stellt Euch nur vor! Er nimmt unsere einstigen Oberherrn in seine Dienste auf, um unsere Kriege für uns zu fechten. Das ist eine Beleidigung für jeden Offizier der Armee. Der König war beim Berufsheer nie besonders beliebt, aber das hat die Männer über alle Maße erzürnt. Es sieht so aus, als hätte er zu wenig Vertrauen in seine Landsleute, um sie seine Schlachten für ihn auszutragen lassen.«

Insgeheim dachte Corfe, daß der König zumindest dadurch einen Hauch Weisheit zeigte, doch er schwieg.

»Und so marschiert nun eine Große Hundertschaft durch Torunna, als besäße sie das Reich. Fimbrier! Ich frage mich, ob sie überhaupt noch zu kämpfen verstehen, nachdem sie sich vierhundert Jahre lang hinter den eigenen Grenzen eingeigelt haben.«

»Ich bin sicher, Martellus wird wissen, wie er die Soldaten einzusetzen hat«, meinte Corfe ruhig.

»Martellus … ja … ein tüchtiger Mann. Ich nehme an, Ihr kennt ihn, da Ihr in der Feste gedient habt?«

»Ja. Ich kenne Martellus.«

»Es heißt, er sei nicht gerade ein Ehrenmann – ein ruppiger Kerl, aber ein guter General.«

»Auch John Mogen war kein Ehrenmann, aber Schlachten wußte er durchaus zu schlagen«, entgegnete Corfe.

»Gewiß, gewiß«, pflichtete Aras ihm eilig bei. »Ich glaube nur, es ist an der Zeit, daß der neuen Generation von Offizieren die Gelegenheit gegeben wird, ihren Mut zu beweisen. Die ältere Generation ist zu sehr festgefahren, und die Welt verändert sich um sie herum. Gebt mir ein paar Große Hundertschaften, und ich sage Euch, wie ich die Senke befreien würde …« Und er erging sich in einer genauen Beschreibung, wie Oberst Aras Martellus und sogar Mogen übertrumpfen und die Merduks über den Ostian zurückschleudern würde.

Corfe stellte fest, daß Aras betrunken war – was mittlerweile für viele der Offiziere galt, nachdem sie einen Becher rubinroten candelarischen Weins nach dem anderen hinuntergestürzt hatten, der in den randvollen Gläsern blutrot im Kerzenlicht schimmerte. Draußen würden Marsch und die Kathedraler soeben in ihre kalten Betten im torunischen Schlamm schlüpfen, und hundertdreißig Wegstunden entfernt, entlang des Ostian, ruhten unbestattet die Gebeine der Männer, die einst Corfes Waffenbrüder gewesen waren.

Ich bin selbst betrunken, dachte er, obwohl der

Wein in seinem Mund sauer schmeckte. Er haßte die düstere Stimmung, die ihn in letzter Zeit mit zunehmender Regelmäßigkeit überkam. Lieber wäre er wie Andruw oder Ebro gewesen: fähig, sich zu freuen und mit den Gefährten zu scherzen und zu lachen. Aber das konnte er nicht. Aekir hatte ihn zerbrochen. Aekir und Heria. Er fragte sich, ob er jemals wieder wahren Frieden empfinden würde, abgesehen von jenen wilden, mordlüsternen Augenblicken im Kampf, in denen einzig die Gegenwart existierte. Keine Vergangenheit, keine Gedanken an die Zukunft, nur die gleichermaßen furchteinflößende und erregende Erfahrung des Tötens. Nur das.

Er dachte an die Nacht, in der er mit der Königswitwe von Torunna geschlafen hatte, seiner Schutzherrin. Es war wie eine Schlacht gewesen, bei der er völlig in den Empfindungen des Augenblicks aufgegangen war. Doch immer lauerten die Nachwehen, die Leere des Erwachens. Nein – einzig die Gewalt des Krieges vermochte, diese Leere in seinem Inneren zu füllen, und vielleicht die Kameradschaft einiger weniger Männer, denen er vertraute und die er schätzte. Für Gefühle war kein Platz mehr. Das Antlitz seiner Frau und die Erinnerungen an sie hatte er in einem unzugänglichen Winkel seines Herzens bewahrt, und nichts und niemand würde ihn je wieder dort berühren.

»… aber natürlich brauchen wir Männer, mehr Männer«, schwafelte Aras munter weiter. »Zu viele Truppen hocken in Torunn, und weitere werden gen Süden geschickt, um dort neuen Aufständen vorzubeugen. Irgendwie kann ich die Überlegungen des Königs sogar verstehen. Wieso sollen nicht Fremde für uns an der Senke bluten, damit wir unsere eigenen Männer aufsparen, bis sie wirklich gebraucht werden? Aber ich muß sagen, der Gedanke hinterläßt einen schalen Nachgeschmack. Wie auch immer, die Feste wird nicht fallen – Ihr solltet das besser wissen als jeder andere, Oberst. Nein, wir haben den Vormarsch der Merduks eingedämmt und sollten uns überlegen, einen Gegenangriff zu führen. Und ich bin nicht der einzige Offizier der Armee, der so denkt. Als ich den Hof verließ, drehten sich die Gespräche darum, wie wir entlang der Straße nach Westen zuschlagen und versuchen könnten, die heilige Stadt zurückzuerobern.«

»Wenn Feldzüge nur mit großen Worten zu gewinnen wären, würde nie jemand einen Krieg verlieren«, erwiderte Corfe gereizt. »Vor der Feste von Ormann lagern zweihunderttausend Merduks ...«

»Nicht mehr«, unterbrach ihn Aras, sichtlich erfreut darüber, Corfe auf einen Irrtum aufmerksam machen zu können. »Berichten zufolge hat die Hälfte des Feindes die Winterlager entlang des Searil verlassen. Vor der Feste sind weniger als neunzigtausend Mann verblieben.«

Als Corfe jäh bewußt wurde, daß ihm soeben etwas höchst Bedeutsames mitgeteilt worden war, versuchte er, die Benommenheit fortzublinzeln, die der viele Wein verursacht hatte.

»Wohin sind sie gezogen?« fragte er.

»Wer weiß? Vielleicht zurück in ihr feuchtkaltes Heimatland, vielleicht auch nach Aekir, um beim

Wiederaufbau zu helfen. Jedenfalls bleibt die Tatsache, daß ...«

Corfe hörte gar nicht mehr zu. Sein Verstand hatte wie wild zu arbeiten begonnen. Wieso sollte jemand hunderttausend Mann aus ihrem Winterlager abziehen, ausgerechnet zur finstersten Zeit des Jahres, wenn die Straßen Sumpfrinnen gleichen und es kein Futter für die Gepäck- und Lasttiere gibt? Offensichtlich aus gutem, nicht bloß verwaltungstechnischem Grund. Hinter diesem Zug mußte sich ein strategischer Gedanke verbergen. Konnte es sein, daß die Merduks ihre Hauptanstrengungen nicht mehr an der Senke von Ormann, sondern anderswo unternahmen? Es schien unmöglich – doch genau darauf ließen diese Neuigkeiten schließen. Blieb die Frage: Wenn nicht an der Senke von Ormann, wo dann? Es gab keinen anderen Ort, an den die Merduks ziehen konnten.

Eine düstere Vorahnung überkam ihn, wie er es nie zuvor erlebt hatte. Binnen eines Lidschlags wurde er nüchtern. Die Feinde hatten einen Weg gefunden, die Feste zu umgehen. Sie hatten vor, andernorts zu ihrem Hauptschlag anzusetzen, und zwar bald, noch im Winter – solange der torunnische Militärnachrichtendienst behauptete, sie würden nicht zuschlagen.

»Entschuldigt mich«, sagte Corfe zu einem verdutzt wirkenden Aras und erhob sich aus dem Stuhl. »Ich danke Euch für den gastlichen Abend, aber meine Offiziere und ich müssen unverzüglich aufbrechen.«

»Aber ... Was?« stammelte Aras.

Corfe gab Andruw und Ebro, die ihn entgeistert anstarrten, ein Zeichen; dann verbeugte er sich vor den versammelten torunnischen Offizieren und verließ das Zelt. Seine beiden Untergebenen eilten ihm nach und vermochten kaum, mit ihm Schritt zu halten, während er durch den Matsch stapfte. Andruw bewahrte den völlig verwirrten und betrunkenen Ebro davor, auszurutschen und zu stürzen. Leichter Nieselregen fiel über das Land, und die Nachtluft schien wärmer geworden zu sein.

»Corfe ...«, setzte Andruw an.

»Laß die Männer antreten«, herrschte Corfe ihn an. »Ich will noch zur Stunde alles gepackt und abmarschbereit haben. Wir brechen sofort auf.«

»Was ist denn? Um Himmels willen, Corfe!« begehrte Andruw auf.

»Das ist ein Befehl, Hauptmann«, erwiderte Corfe frostig.

Sein Tonfall brachte Andruw augenblicklich zur Besinnung. »Ja, Herr. Darf ich fragen, wohin wir ziehen?«

»Nach Norden, Andruw. Zurück nach Torunn.« Corfes Stimme wurde sanfter. »Wir werden dort gebraucht«, fügte er hinzu.

In jenem Winter schien Torunna der Angelpunkt der Welt, ein Ort, an dem sich das Schicksal des Kontinents entscheiden würde. Rings um die Hauptstadt, Torunn, kauerten immer noch die Horden der Unglücklichen aus Aekir in großflächigen Flüchtlingslagern, die sich weit über die Vororte der Stadt hinaus erstreckten. Sie waren Fremde, aufgewachsen in der weltoffenen Riesenhaftigkeit einer gewaltigen Stadt, die es nicht mehr gab. Und doch waren sie letzten Endes auch Torunnen, und somit war die Krone für sie verantwortlich. Sie wurden auf öffentliche Kosten ernährt, und man karrte Wagenladung um Wagenladung mit Baumaterial für eine unvorstellbar große Zeltstadt zu ihnen hinaus. Einem Beobachter drängte sich der Eindruck auf, eine mächtige Armee würde vor der Hauptstadt lagern, mit all dem Rauch, Gestank und Lärm, der untrennbar zu einer wimmelnden Menge gehörte. Aber auch mit dem Moder, den Krankheiten und dem Chaos eines Volkes, das alles verloren hatte und nicht wußte, wohin es sich wenden sollte.

Der Adelsstand Normanniens errichtete seine Festen und Burgen und Paläste bevorzugt auf Hügeln und Anhöhen. Vielleicht weil es den edlen Herren gefiel, einen Streifen des Landes zu sehen, über das sie herrschten, vielleicht aus Gründen der Verteidigung, oder vielleicht einfach deshalb, weil sie sich auf diese Weise von der Masse der Bevölkerung abhoben, die ihnen untertan war. In Torunn jedoch gab es keinen Hügel, auf dem man einen Palast hätte errichten können, so wie in Abrusio und Cartigella; folglich hatten die Erbauer des torunnischen Palasts ein hoch aufragendes Bauwerk breiter Türme geschaffen, die durch Brücken und Gänge in luftiger Höhe miteinander verbunden waren. Kein schönes Gebäude wie das des perigrainischen Königs in Vol Ephrir, doch ein starkes und beeindruckendes Bauwerk, das streng auf die Stadt hinunterblickte wie ein gebeugter Titan. Aus den obersten Gemächern und Kammern konnte man an klaren Tagen das weiße Glitzern am Horizont erkennen, als das die Berge von Cimbric sich präsentierten. Und an einem ruhigen Frühlingsmorgen war es möglich, fünfzig Meilen auf die See hinauszuschauen und zu beobachten, wie die Schiffe gleich Schwänen mit dunklen Bäuchen vom Kardischen Golf hereinsegelten.

Nun aber wallte der Dampf, der von den Lagern aufstieg, wie eine Nebelwand in der Stadt, und selbst von den höchsten Türmen aus war es unmöglich, weiter als bis zu den Vororten Torunns zu blicken.

Odelia, die Königswitwe, seufzte und rieb die Hände aneinander. Zarte Finger, makellose Nägel – die Hände einer jungen Frau, abgesehen von den Leberflecken, die sie überzogen und Odelia an ihr Alter erinnerten. In diesem Winter – diesem endlosen Winter – schien die Kälte sich in ihrem Mark eingenistet zu haben. Sie hatte so lange gegen die Zeit angekämpft, daß jedes neue Zeichen des Verfalls ihres Körpers, jeder neue Schmerz, jedes neue Wehwehchen, jedes noch so leise Schwinden ihrer Kraft sie mit unbändigem Zorn erfüllte. Heute nacht wollte sie die verblassende Theurgie ihres Erhaltungsbannes erneuern – aber ach, wie sehr wünschte sie sich wieder diesen jungen Mann in ihrem Bett, um von seiner Lebendigkeit zu zehren, seine Kraft zu spüren. Um sich wie eine Frau zu fühlen, verdammt noch mal. Nicht wie eine Königin, die sang- und klanglos in das Zwielicht des Alters gleitet.

Niemand wußte genau, wie alt Odelia war. Bereits mit fünfzehn Jahren war sie mit Lofantyrs Vater, König Vanatyr, verheiratet worden, doch die ersten drei Kinder, die sie auf freudlose Weise empfangen hatte, waren gestorben, ehe sie sprechen lernten. Lofantyr hatte überlebt, und nun war ihr Leib unfruchtbar. Und Vanatyr war seit fünfzehn Jahren tot, nachdem er an einem Bissen seines Essens erstickt war. Bei der Erinnerung mußte Odelia lächeln.

In den anderthalb Jahrzehnten seit dem Dahinscheiden ihres Gemahls hatte es in ihrem Leben drei Geliebte gegeben. Der erste war Herzog Errigal gewesen, der zum Regenten ernannt worden war, um den dreizehnjährigen König Lofantyr bis zu dessen Krönung zu beraten, zu leiten und zu unterrichten. Errigal war mit Leib und Seele ihr Geschöpf gewesen. Fünf Jahre lang hatte sie durch ihn und ihren Sohn geherrscht, bis Lofantyr die Volljährigkeit erlangte; danach hatte Odelia durch Lofantyr regiert. Doch mittlerweile ging der König auf die dreißig zu, mißachtete ihre Ratschläge immer öfter und traf zunehmend Entscheidungen, ohne sie zu befragen. Kurzum, er lernte, selbst zu herrschen.

Was Odelia haßte.

Ihr zweiter Liebhaber war John Mogen gewesen, jener General, der Aekirs Militärkommandant gewesen war, einer der bedeutendsten Heerführer, die der Westen je erlebt hatte. Ihn hatte Odelia wahrhaft geliebt. Weil er ein *Mann* gewesen war.

Ein großartiger Mann ohne jede Manieren, Bildung oder Erziehung, doch mit einem ausgelassenen Sinn für Humor und der Gabe, sich alles, was ihm erzählt wurde, und jeden, den er kennenlernte, einzuprägen. Auch seine Männer hatten ihn geliebt; deshalb waren sie zu Tausenden für ihn gestorben. Odelia hatte seine Laufbahn gefördert; sie selbst hatte ihm den Posten des militärischen Oberhaupts der heiligen Stadt verschafft. Sie hätte nie und nimmer gedacht, daß die Stadt mit John Mogen an der Spitze fallen könnte. Und sie hatte um ihn getrauert, nachts hemmungslos in ihr Kissen geweint, außer sich vor Zorn über ihren Mangel an Selbstbeherrschung. Dabei lag es sechs Jahre zurück, daß sie zuletzt ein Wort mit ihm gewechselt hatte.

Und nun gab es diesen neuen Liebhaber, diesen verbitterten jungen Mann, der unter ihrem geliebten Mogen gedient und ihn sterben gesehen hatte. Odelia wußte haargenau, daß sie einer Art Nostalgie frönte, indem sie diesen jungen Mann förderte – vermutlich um zu versuchen, den Zauber jener Jahre wieder herzubeleben, als sie – wenn auch im Hintergrund – über Torunna geherrscht hatte und Mogen ihr Ritter, ihr Beschützer gewesen war. Weiter aber ließ sie sich von ihren Gefühlen nicht hinreißen; zudem war die Finsternis dieser Jahre etwas anderes, etwas Neues. Sie glaubte, Größe erkennen zu können wie ein Jagdhund, der einen Hasen riecht. Mogen hatte Größe besessen, und dasselbe galt für diesen Corfe Cear-Inaf. Ihr eigener Sohn jedoch, der König, besaß keinen Funken davon.

Als hätte Odelias Grübelei es heraufbeschworen, betrat ihre Zofe hinter ihr die Kammer und machte einen Knicks. »Fürstin, Seine Majestät ...«

»Laß ihn herein«, befahl Odelia gereizt und schloß die Balkontüren vor dem naßkalten Tag, dem Gestank der Flüchtlingslager und dem betriebsamen Getöse der Stadt, die sich unter ihr ausbreitete.

»Ein wenig ungeduldig in letzter Zeit, was, Mutter?« meinte Lofantyr, als er eintrat. Er hatte sich einen schweren, fellbesetzten Umhang um die Schultern geschlungen; er haßte die Kälte ebensosehr wie Odelia.

»Die Ungeduld ist das Vorrecht der Alten«, erwiderte sie knapp. »Sie haben weniger Zeit zu verlieren als die Jungen.«

Der König setzte sich gemütlich auf einen der Diwane, die ringsum die Wände säumten, und wärmte sich die Hände am safrangelben Schimmer eines Kohlenbeckens. Er schaute sich um.

»Wo ist denn dein Spielgefährte?«

»Der schläft. Er hat ein Kätzchen gefangen, aber mittlerweile ist er so altersschwach, daß er seine Kräfte sammeln muß, bevor er sich darüber hermacht.« Sie deutete mit dem Kopf zur Decke.

Lofantyr folgte ihrem Blick und sah droben in den schattengetünchten Dachsparren ein Spinnennetz von gut dreieinhalb Meter Durchmesser. In der Mitte kauerte der Hausgeist ihrer Mutter; in einer Ecke zuckte ein kleines, umgarntes Bündel, das ein leises, mitleiderregendes Miauen ausstieß. Lofantyr schauderte.

»Was verschafft mir die Ehre dieses Besuchs?«

erkundigte sich die Königswitwe, begab sich anmutig zu ihrem Stickrahmen und setzte sich davor. Sie begann, eine Nadel und eine helle Seidengarnspule vorzubereiten.

»Ich habe Neuigkeiten … eigentlich eher ein Gerücht … und dachte mir, es könnte dich interessieren. Neuigkeiten aus dem Süden.«

Die Stirn vor Konzentration gerunzelt, fädelte sie das Garn ein. »Ja?«

»Den Gerüchten zufolge wurde der Aufstand unserer rebellischen Untergebenen im Süden ungewohnt schnell und mühelos niedergeschlagen.«

»Dann hat dein Oberst Aras sich ja ziemlich beeilt«, warf sie ihm den Köder hin.

»Die Gerüchte besagen weiter, die Rebellen wären von einer Truppe Wilder mit seltsamen Rüstungen unter dem Befehl eines torunnischen Offiziers besiegt worden.«

Ihre Züge blieben ungerührt, wenngleich ihr Herz einen Schlag aussetzte. Die Nadel stach durch den Stickrahmen und in ihren Finger, aus dem ein kugelrunder Blutstropfen quoll, doch sie ließ sich nichts anmerken.

»Wie außerordentlich interessant.«

»Nicht wahr? Und ich will dir noch etwas Interessantes erzählen. Außer den Flüchtlingen aus Aekir lagern vor unseren Toren fast tausend Stammeskrieger aus den Bergen, *mit* Pferden und Waffen. Cimbriani, Felimbri, Feldari. Ein wahrer Schmelztiegel wartender Wilder. Sie haben Gesandte zu den Garnisonsbehörden geschickt. Sie möchten sich freiwillig für die Armee eines gewissen Oberst Corfe melden, wie sie ihn nennen. Sie meinen, sie würden nicht eher aus der Nähe der Stadt verschwinden, bis sie ihn gesehen haben.«

»Wie überaus bemerkenswert«, meinte sie. »Und was hast du mit ihnen gemacht?«

»Ich will keine Horde bewaffneter Barbaren vor meinen Toren. Ich habe ein paar Hundertschaften losgeschickt, um sie zu entwaffnen.«

»Du hast *was*?« fragte Odelia mit gefährlich leiser Stimme.

»Es kam zu einem bedauerlichen Zwischenfall, bei dem Blut vergossen wurde. Letzten Endes habe ich ihr Lager mit Artillerie umzingeln lassen und sie gezwungen, die Waffen abzugeben. Derzeit warten sie in Ketten darauf, auf die königlichen Galeeren überstellt zu werden, wo sie als Ruderer dienen sollen.« Lofantyr lächelte.

Odelia musterte ihren Sohn. »Warum?« wollte sie wissen.

»Ich weiß nicht, was du meinst, Mutter.«

»Hör auf, dumme Spielchen mit mir zu treiben, Lofantyr.«

»Was stört dich denn so daran? Daß ich eine Entscheidung getroffen habe, ohne erst zu dir zu laufen und dich um Rat zu fragen? Ich bin der König. Du magst wohl meine Mutter sein, trotzdem bin ich dir keine Rechenschaft schuldig«, sagte der König, dessen blasses Antlitz sich rosa färbte.

»Du bist ein verdammter Narr«, offenbarte die Königswitwe ihrem Sohn mit ungebrochen leiser Stimme. »Wie ein Kind, das in einem Anflug von verletztem Stolz etwas Kostbares zerstört, das es danach nicht mehr zusammenfügen kann. Vergiß doch kurz deinen verletzten Stolz, Lofantyr, und denk an das Wohl des Königreichs.«

»Ich denke nie an etwas anderes«, entgegnete der König, wütend und trotzig zugleich.

»Dieser junge Mann, den ich gefördert habe, dieser junge Offizier ... er besitzt Fähigkeiten, die keiner deiner höfischen Günstlinge aufzuweisen hat, und du weißt es. Wir brauchen Männer wie ihn, Lofantyr. Wieso trachtest du danach, ihn zu vernichten?«

»Ich werde meine eigenen Kriegsherren fördern. Ich lasse sie mir nicht vorschreiben!« rief der König und erhob sich so rasch, daß der fellbesetzte Mantel hinter ihm aufwallte.

»Vielleicht darfst du später einmal deine eigenen Leute auswählen, wenn du gelernt hast, sie klug zu wählen«, erklärte Odelia. Ihre Haut schien beinahe zu leuchten, und ihre Augen schimmerten wie Smaragde, in denen sich Sonnenlicht bricht.

»Bei Gott, das muß ich mir nicht anhören.«

»Nein, mußt du nicht. Ein Narr hört nie auf Weisheit, wenn sie seine Wünsche durchkreuzt. Denk nach, Lofantyr! Denk nicht an deinen Stolz, sondern an das Königreich! Ein König, der nicht Herr über sich selbst ist, ist Herr über nichts und niemanden.«

»Wie kann ich Herr über irgend etwas sein, wenn du ständig in meinem Schatten hockst, deine Netze webst und in die Ohren meiner Berater säuselst? Du hast deinen Tag in der Sonne gehabt, Mutter, jetzt bin ich an der Reihe. *Ich* bin der König!«

»Dann mußt du lernen, dich wie einer zu benehmen«, riet ihm Odelia. »Deine Launen sind wie die eines verzogenen Kindes. Du umgibst dich mit Geschöpfen, deren einziges Lebensziel darin besteht, dir nach dem Mund zu reden. Du stellst deinen lächerlichen Stolz über das Wohl des Landes und weigerst dich, Neuigkeiten zu lauschen, die deiner Vorstellung vom Lauf der Welt widersprechen. Die Männer, die auf den Schlachtfeldern bluten, sind der Leim, der dieses Königreich zusammenhält, Lofantyr, nicht die gelackten Ämterhascher am Hof. Vergiß nie, wo die wahre Macht liegt – woraus das wahre Wesen der Macht besteht.«

»Was soll das werden? Ein Vortrag über Herrschertum?«

»Beim Blute des Heiligen, wäre ich ein Mann, ich würde dich prügeln, bis du flennst. Du bist so geblendet von Prunk und Hofgebaren, daß du die Schritte des Untergangs nicht hören kannst, die auf die Welt zueilen.«

»Komm mir bloß nicht mit Weltuntergangsprophezeiungen, Mutter«, warnte ihr Sohn sie, in dessen eigene Stimme sich nun Verachtung geschlichen hatte.

»Wir alle kennen die Hexerei, der du frönst – jeder am Hof weiß darüber Bescheid –, aber sie kann dir nicht helfen, in die Zukunft zu blicken. Deine Gabe ist anders.«

»Es braucht keinen Weissager, um vorherzusehen, welche Richtung der Lauf der Welt einschlägt.«

»Ebensowenig bedarf es einer Geistesgröße, um

dein plötzliches Interesse an diesem Emporkömmling aus Aekir zu verstehen. Hilft es dir, dein Alter zu vergessen, wenn du dir einen Mann angelst, der jung genug wäre, dein Sohn zu sein?«

Die beiden funkelten einander an.

Schließlich sagte Odelia: »Sei vorsichtig, Lofantyr.«

»Ach ja? Der ganze Hof spricht davon – die Königswitwe springt mit dem zerlumpten Deserteur der ausgelöschten Armee von John Mogen ins Bett. Erzähl du mir nichts von Benehmen. Wie wirkt sich wohl das *deine* auf die Würde der Krone aus? Meine eigene Mutter und ein schmuddeliger Jungoffizier!«

»Ich habe dieses Land schon regiert, da warst du noch ein rotznäsiger Bengel!« kreischte sie schrill.

»Genau, und wir alle wissen, wie dir das gelungen ist. Mit Errigal warst du ebenfalls im Bett. Du würdest deinen Leib tausendfach verkaufen, wenn es dich näher an den Thron brächte. Nun, ich bin ein erwachsener Mann, Mutter, und mein eigener Herr. Du wirst nicht mehr gebraucht.«

»Glaubst du?« hakte Odelia nach. »Glaubst du das wirklich?«

Mittlerweile standen sie beide. Der höllengleiche Schein des Kohlenbeckens flackerte zwischen ihnen und erhellte von unten ihre Gesichter, so daß sie wie Masken aus Licht und Schatten wirkten. Über ihnen war die riesige Spinne namens Arach erwacht; behutsam tasteten die zahlreichen Beine sich über das Netz, an dem das Tier hing, als wollte es zum Sprung ansetzen. Lofantyr spähte zu dem Ding empor; es stieß einen tiefen Klagelaut aus, der sich anhörte wie das Jammern einer gequälten Katze.

»Hör auf, dich in Staatsangelegenheiten einzumischen«, riet Lofantyr der Königswitwe mit ruhigerer Stimme. »Du mußt mir die Gelegenheit geben, zu *herrschen*, Mutter. Du kannst mich nicht ewig umklammern.«

Odelia neigte leicht das Haupt, als würde sie ihm gnädig beipflichten. Ihre Augen ähnelten zwei vom Gelb der Flammen durchsetzten, grün pulsierenden Glutpunkten.

»Laß die Stammeskrieger frei«, forderte sie ihn in gemäßigtem Tonfall auf. »Gib sie ihm. Schaden kann es doch nicht.«

»Die Felimbri bewaffnen? Ist es das, was du willst? Und dabei warst du es, die mich davor gewarnt hat, die Fimbrier anzuheuern!«

»Sie werden ihm gehorchen. Ich weiß es.«

»Sie sind Wilde.«

»Hättest du ihm von Anfang an ein vernünftiges Kommando zugewiesen, wäre dieses Problem wahrscheinlich gar nicht erst entstanden«, betonte sie mit schneidender Stimme.

»Und hättest du dich nicht …«, begann er, verstummte dann aber. »Dieses Gezanke ist weder dir noch mir von Nutzen.«

»Stimmt.«

»Na schön, ich lasse sie frei. Dein Schützling soll seine Wilden haben. Aber sie werden keinerlei Unterstützung von den Militärbehörden erhalten. Er ist auf sich allein gestellt, dieser Oberst aus Aekir.«

Zustimmend neigte Odelia das Haupt.

»Laß uns nicht mehr streiten, Mutter«, forderte Lofantyr sie auf. Er kam um das Kohlenbecken herum und streckte die Hände aus.

»Abgemacht«, willigte seine Mutter ein. Sie ergriff seine Hände und küßte ihn auf die Wange.

Der König lächelte; dann wandte er sich ab. »Ein paar Boten von Martellus sind auf dem Weg von den Toren hierher. Ich muß sie empfangen. Willst du mich begleiten?«

»Nein«, antwortete sie, als er bereits aus dem Zimmer ging. »Nein, empfange sie allein. Ich habe hier Arbeit zu erledigen.«

Abermals lächelte er ihr zu; dann verließ er den Raum.

Odelia verharrte eine Zeitlang in der Stille, die Augen stumpf, das Feuer darin verkümmert. Schließlich ergriff sie den Stickrahmen und schleuderte ihn durch die Kammer. An der gegenüberliegenden Wand zerschellte er krachend zu einem Gewirr aus zerrissener Wolle, Stoff und Garn. Die Zofe spähte zur Tür herein, sah das Antlitz ihrer Herrin und floh.

Irgendwie schienen die verrußten steinernen Mauern des Admiralsturms in jener Zeit zur allgemeinen Stimmung Abrusios zu passen. Jaime Rovero, Admiral der Flotten Hebrions, hatte seine Gemächer und Arbeitsräume nahe der höchsten Stelle der Festung. Er lief in einer großen Kammer neben seinem Schreibtisch auf und ab, während der Geruch von Meerwasser und Asche von den

Docks unten heraufstieg, und er hörte die wilden Schreie von Möwen. Offenbar segelte gerade eine Winterfischerjolle herein. Sein ganzes Leben war er Seemann gewesen und vom Kapitänsmaat an Bord einer Karavelle Schritt für Schritt aufgestiegen, hatte zunächst das Kommando über ein eigenes Schiff bekommen, dann über eine Schwadron, dann über eine Flotte; schließlich war er zum Gipfel seiner Laufbahn gelangt – zum Oberbefehlshaber der Seestreitkräfte. Weiter konnte er es nicht bringen. Dennoch blickte er oft hinab auf das dreiblättrige Hafenkleeblatt, das die Stadt Abrusio umgab, und wenn er die Schiffe dort sah, sehnte er sich manchmal nach dem regen Hafenleben, den Horden der Dockarbeiter und Seeleute und wünschte sich, er wäre wieder nur ein schlichter Kapitänsmaat mit kaum zwei Kupfermünzen in der Tasche und dem Versprechen eines neuen Horizonts beim nächsten Sonnenaufgang im Herzen.

Es klopfte an der Tür. Rovero rief: »Herein!«, richtete sich auf und blinzelte die Erinnerungen und lächerlichen Sehnsüchte fort. Einer seiner Schreiber verkündete: »Galliardo Ponero, Dritter Hafenkapitän der Außenstraßen, Herr.«

»Ja, ja. Schick ihn rein.«

Herein kam ein kleiner, dunkelhäutiger Mann, dem trotz feiner Kleider und einem überreich mit Federn geschmückten Hut der Geruch der See anhaftete. Ponero verbeugte sich, wobei die Federn einen Bogen beschrieben, als er den Hut mit einer Geste schwang, die er wohl für unübertrefflich elegant hielt.

»Oh, spart Euch den höfischen Müll«, brummte Rovero. »Wir sind hier nicht im Palast. Nehmt Platz, Ponero. Ich habe ein paar Fragen an Euch.«

Galliardo schwitzte. Er saß vor dem dicken, dunklen Holz des Schreibpults des Admirals und glättete die zerzausten Federn.

Einen Lidschlag starrte Rovero seinen Besucher schweigend an. Auf seinem Schreibpult lag ein dünner Stapel Papiere, die allesamt das königliche Siegel trugen. Galliardo erspähte sie und schluckte.

»Beruhigt Euch«, forderte Rovero ihn auf. »Ihr seid wegen keiner Bestechungsangelegenheit hier, falls Ihr das annehmt. Fast jeder Hafenkapitän der Stadt drückt hie und da mal ein Auge zu. Gerade die Schmiere sorgt dafür, daß die Räder sich weiter drehen. Nein, Ponero, ich möchte, daß Ihr Euch die hier anseht.« Über den Tisch hinweg warf er seinem zitternden Gast die Papiere zu.

»Das sind königliche Proviantgutscheine«, meinte er nach kurzer Durchsicht.

»Ganz recht. Und jetzt erzählt.«

»Ich verstehe nicht, Exzellenz ...«

»Diese beiden Schiffe, die auf Kosten des Königs ausgestattet und mit Proviant versorgt wurden und hebrionische Soldaten an Bord hatten, wurden in Eurem Teil der Werften vorbereitet. Ich will wissen, wohin sie unterwegs waren und weshalb der König für ihre Reise aufgekommen ist.«

»Wieso fragt Ihr nicht ihn?« krächzte Galliardo.

Rovero runzelte die Stirn, ein furchterregender Anblick.

»Ich bitte um Verzeihung, Exzellenz. Tatsache ist, die Schiffe gehörten einem gewissen Richard Hawkwood, und der Anführer der Expedition sowie der Soldaten war Fürst Murad von Galiapeno.«

Die Runzeln auf Roveros Stirn vertieften sich. »*Expedition?* Erklärt mir das.«

Galliardo zuckte die Schultern. »Sie hatten Vorräte für viele Monate dabei, außerdem Pferde zum Züchten ... keine Wallache, versteht Ihr ... und Schafe und Hühner. Und dann waren da natürlich noch die Fahrgäste ...«

»Was ist mit denen?«

»Etwa hundertvierzig von den *Dweomer* aus der Stadt.«

Rovero stieß einen leisen Pfiff aus. »Ich verstehe. Und was war ihr Ziel, Ponero?«

Galliardo dachte zurück an das Ende eines Sommers, der Jahre in der Vergangenheit zu liegen schien. Er erinnerte sich noch daran, mit Hawkwood mit einem letzten Glas Wein angestoßen zu haben, in der Hafentaverne neben seinen Arbeitsräumen, die so viele Abschiede miterlebt, die Rücken so vieler Männer gesehen hatte, die in ihre riesigen Schiffe stiegen, zum fernen Horizont segelten und nie zurückkehrten. Wo waren Richard Hawkwood und seine Mitreisenden nun? Wo seine Schiffe? Wahrscheinlich verrotteten sie in der Tiefe oder an einem Felsriff irgendwo in einem unbekannten Teil des unermeßlichen Ozeans. Eines aber wußte Galliardo: Hawkwood hatte vorgehabt, nach Westen zu segeln – nicht zu den Brenn-Inseln oder den Hebrionesen, sondern so weit seine Schiffe ihn bringen würden, weiter vielleicht, als jemand zuvor gesegelt war. Was war aus ihm geworden? Hatte er letztlich das Ende der Welt erreicht und den Fuß auf nie zuvor betretenes Land gesetzt? Vermutlich würde Galliardo es nie erfahren, und so betrachtete er es als unbedenklich, dem Admiral von Hawkwoods Expedition zu erzählen, obwohl Richard ihn damals zu Stillschweigen verpflichtet hatte. Richard war höchstwahrscheinlich tot und somit gegen jedwede Folgen gefeit, die Galliardos Tun nach sich ziehen mochte. Die Linie der Hawkwoods war ausgestorben: Seine Frau, Estrella, war in dem brüllenden Inferno ums Leben gekommen, das wenige Wochen zuvor in Abrusio gewütet hatte.

»Nach Westen, sagt Ihr?« brummte Rovero nachdenklich, nachdem Galliardo ihm berichtet hatte.

»Ja, Exzellenz. Ich glaube, sie wollten den sagenumwobenen Westlichen Kontinent entdecken.«

»Das ist doch nur ein Märchen.«

»Ich glaube, Hawkwood hatte ein Dokument oder eine Karte, die etwas anderes erahnen ließ. Jedenfalls ist er seit Monaten fort, und man hat nie etwas von ihm gehört. Ich glaube kaum, daß er überlebt hat.«

»Verstehe.« Rovero wirkte seltsam bekümmert.

»Sonst noch etwas, Exzellenz?« fragte Galliardo zaghaft.

Der Admiral starrte ihn an. »Nein. Danke, Ponero. Ihr könnt gehen.«

Galliardo erhob und verbeugte sich. Als er den

Raum verließ und sich den Weg durch den dunklen Irrgarten im Inneren des Admiralsturms bahnte, stiegen deutliche Erinnerungen in seinem Gedächtnis auf, Bilder, die aus einem anderen Zeitalter zu stammen schienen. Ein heißes, pulsierendes Abrusio mit gut tausend Schiffen an den Docks und Menschen aus hundert verschiedenen Ländern in den Straßen. Die *Gabrian Osprey* und die *Gnade Gottes*, die mit der Flut aus der Bucht hinaussegelten, stolze Schiffe auf dem Weg ins Ungewisse.

Als Galliardo in den kalten, grauen Tag der winterlichen Stadt hinaustrat, flüsterte er ein rasches Gebet an Ran, den Gott der Stürme, jene uralte Gottheit, die zahlreiche Seeleute zu besänftigen suchten, wenn sie Tausende Meilen vom Land, einem Priester oder jeder Hoffnung auf einen Hafen entfernt waren. Kurz betete er für die Seelen von Richard Hawkwood und dessen Mannschaft, die allesamt gewiß längst in ihren wogenumtosten Gräbern ruhten.

Sieben

Jahr des Heiligen 552

So düster der Winternachmittag auch sein mochte, in den Gemächern des Königs war es noch düsterer. Isolla beschlich allmählich der Eindruck, ihr Dasein in letzter Zeit nur noch bei Kerzenlicht und Feuerschein zu fristen. Sie saß neben Abeleyns Bett und las laut aus einem alten Bericht über die Seefahrtsgeschichte Hebrions vor, wobei sie häufig auf die reglose Gestalt des Königs in dem großen Himmelbett spähte. In den ersten paar Tagen, die Isolla hier verbracht hatte, war sie ständig auf ein plötzliches Lebenszeichen vorbereitet gewesen, auf ein Zucken oder das Öffnen eines Augenlides, doch Abeleyn lag still wie eine Statue, abgesehen davon, daß Statuen nicht gelegentlich in lautes, rasselndes Atmen ausbrachen.

Während sie las, das Buch auf den Knien, streichelte sie seine Hand. Es war ein langweiliger Schmöker, aber er gab ihr einen Grund, hier zu sein. Außerdem glaubte Golophin, Abeleyn könnte trotz allem noch zurückgeholt werden, durch den Klang einer Stimme, eine Berührung, irgendeinen äußeren Einfluß, den bislang keiner von ihnen entdeckt hatte.

Nie kam ihr auch nur für einen Lidschlag die Frage in den Sinn, was sie eigentlich hier tat, am Bett – vielleicht sogar am Totenbett – eines Mannes, den sie kaum kannte; wieso sie hier saß und einem Mann vorlas, der sie ohnehin nicht hören konnte, in einem fremden Land, in einer von Feuer und Stahl halb zerstörten Stadt. Dafür besaß sie zu viel Pflichtbewußtsein. Zudem wohnte ihr eine Sturheit inne, die ihre Zofe Brienne nur allzugut kannte; der Wille, etwas zu Ende zu bringen, das sie begonnen hatte. Noch nie in ihrem Leben war sie vor etwas davongelaufen, hatte den abfälligen Bemerkungen der astarakischen Hofdamen so lange getrotzt, daß sie mittlerweile von ihr abperlten wie Wasser vom Federkleid einer Ente. Darüber hinaus wußte sie, daß ihr Bruder, der König, sie liebte. Das war einer der unerschütterlichen Stützpfeiler ihres Daseins.

Und er wollte, daß sie hier bei diesem Mann weilte – oder was noch von ihm übrig war. Isolla hätte sich der Aufgabe ebensowenig entwinden können, wie sie in der Lage war, sich Schwingen wachsen zu lassen und zurück nach Astarak zu fliegen. Das Leben war nicht zum Vergnügen da; es war ein Ding, an dem man zu arbeiten hatte, das man schnitzen, polieren und schleifen mußte, damit am Ende etwas Schönes, Ebenmäßiges zurückblieb, das andere bewundern konnten. Dabei spielte Glück selten eine Rolle; nicht, wenn man von königlichem Blut war.

Geräuschlos öffnete sich hinter ihr die Tür. Einer der Palastdiener, ein alter Knabe, der zu den wenigen zählte, die um den wahren Zustand des Königs wußten. Unsicher, schweigend verharrte er hinter ihr und hüstelte leise.

»Was ist, Bion?« Mittlerweile kannte Isolla sämtliche Namen.

»Fürstin, der König hat eine … eine Besucherin,

die darauf besteht, eingelassen zu werden. Eine Adelige.«

»Keine Besucher«, erwiderte Isolla.

»Fürstin, sie behauptet, der ehrenwerte Golophin hätte ihr ausdrücklich erlaubt, den König zu sehen.«

Neugierig, zugleich mißtrauisch legte Isolla das Buch beiseite. Der halbe Adel Hebrions hatte schon fordernd, süßholzraspelnd an die Tür geklopft und wollte unbedingt einen Blick auf Hebrions unsichtbaren Herrscher werfen. Bislang hatte Golophin sie abgewiesen, doch er war im Augenblick unpäßlich. Irgend etwas war mit seinem Auge geschehen – er verbarg es unter einer schwarzen Klappe –, und sogar seine fieberhafte Kraft schien allmählich zu schwinden.

»Ihr Name?«

»Fürstin Jemilla.« Bion wirkte unbehaglich, beinahe beunruhigt. Er konnte Isolla nicht in die Augen schauen.

»Ich empfange sie im Vorraum«, sagte Isolla scharf, wobei sie sich weigerte, sich einzugestehen, daß sie im Grunde froh über die Störung war.

Die Fürstin war blaß, mit rabenschwarzem Haar, und trat selbstsicher auf: die Doppelgängerin eines halben Dutzends jener Frauen, die Isollas Kindheit elendiglich gestaltet hatten. Nun aber lagen die Dinge anders.

Einen Augenblick verharrte die Fürstin mit wachem, abwägendem Blick, als Isolla eintrat. Dann vollführte sie einen eleganten Knicks, den Isolla mit einem leichten Neigen des Hauptes erwiderte. »Bitte, nehmt Platz.«

Die beiden setzten sich auf zwei kleine, unbequeme Stühle. Ihre Roben zerflossen und verteilten sich um sie herum wie das Gefieder zweier um Schönheit wetteifernder Vögel.

»Ich hoffe, es geht Euch gut, Fürstin«, begann Jemilla freundlich.

Danach folgte eine Reihe platter Floskeln, die untrennbar zu höfischen Unterhaltungen gehörten, allesamt bedeutungslos, eine Konvention. Wie Fürstin Isolla Hebrion gefalle? Kalt sei es um diese Jahreszeit, nicht wahr, aber selbstverständlich im Frühling angenehmer. Im Sommer sei es viel zu heiß – am besten, man zog sich in eine Unterkunft in den Bergen zurück, bis die Blätter sich verfärbten. Und Astarak! Ein wunderbares Königreich. Ihr Bruder sei der Inbegriff eines ramusischen Monarchen (seine derzeitige Stellung als Ketzer und die Exkommunikation wurden spielerisch übergangen). In einer der feingliedrigen Hände hielt Fürstin Jemilla eine Schriftrolle, die Isollas Neugier erregte; zugleich erweckte sie in ihr eine vorsichtige Wachsamkeit, während die gehaltlosen Worte über ihre Lippen kamen.

»Golophin hat also zugestimmt, daß Ihr den König sehen dürft«, meinte Isolla schließlich, nachdem der Höflichkeit Genüge getan war.

»Ja, fürwahr. Er und ich sind alte Bekannte. Eigentlich ist der Palast wie ein Dorf. Man lernt einander unweigerlich kennen – sogar den König.«

»Ach, tatsächlich?« Isollas Züge verrieten nichts; dennoch wuchs eine namenlose Besorgnis in ihrem Inneren.

»Was für ein Mann! Was für ein Monarch! Wie Ihr sicher wißt, Fürstin, ist er sehr beliebt. Das Königreich rätselt voller Sorge über ihn. Der Mangel an Neuigkeiten, was seine Fortschritte betrifft, *ist* aber auch ziemlich beunruhigend.« Als Isolla sich regte, streckte Jemilla eine Hand aus. »Das soll beileibe kein Tadel an Golophin oder dem ehrenwerten Admiral Rovero sein, ebensowenig an General Mercado. Aber die Menschen, die für Abeleyn bluteten, haben ein Recht, es zu erfahren, genauso wie die bedeutenden Männer des Königreichs. Sollte die Genesung des Königs lange dauern, wäre es schließlich nur angemessen, daß eine andere Persönlichkeit von entsprechendem Rang dabei hilft, den Kurs des Reichs zu bestimmen. Diese … *Fachleute* sind auf ihre Weise sehr gut, aber das gemeine Volk wünscht sich adeliges Blut an der Spitze der Regierung. Seht Ihr das nicht auch so?«

Da war es, das Funkeln von Stahl durch den Samt. Jemilla lächelte. Ihre Zähne waren klein, ebenmäßig und außerordentlich weiß. Wie die einer Katze, dachte Isolla. Konnte Golophin dieser Natter tatsächlich die Erlaubnis erteilt haben, den König zu besuchen? Nein, selbstverständlich nicht. Aber was sollte sie tun? Dieser Frau ins Gesicht sagen, daß sie log? Und was stand in jenem verfluchten Pergament?

Ohne daß Isolla es bemerkte, wurden ihre Züge hart, beinahe bedrohlich.

»Ich werde keine Mutmaßungen über die Vorhaben des Mannes anstellen, der bald mein Gemahl sein wird, ebensowenig über die seiner engsten und vertrauenswürdigsten Berater. Das wäre unpassend, versteht Ihr?« schoß Isolla zurück und beobachtete, welche Wirkung die kleine Spitze erzielte. »Zudem ist der König heute bedauerlicherweise völlig übermüdet und kann niemanden empfangen. Aber seid versichert, Fürstin, daß ich ihm Eure besten Genesungswünsche übermitteln werde. Ich bin sicher, sie werden ihn zutiefst berühren. So, und nun, da ich leider auch nicht Herrin über meine Zeit bin, fürchte ich, daß ich dieses vergnügliche Gespräch zu einem Ende bringen muß.« Sie hielt inne und erwartete, Fürstin Jemilla würde sich erheben, einen Knicks machen und gehen. Doch Jemilla rührte sich nicht.

»Verzeiht«, sagte sie statt dessen honigsüß, »aber ich fürchte, ich muß noch ein paar Augenblicke Eure Nachsicht erflehen. Ich habe hier« – endlich die Schriftrolle – »eine Art Dokument, das an Euch, die Verlobte des Königs, zu übergeben ich beauftragt wurde. Zwar verstehe ich, eine schlichte Frau, nur wenig von solchen Dingen, aber ich glaube, es handelt sich um ein von zahlreichen Oberhäuptern der Adelsfamilien Hebrions unterzeichnetes Gesuch. Darf ich es in Euren Händen lassen? Dann wäre diese Bürde von meinen Schultern. Verbindlichsten Dank, Fürstin. Und nun muß ich mich verabschieden.« Ein Knicks, gerade so tief, wie das Brauchtum es verlangte; dann ein rascher Abgang. Triumph leuchtete in den Augen Jemillas.

Diese Schlampe, fluchte Isolla im stillen. Diese berechnende, unverschämte Schlampe. Sie brach das Siegel – das Haussiegel des einen oder anderen hochwohlgeborenen Prinzchens – und überflog das lange Schriftstück, das sich in ihren Händen entrollte.

Es war tatsächlich ein Gesuch, und die Namen darauf entlockten Isollas geschürzten Lippen einen leisen, undamenhaften Pfiff. Kein geringerer als der Herzog von Imerdon. Die Fürsten von Feramuno, Hebrero und Sequero. Zwei Drittel der bedeutendsten Adeligen Hebrions mußten es unterzeichnet haben – sofern das Schriftstück echt war. Das würde sie überprüfen lassen müssen, wenngleich sie keine Zweifel hegte, daß es sich als echt erweisen würde. Wer war diese Fürstin Jemilla überhaupt? Sie war mit niemandem von Rang verheiratet; andernfalls hätte sie den Namen ihres Gatten angenommen und nicht den eigenen beibehalten. Der Name eines Gatten war in dieser Welt das Statuszeichen einer Frau.

Und was wurde in diesem Gesuch gefordert? Der König möge sich seinen besorgten Untertanen zeigen und beweisen, daß er der Herrscher Hebrions sei, nicht das Triumvirat aus Golophin, Mercado und Rovero. Oder – sofern er zu kränklich sei, um die Regierungsgeschäfte zu führen – daß ein geeigneter Adeliger, dessen Linie der des Königs am nächsten war, zum Regenten Hebrions ernannt würde, bis der König wieder in der Lage wäre, selbst zu regieren. Zweitens, daß den Unterzeichneten, seinen edlen Vettern, deren Sorge um den König überwältigend war, Zugang zu ihm gewährt würde. Drittens, daß vorgenanntes Triumvirat aus Golophin, Rovero und Mercado aufgelöst würde, die Herren wieder ihren eigentlichen Pflichten nachkämen und erlaubten, daß der vom Adeligenrat eingesetzte Regent über das Königreich herrschte. Und, nebenbei, daß der Adeligenrat – eine Einrichtung, von der Isolla trotz allem, was sie über die Geschichte Hebrions gelesen hatte, noch nie gehört hatte – in zwei Wochen in der Stadt Abrusio tagen würde, um diese Angelegenheiten zu besprechen und den König aufzufordern, seine Verlobte zu ehelichen, die Prinzessin von Astarak, um dem Königreich das freudige Ereignis einer königlichen Hochzeit und vielleicht in angemessener Zeit einen Erben zu bescheren.

Da war er nun, der Isolla vor die Füße geschleuderte Fehdehandschuh. Zeige ihn vor, aufrecht und standhaft, oder laß die Adeligen über seinen Nachfolger streiten. Darauf lief es, ungeachtet der blumigen Sprache, letztlich hinaus. Isolla fragte sich, wie tief Jemilla in diese Angelegenheit verwickelt war. Jedenfalls war sie mehr als eine bloße Botin, soviel war offensichtlich.

»Bion!« Isollas Stimme schnalzte wie eine Peitsche.

»Fürstin?«

»Ersuch den Magier Golophin, mich unverzüglich zu empfangen. Sag ihm, es geht um eine Angelegenheit von äußerster Wichtigkeit. Und mach rasch.«

»Ja, Fürstin.«

Hebrion hatte gerade erst einen Krieg hinter sich, nun würde das Reich einen weiteren erleiden müssen; dieser Krieg jedoch würde in den Gängen des Palasts ausgetragen. So seltsam es erscheinen mochte, Isolla freute sich beinahe darauf.

Acht

Es bedrückte Corfe, Torunn im tristen Niesel des neuen Jahres wiederzusehen. Der Rauch der Flüchtlingslager hing wie ein Leichentuch über der Stadt, das Land ringsum war von den Tausenden Heimatlosen aus Aekir im Umkreis von mehreren Meilen in eine Sumpflandschaft verwandelt worden. Immer noch hockten sie in den Zelten, die von den torunnischen Behörden zur Verfügung gestellt worden waren, und schienen dem Aufbruch zu einem neuen Leben keinen Deut näher als zuvor.

»Unsere ruhmreiche Hauptstadt«, murmelte Andruw, dessen sonst übliche Frohnatur beim Anblick der Stadt und angesichts der in aller Hast zurückgelegten Meilen der letzten Wochen merklich gelitten hatte. Während des Rückmarsches nach Norden hatten sie dreiundzwanzig Pferde getötet, und selbst die Stammeskrieger des Kommandos zeigten sich vor Erschöpfung ausgelaugt und erschlafft. Vorläufig hatten sie genug. Corfe wußte, daß er ihnen nichts mehr abverlangen konnte. Vielleicht bedrückte ihn auch das. Er fühlte sich ebenso müde wie sie; dennoch konnte er nur daran denken, so rasch wie möglich von hier aufzubrechen und sich zu den Schlachtfeldern im Norden zu begeben. Nichts anderes zählte für ihn.

Das, dachte er, ist aus meinem Leben geworden. Sonst gibt es nichts mehr.

Die lange Kolonne schmutziger, gähnender Reitersoldaten und stiller Maultiere wand sich von den höhergelegenen Landstrichen oberhalb der Hauptstadt hinunter und kam vor den Stadtmauern inmitten der Straßen der schäbigen Zeltstadt zum Stehen. Die Menschen aus Aekir starrten die hohläugigen Barbaren auf den riesigen Schlachtrössern an, als handelte es sich um Geschöpfe aus einer anderen Welt. Corfe starrte regungslos zurück; der Anblick der schlammverschmierten Kinder und ihrer zerlumpten Eltern ließ heißen, lodernden Zorn in ihm aufwallen. Dies waren einst die stolzen Bürger der größten Stadt der Welt gewesen. Nun waren sie Bettler, und die torunnische Regierung schien sich damit zu begnügen, es dabei zu belassen. Er verspürte das Verlangen, König Lofantyr hierher zu schleifen und sein Antlitz in den flüssigen Dreck der offenen Kloake zu drücken. Sobald wärmeres Wetter einsetzte, würden sich in diesen Lagern in Windeseile Seuchen ausbreiten.

Er wandte sich an Andruw und Marsch. »Das ist alles andere als gut. Bringt die Männer woanders unter, fernab dieser Lager.«

»Wir haben weder Betten noch Essen – noch nicht einmal Futter für die Pferde«, erinnerte ihn Andruw, obwohl der Umstand Corfe nur allzu bekannt war.

»Das ist mir durchaus bewußt, Hauptmann. Ich gehe in die Stadt, um zu sehen, was ich tun kann. In der Zwischenzeit habt Ihr ja Eure Befehle.« Kurz setzte er ab; dann fügte er zögernd hinzu: »Vielleicht wollt ihr ein paar von den Packmaultieren schlachten. Die Männer brauchen Fleisch im Magen.«

»Großer Gott, Corfe!« begehrte Andruw halbherzig auf.

»Ich weiß. Aber allzuviel können wir nicht erwarten. Wir sollten auf das Schlimmste vorbereitet sein. Ich bin zurück, sobald ich kann.«

Damit lenkte er das Pferd davon, nicht imstande, Andruw in die Augen zu blicken. Corfe vermeinte, der Zorn in ihm könnte die Welt entflammen und sich voller Grimm daran erfreuen, sie brennen zu sehen, doch der Gedanke erfüllte sein Inneres mit Kälte und Leere. Seine Männer waren von ihm abhängig. Wenn es sein mußte, würde er dem König die Stiefel lecken, damit man sie versorgte.

Die Wachen am Haupttor vergaßen zu salutieren, so fremdartig wirkte er in der scharlachroten Merduk-Rüstung. Im Geiste wog er ab, welche Möglichkeiten er hatte. Schließlich lenkte er seines Pferdes Nase auf die Höfe und Türme des königlichen Palasts zu. Vielleicht würde seine Schutzherrin in der Lage sein, etwas für ihn zu tun. Jedenfalls hatte er die erste Prüfung bestanden, die sie ihm auferlegt hatte.

»Oberst Corfe Cear-Inaf«, verkündete der Kammerherr mit leicht geweiteten Augen.

Die Königswitwe wandte sich vom Fenster ab. Hastig wanderten ihre Hände über ihr Antlitz und ihr Haar. »Führe ihn herein, Chares.«

Der Kohlenbecken und blutroten Wandteppiche wegen wirkten ihre Gemächer warm. In einer Ecke saßen, stumm wie Mäuschen, ein paar Zofen.

Ein Blick von ihr genügte, und sie erhoben sich und verließen den Raum durch eine verborgene Tür. Odelia erwartete Corfe in erhabener Pose, wenngleich ihr Herz heftig in der Brust pochte. Zudem verspürte sie eine beflügelte Leichtigkeit, die sie seit Jahren nicht mehr erlebt hatte. Was sie gleichermaßen erfreute und ärgerte.

Corfe stapfte herein. Offenbar liebte er seine fremdländische Rüstung, aber wenigstens hatte er den barbarischen Helm abgenommen, der dazugehörte. Er war ein schlammbespritzter, blutverschmierter Vorbote des Krieges, der völlig fehl am Platz und unbehaglich wirkte. Seit sie ihn zuletzt gesehen hatte, war sein Antlitz um gut zehn Jahre gealtert. Einen Lidschlag lang beunruhigte sie das Feuer in seinen Augen – sie, die schon Könige in Grund und Boden gestarrt hatte. Da war eine Kraft und Gewalt, die ihr zuvor nie aufgefallen war, eine mühevoll gezügelte Wildheit.

»Also«, sprach sie leise. »Ihr seid zurück.«

»Scheint so.« Dann besann er sich seiner Manieren und sank steif auf ein Knie, wobei sich Schmutz und Lehmbrocken von seinen Stiefeln lösten. »Majestät.«

»Ich hab's Euch doch gesagt, für Euch bin ich ›Fürstin‹. Steht auf. Ihr seht müde aus.«

»Ich *bin* müde, Fürstin.« Träge wie ein Greis erhob er sich. Sie bemerkte, daß Blut an ihm klebte; außerdem stank er nach Schweiß, Pferd und Rauch.

»Um Himmels willen«, herrschte sie ihn an, »hättet Ihr vorher nicht wenigstens baden können?«

»Nein«, erwiderte er schlicht. »Ich konnte sonst nirgends hin. Wir sind gerade erst eingetroffen.« Er schwankte im Stehen, und sie erkannte die tiefe Erschöpfung in ihm. Ihre Lippen bildeten einen schmalen Strich, und sie klatschte in die Hände. Chares kam zur Haupttür herein und verbeugte sich. »Hoheit?«

»Laß unverzüglich ein Bad hierher bringen, außerdem eine frische Uniform für den Oberst und ein paar Kammerdiener, die ihr Handwerk verstehen.«

»Sofort, Hoheit.« Eilig zog Chares sich zurück.

»Ich habe keine Zeit«, widersprach Corfe. »Meine Männer ...«

»Was braucht Ihr?« unterbrach sie ihn.

Er blinzelte dümmlich, als wäre er auf die Frage nicht vorbereitet gewesen.

»Unterkunft für dreihundert Mann, und Essen. Ställe für knapp achthundert Pferde und zweihundert Maultiere. Und Futter für die Tiere.«

Diesmal war es Odelia, die sich überrascht zeigte. »Pferde?«

Der Ansatz eines Lächelns. »Kriegsbeute.«

»Ich kümmere mich darum. Wie es scheint, wart Ihr recht fleißig, Oberst.«

»Ich glaube, ich habe erfüllt, was von mir erwartet wurde.« Abermals dieses gespenstische Lächeln. Diesmal erwiderte sie es.

Die Rüstung war ihm förmlich auf dem Rücken festgerostet. Zwei eulenäugige Kammerdiener mußten die Schnallen losschneiden, während ein Schwarm weiterer Diener eine Bronzewanne herbeitrug und diese Kessel um Kessel mit heißem

Wasser füllte, bis im Raum ein schummriger Dampfnebel hing. Andere brachten frische Kleider und Schuhwerk herbei. Die Königswitwe zog sich hinter einen Wandschirm zurück und mußte ein Lachen unterdrücken, als sie hörte, wie Corfe die Lakaien verfluchte, die sich an ihm zu schaffen machten. Sie selbst saß am Schreibpult und verfaßte in der ihr eigenen, geschwungenen Schrift die nötigen Befehle, die sie mit ihrem Signet versiegelte. Es war das Gegenstück zu jenem des Königs. Soviel Befehlsgewalt hatte sie sich bewahrt. Schließlich schnippte sie mit den Fingern nach einem Diener.

»Überbring dies dem Generalquartiermeister«, trug sie ihm auf, »und mach schnell.« Sie hob die Stimme. »Oberst, wo befinden sich Eure Männer?«

Ein Grunzen, das Poltern eines zu Boden fallenden Stiefels. »Am Südtor, außerhalb der Lager. Hauptmann Andruw Cear-Adurhal befehligt sie derzeit. Geht einfach dem Geruch von gebratenem Maultier nach.«

Endlich zog die Dienerschaft sich zurück, und Odelia hörte Corfe in der Wanne hinter dem Wandschirm planschen. Binnen weniger Augenblicke würde sich im gesamten Palast die Neuigkeit verbreitet haben, daß in den Gemächern der Königswitwe ein schlammverschmierter Reitereioberst badete. Es war ein Zeichen, das Odelia durchaus mit Absicht aussandte; denn die Leute würden ihren Schützling dann behutsamer behandeln. Es war seine Belohnung dafür, daß er die erste Prüfung bestanden hatte.

Außerdem gefiel es Odelia, ihn hier zu haben.

Das Planschen verstummte. »Corfe?«

Sie spähte um den Wandschirm herum. Mit offenem Mund war er in der Wanne eingeschlafen; die Arme baumelten schlaff über die Seiten.

Sie erhob und näherte sich ihm; in den Hofschuhen bewegte sie sich lautlos wie eine Spinne. Der Fußboden um ihn herum war ein Gemisch aus Schlamm und Wasser. Als sie sich neben ihm niederkauerte, benetzte es den Saum ihres Kleides.

Einige Falten in seinem Gesicht glätteten sich, wenn er schlief. Er wirkte jünger. An den Unterarmen prangten die Narben alter Wunden, und das Badewasser war blutig, da sich eine frischere Verletzung an der Hüfte geöffnet hatte. Odelia berührte die Wunde und fuhr unter Wasser mit der Hand darüber. Sie schloß die Augen, und der Schnitt heilte unter ihren Fingern. Der Blutstrom versiegte.

Mit einem heftigen Ruck erwachte er; Wasser spritzte auf. Seine Faust umschlang ihr Handgelenk. »Was tut Ihr da?«

»Nichts«, erwiderte sie sanft. »Überhaupt nichts.« Sie beugte sich über ihn, küßte seine nackte Schulter und spürte, wie er unter ihren Lippen erbebte.

»Ihr fürchtet Skandale nicht besonders, was?« meinte er.

»Ebensosehr wie Ihr.«

Seine von Zügeln und Schwertgriffen schwielige Hand streichelte zärtlich ihre Wange. Einen

Lidschlag lang wirkte er beinahe wie ein Junge. Doch der Augenblick verstrich. Die grimmigen Falten kehrten in seine Züge zurück. Er stemmte sich aus der Wanne und griff nach einem Handtuch, um sich zu bedecken. Er schien beinahe verwirrt.

»Ich muß zurück zu meinen Männern.«

»Noch nicht«, widersprach sie. Der sanfte Klang schwand aus ihrer Stimme, als sie sich mit ihm erhob. »Für Eure Männer wird gesorgt. Euch brauche ich vorläufig hier.«

»Wofür? Wollt Ihr Bezahlung?«

»Seid kein Narr«, herrschte sie ihn an. »Zieht Euch an. Wir haben einiges zu bereden.«

Eine Weile erwiderte er ihren Blick, und sie war überzeugt, ihr Verlangen nach ihm würde erkennbar. Hastig wandte sie sich ab. Die Dienerschaft hatte Karaffen voll gaderischem Wein gebracht, und Teller mit Wildbret, Äpfeln, Käse und frischem Brot. Odelia schenkte sich von dem blutroten Wein ein, während Corfe sich abtrocknete und in die schwarze torunnische Infanterieuniform schlüpfte, die man ihm bereitgelegt hatte. Als Reiteroffizier hätte sich Burgunderrot für ihn geziemt. Odelia glaubte, es hätte ihm gut gestanden, doch sie wußte auch, daß er Schwarz bevorzugen würde.

»Um Himmels willen, eßt etwas«, forderte sie ihn auf. Er stand reglos wie auf dem Exerzierplatz. Es war offensichtlich, daß er die höfische Spielart der Uniform mit den spitzenbesetzten Ärmeln, dem engen Kragen und den Schnallenschuhen haßte.

Corfe schien einen inneren Kampf auszufechten, der sich kurz in seinem Antlitz spiegelte.

»Für Eure Männer wird gesorgt, noch während wir hier sprechen«, erklärte sie. »Hört auf, den edlen Anführer zu spielen, und füllt Euch lieber den Magen. Ihr seht halb verhungert aus.«

Endlich entspannte er sich. Odelia fiel auf, daß er an sich halten mußte, um das Essen nicht wie ein Tier hinunterzuschlingen. Er zwang sich, langsam zu kauen und gelegentlich kleine Schlucke Wein dazu zu trinken. Wieder ließ ihn die Müdigkeit in seinen Zügen viel älter erscheinen. Wie alt war er tatsächlich? Dreißig? Gewiß nicht viel mehr, vielleicht sogar weniger. In einer Faust ein volles Weinglas, in der anderen einen Kanten Brot, setzte er sich an eines der glimmenden Kohlenbecken, wo er abwechselnd trank und aß. Schließlich, als er Odelias Blicke gewahr wurde, hielt er inne und murmelte mit leiser Stimme: »Danke.«

Odelia setzte sich ihm gegenüber und wünschte, sie hätte Zeit gehabt, ein paar Verjüngungszaubersprüche vorzubereiten. Schmerzlich wurde sie sich der Leberflecken auf ihren Händen bewußt. Sie haßte sich dafür, sich so lächerlich befangen zu fühlen.

»Wie's scheint, seid Ihr Euer eigener Bote«, meinte sie. »Gehe ich recht in der Annahme, daß die Angelegenheit im Süden zufriedenstellend geregelt wurde?«

Er nickte. »Aras ist noch dort. Ich habe ihm den Rest der Aufräumarbeiten überlassen.«

»Eure Stammeskrieger haben sich wacker geschlagen.«

»Erstaunlich wacker.« Zum ersten Mal erfüllte aufrichtige Wärme seine Stimme, und so etwas wie Begeisterung schlich sich in seine Züge. In knappen Worten beschrieb er Odelia den kurzen Feldzug, wobei er weder prahlte noch untertrieb. Nachdem er geendet hatte, blickte sie ihn verwundert an.

»Also geben die Felimbri gute Soldaten ab. Hätten wir das vor zwanzig Jahren gewußt, wäre dem Land einiges an Kummer erspart geblieben. Und nun habt Ihr nur noch dreihundert übrig, sagt Ihr?«

»Ja. Dazu kommen noch zwei Dutzend Verwundete, die ich bei Aras lassen mußte.«

Sie lächelte und war froh darüber, ihm die Neuigkeit mitteilen zu können. »Ein Glück, daß Eure Wilden sich so gut bewährt haben. Tausend weitere erwarten Euch derzeit vor dem Nordtor. Anscheinend verbreiten sich Neuigkeiten in den Bergen rasch.« Es schien besser, ihm nicht anzuvertrauen, daß der König diese Männer um ein Haar auf die Galeeren geschickt hätte. Er würde es früh genug herausfinden.

Seine Augen glitzerten, die Knöchel der Finger um das Weinglas wurden weiß. »Bei allen Heiligen ...« Er neigte den Kopf, und einen Augenblick vermeinte sie erstaunt, er würde zu weinen beginnen, doch statt dessen hörte sie ein ersticktes Lachen aus seiner Kehle dringen. Als er aufschaute, stand ihm die Erleichterung deutlich wie eine Grabinschrift ins Gesicht geschrieben. Erst da erkannte sie, unter welcher Anspannung er stand, und erahnte, welche Bürde auf ihm lastete.

Das Weinglas zerbarst in einem scharlachroten Splitterregen.

»Verzeiht.« Das Gesicht zu einer Grimasse verzogen, schüttelte er die Flüssigkeit von den Fingern. Aus seiner zerschnittenen Handfläche troff Blut.

»Corfe ...«, setzte sie an, ergriff seine blutige Hand und zog ihn zu sich. Einen Augenblick fühlte es sich an, als zöge sie am Ast eines unbeugsamen Baumes; dann gab er nach. Er kniete sich zu Boden und vergrub seufzend das Gesicht in ihrem Schoß. Odelia beschwor den *Dweomer* herbei, zauberte die Schnitte auf seiner Handfläche hinfort und stellte die Haut wieder her, als formte sie warmes Wachs. Während der Zauberspruch wirkte, spürte sie, wie die Kraft in ihr waberte. Sie spürte, wie die Jahre an ihr zehrten, wie das Alter fordernd nach ihrem Leben brüllte.

Er wollte aufstehen, doch sie hielt ihn fest, da sie seine Jugend plötzlich dringend in ihrer Nähe brauchte.

»Ihr könnt Euch eine Weile ausruhen. Die Merduks haben ihre halbe Armee von der Senke abgezogen. Der Krieg ist für den Winter vorüber. Ich sorge dafür, daß Eure Männer alles bekommen, was sie brauchen.« *Bleib bei mir*.

»Nein.« Er hob den Kopf. Seine Augen waren trocken. »Der Krieg hat gerade erst angefangen. Ich glaube, sie sind die Senke irgendwie umgangen. Martellus steckt in Schwierigkeiten, ich weiß es.«

Er war wieder der Soldat, hatte sich von ihr zurückgezogen. Sie ließ ihn los, und er erhob sich, ging im Zimmer auf und ab und hielt schließlich inne, um zunächst seine geheilte Hand, dann Odelia anzustarren.

»Also seid Ihr *tatsächlich* eine Hexe.«

»Ganz recht«, erwiderte sie müde. »Was redet Ihr da für Unsinn über die Senke?«

»Es ist nur so ein Gefühl. Hat Martellus in letzter Zeit Depeschen geschickt?«

»Zuletzt vor zehn Tagen. Aber die Straßen sind auch entsprechend schlecht.«

»Dann ist er bereits abgeschnitten.«

»Oh, um Himmels willen! Seid Ihr ein Orakel, das allein durch Gefühl alles weiß?«

Er zuckte die Schultern. »Ich weiß es einfach. Wozu sollten die Merduks mitten im Winter eine große Armee in Bewegung setzen? Sie bereiten einen weiteren Angriff vor, soviel steht fest. Sie haben etwas anderes im Sinn – irgend etwas, wovon wir keine Ahnung haben. Und die Zeit ist alles andere als auf unserer Seite. Ich muß nach Norden.«

Odelia begriff, daß sie ihn nicht umzustimmen vermochte. »Ihr braucht Ruhe, Ihr und Eure Männer. Ich lasse Boten zur Feste schicken. Wir werden die Wahrheit herausfinden.«

Er zögerte. »Na schön.«

Ihre Blicke trafen einander. Odelia wußte, daß er Größe besaß, etwas, das sie schon in John Mogen gespürt hatte. Doch da war noch etwas anderes. Eine Wunde, die nicht heilen wollte, ein alter Schmerz, der immer noch an ihm zehrte. Sie glaubte, es könnte diese Pein sein, die ihn antrieb, die ihn vom gemeinen Fähnrich aus Aekir in den

Mann verwandelt hatte, der nun vor ihr stand und dessen Stern nach wie vor im Steigen begriffen war. Trotzdem war der Schmerz allgegenwärtig.

Sie erhob sich ebenfalls, kam zu ihm hinüber, schlang die Arme um ihn und küßte ihn auf die Lippen, preßte den Mund auf den seinen.

»Komm mit ins Bett.«

Immer noch zeigte er sich angespannt, widerspenstig. »Ich habe dem König noch nicht Bericht erstattet. Und ich muß mich um diese neuen Rekruten kümmern …« Er zauderte. »Warum?« fragte er. Seine Stimme verriet Verwirrung.

Ein wildes Grinsen schlich sich in Odelias Züge. »Ich will dich dort, und du willst es auch.«

Endlich lächelte er zurück.

Fünfzig Wegstunden, einen Krähenflug nordnordwestlich des Zimmers, in dem Corfe und die Königswitwe das Bett teilten. Über die kahlen Hügel entlang der Straße nach Westen, die einer braunen, sumpfigen Narbe ähnelte, die sich quer über das Antlitz der Erde erstreckte und an deren Rändern auf der gesamten Länge Leichen lagen. Tausende waren auf jener Straße gestorben, waren im Schlamm und Regen während des Rückzugs aus Aekir und dem Marsch von der Feste von Ormann in die Knie gegangen, hatten ihren Griff um ein Leben gelöst, das sich in einen wahren Alptraum verwandelt hatte.

Nun aber brannte die Feste von Ormann.

Der Rauch war meilenweit zu sehen, ein schwarzer, ehrfurchtgebietender Gestank der Zerstörung. Inmitten des Rauches kämpften Männer. Tausend Torunnen, vom Mut der Verzweiflung erfüllt, stemmten sich vergebens dem Angriff der Armee der Merduks entgegen. Der Feind hatte den Searil bereits im Kampf überquert und überrannte nun die sich über drei Meilen erstreckenden Langen Mauern, die zum ersten Mal in ihrer stolzen Geschichte eingenommen werden sollten.

Der Rest der Garnison der Feste befand sich in vollem Rückzug. Die Kanonen waren vernagelt und brennend zurückgelassen worden, die Lager zerstört. Die Männer marschierten nur mit der Rüstung auf dem Leib und den Waffen in den Händen. Ihre in der Feste zurückgebliebenen Kameraden erkauften ihnen mit ihrem Leben Zeit, wertvolle Stunden, die unter Umständen retten würden, was von Martellus' Armee noch übrig war.

Die Armee zog in ein Niemandsland. Rings um sie herum bewegten sich Gruppen leichter Reiterei des Feindes, die jedwede Verbindung nach Torunn und in den Süden abschnitten. Niemand in der Hauptstadt hegte den leisesten Verdacht, daß die Feste von Ormann gefallen sein könnte. Die leichte Reiterei der Merduks hatte bereits ein halbes Dutzend Kuriere hingemetzelt, die Martellus voller Verzweiflung gen Süden gesandt hatte.

Dreißig Wegstunden entfernt befand sich eine weitere Truppenkolonne, diesmal schwarz gekleidete Fimbrier. Die Piken auf den Schultern, fraßen ihre Schritte die Meilen bei diesem tödlichen Wettrennen. Sie kamen von Nordwesten herein – die Richtung, die das Oberkommando der Merduks am wenigsten erwartet hätte. Die auf Maultieren reitenden Kundschafter befanden sich weit vor dem Haupttruppenkörper und erforschten den Aufenthaltsort der dritten Armee in der Gegend, auf daß sie mit ihr zusammenprallen konnten, bevor sie Martellus' Flanke angriff und die Vernichtung der Garnison der Feste von Ormann vollständig machte.

Und diese dritte Armee, die größte der drei, hatte die Schiffe hinter sich zurückgelassen, mit denen sie über die Kardische See gekommen waren, und marschierte beständig gen Nordwesten, um Martellus den Rückweg abzuschneiden. In der Vorhut ritt die Elite der Reiterei der Merduks, die *Ferinai*; dahinter folgten die Stoßtrupps der *Hraibadar*, die mittlerweile mit Hakenbüchsen bewaffnet waren statt mit den Speeren und Krummschwertern, mit denen sie Aekir angegriffen hatten. In ihrer Mitte stapften Dutzende Schlachtelefanten gleich wandelnden Türmen; weitere in der Nachhut schleppten riesige Belagerungskanonen durch den Schlamm, während neben ihnen die Männer des *Minhraib* marschierten, die Lehnstruppen Ostrabars, zudem mehrere Regimente berittener Bogenschützen aus dem Sultanat Nalbeni, dem neuen Verbündeten Ostrabars. Hunderttausend Mann in vier Kolonnen, jede mehrere Meilen lang. Und in der Mitte dieser wandernden Masse ruckelte die Kutsche des Sultans von Ostrabar,

Aurungzeb des Goldenen. Dahinter folgten achtzig schwer beladene Karren, die den Haushalt des Sultans, sein Feldzugsgerät und seine Konkubinen beförderten. Aurungzeb zog gerne stilvoll in den Krieg.

»Sie sind weg«, tat Joshelin mit leiser, barscher Stimme kund. »Ihr könnt wieder aufstehen, Priester.«

Albrec und Avila erhoben sich aus dem hohen Gras, in dem sie sich versteckt hatten. Hinter ihnen stand Siward und schlug das brennende Ende der Lunte aus; dann tauschte er das im Radschloß der Hakenbüchse steckende Ende.

»Wer war das?« fragte er seinen fimbrischen Landsmann. »Proviantsucher oder Kundschafter?«

»Kundschafter. Leichte Reiterei der Merduks, ein halber Trupp. Weit vom Haupttruppenkörper entfernt, würde ich meinen. Wo sind die Torunnen? Sieht aus, als hätten sie das ganze verdammte Land dem Feind überlassen.«

Albrec und Avila lauschten dem Wortwechsel schweigend, zitternd. Sie waren völlig durchnäßt, schlammbespritzt und hungrig, zudem vermochten ihre Beine sie kaum noch zu tragen. Doch die beiden alten Soldaten schienen aus etwas anderem als menschlichem Fleisch geschaffen. Sie waren zwanzig Jahre älter als jeder der beiden Mönche und doch so kräftig und zäh wie Jünglinge.

»Müssen wir heute noch weiterziehen?« wollte Avila wissen.

»Ja, Priester«, erwiderte Joshelin kurz angebunden. »Nach meiner Zählung haben wir heute kaum acht Wegstunden zurückgelegt. Noch zwei oder drei vor Einbruch der Dunkelheit, dann können wir uns für die Nacht hinlegen. Aber kein Feuer. In den Hügeln wimmelt es nur so von Merduks.«

Avila ließ alles hängen. Er rieb sich mit der Hand übers Gesicht, sagte jedoch nichts.

»Glaubt ihr, die Hauptstadt ist noch in Sicherheit?« fragte Albrec.

»O ja. Das war bloß ein Teil der Schutzkräfte des Feindes. Er schickt die leichte Reiterei aus, so daß wir nichts über seine Truppenbewegungen erfahren, er aber alles über die unseren. Grundlegende Taktik.«

»Wie dumm wir doch sind, daß wir derlei Dinge nicht wissen«, meinte Avila süßsauer. »Können wir jetzt wieder reiten?«

»Ja. Die Maultiere haben sich die letzten drei Meilen ausreichend erholt.«

Avila murmelte irgend etwas Gehässiges, das keiner der anderen verstand.

Seit vier Tagen waren sie unterwegs, die zwei Mönche und die beiden Fimbrier. Während jener Zeit waren sie unbarmherziger marschiert und geritten, als zu ertragen Albrec dem menschlichen Körper je zugemutet hätte. Sie hatten Nächte ohne Feuer verbracht, in denen sie sich zitternd an die Maultiere drückten, um sich zu wärmen, hatten Pökelfleisch und Armeezwieback gegessen, durch den sich bereits Maden wanden. Joshelin schätzte, daß sie Torunn in weiteren drei Tagen erreichen würden, sofern sie den Patrouillen der Merduks weiterhin auswichen. Diese drei Tage prangten bedrohlich wie eine Ewigkeit der Buße vor ihnen. Albrec fand es einfacher, nur daran zu denken, einen Fuß vor den anderen zu setzen oder die nächste Erhebung am Horizont zu erreichen. Ihm fehlte sogar die Kraft zu beten. Einzig das raschelnde, uralte Schriftstück, das er bei sich trug, hielt ihn überhaupt noch auf den Beinen. Erst wenn es wohlbehalten bei Macrobius in Torunn war, würde er seinem Geist und seinem Körper ein wenig Ruhe gönnen.

Am Ende des Tages schwankten Albrec und Avila wie betäubt auf den Rücken der beiden Maultiere. Nichts in ihrem Leben hatte sie auf diese unglaublich hastige, beinahe gepäcklose Reise durch die Wildnis vorbereitet. Sie hatten Blasen an den Füßen, aus den Stümpfen von Avilas verlorenen Zehen drangen Blut und Flüssigkeit, und ihre Hinterteile waren von den rauhen Packsatteln fast völlig wundgerieben. Als die kleine Gruppe endlich zur Nachtruhe anhielt, waren die beiden Mönche zu erschöpft, um noch irgend etwas zu spüren. Ihnen fehlte sogar die Kraft zum Absteigen. Eine Weile blickten ihre Gefährten einander wortlos an; dann machte Siward sich daran, die Mönche von ihren Reittieren zu heben, während Joshelin ein Grabwerkzeug auspackte und ein Loch auszuheben begann.

Sie hatten am Hang eines Wäldchens gehalten, das überwiegend aus Fichten und Kiefern bestand, an den Rändern aus Buchen und fahlstämmigen Birken. Weiter drinnen wuchsen die Nadelbäume dicht nebeneinander, und die Nadeln bedeckten den Boden gleich einem Teppich, so daß die Reisenden sich lautlos wie Katzen fortbewegen konnten. Die Nacht brach herein, und im Wald herrschte bereits pechschwarze Finsternis. Jenseits des Gehölzes war der Wind zu einem Heulen angeschwollen, das wie ein winterlicher Bote durch die torunnischen Hügel hallte. Albrec vermeinte, sich noch nie derart verloren gefühlt oder sich an einem so trostlosen Ort befunden zu haben. Am Tag waren sie an aufgegebenen Gehöften vorübergekommen und hatten sich aus den Speisekammern bedient. Sogar ein Rasthaus hatten sie gesichtet, verlassen wie ein Berggipfel. Es schien, als wäre die gesamte Bevölkerung Nordtorunnas vor der Ankunft der Merduks geflohen. Würden die Torunnen jemals Stellung beziehen und kämpfen?

Nachdem Joshelin das Loch knietief gegraben hatte, warf er das Grabwerkzeug beiseite und begann, unter den Laubbäumen am Waldrand Holz zu sammeln. Siward warf den beiden schlotternden Mönchen ein paar speckige, feuchte Decken zu; dann sattelte er die Maultiere und rieb sie ab, bevor er sie mit sich wölbenden Nasenbeuteln versah. Die Tiere waren so müde, daß er ihnen gar keine Fußfesseln anzulegen brauchte, sondern einfach ihre Führungsleinen an einen nahen Baum band.

Eine Eule heulte in der gespenstischen Dunkelheit des Waldes, und irgend etwas – vermutlich ein Fuchs – kläffte und bellte weit entfernt; die Geräusche schienen den Eindruck der Leere noch zu verstärken, statt ihn abzuschwächen.

Ein kurzer Blitz, ein Funkenzucken, das Joshelins Antlitz erhellte, der gebeugt, mit geblähten Wangen auf Zunder blies. Eine winzige Flamme, kleiner als die einer Kerze. Er nährte sie so behutsam, als würde er einen kranken Säugling hüten. Nachdem die Flamme auf Handbreite angewachsen war, hob er das Häufchen aus Zweigen und Nadeln in den Graben, den er ausgehoben hatte, und fütterte ihn mit größeren Brocken. Für Albrec sah es aus, als spähte er in eine Spalte in der Erde, die unmittelbar in die Hölle führte; doch der Mönch verwarf den beängstigenden Gedanken sogleich wieder.

Das Feuer schwoll an, und die beiden Mönche krochen zur wohligen Wärme der Flammen hinüber.

»Haltet es am Brennen«, forderte Joshelin sie auf. »Ich muß ein paar Dinge erledigen.«

»Ich dachte, wir dürften kein Feuer machen«, sagte Avila und streckte die Hände gierig den Flammen entgegen. Seine Decke verbreitete Modergeruch, als sie sich erwärmte.

»Ihr habt ausgesehen, als könntet ihr es gebrauchen«, gab der Fimbrier zurück und schritt mit gezogenem Schwert in die Dunkelheit davon.

»O du Ahnungsloser«, brummte Avila. Seine Augen wirkten eingesunken, der Feuerschein spiegelte sich darin wider wie zwei Würmer aus gelbem Licht.

»Ich glaube, die bellen mehr als sie beißen«, meinte Albrec, der insgeheim die Wärme und das barsche Zuvorkommen ihrer Gefährten segnete.

Ein Hacken, ein Knacken, und die beiden Soldaten kehrten in den Feuerschein zurück, mit einem schirmähnlichen Gebilde, das sie aus verschlungenen Zweigen und Erdklumpen gefertigt hatten. Sie steckten es auf der dem Wald abgewandten Seite in den Boden neben den Feuergraben; dann hockten sie sich endlich selbst nieder und wickelten sich in ihre schwarzen Armeemäntel.

»Danke«, flüsterte Albrec.

Die beiden würdigten ihn keines Blickes, sondern warfen ihm einen Weinschlauch und den Vorratsbeutel zu. »Wenigsten habt ihr heute abend was Gutes zu essen«, meinte Joshelin. »Sind wahre Köstlichkeiten, was wir in dem Bauernhof erbeutet haben.«

Sie hatten ein bereits gerupftes und ausgenommenes Huhn, mehrere Tage altes Brot, das nach dem fimbrischen Zwieback wie Manna mundete, sowie ein paar Äpfel und Zwiebeln. Das Huhn rösteten sie über dem Feuer, den Rest verschlangen sie zwischen großen Schlucken des derben Weins, über den man in Charibon nur die Nase gerümpft hätte. An jenem Abend rann er wie der feinste gaderische Tropfen ihre Kehlen hinunter.

Siward holte eine kurze, schwarze Pfeife aus der Brusttasche seines Kittels und füllte sie aus einem Beutel, den er an der Hüfte trug; dann rauchten er und Joshelin abwechselnd. Der Pfeifenrauch war schwer, stark und beißend und von einem Geruch, den Albrec nicht recht einzuordnen vermochte.

»Darf ich mal probieren?« fragte er die Soldaten.

Siward zuckte die Schultern. In der flammenerhellten Düsternis glich sein Antlitz einem zerklüfteten Irrgarten aus Licht und Schatten. »Wenn du einen starken Schädel hast. Das ist *Kobhang*, aus dem Osten.«

»Das Kraut, das die Merduks rauchen? Ich dachte, das wäre ein Gift.«

»Nur wenn man zuviel davon nimmt. Es hilft, wach zu bleiben und die Sinne zu schärfen, solange man es nicht mißbraucht.«

»Wo bekommt ihr es her?« Albrecs Neugier erwachte und lenkte seine Gedanken von seiner Erschöpfung ab.

»Wird von der Armee ausgegeben. Wir bekommen es zusammen mit dem Brot und dem Pökelfleisch. Wenn man kein Essen mehr hat, kann man noch wochenlang durchhalten, indem man es raucht.«

»Und kann man danach noch aufhören, es zu rauchen, wenn man will?« fragte Avila gedehnt.

Joshelin starrte ihn an. »Wenn der Wille stark genug ist.«

Behutsam nahm Albrec die ihm von Siward angebotene Pfeife entgegen und sog einen Zug des bitteren Rauchs tief in die Lungen. Nichts geschah. Ziemlich erleichtert reichte er die Pfeife ihrem Besitzer zurück.

Dann aber verblaßten seine Schmerzen und Wehwehchen zu einem angenehmen Pulsieren. Albrec fühlte, wie frische Kraft durch seine Muskeln strömte und sein Körper so leicht wie der eines Kindes wurde. Verwundert blinzelte er. Das Feuer erschien ihm wie ein wunderschönes, faszinierendes Ding strahlender, zuckender Glorie. Er streckte die Hand danach aus, doch Joshelins harte Faust schloß sich um sein Gelenk.

»Man muß vorsichtig sein, Priester.«

Albrec nickte, wobei er sich erregt und närrisch zugleich fühlte.

»Ich habe es euch noch nie zuvor rauchen sehen«, erklärte Avila, an die Fimbrier gewandt.

Siward zuckte die Schultern. »Wir werden allmählich müde. Auch wir sind nur Menschen, Bruder vom Ersten Tage.«

»Na, Gott sei Dank«, gab Avila zurück und wickelte sich in seine übelriechende Decke.

Sie nahmen das Huhn vom Spieß und rissen es in vier Stücke. Albrec hatte zwar keinen Hunger mehr; dennoch aß er das verkohlte Fleisch, wenngleich er es nicht mehr schmecken konnte. Sein Verstand war glasklar, seine Sorgen verflogen. Er begann zu kichern und zwang sich, damit aufzuhören, als er bemerkte, daß seine drei Gefährten ihn beobachteten.

»Wunderbares Zeug. Wunderbar«, murmelte er; dann sank er zurück auf die weichen Kiefernnadeln und schnarchte.

Avila warf eine Decke über ihn. Sie wies bereits Löcher auf, von anderen Nächten, die sie zu nahe am Lagerfeuer verbracht hatten.

»Deine Fußverbände wechsle ich morgen früh«, sagte Joshelin.

Der junge Bruder vom Ersten Tage nickte abwesend und trank einen ausgiebigen Schluck Wein. »Was werdet ihr tun, nachdem ihr uns wohlbehalten in Torunn abgeliefert habt?« fragte er.

Die beiden Fimbrier blickten einander an; dann

starrten sie ins Feuer. »Wir werden auf weitere Befehle des Marschalls warten«, antwortete Siward schließlich.

»Aber ihr glaubt, ihr werdet keine weiteren Befehle erhalten. Albrec hat mir vom Vorhaben des Marschalls erzählt. Er führt seine Männer in den sicheren Tod.«

»Besinne dich deiner Manieren, Priester«, zischte Joshelin voll plötzlicher Leidenschaft.

»Es geht mich ja nichts an«, beschwichtigte Avila. »Mich wundert nur, daß ihr euch noch nicht überlegt habt, was aus euch werden soll, nachdem ihr diesen Botengang für ihn erledigt habt.«

»Wie du sagst«, knurrte Joshelin. »Das geht dich nichts an. Und jetzt schlaf. Du brauchst jede Menge Schlaf, wenn du morgen genausoviel jammern willst wie heute.«

Avila musterte ihn einen langen Augenblick; dann legte sich ein Lächeln auf sein Gesicht.

»Stimmt. Schließlich habe ich einen Ruf zu wahren.«

Neun

Er fand, daß sie im Licht des Morgens jünger aussah als in der Nacht zuvor. Er lag auf einen Ellenbogen gestützt und beobachtete, wie sie ruhig schlief, während in seinem Inneren eine Schlacht der Gefühle und Erinnerungen um den Platz in der vordersten Reihe seines Bewußtseins tobte. Brutal rang er beides zurück, schlug sowohl Gefühlen als auch Erinnerungen die Tür vor der Nase zu und war für ein paar kostbare Augenblicke in der Lage, bloß dazuliegen und beinahe zufrieden zu sein.

Ihre Lider öffneten sich. Keine morgendliche Trübe, kein langsames Erwachen. Sie war sofort putzmunter, bei vollem Bewußtsein. Ihre Augen schimmerten grün wie die Untiefen der Kardischen See im Hochsommer, ein verzauberndes, fesselndes Grün. Die Augen seiner Frau waren grau gewesen, voller Humor, jedoch mit weniger Weisheit. Aber schließlich war sie auch als junge Frau gestorben.

»Kein Kummer«, gebot Odelia leise. »Nicht heute morgen. Das erlaube ich nicht.« Die Worte waren gebieterisch, der Tonfall hingegen nachgerade flehentlich. Corfe lächelte, küßte ihre glatte Stirn und setzte sich auf. Der Augenblick des Friedens war vorüber, doch das war zu erwarten gewesen. Mehr wünschte er sich gar nicht.

»Ich muß fort, Fürstin«, erklärte er und fühlte sich dabei wie ein Galan aus einer romantischen Ballade. Um wieder in die Wirklichkeit zurückzufinden, schwang er die Beine aus dem Bett und setzte die Füße auf den Steinboden. »Auf mich warten tausend Männer.«

»Was ist schon eine Frau im Vergleich zu tausend Barbaren?« meinte sie süßsauer und erhob sich, splitternackt, anmutig. Er beobachtete, wie sie sich eine Seidenrobe über die Schultern schlang, wie ihr Haar golden über den Rücken floß. Corfe war froh, daß sie keine dunklen Haare besaß. Das wäre zu viel gewesen.

Widerwillig schlüpfte er in die verhaßte Hofuniform und zwängte die Füße in die lächerlichen Schnallenschuhe. Nach all den Wochen in den langen Reiterstiefeln schienen sie weich und haltlos wie Baumwolle.

Ein leises Klopfen an der Tür.

»Ja«, sprach Odelia, ohne die Augen von Corfe zu wenden.

Eine Zofe. »Hoheit, der König befindet sich im Vorzimmer. Er wünscht, Euch auf der Stelle zu sehen.«

»Sag ihm, daß ich mich gerade ankleide.«

»Er will nicht warten, Hoheit. Er besteht darauf, sofort einzutreten.«

Odelia blickte Corfe in die Augen und lächelte. »Sucht Euch einen verborgenen Winkel, Oberst.« Dann wandte sie sich wieder an die Zofe. »Sag ihm, daß ich ihn jetzt und hier empfange.«

Die Zofe huschte hinaus. Corfe fluchte aus Leibeskräften. »Habt Ihr den königlichen Verstand verloren?«

»Hinter dem Kopfbrett des Bettes ist ein Wandteppich, der sich ausgezeichnet als Versteck eignet. Vergewisser dich nur, daß deine Zehen nicht darunter hervorlugen.«

»Beim Blut des Heiligen!« Corfe schluckte weitere Flüche hinunter, rannte durchs Zimmer und versteckte sich dort. Der Wandteppich erwies sich als weitmaschig gewoben. Corfe vermochte hindurchzusehen wie durch dichten Nebel. Sein Herz hämmerte vor Aufregung, als würde er in eine Schlacht ziehen; dennoch fand er Zeit, sich zu fragen, ob er der erste Mann war, der sich hier verbarg.

Lidschläge später betrat der König von Torunna das Schlafgemach der Königswitwe.

Odelia nahm mit dem Rücken zu ihrem Sohn an der Frisierkommode Platz und bürstete sich die Haare.

»Es muß sich ja wahrlich um eine dringende Angelegenheit handeln, wenn du bei mir hereinplatzt, bevor ich angekleidet bin«, sagte sie scharf.

Lofantyrs Blicke schweiften durch das Gemach. Er schwitzte und wirkte ganz und gar wie ein verschreckter Knabe im Lehrerzimmer.

»Mutter, die Feste von Ormann ist gefallen.«

Die Bürste verharrte auf halbem Weg durch die schimmernden Locken. In seinem Versteck vermeinte Corfe, sein Herz hätte zu schlagen aufgehört. Um ein Haar wäre er hinter dem Wandteppich hervorgetreten.

»Bist du sicher?«

»Kaum zehn Meilen vor den Stadtmauern wurde leichte Reiterei der Merduks gesichtet. General Menin hat einen Ausfalltrupp losgeschickt, der eine Patrouillengruppe des Feindes vernichtet und zum Teil gefangengenommen hat. Bei einem der Feinde wurde das hier gefunden.«

Lofantyr hielt seiner Mutter einen kleinen, ziemlich zerkratzten und speckigen Lederzylinder hin.

»Ein Depeschenetui«, stellte Odelia unwillkürlich fest. Sie riß es ihrem Sohn aus der Hand, öffnete es und klopfte die darin steckende Schriftrolle heraus, entrollte sie hastig und las. Das Blatt zitterte wie eine gefangene Lerche in ihrer Hand.

»Martellus' Siegel – und es ist echt. Auf vorvorgestern datiert. Der Bote muß sehr schnell unterwegs gewesen sein, bevor sie ihn erwischt haben. Beim Blut des gnadenreichen Heiligen, er ist auf dem Marsch und versucht, sich zur Hauptstadt durchzuschlagen. Zehntausend Mann, Lofantyr. Wir müssen ihm eine Armee entgegenschicken.«

»Bist du verrückt, Mutter? In der Gegend wimmelt es nur so vor Feinden. General Menins Ausfalltrupp hat es mit knapper Not lebendig zurück zu den Mauern geschafft. Wir müssen uns hier für eine Belagerung vorbereiten; Martellus muß sich selbst durchschlagen. Ich kann keine Männer für ihn abstellen.«

Odelia hob den Kopf. »Soll das ein Scherz sein?«

»Es ist der gemeinschaftlich erarbeitete Rat des Generalstabs«, entgegnete der König verteidigend. »Ich schließe mich ihm an. Ich habe bereits den Befehl erteilt, daß die Lager der Flüchtlinge aus Aekir aufzulösen und die Bewohner nach Süden zu verschiffen sind. Die Flotte liegt in der Bucht vor Anker. Wir werden die Merduks vor den Mauern ausbluten.«

»Sicher, so wie vor Aekir und der Feste von Ormann«, erwiderte die Königswitwe. »Mein Gott, Lofantyr, denk darüber nach, was du tust. Du überläßt ein Viertel des Landes und der Bevölkerung dem Feind. Und du verschleuderst Martellus und seine Armee – die besten Truppen, die wir haben. Sohn, das darfst du nicht!«

»Noch während wir hier sprechen, werden die erforderlichen Befehle verfaßt«, herrschte der König sie an. »Ich wäre dir dankbar, wenn du dich daran erinnern würdest, wer der Herrscher dieses Königreichs ist, Mutter.« Seine Stimme hatte einen schrillen Klang angenommen. Schweiß glitzerte auf seinen Schläfen. Er riß ihr Martellus' Depesche aus der Hand. »Von nun an gehen dich Staatsangelegenheiten nichts mehr an.« Abermals schweifte sein Blick durch den Raum, über die beiden Weingläser und die zerknitterten Kleider. »Wie ich sehe, beschäftigen dich ohnehin andere Dinge. Heute nachmittag werde ich jemanden vorbeischicken, der das Siegel abholt, das du noch besitzt. Guten Tag.« Mit wildem Blick verbeugte er sich, wirbelte herum, stapfte davon und wischte sich den Schweiß von der Stirn, als er die Kammer verließ.

Ein Augenblick der Stille setzte ein; dann wagte Corfe sich aus seinem Versteck. Die Königswitwe saß mit auf die Brust gesunkenem Kinn an der Frisierkommode. Als Corfe hinter dem Wandteppich hervortrat, schaute sie zu ihm auf. Bestürzt sah er, daß in ihren Augen Tränen glitzerten, wenngleich ihre Züge hart und unbewegt wie die einer Statue wirkten.

»Gott allein weiß, wie ich je einem Wesen wie ihm das Leben schenken konnte«, sagte sie, und irgend etwas in ihrer Stimme richtete Corfe die Nackenhaare auf.

Sie erhob sich. »Der Narr hatte noch nicht einmal den Mut, das Siegel gleich selbst mitzunehmen – er muß einen Lakaien schicken, der es für ihn tut. Nun, immerhin bin ich vorgewarnt, das ist auch etwas wert. Du brauchst Befehle, Oberst, die verschwommen formuliert sind, so daß man dich nicht beschuldigen kann, über die Stränge zu schlagen. Ich kümmere mich unverzüglich darum.«

Corfe stand bereits an der Tür. In den Händen trug er seine alte Uniform und die rostige Merduk-Rüstung; über einer Schulter hing der Schwertgurt. »Was soll ich tun?« fragte er brüsk und hielt inne.

»Rette Martellus, wenn du kannst. Stell eine Truppe aus den Stammeskriegern zusammen, die vor den Toren warten. Mehr steht dir nicht zur Verfügung. Sofern ich diese Depesche richtig gelesen habe, befindet Martellus sich mindestens noch einen Wochenmarsch entfernt.«

»Ein Wochenmarsch für Fußtruppen«, berichtigte Corfe. »Meine Männer werden ihn in der Hälfte dieser Zeit bewältigen.« Er zögerte. »Glaubt Ihr wirklich, meine Stammeskrieger können etwas bewirken?«

»Sonst würde ich dich nicht schicken. Wann könnt ihr aufbrechen?«

Corfe dachte darüber nach. Seine Männer waren völlig erschöpft, ebenso die Pferde. Zudem hatte er tausend neue Rekruten, die in das Kommando eingegliedert werden mußten.

»Ich brauche mindestens einen Tag. Wahrscheinlich zwei«, antwortete er.

»Gut.«

Corfe wandte sich zum Gehen, doch Odelia rief ihn zurück.

»Eine Sache noch, Oberst – eigentlich zwei. Erstens: Da draußen ist eine fimbrische Große Hundertschaft, die versucht, die südliche Armee der Merduks abzufangen. Die könnte dir durchaus näher sein als Martellus. Es liegt mir fern, dich zu bevormunden, was Taktik angeht, aber es wäre vielleicht am besten, die Kräfte zu vereinen, bevor ihr euch auf den Feind stürzt.«

Corfe nickte. Sein Verstand raste, wog das Gesagte ab, versuchte, einen sinnvollen Plan zu schmieden.

»Zweitens«, fuhr die Königswitwe fort, »verfasse ich einen Erlaß, der bei deiner Rückkehr Gültigkeit hat. Wenn es dir gelingt, Martellus und die Fimbrier zu retten, bist du General, Corfe.«

Mit ernster Miene musterte er sie. Derzeit schmecke ich das Zuckerbrot, dachte er. Wann bekomme ich die Peitsche zu spüren? Doch er sagte nur: »Lebt wohl, Fürstin«, bevor er zur Tür hinausschritt.

Seine Männer waren in einem aufgelassenen Lagerhaus unten am Fluß untergebracht worden. Dort lagen sie ohne Decken auf einem unzureichend mit Stroh ausgelegten Steinboden. Rings um die schlafenden Körper standen Fässer verstreut, die mit Pökelfleisch, Zwieback und dem schwachen Bier gefüllt waren, das die Soldaten der torunnische Armee täglich soffen. Die Männer hatten einige der hölzernen Innenverkleidungen des Gebäudes heruntergerissen, um rauchende Feuer daraus zu entfachen. Die Stammeskrieger stanken im stickigen Inneren des überfüllten Lagerhauses, und der Rauch brannte Corfe in den Augen. Er weckte Andruw, Marsch und Ebro. Die drei starrten ihn an, als wäre er ein Gespenst. Ihre Augen glichen rotgeränderten Gruben, und der Dreck des Marsches nach Norden klebte noch an ihren Kleidern.

»Na so was, der Geck«, begrüßte ihn Andruw, rieb sich die Augen und rang sich ein mattes Grinsen ab.

Corfe begann, sich der Hofuniform zu entledigen und die alte anzulegen. Er fühlte sich beschämt und zornig, weil er sauber und gut gekleidet hier aufkreuzte, während seine Männer wie gottvergessene Landstreicher auf dem strohbestreuten Steinboden lagen. »Ich dachte, man hätte euch in ordentlichen Kasernen untergebracht«, raunte er zornentbrannt.

»Mehr konnten sie anscheinend nicht auftreiben«, erklärte Andruw. »Mir ist das gleich. Ich hätte selbst in einem Graben geschlafen, und die Männer ebenso. Aber wenigstens für die Pferde ist anständig gesorgt. Das habe ich sichergestellt. Die liegen ebenfalls auf Stroh.«

»Laßt die Männer schlafen. Ihr drei kommt mit. Auf uns wartet Arbeit.«

Die drei Offiziere gehorchten ihm wie ausgezehrte Greise. Corfes Miene unterdrückte jede Frage, die sie gern gestellt hätten.

Im Winter glich Torunn wie alle nördlichen Städte einem verstopften Sumpf. In den Straßen stand flüssiger Schlamm. Der Pöbel watete knöcheltief hindurch, Höhergestellte auf Pferderücken, in Sänften oder Kutschen. Es war ein anstrengender Marsch durch die Massen, zudem in einem feinen Niesel, aber wenigstens hielt der Regen seine Gefährten wach. Corfe war froh darüber. Immer noch roch er Odelias Duft auf der Haut, trotz des Gestanks der scharlachroten Rüstung.

Gruppen regulärer torunnischer Soldaten bahnten sich in regelmäßigen Abständen grob einen Weg durch die Menge der Zivilisten, allesamt unterwegs zu den Stadtmauern. Zwar herrschte in der Hauptstadt reger Betrieb, doch es schien keine Panik zu geben, bislang noch nicht ein Zeichen von Beunruhigung. Die Neuigkeit vom Fall der Feste von Ormann hatte sich noch nicht verbreitet, obwohl bekannt war, daß die Flüchtlingslager entlang der Stadtmauern aufgelöst werden sollten. Während die vier zum Nordtor marschierten, berichtete Corfe seinen Untergebenen über den Stand der Dinge. Andruw wurde schweigsam und trübsinnig. So wie Corfe hatte auch er in der Feste gedient, jedoch wesentlich länger. Er hatte Freunde bei Martellus' Kommando. Die Feste war sein Zuhause gewesen. Marsch hingegen schien die Kunde zu beleben. Der Gedanke, tausend seiner Stammeskameraden zu treffen, ließ ihn beinahe fröhlich wirken.

Die angehenden Rekruten lagerten eine Meile von den Mauern entfernt, abseits des Sumpfes der Flüchtlinge. Sie hatten Wachen aufgestellt, wie Corfe wohlwollend zur Kenntnis nahm. Als er und seine drei Kameraden keuchend den Hügel erklommen, löste sich donnernd eine Reitergruppe aus ihren Reihen und kam zehn Meter entfernt jäh zum Stehen, daß der Schlamm nur so aufspritzte. Der Anführer der Reiter, ein junger Mann mit rabenschwarzem Haar, schlank wie ein Mädchen, rief ihnen in der Sprache der Stämme etwas zu. Marsch erwiderte den Ruf. Corfe hörte seinen Namen fallen, worauf ihn die Blicke des dunklen Reiters durchbohrten.

»Ich hoffe, die legen keinen allzu großen Wert auf unser Erscheinungsbild«, murmelte Andruw. »Wir hätten reiten sollen.«

Mit geübtem Schwung stieg der dunkle Reiter ab und kam ihnen entgegen. Er war noch kleiner als Corfe und trug ein altmodisches Kettenhemd, das von erlesener Handwerkskunst zeugte. An seiner Seite hing ein langer, gefährlich gebogener Säbel. Außerdem bemerkte Corfe eine leichte Lanze, die vom Sattelknauf des Pferdes baumelte.

»Das ist Morin«, erklärte Marsch. »Er gehört zum Stamm der Cimbriani. Er hat sechshundert seiner Leute dabei. Der Rest sind Feldari und ein paar Felimbri, Männer meines eigenen Volkes. Morin wurde von der Truppe zum Anführer gewählt.«

Corfe nickte.

Der dunkle Stammeskrieger, Morin, begann

eine lange und leidenschaftliche Rede in seiner Sprache.

»Er möchte wissen, ob es wahr ist, daß seine Männer nur gegen die Merduks kämpfen sollen«, übersetzte Marsch.

»Sag ihm, daß dem so ist.«

»Aber er meint, er würde auch gegen Torunnen kämpfen, wenn du willst. Sie haben versucht, seine Männer zu versklaven und zu entwaffnen, als sie hier eintrafen. Er ...«, mit einem Mal hörte Marsch sich entschuldigend an, »er vertraut Torunnen nicht, aber er hat gehört, daß du Offizier unter John Mogen warst, also mußt du ein Mann von Ehre sein.«

Corfe und Andruw schauten einander an. »Wie ich sehe, hat sich an der Höflichkeit des torunnischen Militärs nichts geändert«, brummte Andruw. »Mich wundert's, daß sie sich nicht wieder in die Berge verzogen haben.«

»Sie wollen kämpfen«, erklärte Marsch schlicht, während neben ihm Fähnrich Ebro, ein Musterbeispiel torunnischer Militärhöflichkeit, finster zu Boden starrte.

»Sag Morin«, befahl Corfe, wobei er dem dunklen Stammeskrieger unvermittelt in die Augen blickte, »daß seine Leute wie Menschen behandelt werden, solange sie unter mir dienen. Ich werde in jeder Angelegenheit für sie sprechen. Breche ich ihnen die Treue, so möge die See sich erheben und mich ertränken, mögen die grünen Hügel sich auftun und mich verschlingen, mögen die Sterne vom Himmel stürzen und mich zermalmen.«

Es war der uralte Eid der Stämme aus den Bergen, den Marsch und der Rest der Kathedraler ihm einst geschworen hatten. Nachdem Marsch zu Ende übersetzt hatte, sank Morin sogleich auf ein Knie und streckte Corfe den Griff seines Säbels entgegen – und Corfe hörte dieselben Worte in der rollenden Sprache der Cimbriani aus dem Mund des dunklen Stammeskriegers.

Seine kleine Armee war soeben um tausend Mann gewachsen.

Zehn

Es dauerte nicht zwei, sondern drei Tage, das Kommando für den Marsch nach Norden vorzubereiten. Dreizehnhundert Mann und fast zweitausend Pferde, dazu ein Gepäcktroß aus etwa zweihundert Maultieren. Die gesamte Kolonne war mit den vergessenen Merduk-Rüstungen ausgestattet worden, die in einem Lagerhaus des Quartiermeisters vor sich hinmoderten, und die Kluft der neuen Männer war rot bemalt worden, genau wie jene der ursprünglichen Kathedraler. Zunächst hatten sie die Merduk-Ausrüstung ein wenig argwöhnisch beäugt. Im Gegensatz zu Marsch und seinen fünfhundert Kameraden besaßen sie eigene Waffen und trugen fein gearbeitete Kettenhemden, doch Corfe bestand darauf, daß sie dieselbe Rüstung anlegten, in der sein ursprüngliches Kommando unten im Süden gekämpft hatte. Zudem wollte er schwere Reiterei, die erderschütternde Kraft eines Angriffs in voller Rüstung. Die Hälfte der Neuankömmlinge besaß kräftige, geschwungene Bögen aus Horn und Gebirgseibenholz, dazu schneidige Köcher, die an den Sätteln hingen, doch nun waren sie außerdem mit den Lanzen der schweren Reiterei der Merduks ausgestattet. Sie sollten schlicht und einfach als Stoßtrupps dienen.

Dreizehnhundert Mann, von denen tausend noch nie Teil eines geordneten Militärkommandos gewesen waren. Corfe gliederte sie in sechsundzwanzig Einheiten, jede fünfzig Mann stark, und verteilte die dreihundert Überlebenden seiner ursprünglichen Armee als Unteroffiziere auf diese neuen Truppen. Zwei Einheiten ergaben eine Schwadron, vier Schwadrone einen Flügel. Somit hatte er drei Flügel sowie eine Reserveschwadron, die das Gepäck und die Ersatzpferde bewachte. Corfe ernannte Andruw, Ebro und Marsch zu Flügelkommandanten. Ebro zeigte sich nachgerade sprachlos vor Dankbarkeit, endlich ein richtiges Kommando übertragen zu bekommen.

Auf dem Papier sah das alles recht gut aus, die Wirklichkeit aber erwies sich als unendlich verworrener. Es dauerte anderthalb Tage, die neuen Männer auszurüsten und das Kommando neu einzuteilen. Wie sich herausstellte, sprach Morin einigermaßen gut Normannisch, und Corfe setzte ihn als seinen Adjutanten und Dolmetscher ein. Der Stammeskrieger zeigte sich wenig erfreut darüber, kein Flügelkommando zu erhalten, doch er wußte nichts über die Taktiken, die Corfe anzuwenden gedachte, und so mußte er sich mit dem Versprechen zufriedengeben, später ein Feldkommando zu bekommen. Wie sich herausstellte, ließ sein Stolz sich damit befriedigen, Corfes Befehle so weiterzuleiten, als hätte er sie selbst erteilt.

Das Kommando erwies sich als ausgesprochen unzusammenhängend und neigte dazu, sich gemäß den Stämmen zu unterteilen. Die neuen Männer betrachteten sich eher als Cimbriani oder Feldari denn als Kathedraler, doch Corfe wußte, das würde sich ändern, sobald sie erst ein paar Schlachten geschlagen hatten.

Ihr Lager glich Tag und Nacht einem wimmelden Mahlstrom. Andruw und ein paar Schwadrone beschäftigten sich mit dem Auftreiben von Vorräten aus einer zögerlichen und bisweilen sogar ärgerlichen Quartiersmeisterabteilung, und es war allein Quartiermeister Parsifals Wohlwollen zu verdanken, daß sie überhaupt etwas bekamen. Andere kümmerten sich um das Beschlagen der Pferde und das Ausbessern der Rüstungen. Corfe selbst leitete auf der zerfurchten Ebene nördlich der Hauptstadt Formationsübungen, während sich auf den Zinnen der Stadt gebannte, mitunter höhnische Beobachter scharten.

Er nahm seine Männer hart heran, jedoch nicht härter als sich selbst. Am dritten Tag waren die drei Flügel – mit einigem Fluchen und Drängen – in der Lage, auf ein einziges Signal von Cerne, Corfes Trompeter, von Marschformation in Gefechtsformation zu wechseln. Die Mühe, die dies gekostet hatte, hätte jeden torunnischen Exerziermeister zur Verzweiflung getrieben, doch das Ergebnis konnte sich durchaus sehen lassen, fand Corfe. Für Feinheiten war keine Zeit. Was ihn am meisten beunruhigte, war der Gedanke, seine Männer könnten aus der Formation ausbrechen und sich in eine wirre Stammeskriegerbande verwandeln, insbesondere, wenn sie den Feind in die Flucht schlugen. Abends am Lagerfeuer trichterte er ihnen mit Morins Hilfe ein, auf keinen Fall aus der Reihe zu tanzen oder ohne unmittelbaren Befehl von den Flügelkommandanten anzugreifen – was einiges Murren hervorrief, und in den hinteren Reihen der Menge brüllte jemand aus der Dunkelheit, daß sie Krieger und keine Sklaven wären und ihnen niemand beibringen müßte, wie man kämpft.

»Kämpft auf meine Art«, brüllte Corfe zurück. »Kämpft nur ein einziges Mal auf meine Art, und wenn ich euch nicht zum Sieg führe, könnt ihr fortan kämpfen, wie ihr wollt. Aber fragt Marsch und seine Felimbri, ob meine Art nicht doch die beste ist.«

Das Murren verstummte. Mittlerweile wußten die Männer von den Schlachten, die Corfe und die Kathedraler im Süden geschlagen und welche Übermacht sie bezwungen hatten. Corfe wurde bewußt, daß er sich auf dem Prüfstand befand. Führte er diese Männer gleich zu Beginn in eine Niederlage, würde er nie wieder in der Lage sein, ihr Vertrauen zu erringen. Für sie zählten weder Rang noch Auszeichnungen, sondern Können und Taten.

In der Nacht, bevor sie aufbrachen, wurde er noch einmal zur Königswitwe gerufen. Er kam in seiner alten, zerschlissenen Uniform in ihre Gemächer, wobei er sich des Getuschels durchaus bewußt war, das ihm durch den Palast folgte. Mittlerweile hatten sich Gerüchte wie ein Lauffeuer in der Stadt verbreitet: Torunn würde demnächst so wie Aekir belagert werden; der König wollte die Stadt dem Feind überlassen und die Garnison nach Süden abziehen; ein Vertrag sollte unterzeichnet und eine Abmachung getroffen werden. Martellus wäre tot, siegreich, in Gefangenschaft der Merduks. Niemand vermochte, Wahrheit von Erfindung zu unterscheiden, und schon flohen Tausende aus Torunn, endlose Schlangen aus Kutschen, Wagen, Handkarren und Menschen zu Fuß auf dem Weg nach Süden. In Aekir hatte es die Hoffnung, ja die Zuversicht gegeben, daß die Belagerung zu überstehen wäre, solange John Mogen die Männer anführte und die Mauern noch standen. Hier floh die Hoffnung mit der Masse der Flüchtlinge. Der Gedanke verursachte Corfe Übelkeit. Allmählich fragte er sich, ob irgend etwas, das er kannte, einen weiteren Winter überdauern würde.

Odelia war allein, als er zu ihr geführt wurde. Sie saß neben einem Kohlenbecken. Hinter ihr tänzelten dunkle, hohe Schatten an der Wand.

»Fürstin.«

Irgend etwas huschte aus dem Licht der Flammen, zu schnell, um es zu erkennen; die Königswitwe aber rührte sich nicht. »Du hast Glück, Oberst.«

»Wieso, Fürstin?«

»Man hat dich beinahe vergessen. Bislang bist du übersehen worden.«

Corfe runzelte die Stirn. »Ich weiß nicht, was Ihr meint.«

»Ich meine, daß mein Sohn, der König, dich in … in all der Aufregung vergessen hat. Aber jemand anders – Oberst Menin, nun *General* Menin – wurde kürzlich auf dich aufmerksam gemacht. Je früher du die Stadt verläßt, desto besser.«

»Ich verstehe«, sagte Corfe. »Hat er vor, sich mir in den Weg zu stellen?«

Odelia setzte ein freudloses Lächeln auf. »Keine Ahnung. Ich werde nicht mehr in die Entscheidungen der Regierung miteinbezogen. Mein Gefühl sagt mir, daß der König ein Zauderer ist, sein General ein Hanswurst. Menins Lakaien haben die Truppenübungen deiner Männer beobachtet. Morgen früh wirst du neue Befehle erhalten. Man wird dich anweisen, dein Kommando einem anderen … zugänglicheren Offizier zu übertragen, der erst heute aus dem Süden eingetroffen ist.«

»Aras«, zischte Corfe.

»Genau der. Nach seinen Worten hast du deine Aufgabe im Süden nur halb erledigt, und er hatte den Löwenanteil der Schlachten zu bewältigen, während du raschen Schrittes zurück ins Bett der Königswitwe marschiert bist.« Im Feuerschein glich Odelias Lächeln einer Narbe in ihrem Antlitz.

»Ich habe Verwundete bei diesem Dreckskerl gelassen.«

»Kein Grund zur Sorge. Ich habe Parsifal angewiesen, sie an einem abgelegenen Ort unterzubringen. Aber du mußt hinaus ins Feld, Corfe, bevor sie dich vernichten.«

»Wir brechen im Morgengrauen auf. Oder noch früher, nach diesen Neuigkeiten.«

»Im Morgengrauen sollte es früh genug sein. Aber keine Fanfaren. Ich glaube, in diesem Fall ist ein unauffälliger Abgang gefragt.«

»Habt Ihr mich je anders als unauffällig erlebt, Fürstin?«

Unvermittelt lachte sie auf wie ein junges Mädchen. »Sorg dich nicht, Corfe. Stell nur sicher, daß du mit Lorbeeren auf dem Haupt zurückkehrst. Den Rest erledige ich. Ich kann immer noch bestimmte Hebel in Bewegung setzen, sogar im Oberkommando. Aber deshalb habe ich dich nicht hergebeten. Ich habe etwas für dich.« Sie warf ein Tuch beiseite, unter dem eine lange, glänzende Holztruhe zum Vorschein kam. Neugierig, dennoch ungeduldig ob der vergeudeten Zeit, trat Corfe näher.

»Mach sie schon auf!«

Er tat, wie ihm geheißen. Auf einem Seidenpolster schimmerte ein langes, scharfschneidiges Schwert.

»Es gehört dir. Betrachte es als Talisman, wenn du willst. Es war die letzten sechs Jahre hier bei mir.«

Corfe hob das Schwert aus der Truhe. Es war ein nur leicht gebogener Säbel der schweren Reiterei, doppelschneidig und mit schlichtem Korbheft, dessen elfenbeinfarbenen Griff der Schweiß eines anderen Mannes hatte andunkeln lassen. Ein altes, benutztes Schwert – die Klinge wies mehrere winzige Einkerbungen auf. Bei näherer Betrachtung sah er den schlangengleichen Schimmer eines Schmiedemusters.

»Es muß uralt sein«, meinte er verwundert.

»Es hat John Mogen gehört.«

»Mein Gott!«

»Er hat es *Hanoran* genannt, was auf Altnormannisch ›Der Erwiderer‹ bedeutet. Es ist ein Erbstück seines Hauses. Er hat es hiergelassen, bevor er loszog, um die Herrschaft über Aekir zu übernehmen. Du kannst es haben.« Ihr Tonfall klang beiläufig, doch ihre Blicke bohrten sich wie zwei Peridotsplitter in seine Augen.

»Danke, Fürstin. Es bedeutet mir sehr viel, dieses Schwert zu besitzen.«

»Er hätte gewollt, daß du es bekommst. Er hätte gewollt, daß es wieder in der Hand eines fähigen Mannes Blut schmeckt, statt in den Gemächern einer alten Frau zu verstauben.«

Corfe betrachtete sie und lächelte, erfüllt von der Freude, die ihm das Gefühl der leichten, todbringenden Waffe vermittelte. Das Heft paßte in seine Hand, als wäre es für ihn gefertigt worden. Unwillkürlich sank er vor ihr auf die Knie und streckte ihr das Schwert entgegen.

»Ihr sollt wissen, Fürstin, daß Ihr in diesem Königreich zumindest einen Verfechter habt.« Er hob die freudesprühenden Augen. »Und so alt seid Ihr nicht.«

Abermals lachte sie. »Meine Güte, Schmeichelei! Ich werde doch noch einen Höfling aus dir machen, Corfe.« Sie erhob sich, und in jenem Augenblick wirkte sie tatsächlich wie eine junge Frau an der Schwelle zum dritten Lebensjahrzehnt, obschon sie beinahe doppelt so alt sein mußte. Sie ist wunderschön, dachte Corfe, und er bewunderte sie. Eine zartgliedrige Hand streichelte seine Wange.

»Das ist alles, Oberst. Ich will dich nicht länger von deinen Barbaren fernhalten. Du mußt, *mußt* bei Sonnenaufgang aufbrechen. Zieh in die Schlacht und kämpfe gut. Komm mit Martellus und seinen Männern zurück. Ich versichere dir, sie werden nicht mehr in der Lage sein, dir etwas anzuhaben.«

Corfe nickte. Der Erwiderer glitt kaum hörbar in die Scheide, obwohl die Klinge einen Fingerbreit zu lang war. Dann ergriff er den abgewetzten Säbel, den er aus Aekir mitgebracht hatte, und schleuderte ihn mit lautem Klirren in eine Ecke. Schließlich verbeugte er sich vor Odelia und verließ das Gemach, ohne einen Blick zurück zu werfen.

Doch Odelia, die Königswitwe, hob den Säbel auf und legte ihn in die mit Seide ausgekleidete Truhe, die einst Mogens Klinge beherbergt hatte. Dann schob sie die Truhe behutsam beiseite, als wäre ein kostbarer Schatz darin.

Die graue Stunde vor Anbruch der Morgendämmerung, frostig wie ein Grab. Und in den schartigen Hügeln, die sich entlang der Straße nach Westen im Norden von Torunn erstrecken, hält eine kleine Gruppe erschöpfter Reisender inne, um auf die großflächige, torunnische Hauptstadt in der Ferne hinunterzublicken. Fackeln brennen entlang der Mauern, so daß sie wie eine funkelnde Schlange aussehen, die sich durch das schlummernde Land windet, und der Torrin strömt breit, tief und stahlgrau, während der Himmel sich über den Bergen von Jafrar im Osten zu erhellen beginnt.

Zwei Mönche, zwei fimbrische Soldaten und zwei zu Tode erschöpfte Maultiere, allesamt verschmiert vom Schlamm der Straße. Schweigend wie Steinsäulen verharren sie im Sonnenaufgang, bis der kleinere der beiden Mönche, das Gesicht gräßlich entstellt, auf die Knie sinkt und die Hände zum Gebet faltet. »Danke, Gott, o danke, Gott.«

Die Soldaten blickten sich ständig wie gehetzte Füchse um, doch abgesehen von ein paar kreisenden Falken präsentierten die Hügel sich verlassen. »Ihr sollt euer Feuer haben«, sagte einer der beiden zu den Mönchen. »Ich bezweifle, daß die Merduks sich so nahe an die Mauern heranwagen.«

»Warum marschieren wir nicht weiter in die Stadt?« begehrte Avila auf. »Es ist kaum noch eine Wegstunde. Ich bin sicher, wir schaffen das.«

»Wir warten, bis es hell ist«, gab Siward zurück. »Wenn wir uns den Toren jetzt nähern, werden wir beschossen. Torunn ist so gut wie belagert, und die Torwächter sind gewiß ziemlich unruhig. Ich bin nicht so weit gekommen, um mit einer torunnischen Kugel im Leib zu enden.«

Damit war die Sache erledigt, und eigentlich waren die beiden Mönche ohnehin kaum noch in der Lage, einen weiteren Schritt zu tun. Sie waren die ganze Nacht durchmarschiert. Joshelin und Siward luden die Reisigbündel ab, die eines der Maultiere trug, und machten sich daran, mit Feuerstein und Zunder zu werken, nachdem sie ihren Schutzbefohlenen den schlaffen Weinschlauch zugeworfen hatten. Mangels eines besseren Frühstücks gossen Albrec und Avila sich Wein in die Kehle, hockten auf dem Boden und schauten hinab auf die letzte ramusische Hauptstadt östlich der Berge von Cimbric.

»Der Heilige muß über uns gewacht haben«, meinte Albrec. Seine Stimme zitterte. »Was für eine Strafe das war, Avila. Noch nie war ich so erschöpft. Aber es läutert die Seele. Der heilige Ramusio ...«

»Da kommen Reiter!« rief Avila.

Fluchend traten Joshelin und Siward das soeben entfachte Feuer aus, warfen sich nieder und rissen die Maultiere mit sich zu Boden.

»Aus welcher Richtung?«

»Mein Gott, es ist eine Armee!« stellte Avila fest. »Da – eine ganze Kolonne. Sie muß aus der Stadt gekommen sein.«

Sogar auf die zerfurchten Züge der beiden Fimbrier legte sich Verzweiflung. »Es sind Merduks«, stöhnte Siward. »Torunn ist bereits gefallen.« Voller Grimm lud er die Hakenbüchse, während Joshelin hastig die Lunte entzündete.

»Sie tragen Scharlachrot«, stieß Albrec hervor. »O ihr gütigen Heiligen, jetzt sind wir so weit gekommen und müssen so enden.«

Es war tatsächlich eine Armee, eine lange, geordnete Kolonne schwer bewaffneter Reiterei, mehr als tausend Mann stark. Sie hatten ein merkwürdiges Banner, schwarz und scharlachrot, und einige sangen, während sie ritten, in einer fremdartigen Sprache, die sich in den Ohren der beiden geduckten Mönche schroff und wild anhörte. Die Reiter würden nur wenige Meter an den vier Gefährten vorüberkommen, und jenseits der Mulde, in der sie sich verbargen, befand sich meilenweit offenes Land. Es gab nichts, wohin sie hätten flüchten können.

Die Augen fest verschlossen, betete Albrec inbrünstig, während Avila niedergeschlagen und ohne jede Hoffnung dahockte. Die beiden Fimbrier sahen aus, als hätten sie vor, ihr Leben teuer zu verkaufen. Die Spitze der Kolonne war bereits sehr nahe gerückt, und die beiden Soldaten spannten gerade die Hähne ihrer Waffen, als sie eine Stimme unverkennbar Normannisch rufen hörten:

»Sag Ebro, er soll seinen verdammten Flügel auf der Straße halten! Ich kann keine Nachzügler gebrauchen, Andruw, hörst du? Beim Blut des Heiligen, das ist doch kein Vergnügungsausflug!«

Albrec schlug die Augen auf.

Der vorderste Reiter zügelte das Pferd und gebot der langen Kolonne mit erhobener Hand Einhalt. Die Mönche waren gesichtet worden. Eine Gruppe Soldaten trabte los, auf deren Rüstung das matte Licht der eben erwachten Sonne zinnoberrot gleißte. Das Banner flatterte in der kalten Brise, und Albrec sah, daß es offenbar die Turmspitzen einer Kathedrale darstellte. Hastig stand er auf, ungeachtet der Versuche seiner Gefährten, ihn zurück auf den Boden zu zerren.

»Guten Morgen!« rief er, wobei sein Herz einen Trommelwirbel in der Brust schlug.

Der vorderste Reiter trabte mit verwundertem Blick auf ihn zu. Dann nahm er den barbarischen Helm ab. »Guten Morgen.« Er war dunkelhaarig und besaß tief in den Höhlen liegende graue Augen. Hart, furchterregend, voller natürlicher Befehlsgewalt. Ein junger Mann, doch mit dem Blick eines Mannes mittleren Alters. Neben ihm befand sich ein weiterer Bursche, der aus demselben Holz geschnitzt war, der jedoch eine gewisse Fröhlichkeit ausstrahlte, die selbst die fremdartige Rüstung nicht abzuschwächen vermochte. Im frühen Licht des Tages wirkten die beiden wie zwei Krieger aus einer uralten Legende, die zum Leben erwacht waren.

»Wer seid Ihr?« fragte Albrec mit zitternder Stimme.

»Corfe Cear-Inaf, Oberst der torunnischen Armee. Das ist mein Kommando.« Als der Rest von Albrecs Gefährten aufstand, weiteten sich die Augen des Mannes. »Seid ihr zufällig Fimbrier?«

»Wir zwei schon«, antwortete Joshelin stolz. Hartnäckig hielt er die Hakenbüchse im Anschlag, als wäre er sich noch nicht schlüssig, ob er sie abfeuern sollte oder nicht. »Aus der sechsundzwanzigsten Hundertschaft von Marschall Barbius' Kommando, für Sonderaufgaben abgestellt.«

Der Reiteroberst blinzelte; dann wandte er sich an seinen Kameraden. »Laß sie weiterziehen, Andruw. Ich hole euch später ein.« Dann stieg er ab und streckte Joshelin die Hand entgegen, während sich hinter ihm die lange Kolonne der Reiter wieder in Bewegung setzte. Hunderte Soldaten, allesamt mit ausgezeichneten Pferden, eigenartigen Rüstungen, manche mit tätowierten Gesichtern. Sofern es sich um torunnische Truppen handelte, sahen sie jedenfalls anders aus als alle Soldaten, von denen Albrec bislang gehört und die er je gesehen hatte.

»Wo ist Barbius?« wollte dieser Oberst Corfe

Cear-Inaf von Joshelin wissen, noch während dieser seine Hand ergriff.

»Wieso wollt Ihr das wissen?« entgegnete der Fimbrier.

»Ich möchte ihm helfen.«

Elf

»Und diese beiden sind aus Charibon, sagt Ihr?« fragte Oberst Corfe Cear-Inaf. »Dann sind es Geistliche. Was seid Ihr, Gesandte des Pontifex?«

»Nicht ganz«, erwiderte Avila trocken. »Charibons Ruf, was seine Gastfreundschaft betrifft, wird unglaublich überbewertet. Wir haben beschlossen, unser irdisches Heil woanders zu suchen.«

»Sie sind Ketzer, wie ihr Torunnen«, warf Joshelin ungeduldig ein. »Sie haben Schriftstücke für den anderen heiligen Mann dabei, den ihr hier irgendwo versteckt habt. Ich hab's Euch gesagt, Torunne, der Marschall und die Armee waren noch eine Woche von der Feste entfernt und unterwegs nach Südosten, in Richtung der Küste, als wir sie verlassen haben. Aber hört – sie wollen sich nicht nur mit Martellus verbünden. Der Marschall hat außerdem vor, die Flanke der Merduk-Armee anzugreifen, die vom Kardischen Golf heraufkommt.«

»Die haben aber eine ganz schön hohe Meinung von der eigenen Tapferkeit und dem eigenen Können, wenn sie glauben, sie könnten eine Armee solcher Größe angreifen und überleben«, meinte Corfe kurz angebunden. Er blickte dem Fimbrier fest in die Augen. »Und ein ausgeprägtes Pflichtgefühl dazu. Davor ziehe ich meinen Helm.«

Joshelin zuckte beiläufig die Schultern, als gehörte selbstmörderischer Mut zum Wesen jedes fimbrischen Soldaten.

»Ihr könnt sie unmöglich einholen, bevor sie mit dem Feind in Berührung geraten«, sagte er. »Gehe ich recht in der Annahme, daß Eure Mission darin besteht, die Garnison der Feste zu retten?«

»Ja.«

»Mit dreizehnhundert Mann?«

»Wie's scheint, besitze ich ebenfalls ein ausgeprägtes Pflichtgefühl.«

Die beiden Soldaten musterten einander, und der Ansatz eines Lächelns spielte um ihre Lippen. Joshelin entspannte sich ein wenig.

»Ihr seid Soldaten der Reiterei, folglich seid Ihr vielleicht schnell genug, um noch von Nutzen zu sein«, räumte er widerwillig ein. »Was sind Eure Männer? Jedenfalls keine Torunnen.«

»Es sind Stammeskrieger aus den Bergen von Cimbric.«

»Und Ihr vertraut ihnen?«

»Mehr als jedem anderen Menschen. Wir haben gemeinsam Blut vergossen.«

»Ich bin sicher, Ihr versteht etwas von Eurem Geschäft. Was ist mit dem torunnischen König? Ist Euer Kommando alles, was er entsendet?«

»Ja. Der König ist zur Zeit ... sehr beschäftigt. Er zieht es vor, in Torunn eine Belagerung zu erdulden und erwartet den Angriff der Merduks hier.«

»Dann ist er ein Narr.«

Albrec und Avila hielten den Atem an, da sie auf diese Bemerkung den einen oder anderen Wutanfall erwarteten, doch dieser Corfe erwiderte nur: »Ich weiß. Aber wir werden trotzdem für ihn bluten.«

»So soll es ja auch sein. Wir sind bloß Soldaten.«

Mittlerweile war die lange Kolonne der Reiter an ihnen vorüber; die Nachhut zeichnete sich in der Ferne als dunkler Schemen ab. Corfe schaute ihr nach; dann straffte er die Schultern und stieg auf sein unruhiges Schlachtroß. »Ich muß los. Viel Glück bei Eurer Aufgabe, Priester. Falls ihr Macrobius trefft, richtet ihm Grüße von Corfe aus und sagt ihm, daß er den Rückzug aus Aekir nicht vergessen hat.«

»Ihr kennt Macrobius?« fragte Albrec verwundert.

»Man könnte sagen, ich bin mit ihm gereist. Vor langer Zeit.«

»Was für ein Mensch ist er?«

»Ein guter Mensch. Und ein demütiger – zumindest war er es, als ich ihn kennengelernt habe. Die Merduks haben ihm die Augen herausgeschnitten. Aber so wie alles andere, verändern sich auch Menschen. Wie er jetzt ist, weiß ich nicht.«

Er wandte sich ab und wollte losreiten, doch Joshelin rief ihn zurück. »Oberst!«

»Ja?«

»Womöglich sind Barbius und Martellus gar nicht so leicht zu finden. Laßt mich mit Euch reiten, dann kann ich Euch zumindest die richtige Straße zeigen.«

Corfe musterte ihn von oben bis unten. »Könnt Ihr reiten?«

»Ich kann mich auf einem Pferd halten, wenn es sein muß.«

»Na schön. Steigt hinter mir auf. Wir geben

Euch später eines von den Ersatzpferden. Guten Tag, Väter.«

Das Schlachtroß sprang mit einem Kanter los. Corfe saß aufrecht im Sattel; Joshelin klammerte sich mit der Anmut eines schlaffen Sackes an ihn. Siward beobachtete den Aufbruch seines Kameraden mit verkniffener Miene. Als er sich an die beiden Mönche wandte, die seine Schutzbefohlenen waren, schwang in seiner Stimme unverhohlene Abscheu mit.

»Also, bringen wir euch in die Stadt. Jetzt kann ich's auch ruhig zu Ende bringen.«

Die Vorräume des neuen Papstpalastes waren große, kahle Hallen aus kaltem Marmor und Stuckdecken. Darin standen Reihen vergoldeter Stühle, die zu schwach wirkten, um irgend jemanden tragen zu können. Entlang der Wände wachten die neuen, macrobischen Glaubensritter wie aus Stein gehauene Magier und schimmerten vor Eisen und Bronze. Irgend jemand hatte in einem vergessenen Arsenal ein paar uralte Halbrüstungen ausgegraben, so daß die Ritter wie Paladine aus einem anderen Zeitalter aussahen.

In den Vorräumen herrschte reges Treiben. Geschäftig liefen Geistliche, Vertreter des niederen Adels und Boten umher. Macrobius, den Himerius in Charibon als Häresiarch bezeichnete, war geistiger Führer von drei der großen, ramusischen Königreiche des Westens, und selbst in Kriegszeiten mußten die Geschäfte der Kirche – jedenfalls dieser neuen Kirche – weitergeführt werden. Bischöfe mußten in den neuen Orden geweiht werden, und man mußte Ersatz für jene finden, die der himerischen Kirche treu blieben. Zudem wimmelte es im Palast von Ämterhaschern und Bewerbern, deren Beiträge zum Säckel der Kirche belohnt werden mußten. Ein neuer Orden vom Ersten Tage wurde ins Leben gerufen, doch in Wahrheit wurde hier die alte Kirche in Windeseile nachgeahmt, mit all ihren Haken und Ösen, auf daß die Macrobier zu würdigen Gegnern der Unbelehrbaren in Charibon heranwuchsen. Albrec, Avila und Siward standen inmitten der Menschenmenge und starrten. Die Merduks heulten vor den Toren, und immer noch wurde hier geschachert, wurden Novizen als zweite Söhne gesucht, strebte man nach Befreiung von der Kirchenabgabe, nach Lehen von Kirchenländereien.

»Wie es scheint, geht das Leben weiter«, stellte Avila nicht ohne Verbitterung fest. Zwar hatte er als weltlichster aller Geistlichen gegolten, noch dazu als Adeliger; trotzdem betrachtete er das weltliche Streben der Neuen Kirche mit demselben trägen Erstaunen wie Albrec.

»Wir müssen zum Pontifex«, erklärten sie einem abgehetzten Antillianer, der versuchte, ein wenig Ordnung in den Strom der Menschenmassen zu bringen.

»Ja, ja, sicher«, erwiderte er verächtlich und lief weiter.

Die beiden Mönche standen da wie zwei verirrte Landstreicher – und eigentlich waren sie das ja auch: entstellt, zerlumpt, schmutzig. Albrec humpelte hinter dem Antillianer her. »Ihr versteht mich nicht, Bruder – es ist von größter Bedeutung, daß wir den Pontifex heute sehen, jetzt gleich!« Dabei zupfte er an der fein geschneiderten Kutte des Geistlichen wie ein lästiges Kind am Rocksaum der Mutter.

Der Antillianer entriß sich dem kleinwüchsigen Landstreicher. »Wachen! Entfernt diese Person!«

Zwei Glaubensritter traten vor und bauten sich vor dem bettelnden Albrec auf. Einer der beiden packte ihn grob an der Schulter. »Komm mit. Bettler warten an der Tür.«

Dann aber zuckte ein dunkler Schemen vorüber; irgend etwas pfiff durch die Luft, und der Ritter wurde mit einem Hieb von Siwards Hakenbüchsenkolben von den Beinen gerissen. Der Fimbrier ließ die Waffe fallen und riß das Kurzschwert aus der Scheide. Einen Lidschlag später hatte der zweite Ritter die Spitze der Klinge im Nasenloch.

»Diese Priester werden den Pontifex sehen«, erklärte Siward mit ruhiger Stimme. »Heute. Jetzt.«

Der Trubel im Vorraum erstarb. Stille senkte sich herab, und alle Augen hefteten sich auf die bedrohliche Szene. Weitere Ritter kamen mit gezückten Schwertern die Halle herab, und einen Augenblick schien Siward an Ort und Stelle umgeschnitten zu werden, doch dann ergriff Avila mit klarer, durchdringender Adeligenstimme das Wort.

»Wir sind Mönche aus Charibon und haben sehr wichtige Schriftstücke bei uns, die allein für Macrobius' Augen bestimmt sind! Unser Beschützer ist ein berühmter fimbrischer Offizier. Jede

Mißhandlung seiner Person wird von den Kurfürstentümern als Kriegserklärung betrachtet!«

Als das Wort »Fimbrier« Avilas Mund verließ, erstarrten die Ritter. Der Unterkiefer des Antillianers klappte auf, und schließlich stammelte er: »Steckt die Schwerter weg! An diesem Ort wird kein Blut vergossen. – Ist es wahr, was Ihr sagt?«

»So wahr wie die Nase in seinem Gesicht«, erwiderte Avila gedehnt und deutete mit dem Kopf auf den schwitzenden Glaubensritter, auf dessen Riechbehelf zwei Fuß Stahl zielten.

»Ich muß mit meinem Vorgesetzten sprechen«, murmelte der Antillianer. »Steckt die Schwerter weg, sage ich!«

Waffen glitten zurück in Scheiden, und in der Halle breiteten sich in Windeseile Vermutungen und Gerüchte aus. Avila klopfte dem angespannten Siward auf die Schulter.

»Mein Freund, das war hervorragende Arbeit. Es tut mir nur leid, daß du keine Gelegenheit hattest, seine Gedärme über den Marmor zu verteilen.« Siward erwiderte nichts, sondern hob die Hakenbüchse auf. Dabei trat er den anderen, nach wie vor besinnungslosen Ritter beiseite. Niemand wagte einzuschreiten.

Ein Bruder vom Ersten Tage mit Hängewangen und kahlem Schädel erschien. »Ich bin Monsignore Alembord, Vorstand des Haushalts Seiner Heiligkeit. Vielleicht hättet Ihr die Güte, Euch zu erklären.«

»Wir haben uns nicht durch Schneestürme, an Wölfen und plündernden Armeen vorbei hierher durchgeschlagen, um mit einem Lakaien zu plaudern!« rief Avila. Offensichtlich gefiel ihm seine Rolle. »Laßt uns unverzüglich zu Seiner Heiligkeit. Wir bringen Kunde, die allein der Pontifex selbst hören darf. Ihr stellt Euch uns auf eigene Gefahr in den Weg!«

»Um Himmels willen, Avila«, murmelte Albrec, während er dem Ritter aufhalf, den Siward von den Beinen gehauen hatte.

Monsignore Alembord schien hin und her gerissen zwischen Schreck und Zorn. »Wartet hier«, keifte er schließlich und eilte mit dem unglückseligen Antillianer im Schlepptau davon.

»Du hättest Passionsspieler werden sollen, Avila«, meinte Albrec matt zu seinem Freund.

»Ich habe es satt, mich von oben herab behandeln zu lassen, insbesondere von fetten Quallen wie diesem Bruder vom Ersten Tage. Es ist an der Zeit, damit aufzuhören, daß wir unauffällig herumdrucksen. Die Dinge müssen endlich in Bewegung kommen. Beim Barte Ramusios, glauben die etwa, sie hätten die alte Kirche gestürzt, nur um an ihrer Stelle ein genaues Ebenbild zu erschaffen? Warte nur, bis der Pontifex die Geschichte hört, die du bei dir trägst, Albrec. Sofern er ein anständiger Mensch ist, wie dieser Corfe offenbar glaubt, dann – beim Blut Gottes! – werden wir dafür sorgen, daß er die Welt bis in die Grundfesten erschüttert.«

ZWEITER TEIL

Ins Herz des Sturmes

Man darf den Feind nie in die Verzweiflung treiben. Denn eine solche Gesinnung vervielfacht seine Kraft und stärkt seinen Mut, gleichwohl er zuvor gebrochen und am Ende war. Für mutlose, erschöpfte, ausgebrannte Menschen gibt es kein besser Wohl, als auf keinerlei Gnade zu hoffen.

Rabelais

Zwölf

Es war der Donner ferner Kanonen, der sie anzog. Er grollte hinter dem Horizont wie der Zorn eines unterirdischen Gottes. Artillerie, in Batterien abgefeuert, dazu das hämmernde Krachen von Hakenbüchsenschüssen. Morin stieg vom Pferd, drückte das Ohr auf den Boden und lauschte der unsichtbaren Schlacht. Als er sich wieder aufrichtete, sprach aus seinem Gesicht so etwas wie Verwunderung.

»Viele, viele Männer und viele große Kanonen«, sagte er. »Und Pferde, Tausende von Pferden. Krieg hallt durch die Erde.«

»Aber wer ist es?« fragte Andruw. »Martellus oder Barbius? Oder beide?«

Die anderen Mitglieder der Gruppe, einschließlich Corfe, schauten zu Joshelin. Der grauhaarige Fimbrier saß auf einem unruhigen, torunnischen Schlachtroß, das müde und gereizt wirkte. Er war alles andere als ein geborener Reiter, um es milde auszudrücken.

»Es muß der Marschall sein«, meinte er. »Wir sind noch nicht weit genug nach Norden gezogen, um auf Martellus zu stoßen. Bis zur Feste sind es gewiß noch vierzig Wegstunden. Ich schätze, Martellus' Truppen befinden sich noch zwei oder drei Tagesmärsche entfernt.«

Die kleine Reitergruppe befand sich etwa eine halbe Meile vor der Hauptstreitmacht, wenngleich sowohl Ebro als auch Marsch derzeit für Sonderaufgaben abgestellt waren. Sie führten an den Seiten der Kolonne Schwadrone an und sollten sämtliche Kundschafter der Merduks vernichten, die ihnen über den Weg liefen. Corfe wollte das Herannahen seiner Männer geheimhalten. Wenn er schon mit keinen großen Zahlen aufwarten konnte, so wollte er wenigstens, wie in Staed, die Überraschung auf seiner Seite haben.

»Wie weit entfernt, Morin?« fragte Corfe seinen Dolmetscher.

»Höchstens eine Wegstunde.«

Etwa dreißig Minuten, wenn er die Pferde nicht zu sehr verausgabte, weil sie die Kraft für den Angriff brauchten. Wenigstens eine Schwadron mußte er bei den Maultieren belassen ... In Windeseile wog Corfes Verstand Gefahren und Möglichkeiten gegeneinander ab. Natürlich mußte er zunächst eine Aufklärung durchführen, aber das würde wertvolle Zeit kosten. Dann vielleicht eine Aufklärung im Zuge des Angriffs? Zu ungeschickt. Außerdem ginge dadurch die Überraschung verloren. Angesichts der Mannschaftsstärke, die ihm zur Verfügung stand, mußte er sich von der Seite oder, besser noch, von hinten auf die Merduks stürzen. Ein Hals-über-Kopf-Angriff in die Front einer großen Armee hieße, die Leben seiner Männer zu verschleudern.

»Ich reite weiter«, entschied er abrupt. »Morin, Cerne, kommt mit. Andruw, übernimm das Kommando. Wenn wir in zwei Stunden nicht zurück sind, handelst du so, als wären wir tot.«

Je weiter sie ritten, desto lauter wurde das Tosen der Schlacht. Der Lärm flaute abwechselnd ab und wallte wieder auf, bald erstarb er, bald schwoll er zu einem brandenden Geräuschhagel an, der das Gras erbeben ließ. Mittlerweile sahen die drei Reiter erste Abtrünnige, die vereinzelt oder in kleinen Gruppen über die Hänge der Hügel vor ihnen liefen – nach der Rüstung zu schließen Merduks. Jede Armee verlor beim Vormarsch Soldaten, so wie ein Hund Haare läßt. Männer blieben vor Erschöpfung liegen, wurden fußwund oder blutdurstig, und selbst die aufmerksamsten Wachen vermochten nicht, sie alle in den Rängen zu halten.

Schließlich ritten sie die Seite eines steilen Rückens empor, hielten inne und blickten wie Beobachter eines Schauspiels auf das ehrfurchtgebietende Spektakel einer gewaltigen Schlacht hinunter.

Die Linien erstreckten sich wohl über zwei Meilen, wenngleich ihre Länge von aufwallenden Pulverrauchwolken verhangen wurde. Eine fimbrische Armee war dort unten eingekesselt und kämpfte um ihr Leben. Corfe sah die furchterregenden Spitzen einer Pikenphalanx, acht Mann tief, und an den Flanken dünne Formationen von Hakenbüchsenschützen. Doch da waren auch andere westliche Truppen. Torunnische Kürassiere, vielleicht dreihundert, sowie mehrere tausend untereinander vermischte Schwertkämpfer und Hakenbüchsenschützen, die gegen eine unvorstellbare Übermacht kämpften, um ihre Flanken zu verbreitern. Also war Martellus hier. Die Männer der Garnison der Feste mußten schneller marschiert sein, als Joshelin ihnen zugetraut hatte. Sie hatten sich mit den Fimbriern vereint und kämpften zum ersten Mal in der Geschichte Schulter an Schulter mit ihren alten Feinden. So wenige. Martellus hatte mehr als die Hälfte seines Kommandos verloren.

Die Masse der Merduks, gegen die sie sich stemmten, war gewaltig. Mindestens dreißig-, vierzigtausend Mann hämmerten auf die westlichen Linien ein, und Corfe sah weitere Soldaten aus Südosten heranrücken, frische Formationen auf Flankenpfad, um die Truppen des Westens einzuschnüren. Der Kampf an der Front war lediglich ein Eindämmen. Sobald die Merduks ihre Einheiten an den Flanken an Ort und Stelle hatten, würden sie von allen Seiten zugleich angreifen und nichts, weder fimbrische Tapferkeit noch torunnische Hartnäckigkeit, würde sich ihnen widersetzen können.

Corfe hielt Ausschau nach einer Schwachstelle, einem Punkt, wo ein Schlag die feindlichen Linien aufreißen und größtmögliche Verwirrung stiften würde. Er glaubte, diese Stelle entdeckt zu haben. Links hinter der westlichen Kampflinie erstreckte sich ein langgezogener Rücken, ein auslaufender Teil der Hügelkette, die sich von den südwestlichen Gipfeln der Berge von Thurian herunterzog. Die Nordausläufer wurden sie genannt. Regimenter der Merduks befanden sich bereits auf den niedrigeren Hängen des Rückens; der Kamm selbst jedoch war verwaist. Sie hatten sich vom Gipfel hinunter begeben, um die Hakenbüchsen einsetzen zu können, und hinter ihnen klaffte gähnende Leere. Wieso sollten sie nach hinten blicken? Sie rechneten nicht mit der Ankunft torunnischer Verstärkung. Sie waren so sehr darauf bedacht, Martellus und Barbius zu vernichten, daß sie sich verwundbar gemacht hatten. Dort würde ein mächtiger Schlag die Todesfalle aufbrechen, vielleicht sogar die rechte Flanke des Feindes öffnen. Das war die Stelle. Dort mußte er ansetzen.

»Zurück zum Kommando«, befahl er seinen beiden Gefährten, und sie preschten in vollem Galopp zur Kolonne zurück.

Corfe berief eilends einen Kriegsrat ein, im Zuge dessen er Andruw, Ebro, Marsch, Joshelin und Morin seinen Plan mitteilte. Morin wurde sehr still; seine Augen aber leuchteten. Er konnte den Angriff sichtlich kaum erwarten. Marsch zeigte sich unerschütterlich wie immer – ebensogut hätte Corfe ihm auftragen können, loszureiten und einen Laib Brot zu besorgen –, und Joshelin billigte offensichtlich alles, was seinen Landsleuten helfen mochte. Andruw und Ebro jedoch wirkten besorgt. Es war Andruw, der ihre Befürchtungen aussprach. »Bist du dir sicher, Corfe? Ich meine, wir sind schon früher gegen übermächtige Gegner angetreten, aber das …«

»Ich bin sicher, Hauptmann«, fiel Corfe ihm ins Wort. Die Zeit lief ihnen davon, Männer starben. Er wollte endlich los. »Meine Herren, ab zu euren Kommandos. Ich führe die Kolonne an. Keine Trompeten, kein verfluchtes Schreien und Jubeln, bis ich euch alle in Stellung habe und ihr Cerne zum Angriff blasen hört. Ihr habt fünf Minuten, dann brechen wir auf meinen Befehl hin auf.«

Es dauerte weniger als zehn Minuten, bis die Kathedraler sich in Bewegung setzten. Sie verteilten sich auf drei parallele Kolonnen, jede vier- oder fünfhundert Mann stark. Corfe, Cerne und Morin bildeten vorn eine kleine Spitze. Das gewaltige, erderschütternde Tosen der Schlacht vor ihnen schwoll zu einem Höhepunkt an. Corfe hoffte nur, die westlichen Streitkräfte würden noch nicht vollends vom Antlitz der Erde gefegt sein, wenn er den Hügelkamm erreichte. Dann bliebe nur noch ein überstürzter Rückzug nach Torunn, die unausweichliche Grausamkeit einer weiteren Belagerung. Eine verheerende, endgültige Niederlage. Während sein Pferd den nordwestlichen Hang des Rückens erklomm, hinter dem sich das Schlachtfeld verbarg, ertappte er sich dabei, Gebete seiner Kindheit zu murmeln, die er seit Jahrzehnten nicht mehr gesprochen hatte. Nie zuvor in seinem Leben hatte er sich so lebendig, einer Sache so *bewußt* gefühlt.

Der Kampf war noch im Gange, doch die rechte Flanke der westlichen Streitkräfte war hoffnungslos umzingelt. Ein Dutzend fimbrischer Pikenhundertschaften hatte eine Viereckformation gebildet und war vollends eingeschnürt. Ein wahres Meer von Feinden brandete gegen die tödlichen Pikenspitzen und wogte zurück. Die fimbrische Formation wirkte so vollkommen, als führte sie auf einem Exerziergelände Übungen durch. In der Mitte drohten die Fimbrier und

Torunnen jeden Augenblick überrollt zu werden. Dort hatte die Linie wie ein gespannter Bogen nachgegeben, so daß sie sich nunmehr konkav präsentierte. Bald würde sie brechen, und die westlichen Armeen wären geteilt. Nur auf der linken Seite, kaum eine halbe Meile von dem Rücken entfernt, auf dem Corfes Männer Stellung bezogen, bestand noch Hoffnung.

Die Merduks auf der linken Seite hatten den Hügelkamm immer noch nicht besetzt, und die Kathedraler breiteten sich in Kampfformation darauf aus, vier Pferdereihen tief. Corfe beobachtete, wie ein paar der Feinde drunten im Kessel hinauf zu der soeben eingetroffenen Reiterei auf dem Hügel deuteten, doch sie würden auch die Merduk-Rüstungen sehen, die sie trugen. Ein paar Minuten hatte Corfe auf seiner Seite.

Die Kathedraler waren in Stellung. Eine sechshundert Meter lange Reiterlinie, vier Ränge tief, stille Betrachter des Gemetzels in dem Tal unter ihnen. Ihre scharlachroten Rüstungen schimmerten im fahlen Sonnenlicht, das Banner flatterte im rauhen Wind. Einige der Feinde zeigten erste Anzeichen von Besorgnis über die reglose Reiterei auf dem Hügel. Ein paar hundert Mann hatten sich in Gefechtsformation ausgebreitet, um einem möglichen Schlag gegen die rechte Flanke der Merduks entgegenzuwirken.

Corfe trabte zu Andruw hinüber und streckte ihm die Hand entgegen. »Viel Glück, Hauptmann. Falls wir uns nicht mehr sehen: Es war eine Ehre, unter deinem Befehl gedient zu haben.«

Andruw grinste und ergriff Corfes panzerbehandschuhte Hand. »Wir haben schon einiges gemeinsam durchgestanden, was, Corfe?«

Corfe begab sich in die Mitte des vordersten Ranges – die Stellung, die er sich selbst zugewiesen hatte. Dann wandte er sich an den Trompeter. »Cerne, blas zum Angriff.«

Cerne, ein überreich tätowierter Wilder, der mit Freuden für seinen Oberst gestorben wäre, hob das Horn an die Lippen und blies den siebentönigen Jagdruf der Hügel seiner Heimat. Corfe zog John Mogens Schwert; es funkelte wie ein Köcher voller Sommerblitze über seinem Kopf. Dann trat er seinem Roß in die Flanken, und das Tier setzte sich in Bewegung, während die Formation rings um ihn ebenfalls lostrabte. Die Erde erbebte unter dem Donner von mehr als fünftausend Hufen, und aus über tausend Kehlen drang der Schlachtruf der Stämme.

Die Merduks im Tal schauten auf, und die Torunnen und Fimbrier, die einen verzweifelten Kampf ums nackte Überleben fochten, sahen eine lange Reitereireihe gleich einer scharlachroten Lawine vom Hügel herabrollen. Eintausendzweihundert schwere Pferde mit Männern in roter Eisenrüstung, deren Lanzen wie ein astloser Wald gen Himmel ragten, dazu jener gräßliche, barbarische Schlachtruf, den sie während der Attacke ausstießen.

Sie trieben die Pferde zum Galopp; die Reihe verteilte sich, und die todbringenden Lanzen senkten sich nieder. Die Kundschafter der Merduks warfen nur einen Blick auf die heranpreschende Streitmacht und ergriffen die Flucht.

Der erste Rang der Kathedraler ritt sie über den Haufen, durchbohrte sie von hinten und galoppierte weiter. Ein halbes Dutzend Reiter ging zu Boden, da die Pferde auf dem aufgerissenen Boden stürzten, doch die anderen schlossen die Lücken sofort und preschten weiter. Die Hauptformationen der Merduks versuchten hektisch, kehrtzumachen, um sich diesem neuen, unerwarteten Feind zu stellen, der ihre eigene Rüstung trug, die jedoch so rot wie frisches Blut schimmerte, und der in einer barbarischen Sprache brüllte. Ein Regiment der *Hraibadar*-Hakenbüchsenschützen bezog Stellung, um eine Salve abzufeuern, doch der heranrasende Mahlstrom war zu erschreckend für einige Krieger, und auch sie ergriffen die Flucht. Ihre Formation war in Auflösung begriffen, als die vordersten Reihen der Kathedraler mit ihnen zusammenprallten.

Die großen Pferde ritten die Merduks über den Haufen, als handelte es sich um eine Kaninchenherde, und die entsetzlichen Lanzen der Reiter spießten schon im ersten Anlauf zig Feinde auf. Pferde gingen zu Boden, traten um sich, brüllten, zerschmetterten Freund und Feind gleichermaßen. Die Wucht des Angriffs war zu gewaltig, als daß sie aufzuhalten gewesen wäre. Die Kathedraler preschten weiter vor. Hinter ihnen folgte die zweite Reihe, dann die dritte, die vierte. Weitere Pferde stürzten – mittlerweile über die Leichen unter ihren Beinen –; die Reiter segelten durch die Luft und wurden von den Reihen hinter ihnen zertrampelt. In den ersten dreißig Lidschlägen verlor Corfe sechzig Mann, doch die kreischenden Merduks starben zu Hunderten.

Der gesamte rechte Flügel der Merduks gab nach, und die Kathedraler durchstießen ihn gleich einem todbringenden Rammbock. Die Merduks wurden so dicht zusammengepreßt, daß die Männer in der Mitte nicht einmal mehr die Arme zu heben vermochten; Dutzende wurden im torunnischen Schlamm zu Tode getrampelt. Die gesamte feindliche Schlachtlinie schauderte zurück, als die Offiziere versuchten, ihre Männer aus dem Massaker abzuziehen und neu zu formieren. Doch die Kathedraler setzten nach. Die meisten Lanzen waren verlorengegangen oder zerbrochen, aber die Stammeskrieger hatten die Schwerter gezogen und mähten den Feind nieder wie Bauern, die Korn ernten. Nichts und niemand widerstand der blanken Wucht dieser tonnenschweren Macht aus Fleisch, Muskeln und Stahl, doch sie wurde langsamer. Die schiere Zahl des Feindes brachte den Angriff zum Stillstand. Corfes Reiter hatten sich zwar einen Weg ins Herz des rechten Flügels der Merduks gebohrt, gehackt und getrampelt, nun jedoch wurden sie umzingelt, als rings um sie Reserveregimenter herbeiströmten.

Corfe fühlte, wie Blut in seinem Gesicht gerann. Der Nacken seines Pferdes war schwarz davon, und der Erwiderer schimmerte bis zum Heft zinnoberrot. Dies war das erste Mal seit der Feste von Ormann, daß er Merduks auf dem Schlachtfeld traf, und eine Zeitlang hatte er völlig vergessen, daß er Offizier war, Befehlshaber einer Armee. Mit dem Zorn eines Racheengels war er mitten in den feindlichen Pulk hineingeprescht, einen wortlosen Schrei auf den Lippen, seinen Schlachtruf, den ständig wiederkehrenden Namen seiner toten Frau, der gleich einer schmerzlichen Anklage durch seinen Kopf hallte. So mancher Feind war vor der schieren Mordlust in seinen Zügen zurückgewichen, und während des Angriffs war er ständig an vorderster Front geblieben, einzig erfüllt von der Lust zu töten; vergessen waren alle Strategie und Taktik, vergessen die Verantwortung der Befehlsgewalt. Nun aber verblaßte der Schlachtwahn, und Corfe sah wieder klar.

Er lenkte sein Roß aus der vordersten Reihe und blickte sich keuchend um, wog die Lage ab. Sogleich erspähte er die frischen feindlichen Kräfte, die sich zu seiner Linken ballten, und wußte, daß seine Männer ihr Pulver verschossen hatten.

Cerne war immer noch neben ihm, ein blutiger Kriegsdämon, dessen Augen unter dem Helm voller Irrsinn funkelten. »Bleib bei mir«, befahl Corfe ihm und kämpfte sich durch den mörderischen Pulk aus Mensch und Pferd nach rechts.

Dort stieß er auf schwarz gekleidete Infanterie, deren Piken sich scharf gegen den Himmel abzeichneten. Seine Männer waren zur Linie der Fimbrier durchgedrungen. Etwas zerrte an Corfes Schulter; unwillkürlich zückte er das Schwert, um zuzustoßen, doch es war Joshelin. Die Augen des kampferprobten Fimbriers erinnerten an jene Cernes, und er strahlte eine wilde Freude aus.

»Ich bringe sie dazu, sich zurückzuziehen«, brüllte er Corfe über die Straße hinweg zu. »Ich rede mit ihnen. Auf mich werden sie hören. Aber Ihr müßt Eure Männer auf den Hügel schaffen, sonst werden sie überrannt.«

Corfe nickte. Joshelin bedachte ihn mit einem zackigen, fimbrischen Salut; dann ritt er hinein ins Herz der Reihen seiner Landsleute.

Dies war der schwierigste Teil, das schlimmste Manöver bei einer Schlacht – ein umkämpfter Rückzug. Hatten die Fimbrier noch genug Kraft, ihn zu decken? Und wo steckte Martellus?

»Oberst!« rief eine Stimme. Corfe wirbelte herum. Es war Joshelin, der das Pferd an den Zügeln führte; bei ihm war ein Fimbrier mit einer roten Schärpe und einem Schnurrbart.

»Ich bin Marschall Barbius«, stellte der Mann sich vor. »Wie viele Soldaten seid ihr?«

»Dreizehnhundert.«

»Mehr nicht? Trotzdem habt Ihr ein ganz schönes Loch in die Feindformation gerissen.«

Corfe beugte sich im Sattel vornüber. Er hatte einen kräftigen Hieb vom Krummschwert eines Merduks erlitten, der zwar nicht die Rüstung durchdrungen, aber seinen gesamten Rumpf erschüttert hatte. Er fluchte vor Schmerz, als er die Hand des Marschalls schüttelte.

»Ihr müßt Eure Männer zurückziehen«, riet er ihm. »Wo ist Martellus? Ich werde so viele von euch retten, wie ich kann.«

»Martellus ist tot«, erklärte Barbius ungerührt. »Mein rechter Flügel ist umzingelt, und die Mitte wird zu heftig bedrängt, um ausbrechen zu können. Aber ich habe dem linken Flügel Befehl erteilt, Euch zu folgen. Wir decken Euren Rückzug.«

»Und wie?«

»Na, indem wir angreifen.«

Der Mann meinte es ernst. Corfe wußte nicht recht, ob er ihn bewundern oder verachten sollte.

»Ihr müßt mit mir fliehen«, sagte er zu Barbius, doch der Marschall schüttelte den Kopf. »Mein Platz ist hier. Wie ist Euer Name?«

»Corfe Cear-Inaf.«

»Dann kümmert Euch um meine Männer, Corfe. Joshelin, du gehst mit ihm.«

»Herr ...«

»Gehorche deinem Befehl, Soldat. Ihr müßt jetzt los, Oberst. Lange werde ich sie nicht aufhalten können.«

Corfe nickte. »Möge Gott mit Euch sein«, sagte er, wohl wissend, daß Barbius nicht überleben würde. Ohne ein weiteres Wort wandte der Marschall sich ab und schritt zurück zu seiner kampfbereiten Truppe. Joshelin schloß die Augen und fuhr sich mit der Hand übers Gesicht.

»Blas zum Rückzug«, befahl Corfe dem Trompeter.

Für einen Moment starrte Cerne ihn an; dann setzte er das Horn an die Lippen und gab das Signal. Hoch und klar ertönte der Jagdruf der Berge von Cimbric über das Getöse der Schlacht – und diesmal verkündete er den Tod. Corfe fragte sich, wie viele seiner Männer ihn hören würden.

Das Schlachtgetümmel verebbte. Der von Corfes Angriff übel zugerichtete rechte Flügel der Merduks formierte sich neu, wodurch vorübergehend ein bunt zusammengewürfelter Haufen von etwa sechs-, siebentausend Mann, Torunnen und Fimbrier, befreit war und sich auf den Hügel zurückzuziehen begann, der sich hinter ihnen erhob, während der Rest der Kathedraler eine Linie bildete, um den Rückzug zu decken. Corfe trat sein erschöpftes Pferd in einen Kanter, ritt den Hügel hinauf und beobachtete die Schlacht, die sich unter ihm entfaltete.

Auf der rechten Seite forderten tausend umzingelte Fimbrier eine zehnfache Übermacht heraus und errichteten mit ihrem Pikenviereck eine Mauer des Todes. Auf der linken Seite befanden sich die westlichen Streitkräfte in vollem Rückzug. Die Torunnen flüchteten als wirre Masse, die Fimbrier wichen geordnet zurück, Hundertschaft für Hundertschaft. Ihre Hakenbüchsenschützen feuerten gezielte Salven auf jeden Feind ab, der sich zu nahe heranwagte. Corfe aber richtete das Hauptaugenmerk auf die Mitte, jenes heulende, mörderische Chaos, in das Barbius verschwunden war. Die Fimbrier dort – kaum zweitausend Mann – formierten sich zu einer Reihe und griffen an.

Auf der Hügelkuppe gesellte sich ein nach Blut stinkender Andruw zu Corfe. Wo er das Schwert zu tief geschwungen hatte, fehlte dem Pferd ein Ohr. Er sprach kein Wort, sondern saß einfach nur da und beobachtete gemeinsam mit Corfe, wie die Überreste der Garnison der Feste von Ormann und des linken Flügels von Marschall Barbius an ihnen vorüberströmten.

»Im Namen Gottes«, keuchte Andruw bestürzt, als er sah, wie die Fimbrier in der Mitte in vollem

Bewußtsein den Haupttruppenkörper der Merduks angriffen, der dreißig-, vierzigtausend Mann zählte.

Die Reihen der Piken wirkten unmenschlich, unaufhaltsam. Es gelang ihnen tatsächlich, den Feind zurückzudrängen und eine beachtliche Sichel aus der Mitte der Merduks zu metzeln. An der Stelle zogen die Feindformationen sich angesichts der maschinengleichen Kampfesweise der Fimbrier zurück. Doch es konnte nicht von Dauer sein. Schon fluteten die Merduks an den Flanken vorbei hinter die Pikenstreiter.

»Laß uns verschwinden«, sagte Corfe mit belegter, heiserer Stimme. »Wir dürfen die Zeit nicht vergeuden, die sie uns erkaufen.«

Abermals setzte er sein Roß in Bewegung. Das Tier schaffte kaum noch einen Trab. Rings um Corfe formierte sein Kommando sich neu. Er sah Marsch und Morin, der die flüchtenden Stammeskrieger antrieb, manche sogar am Arm packte und weiterzerrte, um sie zum Rückzug zu bewegen. Sie wollten bleiben und kämpfen, und Corfe verstand nur allzugut weshalb. Einen Augenblick wünschte er, selbst dort unten im Tal bei Barbius zu sein und einem ruhmreichen Ende entgegenzufechten. Es schien einfacher zu kämpfen, als zu denken. Doch er hatte eine Aufgabe zu erfüllen; zudem waren seine Männer auf ihn angewiesen. Wie viele? fragte er sich. Wie viele sind noch übrig? Er verspürte einen Anflug von Abscheu, den er jedoch verbarg wie immer. Ein schwarz gekleideter Fimbrier, die Uniform unter der Rüstung in Fetzen, trat vor ihn und salutierte.

»Ja?«

»Formio, Herr, Barbius' Adjutant. Seine Befehle sind … waren …, daß meine Männer und ich mich zu Eurer Verfügung stellen sollen. Darf ich fragen, was Ihr vorhabt, Herr?«

Der Fimbrier war jung, jünger noch als Corfe. Er wirkte steif, als erwartete er, beleidigt zu werden. Corfe ertappte sich dabei, ihn anzulächeln.

»Was ich vorhabe? Ich habe vor, Formio, uns hier rauszuschaffen, verdammt noch einmal.«

Dreizehn

Sie hatten vergessen, daß er blind war. Sein entstelltes Antlitz bestürzte sie, erfüllte sie mit Benommenheit. Er trug die schlichte, braune Robe eines Antillianers, einen einzigen Ring und ein ansprechendes Heiligensymbol aus Silber und geschwärztem Holz. Ein Dutzend wachsamer Glaubensritter, allesamt rauhe Kerle mit harten Zügen, stand entlang der Wände seiner Kammer. Es kursierten Gerüchte über Mordversuche.

»Heiliger Vater«, begann Alembord, verbeugte sich tief und küßte den Ring. »Die, von denen ich Euch erzählt habe, sind hier.«

Pontifex Maximus Macrobius nickte; dann sprach er mit der zitternden Stimme eines alten, müden Mannes: »Fremde, stellt Euch vor. Und bitte keine Förmlichkeiten. Wie ich höre, ist Euer Anliegen von größter Dringlichkeit.«

Es war Albrec, der das Wort ergriff. Siward beäugte die Ritter ringsum mit finsteren Blicken, Avila schien bestürzt, beinahe verärgert.

»Heiligkeit, wir sind aus Charibon geflohene Mönche unter dem Schutz eines fimbrischen Soldaten. Unsere Namen sind unwichtig, doch was wir bei uns tragen, könnte das Schicksal ganzer Nationen verändern.«

Eine lange Pause entstand. Macrobius wartete geduldig, doch Alembord herrschte Albrec schließlich an: »Nun?«

»Verzeiht, Monsignore, aber was wir zu sagen

haben, ist allein für die Ohren des Pontifex bestimmt.«

»Herr, erbarme dich! Was glaubt Ihr eigentlich, wer Ihr seid? Heiligkeit, erlaubt, daß ich mich um diese dreisten Eindringlinge kümmere. Sie sind verschrobene Abenteurer, wahrscheinlich sogar von Himerius gedungen. Ich werde die Wahrheit schon aus ihnen herausquetschen.«

Macrobius schüttelte entschieden den Kopf.

»Tritt vor, junger Mann ... der, der zu mir gesprochen hat.«

Albrec tat, wie ihm geheißen. Kaum näherte er sich dem Pontifex, hörte er auch schon das metallische Klirren von Schwertern, die in Scheiden gelockert wurden, als die Glaubensritter sich versteiften. Langsam, bedächtig ging er weiter, bis er sich noch zwei Schritte vom Antlitz des Pontifex entfernt befand.

Und Macrobius streckte die Hände aus und betastete Albrecs Züge; federleichte Finger strichen über seine Augen, Wangen, Lippen – und das klaffende Loch, das einst seine Nase war.

»Deine Stimme ... ich dachte mir schon, daß da etwas fehlt. Was ist dir widerfahren, mein Sohn?«

»Erfrierungen, Heiligkeit, in den Bergen von Cimbric. Wir wären gestorben, hätten die Fimbrier uns nicht gefunden. Wie sich herausstellte, sind wir nicht ganz ungeschoren davongekommen.«

»Eine Entstellung kann eine schwere Bürde sein«, meinte Macrobius mit einem blinden Lächeln. »Aber die Geißelung des Fleisches kann die Seele läutern. Ich sehe jetzt mehr als je zuvor, mehr als damals, als ich noch zwei Augen hatte und in einem Palast in Aekir hockte. Berichte mir dein Anliegen.«

Albrec holte tief Luft und erzählte dem Pontifex mit leiser Stimme von dem uralten Schriftstück, das er in den Eingeweiden Charibons entdeckt hatte, eine Biographie des Heiligen Ramusio, verfaßt von einem seiner Zeitgenossen, Honorius von Neyr. Darin gab Honorius an, Ramusio wäre nicht im Zwielicht seines Lebens in den Himmel aufgefahren, wie die Kirche es seit mehr als vier Jahrhunderten lehrte, sondern alleine aufgebrochen, um die heidnischen Merduks des Ostens zu bekehren, woraufhin er von ihnen als Ahrimuz, der Prophet, verehrt wurde. Die beiden großen Religionen der Welt, die einander seit Jahrhunderten bekriegten und Tausende und Abertausende Tote in ihren Namen aufgehäuft hatten, waren die Schöpfung ein und desselben Mannes. Der Heilige und der Prophet waren eins.

Die Miene eines augenlosen Mannes ist schwer zu lesen. Als Macrobius sich wieder zurücklehnte, vermochte Albrec nicht zu sagen, ob er bestürzt, zornig oder bloß verwirrt war.

»Woher soll ich wissen, daß ihr keine Handlanger von Himerius seid, die gekommen sind, um die Saat der Ketzerei und Zwietracht in den Grundmauern der Neuen Kirche zu pflanzen?« fragte Macrobius freundlich.

»Heiligkeit, ich weiß, es hört sich wie blanker Wahnsinn an«, erwiderte Albrec, »aber ich habe das Schriftstück hier, und es ist echt. Ich weiß es. Ich war Bibliothekar in Charibon. Dies ist das Werk von Honorius höchstpersönlich, verfaßt im ersten Jahrhundert und von den Gründervätern der Kirche versteckt, um ihre eigenen Ziele zu fördern. Das ist die Wahrheit, Heiligkeit.«

»Diese Kunde, wenn sie tatsächlich der Wahrheit entspricht, könnte die Welt zerreißen. Pontifex hin, Pontifex her, ich bin ein alter, blinder Mann. Wieso sollte ich im Sinne eurer Überzeugung handeln? Die Welt durchlebt ohnehin schon Wirren genug.«

»Heiliger Vater«, sprach Albrec zögerlich, »auf der Straße nach Westen haben wir einen Mann getroffen, einen Soldaten, der loszog, um gegen die Merduks zu kämpfen, obwohl er wußte, daß seine Männer hoffnungslos in der Unterzahl sein würden. Er wußte nicht, ob er je zurückkehren würde. Trotzdem ritt er los, weil es seine Pflicht war. Und er hat Euch gekannt. Er sagte, Ihr wärt ein guter und demütiger Mensch, und er bat mich, Euch an den Rückzug aus Aekir zu erinnern.«

»Wie war sein Name?« fragte Macrobius mit plötzlichem Feuereifer.

»Corfe, ein Reiteroberst.«

Das Haupt auf die Brust gesunken, schwieg Macrobius längere Zeit. Stille erfüllte die Kammer, und Albrec fragte sich, ob er am Ende eingeschlafen war. Wie konnte man so etwas erkennen, wenn jemand weder Augen noch Lider besaß? Schließlich aber rührte sich der Pontifex. Er rieb sich mit den Fingerspitzen die Schläfen, hob den Kopf und sprach mit überraschend klarer, kräftiger Stimme: »Monsignore Alembord!« Alembord zuckte zusammen.

»Ja, Heiligkeit?«

»Suche angemessene Gemächer für diese Reisenden. Sie haben einen weiten Weg mit einer schweren Bürde hinter sich. Und ruf mir die besten Schreiber, Gelehrten und Kopisten der Hauptstadt zusammen. Ich will, daß sie alle bis morgen mittag hier sind und daß auch für sie Unterkünfte im Palast bereitstehen.«

Ein paar Augenblicke öffnete und schloß sich Alembords Mund wie der eines gestrandeten Fisches; dann aber fügte er sich. »Jawohl, Heiligkeit.« Gleich darauf schleuderte er Albrec einen Blick blanken Hasses zu. Der kleinwüchsige, nasenlose Mönch spürte, wie ihn eine Woge der Erleichterung durchflutete, die ihn auszehrte, völlig erschöpfte.

»Corfe hat mir das Leben gerettet, als es in keiner Weise wert war, gerettet zu werden«, erklärte Macrobius leise. »Es war Gottes Wille, daß es so geschah, und es ist Gottes Wille, daß ihr hierhergekommen seid, um mir diese letzte Aufgabe zu übertragen. Wie lautet dein Name?«

»Albrec, Heiligkeit.«

»Du sollst ein Bischof der Neuen Kirche werden, Albrec, und hast freien Zugang zu mir, so oft du es für nötig erachtest. Stell mir deine Gefährten vor.«

Albrec tat, wie ihm geheißen. »Ich habe deinen Vater gekannt«, sagte Macrobius zu Avila. »Er war ein Wüstling und ein Verschwender, aber er hatte ein Herz so groß wie ein Berg. Zwar hat er seine Kirchenabgaben stets murrend bezahlt, aber keinem Fronbauern auf seinen Ländereien hat es je an etwas gemangelt. Ich halte seine Erinnerung in Ehren.«

Sprachlos küßte Avila den Ring des Pontifex.

»Und endlich treffe ich einen Fimbrier«, fuhr Macrobius fort. »Habt meinen Dank dafür, Siward von Gaderia, daß Ihr meine Glaubensbrüder beschützt habt. Ihr habt der Welt einen größeren Dienst erwiesen, als es je auf einem Schlachtfeld möglich gewesen wäre. Also ist es wahr, daß dem armen, umkämpften Torunna eine fimbrische Armee zu Hilfe eilt?«

»Es ist wahr«, bestätigte Siward. »Aber es wird allein den Mühen Eures Freundes Corfe zu verdanken sein, wenn einige meiner Landsleute überleben. Wir erhalten herzlich wenig Dank dafür, daß wir unser Blut auf Euren Schlachtfeldern vergießen.«

»Ihr habt meinen Dank, so wenig er auch wert sein mag.«

Siward verbeugte sich und überwand sich, im Gegenzug ein wenig Höflichkeit zu zeigen. »Mir persönlich reicht das.«

Macrobius nickte. »Die Anhörung ist zu Ende. Monsignore Alembord wird euch zu euren Gemächern führen. Wir werden heute abend gemeinsam essen. Albrec, du wirst neben mir sitzen und mir berichten, was in Charibon vor sich geht. Es ist an der Zeit, daß ich mich wieder mit dem Lauf der Welt beschäftige. Jetzt aber muß ich mich zurückziehen. Nie zuvor habe ich ein so inniges Bedürfnis zu beten verspürt.«

Ein junger Bruder vom Ersten Tage trat vor, um dem Pontifex aus dem Stuhl und durch eine Tür am hinteren Ende der Kammer zu helfen. Die drei Reisenden blieben mit Monsignore Alembord und den Glaubensrittern zurück.

»Eure Plattheiten mögen *ihn* überzeugt haben«, zischte Alembord dem kleinwüchsigen Albrec haßerfüllt zu. »Ich bin kein so schlichtes Gemüt. Seht Euch vor, *Bruder* Albrec.«

Die letzten zwei Tage schwirrten Gerüchte durch die Hauptstadt, die schneller reisten als jeder Bote. Droben im Norden sei eine große Schlacht ausgetragen worden, hieß es, und Martellus wäre vernichtet. Die leichte Reiterei der Merduks, die zuletzt fast bis vor die Stadtmauern patrouillierte, hatte sich zurückgezogen, und im Norden präsentierte das Land sich beunruhigend still; Kundschafter berichteten, es wäre vollkommen verwaist, von Mensch und Tier verlassen. Was diese gespannte Ruhe verhieß, vermochte niemand zu sagen, doch die Wachen auf den Mauern waren auf persönlichen Befehl des Königs verdoppelt worden.

Die Tore Torunns waren geschlossen, und Andruw und seine Männer mußten in strömendem Regen eine volle Viertelstunde schönreden und drohen, bis die Wachen sie endlich in die Stadt ließen. Geräuschvoll trabten die Pferde durch die Düsternis des Torbogens. Das Blut der Schlacht an den Nordausläufern klebte noch an ihnen, und die zehn Reiter wirkten wie Krieger aus einem uralten, blutschwangeren Mythos.

Auf der Straße unterhalb der Mauern trat ihnen

der Hauptmann der Torwachen entgegen und fragte sie in rüdem Tonfall nach ihren Namen und ihrem Begehr. Andruw bedachte ihn mit einem trägen Blick. »Ich habe Depeschen für das Oberkommando. Wo treffen die hohen Herren sich dieser Tage?«

»Im Westflügel des Palastes«, antwortete der Hauptmann. »Zu welchem Kommando gehört Ihr? Ich habe Euresgleichen noch nie gesehen. Das sind Merduk-Rüstungen, die Eure Männer tragen.«

»Vortrefflich beobachtet. Ich gehöre zu Oberst Corfe Cear-Inafs Kommando. Er ist einen Tagesmarsch hinter uns, mit siebentausend Mann, zweitausend davon Fimbrier.«

Das Antlitz des Hauptmanns hellte sich auf. »Ist Martellus bei ihm? Ist er durchgekommen?«

»Martellus ist tot, ebenso der Marschall der Fimbrier. Der Großteil ihrer Armeen liegt hingemetzelt oben an den Nordausläufern. Seid Ihr jetzt zufrieden?«

Mit bestürzter Miene nickte der übereifrige Hauptmann. Er trat beiseite und ließ die triste Kavalkade passieren.

Trotz der Dringlichkeit seiner Botschaft ließ man Andruw eine halbe Stunde in einem Vorraum warten. Kummer und Erschöpfung überschatteten sein sonst so sonniges Gemüt. Er wußte, daß die Schlacht an den Nordausläufern in gewisser Weise ein Sieg gewesen war – Corfe hatte einen Teil einer Armee gerettet und brachte ihn in die Hauptstadt. Der Rest jedoch war vernichtet worden, darunter auch Männer, mit denen Andruw entlang des Searil gedient hatte, Freunde und Kameraden. Und er konnte den Anblick der fimbrischen Pikenphalanx nicht vergessen, die tapfer in den Untergang marschiert war. Es war die bewundernswerteste, zugleich aber entsetzlichste Tat, die er je gesehen hatte.

Endlich öffnete sich die Tür, und man ließ ihn in den Sitzungssaal. In Leuchtern an den Wänden brannten etwa zwanzig Bienenwachskerzen, und entlang einer Wand standen drei glimmende Kohlenbecken. Ein langer Tisch beherrschte die Kammer. Darauf stapelten sich Landkarten, Papiere, Federkiele und Tintenfässer. An einem Ende saß König Lofantyr in einem fellbesetzten Umhang, das Kinn auf eine vor Ringen glitzernde Hand gestützt. Etwa ein Dutzend Männer waren zugegen. Einige saßen, andere standen, aber alle trugen die prunkvolle Kluft des torunnischen Hofes. Als Andruw eintrat, schauten sie auf; in mehr als einem Antlitz erblickte er Abscheu ob seines verwahrlosten Aussehens. Er verbeugte sich. In einer Hand hielt er die schlammbespritzte Depesche, die Corfe in aller Eile mit einem Sattel als Schreibpult gekritzelt hatte.

»Majestät, meine Herren, Hauptmann Andruw Cear-Adurhal. Ich bringe Depeschen von Oberst Corfe Cear-Inaf.«

Als Andruw die Botschaft vor seinen Monarchen legte und sich mit einer weiteren Verbeugung zurückzog, hörte er deutlich jemanden fragen: »Von wem?«

»Stimmt es, daß Martellus tot ist?« erkundigte Lofantyr sich plötzlich, wodurch er das aufgekommene Gemurmel verstummen ließ. Er machte keine Anstalten, die zerknitterte Schriftrolle zu lesen.

»Ja, Majestät. Wir sind zu spät gekommen. Er und die Fimbrier waren bereits in einem heftigen Kampf verstrickt.«

»Fimbrier!« platzte eine Stimme hervor. Andruw erkannte die breite Gestalt von Oberst Menin, mittlerweile General und Kommandant der Garnison von Torunna.

»Auf wessen Befehl hat Oberst Cear-Inaf sein Kommando nach Norden geführt?« fragte Lofantyr in gereiztem Tonfall. Andruw blinzelte und trat von einem Bein aufs andere.

»Nun ja … auf Euren Befehl, Majestät. Ich habe das königliche Siegel mit eigenen Augen gesehen.«

Lofantyrs Gesicht zuckte. Er flüsterte etwas, das sich anhörte wie: »Verfluchtes Weib.« Und dann: »Ist Euch klar, Hauptmann, daß Eurem kommandierenden Offizier an dem Morgen, als Eure Männer nach Norden aufgebrochen sind, der Befehl zugestellt wurde, sein Kommando Oberst Aras zu übertragen?«

»Nein, Majestät. Wir haben keinen solchen Befehl erhalten, aber wir sind auch vor Sonnenaufgang losgezogen. Euer Bote muß uns verpaßt haben.« Gott der Allmächtige, dachte Andruw.

»Und Ihr sagt, ihr seid zu spät gekommen, um Martellus und seine Männer zu retten«, wandte Menin sich anklagend an Andruw.

»Wir haben mehr als fünftausend Mann gerettet, Herr. Sie werden in ein, vielleicht zwei Tagen hier sein.«

»Warum seid ihr zu spät gekommen, Hauptmann? Hatte diese Mission nicht ein wenig Eile verdient?«

Als er an die mörderischen Schnellmärsche dachte, die betäubende Erschöpfung der Männer und Pferde, die zahlreichen Stammeskrieger, die schlafend aus dem Sattel kippten, lief Andruw hochrot an.

»Niemand hätte schneller marschieren können, General. Wir haben unser Bestes getan. Und« – seine Stimme schwoll an; er blickte Menin unverwandt in die Augen – »wir waren letztlich nur dreizehnhundert Mann. Hätte man Corfe mehr Kämpfer gegeben, hätte er wahrscheinlich die ganze verfluchte Armee gerettet, und Martellus könnte noch leben und seinem Land dienen!«

»Beim Blute Gottes, Ihr unverschämter Grünschnabel!« tobte General Menin. »Wißt Ihr eigentlich, mit wem Ihr sprecht?«

»Genug«, gebot der König scharf. »Untereinander zu streiten führt zu gar nichts. Ich bin sicher, die genauen Umstände dieser Katastrophe werden zu gegebener Zeit ans Licht kommen. Hauptmann, was habt Ihr da an, in Gottes Namen? Und was fällt Euch ein, in einem so verwahrlosten Zustand vor diesen Rat zu treten? Habt Ihr denn überhaupt keine Achtung vor Euren Vorgesetzten?«

Andruws Blut kochte, doch er biß sich auf die Zunge, um sich eine Erwiderung zu verkneifen. Er hatte bereits erkannt, worauf das alles hinauslief. Sie brauchten einen Sündenbock, jemanden, dem sie ihre eigene Unfähigkeit und Feigheit aufbürden konnten. Corfe hatte nicht den Teil einer Armee gerettet, er hatte den Rest verloren. Diese Leute würden die Tatsachen so zurechtbiegen, wie es ihnen beliebte. Herr im Himmel, dachte er. Die würden sich noch vor den Toren der Hölle in sinnlosen Streitigkeiten ergehen.

»Es tut mir leid, Majestät. Ich dachte, meine Neuigkeiten verlangten größte Eile und wären von Wichtigkeit. Ich bin geradewegs vom Feld hergekommen.«

»Ach? Fragt sich nur, von welchem Feld?« meinte eine höhnische Stimme.

Andruw drehte sich um und erblickte die adrette Gestalt von Oberst Aras. Er verbeugte sich, wenngleich kaum merklich. »Herr. Ich bin froh, Euch nach Euren … Mühen im Süden des Königreichs wohlauf zu sehen.«

»Da bin ich sicher, Hauptmann. Ich habe dreißig Eurer verwundeten Wilden mit nach Norden gebracht, nachdem ich die Rebellen dort zerschlagen hatte. Euer Kommandant sollte sich besser um seine Leute kümmern. Unbedingt.«

Andruw starrte ihn an, und irgend etwas in seinem Blick ließ Aras hüsteln und die Nase in einem Weinbecher vergraben.

Danach schenkte ihm niemand mehr Beachtung, und so stand er bloß in seiner blutigen Rüstung da, während der Rat die Neuigkeiten besprach, die er überbracht hatte. Niemand entließ ihn; man schien ihn schlichtweg vergessen zu haben. Das Kettenhemd zerrte an seinen Schultern. Nach der frostigen Luft draußen wirkte die Hitze der Kammer erstickend; seine Sicht wurde verschwommen. Gerade, als seine Knie einzuknicken drohten, stieß ihn jemand an, so daß er zusammenzuckte.

»Hier, trinkt das, Hauptmann«, sprach eine Stimme, und ein Glas voll dunkler Flüssigkeit wurde ihm in die Hand gedrückt. Andruw stürzte den Inhalt hinunter und spürte, wie der starke Wein seine Eingeweide wärmte. Sein Wohltäter war ein junger Offizier in der blauen Uniform der Artillerie. Der Bursche wirkte irgendwie vertraut. Vielleicht waren sie gemeinsam in der Kanonierschule gewesen. Andruws Verstand war zu umwölkt, als daß er sich hätte erinnern können.

»Kommt mit in einen stillen Winkel. Denen geht Ihr ohnehin nicht ab.«

Andruw folgte dem Offizier in eine abgelegene Ecke der geräumigen Kammer. Dort nahm er den Helm ab, löste den Schwertgurt und befreite sich, mit Hilfe des anderen Soldaten, von Brust- und Rückenplatte. Danach fühlte er sich wieder annähernd wie ein Mensch und ließ sich noch ein Glas reichen. Mittlerweile hatte sich eine Gruppe von vier oder fünf weiteren Offizieren um ihn geschart. Die dröhnenden Stimmen am Ratstisch tönten unablässig über ihre Schultern.

»Wie war sie?« wollte der Artillerieoffizier wissen. »Die Schlacht, meine ich. In der Stadt wird seit Tagen darüber geredet. Es heißt, ihr hättet dort droben zwanzigtausend Merduks abgeschlachtet.«

»Dieser Corfe … was für ein Mann ist er?« fragte ein anderer.

»Man sagt, er sei eine Wiedergeburt John Mogens«, warf ein dritter leise ein.

Andruw rieb sich die Augen. Eigentlich hatte er sich noch nie richtig Zeit genommen, über Corfe nachzudenken; was für ein Mensch er war, was für Taten er vollbracht hatte. Doch er sah etwas in den Augen dieser jungen Offiziere, das ihn erschreckte. Es war eine Art Ehrfurcht, ein widerscheinender Stolz. Zu einer Zeit, in der alle Hoffnung für die Zukunft in den winterlichen Schlamm gestampft wurde und das einst so große, torunnische Heer sich rasend schnell verminderte und hinter Mauern hockte, hatte dieser eine Mann aus dem Nichts eine Armee geschaffen und damit der unbezwingbaren Horde der Merduks Einhalt geboten.

»Er ist ein Mensch wie jeder andere«, antwortete Andruw schließlich. »Und der beste Freund, den ich habe.«

»Bei Gott, ich würde meinen rechten Arm geben, um unter ihm dienen zu dürfen«, meinte einer der jungen Männer voller Inbrunst. »Er ist unser einziger Offizier, der wirklich etwas *tut*.«

»Man sagt, er wäre der Bettgefährte der Königswitwe«, flüsterte ein anderer.

»*Man* weiß ja nicht, wovon man spricht«, knurrte Andruw. »Er ist der beste Offizier der Armee, aber diese aufgeplusterten Narren dort drüben erkennen es nicht. Sie schimpfen und schwafeln über Anstand. Die hocken noch über einem Kohlenbecken und streiten, wenn die Merduks den Palast in Brand stecken.«

Einige der jungen Offiziere blickten unruhig über die Schulter. Die aufgeplusterten Narren befanden sich kaum zehn Meter entfernt an der gegenüberliegenden Seite der Kammer.

»Schon bald werden wir belagert sein«, erklärte der Artillerieoffizier. »Dann gibt es für alle genug Ruhm.«

»Aber niemanden mehr, der Lieder darüber schreiben kann, wenn die Mauern erst gestürmt und eure Frauen und Schwestern in die Harems der Merduks verschleppt sind«, entgegnete Andruw ungestüm. »Der Feind muß auf dem Feld besiegt werden, und Corfe ist der einzige Mann im Königreich, dem es *vielleicht* gelingen könnte.«

»Ich glaube, allmählich denkt die Hälfte der Armee genauso«, flüsterte der Artillerieoffizier. »Es ist allgemein bekannt, daß er die Aufwiegler im Süden allein geschlagen und Aras nur ein wenig aufgeräumt hat. Trotzdem hat es keinen Sinn, das laut auszusprechen …«

Er brach mitten im Satz ab, als Andruw vom König zurück an den Ratstisch gerufen wurde.

»Seid so gut und teilt uns die Stärke der Armee der Merduks mit, mit der Euer Kommando zusammengestoßen ist«, forderte der König ihn mit einer beiläufigen Handbewegung auf.

»Mindestens vierzigtausend Mann, Majestät, aber wir hatten den Eindruck, das war nur die Vorhut. Während wir uns zurückzogen, sind weitere Formationen nachgeflutet. Sollte mich nicht wundern, wenn die Gesamtzahl doppelt so hoch wäre.«

Gemurmel erhob sich, und Unglauben machte sich breit – oder besser gesagt, der Unwille zu glauben.

»Und wie schwer waren die Verluste des Feindes während der Schlacht?«

»Wir haben das Ende der Fimbrier nicht miterlebt, Majestät … wir sind abgezogen, als sie noch kämpften, obwohl sie zu der Zeit bereits gänzlich umzingelt waren. Ich möchte wetten, der General der Merduks hat etwa ein Viertel seiner Truppenstärke eingebüßt. Fimbrische Pikenstreiter verkaufen ihre Haut teuer.«

»Ihr redet beinahe so, als würdet Ihr diese Söldner bewundern.«

»Nie habe ich Männer tapferer sterben sehen, Majestät, nicht einmal in der Feste von Ormann.«

»Aha! Ihr wart also in der Feste. Das hatten wir vergessen.« Mehrere Offiziere im Raum schienen sich ein wenig für Andruw zu erwärmen. Von einigen wurde er mit anerkennendem Kopfnicken bedacht.

»Auch Corfe war in der Feste, Majestät. Er hat die Verteidigung der östlichen Bastion angeführt.«

»Die Stelle, die als erste gefallen ist«, murmelte Aras.

Andruw trat vor, bis er Aras gegen den langen Tisch zurückgedrängt hatte. »Ich würde es außerordentlich bedauern, Herr, jemanden den guten Namen meines befehlshabenden Offiziers anfechten zu hören. Ich fürchte, in einem solchen Fall müßte ich Genugtuung fordern.« Seine Augen funkelten; Aras wandte den Blick ab. »Selbstverständlich, Hauptmann, selbstverständlich …«

Dem König schien der Wortwechsel entgangen zu sein. »Meine Herren«, erklärte er, »mit den geretteten Männern aus Martellus' Kommando stehen uns fast vierzigtausend Mann für die Verteidigung der Hauptstadt zur Verfügung, obwohl wir dadurch die südlichen Lehen sämtlicher Truppen berauben. Doch dank der Arbeit von Oberst Aras haben sich die aufwieglerischen Provinzen im Süden wieder ihrer alten Treue besonnen, und ich glaube, wir brauchen uns im bevorstehenden Kampf keine Sorgen um unsere hintere Flanke zu machen.«

Aras aalte sich förmlich im anerkennenden Gemurmel der versammelten Offiziere.

»Sämtliche Brücken über den Torrin, bis hinauf in die Berge, sind zerstört. Die Beschaffenheit unseres geliebten Landes kommt den Verteidigern zugute. Unsere Flüsse sind unsere Mauern.«

So wie der Ostian und der Searil, dachte Andruw; beiden Flüssen war es nicht gelungen, den Ansturm der Merduks aufzuhalten. Nun, da Nordtorunna geräumt war, konnten die Merduks sogar eine Armee durch die Schlucht von Torrin senden und Charibon einnehmen, wenn ihnen danach war, oder die Ebenen von Torian überqueren und Almark, ja sogar Perigraine angreifen. Aber diese Orte standen unter dem Einfluß der Himerischen Kirche, und Andruw glaubte kaum, daß die Anwesenden allzu viele Tränen vergössen, würde Charibon geplündert oder in Almark einmarschiert – das Gerüchten zufolge mittlerweile von der Kirche regiert wurde. Da die derzeitige, religiöse Spaltung die ramusischen Königreiche teilte, bestand keinerlei Aussicht, daß sie sich den Eindringlingen gemeinsam entgegenstemmten. Corfe hatte recht: Wenn der Feind nicht vor Torunn vernichtet wurde, war er in der Lage, Truppen über halb Normannien auszusenden.

Und wenn die torunnische Armee zuließ, daß sie in der Hauptstadt eingekesselt wurde, belagert so wie Aekir, strich sie sich selbst gänzlich und unwiderruflich aus der Gleichung. Almark und Perigraine waren keine bedeutenden Militärmächte. Nie und nimmer würden sie den Merduks standhalten, und die Truppen des Propheten könnten den Kontinent bis zu den Bergen von Malvennor erobern.

Ein Palastbote trat ein und unterbrach Lofantyrs rosige Vorhersagen von der Zerstörung der Merduks. Er verbeugte sich und flüsterte dem König ins Ohr, worauf sein Herrscher mit entrüsteter Miene aus dem Sitz aufsprang. »Sag ihr ...« setzte er an, doch da schwangen schon die Türen der Kammer auf, und herein trat die Königswitwe mit zwei ihrer Kammerfrauen. Alle Anwesenden verneigten sich tief, mit Ausnahme ihres Sohnes, der fuchsteufelswild wirkte.

»Fürstin, es ist alles andere als angemessen, daß Ihr um diese Zeit hier erscheint«, preßte er zwischen zusammengebissenen Zähnen hervor.

»Unsinn, Lofantyr«, entgegnete seine Mutter mit einem gewinnenden Lächeln und schwenkte einen gefalteten Fächer. »Ich habe mein ganzes Leben an Treffen des Oberkommandos teilgenommen. Nicht wahr, General Menin?«

Menin verbeugte sich abermals und murmelte etwas Unverständliches.

»Wie auch immer, Lofantyr, du hast etwas in meinen Gemächern vergessen, als du mich kürzlich besucht hast. Ich wollte sicher gehen, daß du es auch bekommst.« Damit hielt sie ihm eine mit dem scharlachroten Wachs des königlichen Siegels versehene Schriftrolle hin.

Lofantyr nahm sie unvorstellbar behutsam entgegen, als fürchtete er, sie könnte ihn beißen. In seinen Augen spiegelte sich Argwohn. Als er das Dokument öffnete und las, lief sein Gesicht hochrot an.

»Woher stammt das?«

»Es trägt dein eigenes Siegel, mein Herrscher … das ich nicht mehr besitze. Bitte lies es dieser erhabenen Gesellschaft vor. Ich bin sicher, die Anwesenden können es kaum erwarten, die guten Neuigkeiten zu erfahren, die das Scheiben beinhaltet.«

»Vielleicht ein andermal.«

»*Lies es!*« Ihre Stimme knallte wie ein Peitschenhieb und die Befehlsgewalt, die darin mitschwang, ließ jeden der anwesenden Männer zusammenzucken. Lofantyr schien förmlich zu schrumpfen.

»Es … es ist eine Generalsvollmacht, ausgestellt auf einen gewissen Corfe Cear-Inaf. Sie erklärt ihn zum stellvertetenden Befehlshaber von Martellus' Armee oder, falls Martellus nicht mehr am Leben ist, zum alleinigen Befehlshaber derselben.«

Voller Freude schlug Andruw sich mit der panzerbehandschuhten Faust in die Handfläche; hinter ihm riefen mehrere Jungoffiziere »Bravo!«, als beobachteten sie ein Schauspiel. Die Königswitwe schritt auf Oberst Aras zu, der aussah, als hätte er soeben einen großen Löffel widerlich bitterer Medizin geschluckt. »Ich hoffe, Ihr seid nicht allzu enttäuscht, Oberst. Ich weiß, wie sehr Ihr Euch darauf gefreut habt, diese rot gekleideten Barbaren zu befehligen.«

»Nein … nein, überhaupt nicht. Es freut mich, ich bin glücklich …« Verwirrt brach er ab. Odelias stechender Blick war kaum zu ertragen.

»Das ist ein Irrtum«, brachte König Lofantyr schließlich hervor. »Ich habe keine dahingehenden Befehle besiegelt.«

»Und doch liegen sie vor. Sie zu widerrufen wäre gleichbedeutend mit einem Wortbruch, mein Sohn. Du bist ein vielbeschäftigter Mann – gewiß hast du nur vergessen, daß du diese Befehle ausgestellt hast. Ich bin sicher, die Erinnerung wird wieder einsetzen. Zu gegebener Zeit. Meine Herren, ich überlasse Euch wieder Euren ausgeklügelten Strategien. Offensichtlich bin ich, eine arme, ahnungslose Frau, hier gänzlich fehl am Platz. Hauptmann Cear-Adurhal, bitte meldet Euch in meinen Gemächern, bevor Ihr zu Eurem Kommando zurückkehrt.«

Wortlos, mit heißem Gesicht, verbeugte sich Andruw. Die anderen Männer folgten seinem Beispiel, als die arme, ahnungslose Frau sie in königlicher Haltung verließ.

Vierzehn

Sie begrüßten ihn mit einer Kanonensalve. Torunns Mauern sprühten Rauch und Flammen, als die Armee am Horizont in Sicht geriet. Das Geräusch ließ die erschöpften Männer die Köpfe heben, und sie erblickten eine tausend Mann starke Ehrengarde in mehreren Rängen, die darauf wartete, sie in der Stadt willkommen zu heißen. Verwirrt zügelte Corfe das Roß, um das Schauspiel zu beobachten, während sein nunmehr vergrößertes Kommando an ihm vorüberzog. Torunnische Schwertkämpfer, Hakenbüchsenschützen und fimbrische Pikenstreiter. Seine eigenen Kathedraler an den Flügeln und in der Nachhut.

Marsch und Ebro gesellten sich zu ihm.

»Warum feuern sie mit Kanonen auf uns?« wollte Marsch wissen. »Ist das eine Warnung?«

»Es ist ein Salut«, erklärte ihm Ebro. »Sie ehren uns.«

»Wird auch langsam Zeit«, meinte eine weitere Stimme, als ein vierter Reiter zu ihnen stieß. Es war Oberst Ranafast, der einzige hochrangige Offizier der Feste von Ormann, der überlebt hatte, ein ausgemergelter, falkengleicher Mann, der die Reiterei der Feste befehligt hatte, von der nur etwa zwanzig Mann übrig waren. Er hatte Corfe als unbedeutenden Fähnrich gekannt, als Martellus' Adjutanten; dennoch zeigte er keinerlei Trotz oder Neid angesichts der Beförderung seines einstigen Untergebenen.

Entlang der Straßen der Hauptstadt drängten sich unzählige Menschen. Corfe hörte ihren Jubel schon aus einer Meile Entfernung. Sie hatten die Bevölkerung hinausgescheucht, um seine Männer willkommen zu heißen. Ihretwillen war er froh darüber – sie brauchten den moralischen Auftrieb –; er selbst jedoch hätte es vorgezogen, sich in einen Mantel zu wickeln und sich hier draußen im Schlamm eine Mütze voll Schlaf zu gönnen. Er wußte, daß der alte Mumpitz von neuem beginnen würde, sobald er sich wieder in der Hauptstadt befand. Bei diesem Gedanken wurde ihm aus tiefster Seele übel.

»Da kommen Reiter«, verkündete Marsch. »Ich glaube, es ist Andruw. Ja, er ist es. Ich erkenne sein Grinsen.«

Keuchend hielt Andruw vor ihnen und salutierte vor Corfe.

»Sei gegrüßt, General. Ich habe Befehl, dich und deine Offiziere in eigens vorbereitete Gemächer im Palast zu führen. Heute abend findet ein Bankett zu deinen Ehren statt.«

»Was, um alles in der Welt, redest du da, Andruw?« verlangte Corfe zu erfahren. »Und was soll dieser Pferdemist von wegen *General?*«

»Das ist kein Witz, Corfe. Die Königswitwe hat die Ernennung veranlaßt. Du bist jetzt Befehlshaber dieses Haufens.« Andruw deutete auf die lange, schmutzige Soldatenkolonne, die an ihnen vorübermarschierte. »Sie ist ein wahres Wunder, diese Frau. Erinnere mich daran, daß ich es mir nie mit ihr verscherze. Hat Lofantyr in seiner eigenen Ratskammer bloßgestellt, daß es nur so krachte.

Was hätte sie für einen König abgegeben, wäre sie als Mann geboren!«

General. Corfe hätte nicht erwartet, daß die Ernennung tatsächlich erfolgen würde. General einer halb aufgeriebenen Armee. Der Gedanke ließ keine wahre Freude aufkommen. Vielleicht eine Art verbitterte Genugtuung, aber das war auch schon alles.

Mittlerweile marschierten die Fimbrier vorüber. Ein Mann löste sich aus der Kolonne und salutierte vor der Reitergruppe.

»Oberst Corfe?« Formio, der fimbrische Adjutant.

»Bei allen Heiligen, von jetzt an General!« jubilierte Andruw.

»Halt die Klappe, Andruw. – Was wollt Ihr?«

»Sollen wir mit Euren Männern die Stadt betreten? Ich hätte durchaus Verständnis, wenn politische Gründe dagegen sprächen.«

»Was? Nein, bei Gott, Ihr werdet mit dem Rest von uns Einzug halten. Ich werde Unterkünfte für jeden einzelnen von euch auftreiben, wenn's sein muß im Palast selbst. Und wenn sie sich weigern, dann überrennen wir den ganzen verdammten Ort.«

Die Männer um Corfe verstummten. Sein Zorn bedrückte sie. Schon seit der Schlacht gebarte er sich so.

»Meinen Dank, General. Und meine Gratulation zur Beförderung.«

»Was habt Ihr nun vor, Formio? Ihr und Eure Männer?«

»Es liegt an Euch, das zu entscheiden.«

»Ich verstehe nicht.«

»Der letzte Befehl des Marschalls lautete, daß wir uns zu Eurer Verfügung halten sollen. Bis ich etwas anderes von den Kurfürsten höre, unterstehen wir Eurem persönlichen Befehl, nicht dem der torunnischen Krone. Guten Tag, General.« Damit reihte der Fimbrier sich wieder in die lange, geordnete Kolonne der Pikenstreiter.

»Ein guter Mann«, meinte Marsch anerkennend. »Diese Fimbrier verstehen ihr Handwerk. Wird angenehm, wieder Seite an Seite mit ihnen zu kämpfen. Nur über Pferde wissen sie merkwürdigerweise herzlich wenig.«

»Corfe«, meldete Andruw sich zu Wort. »Die warten dort unten auf dich. Die Königswitwe hat das alles eingefädelt: den Salut, den triumphalen Einmarsch ... alles. Wenn die Bevölkerung hinter dir steht, kann der König dir nichts anhaben. Das alles gehört zum Spiel.«

Endlich lächelte Corfe. »Ein großartiges Spiel. Ist es tatsächlich ein Spiel? Na schön, Andruw, führe uns runter. Ich werde winken, grinsen und mich wie ein General benehmen. Aber danach will ich ein Bad, eine Karaffe voll gutem Wein und ein Bett.«

»Vorzugsweise mit einer Frau darin«, warf Ranafast scherzhaft ein.

Darüber brach die gesamte Gruppe in Gelächter aus, und sie folgten der Kolonne ihrer Armee hinunter zu den jubelnden Mengen, die sie erwarteten.

Die feierliche Natur der ganzen Angelegenheit ging an Corfe vorüber. An dem Bankett an jenem Abend nahmen nur sechshundert Gäste teil – Offiziere der torunnischen Armee und deren Damen, der Adel, reiche Männer ohne Rang, dafür mit dicken Geldbörsen. An Corfe zog all das gleich einem Dunst aus Kerzenlicht und Gelächter vorbei. Der Wein floß in Strömen und emsige, livrierte Diener trugen Gang um Gang auf Silbertabletts auf. Doch Corfes Magen war wie zugeschnürt; zudem fühlte er sich todmüde, also trank er ein Glas Wein nach dem anderen – feinsten gaderischen Wein – und hockte in seiner Hofuniform da, mit der neuen Silbertresse an den Schultern.

Es war ein freudloses Fest. Der König war nicht anwesend und ließ sich – alles andere als überraschend – aufgrund einer Unpäßlichkeit entschuldigen. Corfe aber saß rechter Hand der Königswitwe, die es verstand, mit ihren Nachbarn eine belanglose Unterhaltung zu führen und Corfe das Gefühl zu vermitteln, an den Gesprächen teilzuhaben, zu denen er kein einziges Wort beitrug. Jeder schien darauf bedacht, sich hemmungslos zu betrinken, und der vereinte Lärm der Gäste war unglaublich, obwohl in Corfes Ohren noch das Echo des Donners der Schlacht an den Nordausläufern hallte. Auch seine Rippen schmerzten noch von dem Schwerthieb, den er beim Kampf hinnehmen mußte.

Andruw zeigte sich bester Laune und schäkerte geradezu unerhört mit zwei hübschen Herzogstöchtern, die ihm gegenüber saßen; dabei stürzte er sich den guten Wein hinter die Binde wie ein Mann, der nicht weiß, was er tut. Auch Marsch war da, fühlte sich aber sichtlich unwohl und beantwortete Fragen bestenfalls einsilbig. Er wirkte stocknüchtern, wenngleich ihm der Schweiß förmlich übers Gesicht strömte und er den spitzenbesetzten Kragen gelockert hatte. Zwei Sitze weiter saß ein bereits beduselter Fähnrich Ebro, der seine Nachbarn grinsend mit ruhmreichen Geschichten vom Merduk-Metzeln quälte. Und der Fimbrier, Formio, hockte wie ein Trauernder bei der Totenwache da, trank Wasser und gab sich bedacht höflich. Die Gäste rings um ihn – ein aufgetakelter torunnischer Stabsoffizier und ein Vertreter des niederen Adels sowie deren Frauen – überhäuften ihn offenbar mit Fragen. Besonders auskunftsfreudig wirkte er allerdings nicht. Sein Blick traf den Corfes, und er nickte nüchtern.

Martellus und der Großteil der Garnison der Feste von Ormann, die beste Armee des Landes, lagen tot und unbeerdigt im Norden. Die Wölfe würden sich an ihren Leibern gütlich tun – ein unverhofftes, mittwinterliches Geschenk. Neben ihnen, Seite an Seite wie Brüder, dreitausend von Formios Landsleuten sowie sein Kommandant. Und die Stadt feierte, als wäre ein Sieg errungen und die Gefahr gebannt. Nie zuvor hatte Corfe sich so sehr wie ein Heuchler gefühlt. Aber er war kein idealistischer Narr. Früher einmal hätte er sich diese Generalstressen vermutlich abgerissen und vor versammelter Menge getobt. Vor Aekir wahrscheinlich. Mittlerweile aber wußte er es besser. Er besaß einen Rang und würde ihn nutzen.

Und er besaß ein Kommando, mit dem er vielleicht noch etwas bewirken konnte.

Corfe vermeinte, die ausgelassene Fröhlichkeit der versammelten Gäste zu durchschauen. Es war ein letztes Aufbäumen, der Versuch, der drohenden Finsternis zu trotzen. Er hatte das schon einmal erlebt. In Aekir, als die Merduks begannen, die Stadt zu umzingeln, hatten zahlreiche Adelige ähnliche Bankette veranstaltet und die Nacht bei Strömen von Wein und Scharen tanzender Mädchen durchgefeiert. Am nächsten Morgen hatten sie ihre Posten auf den Mauern bezogen. Was hatte Corfe an dem Tag getan, als die Belagerung begann? O ja. In jener Nacht hatte er zum letzten Mal das Bett mit seiner Frau geteilt, sie zum letzten Mal geliebt. Danach war keine Zeit mehr dafür. Sie brachte ihm das Essen, während er auf den Zinnen auf und ab lief, erhaschte kostbare Augenblicke mit ihm. Bis zum bitteren Ende.

»Du bist betrunken, Corfe!« rief Andruw überschwenglich. »Fürstin« – an die Königswitwe gewandt – »Ihr solltet den General besser im Auge behalten. Ich kenne seine Vorliebe für Wein.«

Corfe war tatsächlich betrunken. Still, nachdenklich und betrunken. Der Wein bescherte ihm keine Freude mehr; er führte ihm lediglich den Schmerz der Vergangenheit vor Augen, frisch, roh, unverheilt. Er spürte, wie das Knie der Königswitwe unter dem Tisch gegen das seine drückte. »Ist alles in Ordnung, General?« flüsterte sie.

»Mir ist's noch nie besser ergangen«, beteuerte er. »Fürwahr eine feine Gesellschaft. Ich muß Euch danken – für alles.«

Er drehte den Kopf und schaute ihr in die Augen, in jene gefährlich grünen Abgründe, die gleich Sonnenlicht auf untiefer See schimmerten. So wunderschön. Und sie hatte so viel für ihn getan. Warum? Welches Entgelt würde sie ihm am Ende abverlangen?

»Ihr müßt mich entschuldigen, Fürstin. Ich fühle mich ein wenig unwohl«, brummte er mit belegter Stimme.

Sie wirkte keineswegs überrascht, sondern klatschte in die Hände, um ein paar Diener herbeizurufen. »Der General fühlt sich nicht wohl. Bringt ihn in seine Gemächer.«

Sobald Corfe den Saal verlassen hatte, schickte er die Diener fort und taumelte allein durch den düsteren Palast. Der Lärm des Banketts verhallte als güldenes Getöse hinter ihm. Seine Schulter strich an der Wand entlang, während er sich voranekämpfte. Nach der stickigen Luft der dicht gedrängten Menge fühlte es sich hier draußen kalt an; sein Kopf klarte ein wenig. Wieso hatte er solche Mengen von dem Wein getrunken? Morgen gab es sehr viel zu tun; er konnte keinen Kater gebrauchen.

Sein Verstand war zu umwölkt, um die leisen Schritte hinter ihm wahrzunehmen.

Der Exerzierplatz vor dem Palast. Er trat hinaus in die sternenklare Nacht und schaute empor zum funkelnden Himmelszelt. Zu beiden Seiten des Platzes prangten Reihen massiv gebauter Häuser, doch die meisten Fenster waren dunkel. Seine Männer waren darin untergebracht, Stammeskrieger, Torunnen und Fimbrier. Dort gab es keine ausgelassenen Feiern. Sie waren zu erschöpft, hatten zu viel durchgemacht. Corfe wollte ihnen ein paar Tage Zeit lassen, sich zu erholen und neue Kräfte zu sammeln; dann mußte er damit beginnen, die ungleichen Teile zu einem zusammenhängenden Ganzen, zu einer dicht verwobenen Einheit zu schmieden.

Schritte hinter ihm, nun lauter. Er drehte sich um. »Andruw?«

Und er sah eine dunkle Gestalt, die auf ihn zusprang, sah das quecksilbrige Aufblitzen eines Messers. Er wirbelte beiseite, und statt ihm die Kehle aufzuschlitzen, fuhr die Klinge in Corfes rechte Schulter. Der Schmerz ernüchterte seinen Verstand, brannte den Weindunst fort. Als der tödliche Stahl auf sein Gesicht zu zischte, warf er sich nach hinten, stürzte und landete schmerzlich auf dem Rücken. Der Angreifer hechtete neuerlich auf ihn zu, doch es gelang Corfe, ihm mit dem Stiefel einen Tritt in den Leib zu verpassen und ihn zurückzustoßen. Hastig rollte er sich zur Seite; seine gebrochenen Rippen schrien vor Schmerz, und sein rechter Arm wurde mit jedem Tropfen Blut schwächer, der sich schwarz in die sternenerhellte Nacht ergoß. Bevor er auf die Beine kam, tauchte eine weitere Gestalt auf. Lautlos hielt sie auf den Angreifer zu. Ein verschwommener Bewegungsablauf, zu schnell, um ihm in der Dunkelheit zu folgen; dann der gräßliche Laut eines berstenden Knochens. Ein Körper sank auf das Kopfsteinpflaster des Exerzierplatzes, und der Neuankömmling beugte sich darüber.

»General, seid Ihr schwer verletzt?«

Corfe wurde auf die Beine geholfen; sein Arm

baumelte steif und nutzlos an der Seite. »Formio! Beim heiligen Ramusio, das war gerade zur rechten Zeit. Laßt mich einen Blick auf den Dreckskerl werfen.«

Sie schleppten den Leichnam hinein und betrachteten ihn. Er trug eine schwarze Wollmaske mit Schlitzen für Augen und Nase. Sie rissen sie ihm vom Kopf und blickten in ein dunkelhäutiges Antlitz, die Augen vor Erstaunen weit aufgerissen. Der Tote war ein Mann aus dem Osten, vielleicht ein Merduk. Sein Genick war gebrochen.

»Ich sorge dafür, daß die Wache gerufen wird«, schlug der Fimbrier vor. »Vielleicht schwirren hier noch mehr von denen herum. Dieser Mann war ein gelernter Meuchelmörder.«

»Wie kommt's, daß Ihr hier seid?« fragte Corfe. Ihm war schwindlig vor Blutverlust und der wallenden Erregung des Kampfes.

»Ich bin Euch gefolgt. Auch ich bin kein großer Freund von Abendveranstaltungen, und ich wollte mit Euch reden ...« Seine Stimme verlor sich, und er wirkte beinahe beschämt.

»Glück für mich. Andernfalls hätte er mir wohl die Kehle aufgeschlitzt. Ein Meuchelmörder, bei Gott. Der Sultan besitzt einen langen Arm.«

»Wenn es der Sultan war. Nicht all Eure Feinde befinden sich außerhalb der Mauern. Kommt, wir müssen Eure Schulter verbinden.«

Es folgte der unvermeidliche Tumult, als die Wache herauskam und der gesamte Palast Kammer für Kammer nach Meuchelmördern durchsucht wurde. Die Königswitwe wurde benachrichtigt und ließ Corfe unverzüglich in ihre Gemächer bringen; die Gäste des Banketts jedoch feierten weiter in die Nacht hinein und erfuhren nichts von den Ereignissen.

»Ich sollte ständig an deiner Seite sein«, meinte Odelia zu Corfe, während die Wunde an der Schulter sich unter ihren Händen schloß und der leichte Ozongeruch des *Dweomer* den Raum erfüllte. »Dann würdest du nicht so oft Ärger bekommen. Wo habt ihr den Leichnam hingeschafft?«

»Formio hat ihn in den Fluß werfen lassen.«

»Schade. Ich hätte ihn gerne untersucht. Ein Merduk, sagst du?«

»Ein Mann von irgendwo aus dem Osten. Fürstin, ich wünschte, wir hätten ein Dutzend Leute mit Euren Fähigkeiten in der Armee. Unsere Verwundeten würden Euren Namen segnen.« Corfe bewegte probeweise den Arm und stellte fest, daß er sich ein wenig steif, ansonsten aber heil anfühlte. Eine winzige Narbe blieb zurück, das war alles, obwohl die Klinge des Meuchelmörders den Knochen bloßgelegt hatte.

»Du würdest schwerlich welche finden«, erwiderte sie. »Die *Dweomer* werden mit jedem Jahr weniger. Es liegt ein Jahrzehnt zurück, daß wir zuletzt einen echten Magier hier am Hof von Torunna hatten. Golophin von Hebrion ist der einzige, der noch öffentlich auftritt, soviel ich weiß. Der Rest ist untergetaucht.«

»Ihr aber nicht.«

»Ich bin eine Königin. Mir werden gewisse …

Eigenheiten zugestanden.« Sie küßte ihn auf die Lippen, und als sie zurückwich, sah sie zu ihrer Verblüffung, daß in seinen Augen Tränen glitzerten.

»Glaubt Ihr, das war das Werk des Sultans?« fragte er barsch und wandte den Blick ab.

»Wer weiß? Meuchelmörder sind stets gedungen, auch wenn sie aus dem Osten stammen. Ihre Auftraggeber können sowohl Merduks als auch Ramusier sein. Sie müssen nur reich sein.«

»So reich wie der König womöglich?«

»Vielleicht. Die Welt ist ein gefährlicher Ort für jene, deren Stern im Steigen begriffen ist. Es gibt in diesem Land Männer, die würden ihre Heimat lieber in Schutt und Asche sehen, als sie von einem Bürgerlichen retten zu lassen.«

»John Mogen war auch von niederer Geburt.«

»Ja. Ja, das war er. Und er hat dafür gesorgt, daß es nie jemand vergißt!« Sie lächelte.

»Habt Ihr ihn gut gekannt?«

»Ich habe ihn gekannt. Man könnte sagen, ich habe ihn ähnlich gefördert, wie ich jetzt dich fördere.«

»Das also ist Eure Rolle in der Welt. Generäle zu erschaffen.«

»Die Erlösung dieses Königreichs«, berichtigte sie ihn kurz angebunden, »mit allen Mitteln, die mir zur Verfügung stehen.«

»Ich bin froh, daß wir das geklärt haben«, sagte er, ebenso knapp wie sie.

Odelia erhob sich und wandte sich zum Gehen. »Trotz allem bin ich ebensosehr eine Frau wie eine Königin, Corfe. Ich habe nach militärischer Größe gesucht und sie gefunden. Nach Liebe suche ich nicht ... falls es das ist, was dich beunruhigt.«

»Ich bin erleichtert, das zu hören«, gab Corfe zurück. Und er verfluchte sich, als sie den Raum verließ und der Schmerz sich unverkennbar auf ihren Zügen abzeichnete.

Fünfzehn

»Beim Barte des Propheten, wer *waren* die? In unsere eigenen Rüstungen gekleidet, galoppieren sie aus dem Nichts daher und verschwinden wieder. Kann mir das irgend jemand erklären, oder seid ihr alle verblödet?«

Aurungzeb der Goldene, Eroberer Aekirs, Sultan von Ostrabar, tobte mit den geduckten Beratern und Offizieren, die vor ihm auf dem wunderbar gearbeiteten Teppich knieten. Die Wände des großen Zeltes schlugen im Wind, die Trennvorhänge bauschten sich wie Segel in einem Sturm.

»Nun?«

Ein Mann in atemberaubend bemalter Eisenhalbrüstung ergriff das Wort. »Wir haben sehr viel Spitzel ausgesandt, Sultan. Derzeit verfügen wir nur über Gerüchte, die wir von gefangenen Ungläubigen aufgeschnappt haben. Sie sagen, diese Reiterei sei etwas Neues, nicht einmal torunnisch. Eine Bande barbarischer Söldner aus den Bergen von Cimbric im Westen, angeführt von einem in Ungnade gefallenen torunnischen Offizier. Aber es sind nur wenige, sehr wenige, und wir haben ihnen schweren Schaden zugefügt, als sie sich zurückzogen. Kein Grund, sich übermäßig Sorgen zu machen. Es ist nur ein … ein einzigartiges Phänomen, eine Laune des Schicksals. Es zeigt lediglich die Verzweiflung des Feindes, wenn er schon soweit gehen muß, neben den verfluchten Fimbriern auch Barbaren anzuheuern.«

»Na schön.« Aurungzeb schien einigermaßen

beschwichtigt. »Womöglich habt Ihr recht, Shahr Johor. Aber ich will keine solchen Überraschungen mehr. Wären diese scharlachrot gekleideten Dämonen nicht gewesen, hätten wir die gesamte Garnison der Feste ausgelöscht, und die Fimbrier noch dazu.«

»Wir haben die Patrouillen verdoppelt, gefürchteter Herrscher. Sämtliche torunnischen Streitkräfte befinden sich derzeit innerhalb der Mauern der Hauptstadt. Es besteht so gut wie kein Zweifel, daß sie sich dort belagern lassen, und dann haben wir freie Hand. Wir können Truppen durch die Schlucht von Torrin nach Charibon senden, jenes Nest des Unglaubens. Damit werden wir beide Herzen des widerlichen ramusischen Glaubens zerstören. Das ramusische Aekir ist nur noch eine Erinnerung – schon bald wird es sich mit Charibon und diesen schwarz gewandeten Priestern ebenso verhalten.«

Aurungzeb nickte. Die Augen in dem stark behaarten Antlitz leuchteten klar und nachdenklich. »Gut gesprochen, Shahr Johor. Obwohl es nun auch in Torunn einen Pontifex gibt, jenen, den wir in Aekir nicht erwischt haben. Aber er ist kein Freund Charibons. Der Zustand des ramusischen Glaubens ist so erbärmlich, daß sie selbst dann noch untereinander streiten, wenn die Söhne des Propheten gegen ihre Mauern hämmern.«

»Das ist Gottes Wille«, meinte Shahr Johor und neigte das Haupt.

»Und der des Propheten, möge er ewig leben.«

Ein besonders heftiger Windstoß ließ die gesamte Leinwand des Zeltes zucken und beben.

Aurungzebs Züge verfinsterten sich wieder. »Dieser Sturm … Batak!«

Ein junger Mann in korallenfarbener Robe trat aus den Schatten. »Sultan?«

»Kannst du nichts gegen diesen verfluchten Sturm unternehmen? Wir verlieren Zeit und Pferde.«

Vielsagend streckte Batak die Hände aus. »Das liegt derzeit nicht in meiner Macht, Herr. Das Wetterwirken ist eine schwierige magische Kunst. Sogar mein Meister …«

»Ja, ja. Orkh hätte diesen Schnee im Handumdrehen geschmolzen und den Wind sanft wie den Furz eines Greises werden lassen. Aber Orkh ist unterwegs auf der Jagd nach Regenbogen. Sieh zu, was du tun kannst.«

Batak verneigte sich tief und zog sich zurück.

»Das ist alles«, verkündete Aurungzeb. »Ich muß mich mit meinem Gott unterhalten. Ihr dürft alle gehen. Akran!« Damit wandte er sich an den großen, spindeldürren Wesir, der gleich einem gemeißelten Golem in einer Ecke stand. »Sorg dafür, daß ich in der nächsten Stunde nicht gestört werde.«

»Ja, Herr. Sofort.« Der Wesir klopfte mit seinem Stab auf den Boden des Zeltes. Zu Hause, auf dem Marmor des Palasts, hätte er damit einen beeindruckenden Widerhall erzeugt, hier jedoch folgte lediglich ein dumpfes Pochen. Dies waren die Würdelosigkeiten, mit denen man zu leben hatte, wenn man dem Sultan ins Feld folgte. Die Offiziere und Minister verstanden den Wink, erhoben und verneigten sich und wichen aus dem Zelt in den heulenden Schneesturm zurück. Der Wesir folgte ihnen mit mutloser Miene.

Aurungzeb drehte sich um, ließ den Blick in die Runde schweifen. Nun sah er aus wie ein haariger, aber schelmischer Knabe.

»Ahara«, rief er leise. »Licht meines Herzens, sie sind weg. Komm jetzt, meine kleine Zuckerwachtel. Dein Meister ruft.«

Eine zierliche, in Gaze gewandete Gestalt trat hinter dem Vorhang am Ende des Zeltes hervor und kniete sich mit geneigtem Haupt vor ihm nieder. Aurungzeb hob ihren Kopf am Kinn an und schob den Schleier beiseite, der ihre Züge verhüllte. Ein blasses Antlitz, graue Augen, dunkle, geschminkte Lippen. Er wischte die Farbe ab. »Du brauchst keine Bemalung, meine Süße. Du nicht. Vollkommenheit kann man nicht verbessern.«

Dann klatschte er in die großen, behaarten Hände. »Musik! Den langsamen Tanz aus Kurasan!«

Aus einem abgeschotteten Nebenabteil des Zeltes erklang plötzlich das Getrommel und Geklimper von Musikern, anfangs ein wenig mißtönend, bald jedoch zunehmend beschwingt und harmonisch.

»Tanz für mich. Tanz für deinen erschöpften Meister und laß ihn den Kummer der kreisenden Welt vergessen.«

Aurungzeb ließ sich auf einen Stapel Seidenkissen plumpsen und begann, an einer großen Wasserpfeife zu nuckeln, während seine Konkubine einen Augenblick verharrte, ehe sie sich langsam wie eine Weide in einer Sommerbrise zu bewegen begann.

Immer wenn Heria tanzte, dachte sie an nichts anderes mehr. Sie liebte das Tanzen; es hielt sie geschmeidig und schlank. Es war das Nachspiel, das ihr widerstrebte. Besonders jetzt. Sie hatte dem Bericht von Shahr Johor gelauscht, so wie sie allem lauschte, was im Zelt des Sultans vor sich ging. Mittlerweile beherrschte sie die Sprache der Merduks ausgezeichnet, wenngleich sie unverändert vorgab, nur einige Grundbegriffe zu verstehen. Heria hatte ihren Kummer über die Neuigkeit vom Fall der Feste von Ormann verborgen, und der Bericht über die jüngste Schlacht sowie das gerade noch rechtzeitige Eingreifen der geheimnisvollen und furchterregenden roten Reiter ließ ihr Herz vor Freude schneller schlagen. So entwurzelt und befleckt sie auch sein mochte, sie war immer noch Torunnin. Der Mann, mit dem sie ihr Leben bis zum Fall Aekirs geteilt hatte, war ein torunnischer Soldat gewesen, und dies würde sie niemals vergessen, ebensowenig wie die Sonne je vergessen würde, hinter dem Horizot zu versinken.

Der Tanz wurde schneller. Aurungzeb, vollends gefesselt von den wirbelnden Bewegungen der blassen Glieder Herias, blies in rascher Folge kleine Rauchwolken aus. Schließlich endete der Tanz, und Heria erstarrte heftig atmend in der letzten Pose, die Arme über dem Kopf. Der Sultan schleuderte den Stiel der Wasserpfeife beiseite und erhob sich.

»Hierher. Zu mir.«

Heria stellte sich dicht vor ihn. Sein Bart kitzelte ihre Nase. Sie war groß, und so mußte er sich nicht tief bücken, um die Lippen an ihren Hals zu schmiegen. Seine Hände wühlten sich durch die Gazehüllen. »Du bist eine Königin unter den Frauen«, murmelte er. »Atemberaubend.« Heria verharrte regungslos, während Aurungzeb sie entblößte. Seine Finger strichen über ihre aufrechten, schmerzlich empfindlichen Nippel.

»Sultan«, setzte sie hastig an, als seine Hände über ihren Leib zu wandern begannen. Sie war nach Haremsbrauch gänzlich enthaart worden, und ihre Haut war glatt wie Alabaster. Seine Finger wurden drängender. Heria zwang sich, nicht zusammenzuzucken, als er die heikelsten Gefilde ihres Körpers erkundete.

»Sultan, ich bin mit Kind.«

Unvermittelt hielt er inne und richtete sich auf. Seine Augen schimmerten.

»Bist du sicher?«

»Ja, Herr. Eine Frau weiß solche Dinge. Der Kammerherr des Harems bestätigt es.«

»Beim Namen des Propheten, ein Kind. Ein Sohn. Und du hast vor mir getanzt!« Aurungzeb war außer sich vor Zorn. Er holte aus, um Heria einen Schlag zu versetzen, besann sich jedoch eines Besseren. Statt dessen senkte er die Hand auf ihren straffen Bauch. »Mein Kind – mein Sohn. Ich hatte nie einen Sohn, der überlebt hat. Jämmerliche Mädchen, ja, aber das – das wird ein Junge.«

»Vielleicht auch nicht, Herr.«

»Es muß ein Junge werden! Er wurde im Krieg gezeugt, zu einer Zeit des Sieges. Alle Vorzeichen stehen günstig. Ich lasse dich von Batak untersuchen. Er wird es feststellen. Ein Erbe, endlich ein Erbe! Du darfst nicht mehr tanzen. Du mußt im

Bett bleiben. Ah, meine Blume des Westens! Ich wußte, daß du mir Glück bringen würdest! Wenn es ein Junge wird – und es wird ein Junge –, mache ich dich zu meiner ersten Frau.« Er lachte und zog sie in eine bärengleiche Umarmung, ließ sie jedoch sogleich wieder los. »Nein, nein – damit ist's vorbei. Wie Porzellan sollst du behandelt werden, wie seltenstes Kristall. Zieh dir die Kleider an! Die Eunuchen sollen etwas Passenderes für die Mutter meines Sohnes auftreiben, nicht diese verfluchte Sklavenseide. Und Zofen ... du sollst Diener und einen eigenen Pavillon bekommen ...« Unvermittelt hielt er inne. Dann betastete er sie, als wäre sie eine kostbare, zerbrechliche Vase, die jeden Augenblick zu Bruch gehen konnte. »Wie lange schon? Wie weit ist er gewachsen?«

»Nicht weit, Herr. Vielleicht zwei Monate.«

»Zwei Monate! Seit zwei Monaten schlägt das Herz meines Sohnes! Das soll mir eine ganze Wagenladung Weihrauch wert sein. In jedem Tempel des Ostens soll gebetet werden. Ha, ha, ha! Ein Sohn!«

Ein Sohn, dachte Heria. Ja, es würde ein Junge werden – irgendwie wußte sie es. Was hätte Corfe wohl davon gehalten, daß sie den Sohn eines Schreckensherrschers aus dem Osten austrug – ein durch Vergewaltigung empfangenes Kind. Corfe hatte sich immer Kinder gewünscht.

Tränen brannten ihr in den Augen. »Du weinst, meine Taube, meine kostbare Schönheit?« sprach Aurungzeb besorgt.

»Ich weine vor Freude, Herr, weil ich die Ehre habe, das Kind des Sultans auszutragen.«

Wieso lebte sie noch? Wieso hatte sie keine Möglichkeit gefunden, ihrem Dasein ein Ende zu bereiten? Doch sie kannte die Antwort. Die menschliche Natur vermag vieles, ja Unvorstellbares zu ertragen. Der Körper ernährt sich, schläft, scheidet aus und lebt, auch wenn der Verstand längst um Erlösung bettelt. Und nach einer Weile paßt sich auch der Verstand an, und aus dem Unerträglichen wird das Alltägliche. Heria wollte leben, und sie wollte, daß ihr Kind das Licht der Welt erblickte. Es war sein Sohn, doch er würde auch ihr Sohn sein, etwas, das ihr gehörte. Sie würde ihn lieben, als wäre er Corfes Kind, und ihr Leben würde vielleicht doch noch etwas wert sein. Sie hoffte nur, der Geist ihres Mannes würde sie verstehen.

Sechzehn

Urbino, Herzog von Imerdon, war ein großer, hagerer, ausgezehrt wirkender Mann mit dem Aussehen eines Asketen. Er kleidete sich stets schwarz, und das bereits seit dem Tod seiner Frau vor dreiundzwanzig Jahren. Abgesehen vom König selbst, galt er als mächtigster Adeliger Hebrions, stand jedoch in keinerlei Blutsverwandschaft zum königlichen Haus der Hibrusids. Imerdon war einst ein abgelegenes Lehnsreich des fimbrischen Kurfürstentums Amarlaine gewesen, doch die Fimbrier hatten ihren Anspruch darauf vor Jahrzehnten aufgegeben, nach der letzten Schlacht am Fluß Habrir (in der sie gesiegt hatten). Nur wenige wußten genau, weshalb die Fimbrier auf das Herzogtum verzichtet hatten, einschließlich der Städte Pontifidad und Himerio und des gesamten Landes bis hinauf zum Fluß Merimer; aber Gerüchte besagten, daß die damals endlosen Bürgerkriege den Abzug der Garnison zwecks anderweitigem Einsatz bedingt hätten. Der Kommandant der abbeorderten Garnison konnte der Versuchung nicht widerstehen, den Hebrionen ein letztes Mal eine blutige Nase zu verpassen, daher die sinnlose Schlacht am Habrir.

Der Adel des Herzogtums schwor dem hebrionischen Monarchen Gefolgstreue, dessen Königreich sich durch Imerdons Anschluß beinahe verdoppelte. Nachfolgende Herrscher der Provinz heirateten in die königliche Familie ein. Doch obwohl der Herzog von Imerdon und seine Familie höchstes Ansehen genossen und fürwahr als überaus mächtig galten, wurden sie in gewisser Weise als Außenseiter betrachtet, als Fremde. Imerdons Volk entsprang zwar demselben Menschenschlag wie jenes Hebrions, doch die lange fimbrische Herrschaft – fast fünf Jahrhunderte – hatte es seinen westlichen Vettern ein wenig entfremdet. Viele Bewohner Imerdons kleideten sich vorzugsweise schwarz wie die Menschen der Kurfürstentümer, zudem waren sie allgemein ein disziplinierteres und religiöseres Volk, das die Ausschweifungen des wilden alten Abrusio voll gebannter Abscheu von oben herab beäugte. Der Herzog hatte sich aus dem abscheulichen Krieg herausgehalten, der die Hauptstadt des Königreichs erschütterte, wenngleich er den himerischen Glaubensrittern freies Geleit gewährte, als sie nach ihrer Niederlage aus dem Land flohen. Es hieß, daß er seinem König zwar in die Ketzerei folgte, weil er es als seine Pflicht betrachtete, jedoch nur zögerlich. Man glaubte allgemein, daß er sich nach wie vor eher zur himerischen Kirche hingezogen fühlte.

Nun saß der Herzog in einer überdachten Kutsche im oberen Abrusio, unweit des königlichen Palasts. Wenn er die Ledervorhänge des Gefährts zurückzog, konnte er die Kanonenkugeln zählen, die immer noch in den Mauern eingebettet prangten.

»Herr«, sprach einer seiner Gefolgsleute von außerhalb des Vorhanges. »Die Fürstin ist hier.«

»Dann hilf ihr herein«, befahl der Herzog.

Fürstin Jemilla stieg neben ihn auf den Sitz. Der

Herzog klopfte mit einer knochigen, beringten Faust an das Dach der Kutsche, und sie rumpelte los.

»Ich hoffe, es geht Euch gut, Fürstin«, begrüßte er sie höflich.

»Mir geht es blendend, danke, Herr«, erwiderte sie. Eine Zeitlang schwiegen sie beide, als wartete jeder, bis der andere das Wort ergriff. Schließlich meinte der Herzog: »Darf ich annehmen, daß Eure Mission erfolgreich war?«

»Voll und ganz. Ich habe das Gesuch gestern abgeliefert. Zweifellos grübeln die astarakische Frau und der Magier gerade über die Auswirkungen nach.«

Mit ausdrucksloser Miene nickte Urbino. Jemilla war in das nüchterne graue Gewand einer achtbaren Adeligen gekleidet; kein Hauch Farbe oder Rouge zierte ihr Antlitz. Sie wußte, daß andere Maßstäbe anzulegen waren, wenn man es mit dem enthaltsamen Herzog von Imerdon zu tun hatte. Der leiseste Ansatz von Unschicklichkeit oder Liederlichkeit, und er würde sie fallen lassen wie eine tote Ratte.

Der Herzog wirkte unbehaglich, schien sich nicht wohl in seiner Haut zu fühlen. Offensichtlich hielt er von klammheimlichen Treffen und mitternächtlichen Verschwörungen herzlich wenig, und doch war er der Schlüssel, das Kernstück aller Pläne Jemillas. Seine Unterschrift auf dem Gesuch, das sie Isolla überreicht hatte, war eine ihrer größten Errungenschaften. Wenn dieser Mann, dieser nüchterne, hochangesehene Adelige die Gültigkeit ihrer Ansprüche anerkannte, würden die anderen seinem Beispiel folgen. Herzog Urbino war berühmt für seinen hohen Anspruch, seine Abscheu gegenüber Ränken jeder Art. Allein sein Gefühl für Pflicht und Ehre sowie die zunehmende Sorge um den Zustand der Monarchie in Hebrion hatten ihn dazu bewogen, Jemilla überhaupt zu treffen. Und sie hatte ihn überzeugt. Abeleyn *konnte* nicht mehr herrschen, war kaum mehr am Leben. Die Regentschaft hatten drei Bürgerliche an sich gerissen, einer davon ein Hexer. Zudem beherbergte ihr Leib den Thronfolger des Königs. Wenn aus dem Königreich keine widerwärtige Oligarchie unter Männern niederer Geburt werden sollte, so lag es an ihm, dem mächtigsten Adeligen Hebrions, etwas zu unternehmen. Seine Adelsvettern sahen dies genauso; seit einer Woche trudelten ihre Briefe bei ihm ein. Jemilla war seit ihrer Flucht aus der Halbgefangenschaft im Palast überaus fleißig gewesen. Mittlerweile hatte sie die Vorstände beinahe jedes Adelshauses Hebrions getroffen.

Selbstverständlich waren sie eingeschüchtert und fürchteten die Vorstellung, das Schicksal Sastro di Carreras und Astolvo di Sequeros zu teilen. Abeleyns Herrschaft war in einem Chaos aus Feuer und Blut wiederhergestellt worden. Die Carreras und Sequeros waren durch das Niedermetzeln ihrer Gefolgsleute und die Hinrichtung ihrer Oberhäupter führerlos und machtlos geworden. Wenn etwas geschehen sollte, dann mußte es auf verfassungsrechtlichem Wege geschehen. Wo das Schwert versagt hatte, mochte die Feder noch siegen.

»Ich muß sagen, dieser Adeligenrat, den wir ins Auge gefaßt haben, bereitet mir Unbehagen«, gestand Urbino. »Er ist in gewisser Weise beispiellos … Traditionsgemäß treffen die Adeligen sich zum Hauskonklave, das jedes Jahr in dieser Stadt abgehalten wird, mit dem König als Vorsitzendem und Schiedsrichter. Etwas, das so sehr nach … *Erneuerung* schmeckt, gefällt mir ganz und gar nicht.«

»Der König ist nicht in der Lage, den Vorsitz über irgend etwas zu übernehmen, Herr«, erklärte ihm Jemilla. »Und nach dem Gesetz kann das Hauskonklave keinerlei Beschlüsse fassen, wenn der König nicht anwesend ist.« Diese altmodische Einrichtung ist ohnehin eine blaublütige Schwatzrunde, dachte Jemilla. Sie wollte etwas anderes, etwas mit Biß.

»Ich verstehe. Und da der König nicht auftauchen kann oder wird, scheint es gerechtfertigt, eine gänzlich neue Einrichtung zu schaffen, um dieser einzigartigen Lage Herr zu werden. Dennoch …«

»Die anderen Adelsgeschlechter haben bereits schriftlich ihre Unterstützung zugesagt«, fiel Jemilla ihm hastig ins Wort. »Aber da Ihr der mächtigste unter ihnen seid, warten sie noch ab, wie Ihr entscheidet. Ohne Euch werden sie nicht voranschreiten.« Bedien dich seines Stolzes, dachte sie. Das ist sein einziges Laster – Eitelkeit. Diese kaltblütige, alte Echse.

Ihre Worte schienen Urbino in der Tat zu erfreuen. »Ich kann nicht behaupten, daß Ihr Euch irrt«, erwiderte er ein wenig selbstgefällig. »Aber haltet Ihr es für klug, diesen … diesen Rat in Abrusio abzuhalten?«

»Warum nicht? Es zeigt, daß wir die Streitkräfte des Königs nicht fürchten. Es bringt die Dinge, die wir besprechen, der Öffentlichkeit nahe. Und sollte der König sich durch Gottes Gnade erholen, sind wir hier, um es zu bezeugen und uns darüber zu freuen.«

Urbino wirkte nachdenklich. »Wenn das, was Ihr mir von seinen Verletzungen berichtet habt, der Wahrheit entspricht, dann fürchte ich, wird er sich nie mehr erholen, auch nicht mit Hilfe dieser *Dweomer*-Krähe Golophin an seiner Seite.« Er seufzte. »Dabei war er ein fähiger junger Mann. Heißblütig vielleicht, manchmal auch hitzig und schändlich unfromm, trotzdem ein würdiger Herrscher.«

»Fürwahr«, pflichtete Jemilla ihm mit der genau richtigen Mischung aus Trauer und Sorge bei. »Aber das Königreich darf trotz unseres Kummers und unserer Hingabe für den rechtmäßigen König nicht vernachlässigt werden. Die Linie der Hibrusids, Herr, ist praktisch ausgestorben. Abeleyns Zaudern zu heiraten war zwar ein kluges Machtwerkzeug, doch letzten Endes hat es sich gegen ihn gewandt.«

»Die astarakische Prinzessin …«, setzte Urbino an.

»… ist nur noch eine Würdenträgerin auf Besuch. Selbstverständlich sollte ihr die Achtung gezollt werden, die ihr Rang gebietet, aber allein der Gedanke, ihr stünde aufgrund ihrer Verlobung mit unserem sterbenden Herrscher das

Recht zu, dieses Königreich zu regieren, ist lächerlich. Aus Hebrion würde ein bloßer Vasallenstaat Astaraks. Außerdem ist sie eine Frau mit geringem Verstand und einer jämmerlichen Auffassungsgabe – wie Ihr wißt, habe ich sie kennengelernt. Sie ist kaum in der Lage, über ihre eigenen Diener zu herrschen, geschweige denn über eine mächtige Nation.«

»Gewiß, gewiß ...«, sinnierte Urbino.

Was für ein zaudernder, wankelmütiger alter Narr er trotz seines blauen Blutes doch ist, dachte Jemilla. Großer Gott, warum kann ich kein Mann sein!

»Und die Linie der Hibrusids ist eigentlich nicht ausgestorben«, fuhr sie mit ruhiger Stimme fort. »In meinem Leib, Herr, beherberge ich den letzten Sproß von Abeleyns Geschlecht. Was dieses Königreich braucht, ist ein starker Mann, der über dieses unglückliche Reich wacht, bis mein Sohn die Volljährigkeit erlangt. Mir fällt weder eine ehrenvollere Aufgabe noch eine ansehnlichere Rolle ein. Und wenn ich Euch etwas im Vertrauen sagen darf: Die Oberhäupter sämtlicher Adelsgeschlechter, mit denen ich bereits Verbindung aufgenommen habe, scheinen sich einig zu sein. Es gibt nur einen offensichtlichen Anwärter für diesen Rang.«

Urbinos Kinn war auf die Brust gesunken, doch seine Augen leuchteten. Jemilla wußte, daß er die Gefahren für seine Person und die verlockende Aussicht auf die Herrschaft gegeneinander abwog. Und die Gefahren ließen sich verringern, wenn sie so vorgingen, wie Jemilla es geplant hatte. Treuebezeugungen gegenüber der Krone. Öffentliche, schickliche Vorgänge, die allen offen standen. Sobald der wahre Zustand des Königs weithin bekannt wurde, würde das Fußvolk nach jemandem brüllen, der die von Abeleyn hinterlassene Lücke füllte. Ein Königreich ohne König – undenkbar!

»Mag sein, daß ich einen gewissen Rang besitze«, räumte Urbino ein, »aber es ist ebenso möglich, daß mein … Blut jenem des Monarchen nicht am nächsten ist.«

»Das ist wahr«, räumte Jemilla ihrerseits ein. Tatsache war: Was das Blut anging, kam er jenem des Königs alles andere als nahe. »Aber soweit ich in Erfahrung bringen konnte, gibt es nur zwei andere Anwärter, deren Blut noch edler ist und nicht im Zuge des jüngsten Aufstands befleckt wurde. Einer davon ist der älteste Sproß der Sequero, der Sohn des hingerichteten Astolvo. Der andere ist Fürst Murad von Galiapeno, der Vetter des Königs.«

»Und? Was ist mit deren Ansprüchen?« fragte Urbino ein wenig gereizt, zweifellos aufgrund der drohenden Aussicht, die Anwartschaft zu verlieren.

Jemilla ließ ihn einen Augenblick zappeln, bevor sie antwortete. »Beide Männer sind tot … oder so gut wie tot. Sie waren bei einer verhängnisvollen Schiffsreise in den Westen dabei. Seit mehr als sechs Monaten hat man nichts mehr von ihnen gehört, und wir können getrost davon ausgehen, daß sie aus dem Rennen sind.« Ein kurzes Stechen im Herzen, als sie an Richard Hawkwood dachte, der ebenso im Westen verschollen war. Ein Mann, den sie einst zu lieben vermeinte, obwohl er zum Fußvolk zählte. Es war sein Kind, das sie im Leib trug, nicht das Kind Abeleyns, was aber nur sie allein wußte.

»Dies ist kein Rennen, Fürstin«, herrschte Urbino sie an; dennoch wirkte er erleichtert.

»Selbstverständlich nicht, Herr. Vergebt mir. Ich bin nur eine Frau, und all diese Dinge verwirren mich. Unnötig zu erwähnen, daß es dem schwachen Geschlecht in keiner Weise möglich ist, die Gebote und den Glanz der Ehre vollends zu begreifen.« Und Gott sei Dank dafür, dachte sie.

Der Herzog neigte das Haupt zum Zeichen gnädiger Vergebung. Jemilla hätte ihn am liebsten an Ort und Stelle für seine wichtigtuerische Dummheit getötet. Aber schließlich hatte sie ihn gerade deshalb auserwählt.

»Also«, fuhr der Herzog etwas leutseliger fort. »Wann und wo wird dieser Rat zusammentreffen?«

»Noch diese Woche, am Tag des heiligen Milo – er ist der Schutzpatron der Herrscher –, und zwar in den Sälen des alten Klosters der Brüder vom Ersten Tage. Seit dem Ende der Rebellion stehen sie leer, und ich fürchte, es wird lange dauern, ehe Hebrion wieder einen Prälaten oder einen religiösen Orden hat, der dem Reich in geistlichen Angelegenheiten Geleit gibt. Es scheint durchaus passend, daß der Rat dort tagt; zudem kann die angeschlossene Abtei von jenen genützt werden, die Rat im Gebet suchen. Aber um ehrlich zu sein, Herr, ich brauche Hilfe, um diesen Ort wieder ansehnlich zu machen. Er hat bei den letzten Angriffen schlimm gelitten.«

»Ich lasse meinen Haushaltsvorstand ein paar Diener herüberschicken«, sagte Urbino. Sein ausgemergeltes Antlitz verfinsterte sich. »Wißt Ihr, es heißt, dort wäre er getroffen worden, genau vor den Mauern der Abtei.«

»Tatsächlich? Es wird so viel geredet. Und nun, Herr, muß ich Eure Geduld mit einer weiteren Bitte auf die Probe stellen. Ich fürchte, damit der Rat mit angemessenem Prunk und Pomp abgehalten und die Teilnehmer mit den ihnen gebührenden Ehren begrüßt werden können, werden ziemliche Kosten entstehen. Die anderen Fürsten haben zugestimmt, in einen gemeinsamen Topf zu zahlen, den ich mit einem vertrauenswürdigen Freund, Antonio Feramond, verwalte. Ich wage kaum zu fragen, aber ...«

»Denkt nicht weiter darüber nach. Mein Säckelmann wird Euch morgen einen Besuch abstatten und eine Verfügung über jedwede Summe ausstellen, die Ihr für nötig erachtet. Wenn es darum geht, die Würde unserer Ämter zu wahren, dürfen wir nicht knausern.«

»Wahr gesprochen. Ich stehe tief in Eurer Schuld, Herr, so wie auch Hebrion eines Tages tief in Eurer Schuld stehen wird. Es ist erhebend zu sehen, daß es in diesem Reich noch Männer von Entschlossenheit und Entscheidungsmut gibt. Ich bewundere Euch dafür.« Blinder Trottel. Etwa ein Drittel der gesammelten Mittel würden dafür aufgewendet, den Prälatenpalast zu reinigen und eine Speisekammer voller Köstlichkeiten sowie einen Weinkeller für diese hochwohlgeborenen Possenreißer anzulegen. Der Rest würde in Form von Bestechungsgeldern über die Stadt verteilt werden. Eine beträchliche Summe würde dafür sorgen, daß eine jubelnde Menge die vereinten Adeligen in Abrusio willkommen hieß, der Rest würde einige Offiziere der Stadtgarnison davon überzeugen, daß sie wegschauten. So lief das Leben in dieser bestechlichen Welt. Antonio Feramond war Jemillas Haushaltsvorstand, und sie kannte genügend von seinen Geheimnissen, um sich seine unerschütterliche Treue zu sichern. Zudem war er ein in den Überresten der Unterstadt berüchtigter Wucherer und Geldverleiher, dem eine Bande verlauster Schläger zur ständigen Verfügung stand. Wenn jemand wußte, welche Rädchen es zu schmieren galt, dann er.

»Ich fürchte, Herr, ich muß Euch jetzt verlassen«, erklärte Jemilla und täuschte angemessene Ehrerbietung vor. »Ich habe einige persönliche Dinge zu erledigen. Ihr könnt Euch kaum vorstellen, was man auf dem Basar dieser Tage wegen des Krieges im Osten für Seide verlangt.«

»Ihr wohnt doch noch im Palast, oder?«

»Im Gästeflügel, Herr.«

»Bitte bestellt Fürstin Isolla und dem Magier Golophin meine besten Grüße. Man muß sich trotz allem zivilisiert verhalten, nicht wahr?«

Zivilisiert, dachte sie bei sich, als ihre Barutsche sie fortbrachte. Das jüngste Blutvergießen hat sie allesamt in Memmen verwandelt. Und diese Leute bezeichnen sich als Männer!

Jemilla verachtete Schwäche, besonders bei diesen Heuchlern, die vorgaben, stark zu sein. Männer von Macht, deren Rückgrat aus Weidenruten bestand. Vor Langeweile ging sie im Geiste jene Männer durch, die sich als anders erwiesen hatten. Männer, die sie hätte achten können. Abeleyn, ja, sobald er ein wenig reifer geworden wäre. Und Richard, ihr verschollener Seefahrer. Beide waren aus ihrem Leben geschieden, doch es gab noch einen dritten. Golophin. Er, dachte sie, war vielleicht der Außergewöhnlichste von den dreien. Ein würdiger Gegner.

Es schien nur natürlich, daß sie ihre Geschlechtsgenossin, Fürstin Isolla, dabei außer acht ließ.

Am anderen Ende der Alten Welt, jenseits der Weiten der Königreiche der Ramusier. Das belagerte Torunn strotzte vor Truppen, gleich der Festung, zu der es geworden war. Die Stadt präsentierte sich tief verschneit. Die Schneestürme hatten bis hinunter in die Ebenen gewütet, schlimmer als seit Jahrzehnten; sogar entlang der Küste der Kardischen See hatten sich Eisschollen gebildet.

Während in Hebrion noch Nachmittag war, herrschte hier bereits finsterer Abend. Albrec, Avila und der Pontifex Maximus (besser gesagt, einer der beiden), Macrobius, saßen an einem großen, rechteckigen Holztisch, der mit Schriftstücken übersät war. Etwa ein Dutzend teurer Kerzen brannte, um ihnen beim Lesen Licht zu spenden. Am gegenüberliegenden Ende des Tisches scharte sich ein halbes Dutzend weiterer

Geistlicher, die meisten im Braun der Antillianer, zwei jedoch, Monsignore Alembord und Osmer von Rone, im Schwarz der Brüder vom Ersten Tage. Stille erfüllte den Raum, während sie gemeinsam beteten. Schließlich hob Macrobius den Kopf.

»Mercadius von Orfor, ich frage dich noch einmal: Bist du sicher?«

Ein greiser, gnomenhafter Antillianer-Mönch zuckte zusammen. Vor ihm auf dem Tisch lag das zerfledderte, speckige und blutige Schriftstück, das Albrec und Avila aus Charibon mitgebracht hatten. Zittrig hielt er die Hände darüber, als wollte er sie über den Seiten wärmen.

»Heiliger Vater, ich wiederhole, daß ich so sicher bin, wie man nur sein kann. Es ist Honorius' Handschrift, daran besteht kein Zweifel. Zwar haben wir hier nichts aus seiner Feder, aber in Charibon sah ich einst ein Original seiner *Offenbarungen*. Die Handschrift ist ein und dieselbe.«

Albrec ergriff das Wort. »Auch ich habe dieses Werk gesehen. Mercadius hat recht.«

Monsignore Alembords bartloses Antlitz wurde zunehmend blasser. »Bei allen Heiligen! Das bestätigt doch gar nichts. Honorius war wahnsinnig. Dieses Schriftstück ist einem wirren Geist entsprungen.«

»Habt Ihr es denn gelesen?« wollte Mercadius wissen.

»Ihr wißt, daß ich es nicht gelesen habe!«

»Dann sage ich Euch, Monsignore Alembord, dieser Text wurde von keinem Wahnsinnigen verfaßt. Er ist gemessen, bis in alle Einzelheiten genau und gänzlich klar geschrieben. Zudem unerhört bewegend.«

»Ihr könnt doch nicht von mir erwarten, daß ich glaube, unser verehrter Heiliger und diese Ausgeburt der Hölle, der sogenannte Prophet Ahrimuz, wären ein und derselbe!«

»Sagt«, mischte Avila sich in bedächtigem Tonfall ins Gespräch, »ist es Euch nie aufgefallen, Alembord? Ramusio, Ahrimuz. Die Namen. Da ist eine gewisse Ähnlichkeit, meint Ihr nicht auch?«

Alembord schwitzte heftig. »Heiliger Vater«, rief er Macrobius an. »Ich bin Euch treu geblieben, als dieser Thronräuber in Charibon die Macht an sich gerissen hat. Ich habe nie daran gezweifelt, daß Ihr das wahre Oberhaupt der Kirche seid, auch jetzt nicht. Aber diesen Unfug – diese niederträchtige Gleichsetzung unseres Glaubensbegründers mit jenem des Ostens – ist zuviel für mich. Das ist blanke Ketzerei, eine Beleidigung für die Kirche und Euer heiliges Amt.«

Macrobius zeigte sich ungerührt. »Man sagt – und ich glaube, dieser Spruch stammt von St. Bonneval –, daß die Wahrheit, wird sie ausgesprochen, ähnlich widerhallt wie eine lautlose Glocke. Wer sie hören kann, erkennt sie sofort, während für andere nur Stille herrscht. Ich glaube, daß dieses Schriftstück echt ist und die Wahrheit berichtet, so entsetzlich sie auch sein mag. Möge Gott uns beistehen.«

Stille breitete sich im Raum aus, während die Anwesenden die Bedeutung dieser Worte in sich aufnahmen. Schließlich wurde das Schweigen von Albrec durchbrochen – Albrec, dem Bischof, gekleidet in die prunkvollen Roben eines kirchlichen Würdenträgers.

»Diese Offenbarung ist bedeutsamer als der Ausgang jedes Krieges. Die Merduks sind unsere Glaubensbrüder; die Feindschaft zwischen ihnen und der ramusischen Rasse ist einer Lüge entsprungen.«

»Und was sollen wir jetzt tun? Losziehen und den Feind bekehren?« fragte Avila leichthin.

»Ja. Genau das.«

Bestürzung auf allen Gesichtern – mit Ausnahme jenes des blinden Pontifex. »Willst du zu einem Märtyrer werden, Albrec?« keuchte Avila.

Die Antwort des kleinwüchsigen Mönchs fiel ein wenig gereizt aus. »Darum geht es überhaupt nicht. Diese Botschaft ist der Kern der Sache. Der torunnische König muß umgehend benachrichtigt werden, ebenso der Sultan der Merduks.«

»Beim Blut des gütigen Heiligen!« rief Osmer von Rone aus. »Ihr meint es ernst!«

»Selbstverständlich! Haltet Ihr es für bloßen Zufall, daß diese Offenbarung ausgerechnet jetzt hier gelandet ist? Wir haben die Möglichkeit, den Verlauf dieses entsetzlichen Krieges zu beeinflussen. Hier ist die Hand Gottes am Werk. Der Zufall hat mit all dem nicht das Geringste zu tun.«

»Die Merduks kämpfen aus Eroberungslust, nicht nur aus religiösem Antrieb«, gab Osmer zu bedenken. »Ein gemeinsamer Glaube reicht beileibe nicht aus, um Kriege beizulegen, wie wir Ramusier nur allzu gut wissen.«

»Trotzdem muß zumindest der Versuch unternommen werden.«

»Sie werden Euch kreuzigen, so wie die Brüder vom Ersten Tage in Aekir«, knurrte Alembord. »Heiliger Vater, wenn wir schon annehmen, daß es die Wahrheit ist und unser Glaube auf einer Lüge wurzelt, dann laßt es uns wenigstens vorerst für uns behalten. Die ramusischen Königreiche sind ohnehin schon gespalten. Diese Botschaft würde sie des letzten Quentchens Kraft berauben und die Neue Kirche selbst spalten. Die einzigen Nutznießer einer solchen Vorgehensweise wären die Himerianer.«

»Auch die himerische Kirche, wie man sie nennt, hat ein Recht, es zu erfahren«, belehrte ihn Albrec. »Ein Gesandter muß nach Charibon geschickt werden. Letzten Endes werden die Spatzen diese Neuigkeit von den Dächern pfeifen, Brüder. Der Heilige selbst hätte es so gewollt.«

»Der Heilige, der als Prophet der Merduks in einer barbarischen Zeltstadt des Ostens gestorben ist«, brummte Osmer. »Brüder, ich bin aus tiefster Seele erschüttert; mein Glaube flackert wie eine Kerze im Wind. Was werden erst die schlichten und ungebildeten Menschen der ramusischen Welt von solcher Kunde halten? Vielleicht wenden sie sich überhaupt von der Kirche ab und betrachten sie als eine Einrichtung, in der Lügen gehortet und verbreitet werden. Und wer könnte es ihnen verübeln?«

»Dies ist die Neue Kirche«, beharrte Albrec unnachgiebig. »Wir haben unser Antlitz vom Geschacher und Ränkeschmieden der alten abgewandt. Unsere Aufgabe besteht fortan darin, die Wahrheit zu verkünden, egal, wie die Folgen aussehen.«

»Edle Worte«, höhnte Alembord. »Aber die Welt ist alles andere als ein edler Ort, Bischof Albrec. Ideale müssen sich der Wirklichkeit beugen.«

Albrec ließ die fingerlose Faust auf den Tisch niedersausen, daß alle zusammenzuckten. »Pferdemist! Eben solche Ansichten haben unseren Glauben verdorben und uns überhaupt erst in diese mißliche Lage gebracht! Es ist nicht mehr unser Zweck auf dieser Welt, Dinge zu verschleiern und uns in Semantik zu üben. Davon haben wir fünf Jahrhunderte hinter uns, und es hat uns an den Rand einer Katastrophe geführt.«

»Also sollen wir den grauen Kittel der Bettelmönche anlegen und die neue Botschaft überall auf der Welt predigen, wodurch wir ein Orden von Evangelisten und Missionaren werden, mehr nicht!« brüllte Alembord zurück.

»Genug!« gebot Macrobius. »Ihr vergeßt Euch. In meinem Beisein wird Anstand gewahrt, ist das klar?«

Eilige Zustimmung. Einen kurzen Augenblick offenbarte sich ihnen die machtvolle, ehrfurchtgebietende Gestalt, die Macrobius vor dem Untergang Aekirs verkörpert hatte.

»Ich werde mit dem König reden«, fuhr der Pontifex fort. »Ich werde ihm die außerordentliche Bedeutung unserer Entdeckung vor Augen führen. Vergeßt nicht, daß wir hier der Gnade des torunnischen Herrschers unterliegen. Hohe Ideale hin, hohe Ideale her – wir müssen genauestens nachdenken, ehe wir seine Wünsche durchkreuzen. Und ich kann mir beim besten Willen nicht vorstellen, daß diese Offenbarungen ihn erfreuen werden. Albrec, Mercadius – ihr setzt eure Nachforschungen fort. Ich will jeden noch so kleinen Beweis, den ihr auftreiben könnt, um Honorius' Werk zu belegen. Brüder, diese Sache wird schon bald in die Welt hinausdringen, und ist das erst geschehen, können wir sie nicht mehr zurückrufen. Haltet euch stets die Schwere unseres Wissens vor Augen. Es dürfen keine Gerüchte oder Mutmaßungen entstehen! Das Schicksal des Kontinents liegt in unseren Händen – und das ist keine Übertreibung. Eine falsche Äußerung in einem Augenblick der Unachtsamkeit könnte schwerwiegende Folgen nach sich ziehen. Ich weise euch alle an zu schweigen, während ich mich seelisch auf mein Treffen mit dem König vorbereite.«

Die Versammelten verneigten sich sitzend, und einige schlugen das Heiligenzeichen vor der Brust. Dieser Pontifex war nicht mehr der bescheidene, unbedarfte Mann, den sie bislang gekannt hatten. Aufrecht und gebieterisch saß er auf seinem Sitz; sein Kopf bewegte sich hin und her. Hätte er noch Augen besessen, sie hätten seine geistlichen Brüder angefunkelt.

»Ein päpstlicher Erlaß wäre der rechte Weg, diese Sache zu verkünden, aber ich besitze keine Regimenter von Glaubensrittern mehr, um sicherzustellen, daß ein solcher Erlaß rasch über die Königreiche verteilt wird. Was das betrifft, müssen wir uns auf König Lofantyr verlassen, und ich werde ihm unter keinen Umständen etwas anvertrauen, das bereits als Gerücht unter den Bediensteten des Palasts kursiert. Wir müssen Stillschweigen bewahren … vorerst. Albrec, dein

Bestreben ehrt dich, aber Monsignore Alembord hat eine sehr wichtige und zutreffende Angelegenheit zur Sprache gebracht. Wenn wir unter den Gläubigen kein Chaos säen und die Neue Kirche verhängnisvoll untergraben wollen, müssen wir vorsichtig sein. Ausgesprochen vorsichtig ...« Macrobius' Schultern sackten zusammen. Der kurze Anflug von Befehlsgewalt schien ihm die Kraft geraubt zu haben. »Ich wünschte, dieser Kelch wäre an mir vorbeigewandert; ich bin sicher, das wünscht ihr alle. Aber Gott in seiner Weisheit hat uns auserwählt. Wir können unser Schicksal nicht ändern. Brüder, laßt uns nun gemeinsam beten und unsere Streitigkeiten vergessen. Wir müssen den Heiligen um Geleit bitten.«

Stille erfüllte den Raum, als die Versammelten die Hände zum Gebet falteten. Doch in Albrecs Gedanken war kein Platz für Gebete. Der Pontifex hatte unrecht. Dies war keineswegs eine Angelegenheit, die per Erlaß verkündet und den Gläubigen behutsam nähergebracht werden sollte. Es mußte die Welt erschüttern, gleich einem apokalyptischen Erdbeben. Und die Merduks – man mußte auch ihnen die Gelegenheit einräumen, diese Offenbarung zu glauben oder abzulehnen, und zwar so bald wie möglich. Wenn dieser Pfad mit Martyrium gepflastert war, so sei es, doch es war der einzige Pfad, den Albrec sich einschlagen sah.

Und endlich betete auch er, während ihm Tränen über das Gesicht rannen.

Siebzehn

Der Schwatzladen ist eröffnet, dachte Corfe matt.

Der lange Tisch war fast völlig von den darauf verstreuten Papieren verdeckt, und darüber lag eine Karte von Nordtorunna in großem Maßstab ausgebreitet, die das Land von der Hauptstadt bis hinauf nach Aekir zeigte. Über die Karte verteilten sich kleine, rote oder blaue Holzmarken. Nahezu alle blauen Marken befanden sich in dem schwarzen Rechteck, das für Torunn stand, während die roten überall in der Region zwischen den Flüssen Torinn und Searil zu finden waren. Auf der Feste von Ormann lag eine rote Marke. Allein der Anblick schmerzte Corfe.

Zu beiden Seiten des Tisches saßen Männer, am Kopf der König selbst. Zu Lofantyrs Rechter hatte General Menin Platz genommen, Kommandant der Garnison von Torunn und ältestgedienter Offizier der Anwesenden, zu seiner Linken Oberst Aras, der erfreut und dünkelhaft wirkte, weil er so nahe beim König sitzen durfte. Weiter unten am Tisch fanden sich der weißhaarige Generalquartiersmeister Parsifal sowie vier weitere Männer, die Corfe zu Beginn des Treffens vorgestellt wurden. Der Mann in nüchterner Zivilkleidung war Graf Fournier von Marn, Vorsitzender von Torunns Stadtrat. Er sah aus wie ein Beamter, der Federkiele, Pergament und Fußnoten liebte. Gerüchte besagten, er wäre Torunnas Meisterspion und besäße einen geheimen Schatz, mit dem er das Kommen und Gehen seiner namen- und gesichtslosen Untergebenen bezahlte. Ihm gegenüber saßen zwei weitere Musterbeispiele der menschlichen Rasse: Oberst Rusio, Kommandant der Artillerie, und Oberst Willem, Befehlshaber der Reiterei. Ihre militärischen Titel waren überwiegend auf Brauchtum zurückzuführen. Tatsächlich verkörperten sie die Nummern zwei und drei hinter Menin. Beide hatten stahlgraues Haar und waren Männer mittleren Alters, die zusammen sechzig Jahre Erfahrung in der Armee aufwiesen; Hofgerüchten zufolge waren sie ebenso erzürnt wie der König über die jähe Beförderung des Emporkömmlings aus Aekir, die über ihre Köpfe hinweg erfolgt war.

Links neben ihnen saß ein großer, graubärtiger, in ölbehandeltes Leder gekleideter Mann, dessen Gesicht ungeachtet der Jahreszeit tiefe Sonnenbräune aufwies und dessen Augen einem blauen Funkeln unter Lidern glichen, die ständig gegen einen Geistersturm halb geschlossen schienen. Das war Berza, Admiral der Flotte Seiner Majestät. Er war in Gabrion, jener Wiege der Seefahrer geboren und somit kein waschechter Torunne, doch er stand seit zwanzig Jahren in torunnischem Dienst, und einzig ein etwas fremdartiger Akzent verriet seine Herkunft.

Corfe saß am Ende des Tisches, umgeben von Andruw – mittlerweile Oberst, durch Corfes Befehlsgewalt befördert –, dem fimbrischen Anführer Formio sowie Ranafast, vormals Kommandant der berittenen Streitkräfte der Feste von Ormann. Marsch, den Corfe ebenso befördert hatte, sollte eigentlich auch anwesend sein, doch er hatte sich herausgewunden. Es gäbe zu viel zu tun, meinte er; außerdem sei er noch nie ein großer Redner gewesen. Zudem, fügte er hinzu, diene er Corfe, nicht dem König von Torunna. An seiner Statt war Morin anwesend, der sich offensichtlich gefesselt von diesem Einblick in die militärische Hochpolitik Torunnas zeigte. Der Stammeskrieger hatte darauf bestanden, zu dem Treffen sein Kettenhemd zu tragen; wenigstens ließ er sich dazu bewegen, die Waffen abzulegen. Augenscheinlich mißtraute er, abgesehen von seinem General, nach wie vor allen Torunnen.

Zwei Stunden waren sie schon hier, lauschten Bericht um Bericht, Mutmaßung um Mutmaßung. Sie hatten Aufstellungen über Truppen, Ausrüstung und Pferde gehört, Einzelheiten über Unterkünfte, geringfügige Disziplinlosigkeiten, Waffenverluste. Und bislang hatten sie noch rein gar nichts Nützliches gesagt, dachte Corfe. Hinzu kam, daß über den Anschlag der vergangenen Nacht auf sein Leben kaum ein Wort verloren wurde. Der König hatte ein paar Plattheiten über »diesen unglücklichen Zwischenfall« von sich gegeben, und rings um den Tisch wurde Geschimpfe darüber laut, daß die Merduks sich zu solchen Niederträchtigkeiten herabließen. Hingegen kam die Sicherheit des Palasts mit keiner Silbe zur Sprache, ebenso wenig wurde auch nur eine einzige Vermutung darüber geäußert, wie der Meuchelmörder in den Palast eindringen konnte. Es war eindeutig ein Thema, das der König lieber totgeschwiegen wußte.

Nun aber wandten sie sich endlich bedeutsameren Angelegenheiten zu. Die Stellungen der Streitkräfte der Merduks. Corfes verebbendes Interesse erwachte wieder.

»Unser Geheimdienst vermutet«, tönte Fournier mit so trockener Stimme, wie sein Aussehen erahnen ließ, »daß die beiden Hauptarmeen der Merduks sich derzeit vereinen. Sie befinden sich irgendwo in diesem Gebiet.« Er verwendete einen Holzstock, um auf der Karte auf eine Stelle etwa zehn Wegstunden nordöstlich der Hauptstadt zu deuten. »Ihre Gesamtstärke wird auf hundertfünfzigtausend bis zweihunderttausend Mann geschätzt. Dies, meine Herren, nachdem sie bereits eine beträchtliche Anzahl von Männern in der Feste zurückgelassen haben, ebenso eine weitere unten an der Küste, um den Versorgungsstützpunkt zu bewachen. Nalbenische Schiffe befördern Vorräte über die Kardische See und errichten dort ein großes Versorgungslager – wo genau, wissen wir noch nicht. Offensichtlich decken sie sich für eine Belagerung ein. Meiner Schätzung nach wird ihre Vorhut binnen einer, vielleicht zwei Wochen in Sichtweite der Mauern das Lager aufschlagen.«

»Laßt sie lagern soviel sie wollen«, brummte General Menin. »Sie können die Stadt nicht umzingeln, nicht solange wir den Fluß in unserer Gewalt haben. Und Berza kann jeden Angriff auf den Fluß zurückschlagen.«

»Wie sieht es mit unserer Flotte aus, Admiral?« fragte Lofantyr den alten Seebären. »Wie ist ihr Zustand?«

Berza besaß eine Stimme so tief wie ein Weinfaß.

Das jahrelange Brüllen von Befehlen gegen den Wind hatte sie heiser wie die einer Krähe werden lassen. »Derzeit, Majestät, liegen die großen Schiffe entlang der Kais der Stadt vor Anker und laden Pulver und Geschosse. Drunten an der Mündung des Torrin habe ich eine Schwadron leicht bewaffneter Karavellen, die uns warnen sollen, falls die Nalbeni versuchen, sich einen Weg flußaufwärts zu erkämpfen. Die Arbeit an den beiden Flußsperren ist so gut wie abgeschlossen. Sobald sie bereit sind, wird es für jedwedes Schiff praktisch unmöglich sein, die Durchfahrt auf dem Torrin zu erzwingen.«

»Ausgezeichnet, Admiral.«

»Aber ich muß Euch darauf hinweisen, Majestät«, fuhr Berza fort, »daß die Sperren zwar hervorragend für die Verteidigung geeignet sind, gleichzeitig aber unsere eigenen Angriffsmöglichkeiten einschränken. Die Merduks können nicht flußaufwärts segeln, ebensowenig jedoch kann unsere Flotte flußabwärts zum Meer fahren. Sobald die Stadt belagert ist, werden meine Schiffe kaum mehr als treibende Batterien sein.«

»Und als solche einen wertvollen Beitrag zur Verteidigung Torunns leisten«, entgegnete der König scharf. »Ihre Breitseiten werden jedwede Annäherung an die Mauern unterbinden, da sie unsere Feuerkraft verdoppeln.«

Berza verstummte, schien jedoch keineswegs zufrieden.

Corfe konnte nicht länger schweigen. »Majestät, bei allem gehörigen Respekt, wäre es nicht besser, die Flotte manövrierfähig zu belassen? Graf Fournier teilt uns mit, daß der Feind an der Küste ein großes Versorgungslager errichtet. Was ist, wenn die Flotte einen Ausbruch wagte und das Lager zerstörte? Die Merduks hätten keine andere Wahl, als sich zurückzuziehen, um ihre Verbindungslinien aufrechtzuerhalten. Wir könnten sie an den Searil zurückschleudern, und Torunn bliebe eine Belagerung erspart.«

Der König wirkte zutiefst verärgert. »Ich verstehe Eure Furcht vor einer Belagerung durchaus, General«, sagte er. »Wir alle kennen Eure *Vergangenheit* bei solchen Unterfangen. Aber die Strategie der Armee und der Flotte wurde bereits beschlossen. Euer Einwand wird zur Kenntnis genommen.«

Wenn bereits darüber entschieden ist, wieso sind wir dann hier? Worüber reden wir eigentlich? fragte Corfe sich zornig. Der Seitenhieb in bezug auf Belagerungen hatte ihn tief getroffen. Er war der einzige Mann der Garnison von Aekir, der überlebt hatte, und nur deshalb, weil er weggerannt und auf der Straße nach Westen mit dem Rest der zivilen Flüchtlinge geflohen war, während Mogens Leutnant, Sibastion Lejer, einen letzten, hoffnungslosen Widerstand westlich der brennenden Stadt angeführt hatte. Eine sinnlose Geste. Er hätte acht- bis neuntausend Mann lebend aus dem zerstörten Aekir retten können; statt dessen hatte er beschlossen, ruhmreich zu sterben. Corfe bewunderte keinen Befehlshaber mit Todessehnsüchten. Nicht, wenn er dadurch die Männer unter seinem Kommando mit sich riß. *Ehre!* Dies war Krieg, kein groß angelegtes Turnier, bei dem für weltfremde, idealistische Gesten Punkte verteilt wurden.

Admiral Berza blickte Corfe in die Augen und gab ihm mit einer braunhäutigen Hand ein unauffälliges Zeichen, das auf Hoffnungslosigkeit schließen ließ. Somit wußte Corfe wenigstens, daß er mit seiner Meinung nicht alleine dastand.

»Einschließlich der Streitkräfte, die General Cear-Inaf kürzlich in die Hauptstadt gebracht hat,« erklärte Fournier, »stehen uns etwa fünfunddreißigtausend Mann für die Verteidigung Torunns zur Verfügung, die Seeleute der Flotte nicht mitgezählt. Das ist für unsere Zwecke mehr als ausreichend. Die Armeen der Merduks werden vor unseren Mauern zerbrechen. Dann brauchen wir uns keine Gedanken mehr wegen irgendwelcher Versorgungslager zu machen. Unsere Hauptsorge wird darin bestehen, wie wir den besiegten Feind vertreiben und die Feste von Ormann zurückerobern können. Ich wage zu behaupten, Majestät, daß Aekir durchaus für immer verloren sein könnte, aber die Aussichten stehen gut, daß wir das Land bis hinauf zum Searil zurückgewinnen können.«

»Dem schließen wir uns an«, pflichtete der König ihm bei. »Was uns heute beschäftigen soll, meine Herren, ist das Aufstellen einer Feldarmee, die ausgesandt wird, nachdem die Merduks von den Mauern zurückgeschlagen sind. General Menin.«

Der beleibte General zwirbelte seinen üppigen Schnurrbart, während er sprach. Schweiß glitzerte auf seinem kahlen Schädel. »Zuerst müssen noch ein paar Punkte geklärt werden, Majestät. Die Truppen, die General Cear-Inaf befehligt, müssen in die Armee eingegliedert und ihm selbst ein Kommando zugeteilt werden, das eher seinen Fähigkeiten entspricht.« Menin blickte nicht ans Tischende. »Adjutant Formio, ich gehe davon aus, daß uns Eure Männer zur Verfügung stehen.«

Der in seiner schwarzen Uniform adrett und gelassen wirkende Fimbrier runzelte leicht die Stirn. »Das hängt davon ab, was genau Ihr damit meint.«

»Was ich meine? Ich meine, Herr, daß Euer Kommando nun unter der Schirmherrschaft der torunnischen Krone steht. Das meine ich!«

»Dem muß ich widersprechen. Die letzten Befehle meines Marschalls lauteten, das Kommando jenem Offizier zur Verfügung zu stellen, der ... uns zu Hilfe kam. Bis ich etwas anderes von meinen Vorgesetzten in den Kurfürstentümern höre, empfange ich meine Befehle von General Cear-Inaf.«

Admiral Berza brach in schallendes Gelächter aus, während Menins Gesicht hochrot anlief. »Wollt Ihr einen Streit mit mir anzetteln, Herr? General Cear-Inaf untersteht dem Befehl des Oberkommandos, und die ihm zugeteilten Truppen werden so eingesetzt, wie es das Oberkommando für richtig hält.«

Der Fimbrier zeigte sich ungerührt. »Wir dienen unter niemand anderem«, entgegnete er nur.

Alle Anwesenden, einschließlich Corfe, zeigten sich bestürzt von der nüchternen Aussage. Inmitten der Stille ergriff Morin das Wort. »Auch wir

Stammeskrieger werden unter niemand anderem kämpfen.« Er lächelte, glücklich darüber, sein Scherflein zum sich entwickelnden Zwist beigetragen zu haben.

»Beim Blut Gottes, was ist das?« tobte Menin. »Eine Meuterei?«

Im Gesicht des alten Ranafast, jenes falkengesichtigen Überlebenden der Garnison der Feste, zeigte sich ein raubtierhaftes Grinsen. »Ich fürchte, dem könnte ohne weiteres so sein, General. Wißt Ihr, ich glaube, ich darf dasselbe von den Kameraden behaupten, die mir geblieben sind. So wie ich es sehe, wollte dieses Oberkommando uns als verlorene Sache aufgeben, während es selbst wohlbehütet hinter diesen Mauern hockte. Wäre Corfe nicht gewesen – der gänzlich aus eigenem Antrieb gehandelt hat –, wäre ich jetzt nicht hier, ebensowenig fünftausend Mann von Martellus' Truppe. Die Männer sind sich dessen sehr wohl bewußt. Sie werden es nie vergessen.«

Niemand sprach. Menin schien sich entschieden unwohl in seiner Haut zu fühlen; König Lofantyr rieb sich mit einer Hand das Kinn, während er den Blick starr auf die Dokumente vor sich gerichtet hielt.

»Diese ... Hingabe ist recht bewegend«, meinte er schließlich. »Und in gewisser Weise lobenswert. Aber sie trägt kaum zur Disziplin bei. Soldaten können sich ihre Offiziere nicht einfach aussuchen, ganz besonders nicht in Kriegszeiten. Sie müssen Befehlen gehorchen. Seht Ihr das anders, General Cear-Inaf?«

»Nein, selbstverständlich nicht, Majestät.« Corfe

wußte, was ihm bevorstand, und er fürchtete es. Lofantyr hatte nicht vor, klein beizugeben und die Wogen zu glätten. Der Narr wollte die Befehlsgewalt der Krone geltend machen, egal, wie die Folgen aussahen. Sein Selbstwertgefühl war zu zerbrechlich, um ihn anders handeln zu lassen.

»Dann tut, was ich sage, General. Verzichtet auf Euer Kommando, und unterwerft Euch den Befehlen Eurer Vorgesetzten.«

Da war es, blank und unverhohlen. Kein Platz für Kompromisse oder das Wahren des Gesichts. Corfe zögerte. Er spürte, daß der Weg sich vor ihm gabelte, und was er als nächstes sagte, würde ihn unwiderruflich auf den einen oder anderen Pfad führen. Eine Umkehr würde unmöglich sein. Sämtliche Augenpaare im Raum hatten sich auf ihn geheftet. Auch sie wußten es.

»Majestät«, begann er mit belegter Stimme, »ich bin Euer treu ergebener Untertan – das war ich immer. Verfügt über mich.« Freude legte sich auf Lofantyrs Antlitz. »Aber ich habe ebenso eine Verantwortung gegenüber meinen Männern. Sie sind mir treu gefolgt, haben sich schier aussichtslos übermächtigen Feinden gestellt und ihre Kameraden rings um sich fallen sehen, während sie unbeirrt meine Befehle befolgten. Majestät, ich kann ihr Vertrauen nicht verraten.«

»Gehorcht meinen Befehlen«, zischte Lofantyr. Seine Züge hatten sich knochenbleich verfärbt.

»Nein.«

Hörbares Keuchen rings um den Tisch. Der alte Parsifal, der Corfe geholfen hatte, seine Männer auszustatten, als niemand sonst ihm helfen wollte, verbarg das Gesicht hinter den Händen. Andruw, Formio und Morin saßen starr wie Statuen, nur Andruws Fuß klopfte unter dem Tisch einen unruhigen Takt, als hätte er keine Gewalt über ihn.

»*Nein?* Ihr wagt es, dieses Wort zu Eurem *König* zu sprechen?« Lofantyr schien hin und her gerissen zwischen Rage und völliger Verwirrung. »General, versteht Ihr mich auch richtig? Begreift Ihr, was ich sage?«

»Jawohl, Majestät. Dennoch kann ich mich nicht fügen.«

»General Menin, seid so nett und erklärt Cear-Inaf die Bedeutung der Worte ›Pflicht‹ und ›Gefolgstreue‹.« Die Stimme des Königs zitterte. Menin sah aus, als hätte er sich lieber aus dem Spiel herausgehalten. Die Farbe wich sichtlich aus seinen Wangen.

»General, Euch wurde ein unmittelbarer Befehl von Eurem König erteilt«, sagte er mit beinahe sanfter Stimme. »Also kommt. Besinnt Euch Eurer Pflicht.«

Seiner Pflicht.

Pflicht hatte ihn seiner Frau beraubt, seiner Heimat, all dessen, was ihm je etwas wert gewesen war – sogar seiner Ehre. Im Gegenzug hatte er die Gabe erlangt, Männer anzuspornen, sie zum Sieg zu führen. Mehr als das: Er hatte ihr Vertrauen erlangt. Und das würde er nie und nimmer aufgeben. Eher würde er sterben; denn sonst war ihm nichts mehr im Leben geblieben.

»Es sind meine Männer«, erwiderte er. »Und bei Gott, niemand außer mir wird sie befehligen.« Und noch während er sprach, wurde ihm bewußt, daß er eine Art unleugbarer Wahrheit kundtat – wobei er zu keinerlei Abstrichen bereit war.

»Hiermit wird Euch Euer Rang entzogen«, preßte der König mit erstickter Stimme hervor. Seine Augen funkelten vor Zorn und wildem Hochgefühl. »Wir entlassen Euch hiermit offiziell aus den Rängen unserer Offiziere. Als gemeiner Soldat werdet Ihr wegen Hochverrats in Gewahrsam genommen, bis ein Gericht unserer Gnaden über Euch befinden wird.«

Corfe schwieg. Er brachte keinen Laut hervor.

»Das glaube ich kaum«, mischte sich eine weitere Stimme ins Gespräch. Der König prustete vor Entrüstung.

»Was? Wer …?«

Andruw grinste wirr. »Nehmt ihn in Gewahrsam, Majestät, und Ihr müßt uns alle in Gewahrsam nehmen. Die Männer werden sich das nicht bieten lassen – und ich kann mich nicht dafür verbürgen, was sie tun werden.«

»Ihr erbärmliches, barbarisches Pack!« brüllte Lofantyr außer sich. »Wir werden diese Wilden in Ketten legen und zurück auf die Galeeren schicken, von denen sie gekommen sind!«

»Wenn Ihr das tut, werden noch zur Stunde zweitausend Fimbrier diesen Palast stürmen«, gab Formio nüchtern zu bedenken.

Die Männer am Tischende des Königs saßen da wie vom Donner gerührt. »Ich … ich glaube Euch nicht«, brachte Lofantyr mühsam hervor.

»Mein Volk war noch nie bekannt für leere Drohungen, verehrter König. Ihr habt mein Wort darauf.«

»Bei Gott«, zischte der König. »Noch bevor der Tag zu Ende ist, werden eure Köpfe an Spießen prangen, ihr verräterischen Hunde. Wachen! *Wachen!*«

Admiral Berza beugte sich an seinem Nachbarn vorbei und ergriff das Handgelenk des Königs. »Majestät«, sprach er in ernstem Tonfall, »tut das nicht.«

Die Tür der Kammer schwang auf, und ein Dutzend torunnischer Soldaten stürmte mit gezogenen Schwertern herein.

»Nehmt diese Männer in Gewahrsam!« kreischte der König, entriß die Hand Berzas Griff und fuchtelte wild damit herum.

Die Wachen hielten inne. Um den Tisch saßen die höchstrangigen Offiziere und Beamten des Königreichs. Alle schwiegen. Schließlich sagte General Menin: »Kehrt auf eure Posten zurück. Der König fühlt sich nicht wohl.« Und als sie unsicher verharrten, brüllte er wie ein Feldwebel auf dem Exerzierplatz: *»Gehorcht meinem Befehl, verdammt noch mal!«*

Hastig zogen sie sich zurück. Die Tür wurde geschlossen.

»Beim seligen Blut des Heiligen!« rief der König aus und sprang auf. »Eine Verschwörung!«

»Schweigt und setzt Euch!« brüllte Menin in einer Lautstärke, als hätte er einen widerspenstigen Rekruten vor sich. Oberst Aras, der neben ihm saß, wirkte völlig entgeistert, während die übrigen Anwesenden eher peinlich berührt schienen.

Lofantyr setzte sich. Er sah aus, als könnte er jeden Augenblick in Tränen ausbrechen.

»Vergebt mir, Majestät«, fuhr Menin in gemäßigterem Tonfall fort. Sein vormals gerötetes Antlitz wies die Farbe verblichenen Pergaments auf, als würde ihm eben erst bewußt, was er getan hatte. »Das alles ist weit genug gegangen. Ich will unter keinen Umständen, daß auch noch der Manschaftsstand unsere … Uneinigkeiten mitbekommt. Dabei denke ich an Eure Würde, das Ansehen der Krone selbst und das Wohl der Armee. Wir dürfen uns keinen Krieg untereinander erlauben, nicht zu dieser Zeit.« Schweiß ließ seine kahle Platte glänzen. »Ich bin sicher, General Cear-Inaf pflichtet mir bei.« Mit nachgerade flehendem Blick schaute er zu Corfe.

»So ist es, ja«, bestätigte Corfe. Sein Herz hämmerte, als befände er sich inmitten einer Schlacht. »In der Hitze des Augenblicks dringen den Menschen Worte über die Lippen, die ihnen sonst nie in den Sinn kämen. Ich muß mich entschuldigen, Majestät, sowohl für mich als auch für meine Männer.«

Eine lange, schier unerträgliche Stille trat ein. Der Atem des Königs beruhigte sich. Nach einer Weile räusperte er sich. »Eure Entschuldigung wird angenommen.« Er hörte sich heiser wie eine Krähe an. »Wir fühlen uns unwohl und ziehen uns zurück. General Menin, Ihr werdet das Treffen in unserer Abwesenheit leiten.«

Damit erhob er sich und taumelte wie ein Betrunkener. Alle standen auf und verbeugten sich, als er auf die Tür zuwankte.

»Wachen!« rief Menin. »Geleitet den König in seine Gemächer und holt ihm den königlichen Arzt. Er ist … er fühlt sich unwohl.«

Die Tür schloß sich, und die Versammelten nahmen wieder Platz. Niemand vermochte, dem anderen in die Augen zu sehen. Sie erinnerten an Kinder, die ihre Väter beim Ehebruch ertappt hatten.

»Danke, General«, brachte Corfe schließlich hervor.

Menin funkelte seinen Untergebenen an. »Was hätte ich denn sonst tun sollen? Einen Bürgerkrieg zulassen? Der Bursche ist noch jung und unsicher. Und wir haben ihn bloßgestellt.«

Der Bursche war kaum jünger als Corfe selbst, worauf jedoch niemand hinwies.

»Hat sich zu lange an den Rockzipfel seiner Mutter geklammert«, stellte Admiral Berza unverblümt fest. »Du hast richtig gehandelt, Menin. Es ist gemeinhin bekannt, daß General Cear-Inafs Truppen mit dem vereinten Rest der Armee den Boden aufwischen könnten.«

Grollend räusperte sich Menin. »Meine Herren, wir haben uns hier immer noch um einige Dinge zu kümmern, Angelegenheiten, die keinen Aufschub dulden. Der Einsatz der Armee ...«

»Warte mal einen Augenblick, Martin«, fiel Berza ihm ins Wort, wobei er General Menin mit seinem selten benutzten Vornamen anredete. »Zunächst schlage ich vor, wir nützen die ... Unpäßlichkeit Seiner Majestät, um ein paar Dinge offen auszusprechen. Um diesen verfluchten Tisch modert es zu sehr nach Ränken und Mißgunst. Mir ist beinahe schon schlecht davon.«

»Admiral!« rief Graf Fournier bestürzt aus. »Besinnt Euch, wo Ihr seid.«

»Wo ich bin? Ich bin bei einem Treffen, das einberufen wurde, um unsere Antwort auf einen militärischen Einmarsch in unser Land zu besprechen, und seit Stunden bin ich gezwungen, mir eine wahre Flut verwaltungstechnischer Belanglosigkeiten und verfahrenstechnischer Pferdescheiße anzuhören. Nach Ansicht des Königs müssen wir ja nur mit den Daumen in den Ärschen dasitzen, und der Feind wird uns gehorsam vor die Kanonenläufe marschieren. Dieser gänzliche Verzicht auf jedwedes eigene Handeln, meine Herren, könnte sich als verhängnisvoll für unsere Ziele erweisen.«

»Für einen Fremden und Bürgerlichen zeigt Ihr Euch bemerkenswert vaterlandsliebend«, höhnte Fournier.

Berza war das Blut ins breite, bärtige Antlitz gestiegen; dennoch sprach er ruhig und gelassen. »Tja, du unbedeutender blaublütiger Mistkerl, ich habe für Torunna öfter geblutet, als es dir dieses geschminkte Müttersöhnchen, das du als Gehilfen bezeichnest, von hinten besorgt hat.«

Fournier wurde kalkweiß.

»Fordere mich doch heraus, wenn du dich traust, du überheblicher Wicht.« Der Admiral grinste hämisch. Corfe mußte Andruw stupsen, damit dieser sich bemühte, seine fast hörbare Schadenfreude zu unterdrücken.

»Mein Herren, meine Herren«, mischte General Menin sich schlichtend ein. »Genug damit. Admiral Berza, Ihr werdet Euch beim Grafen entschuldigen.«

»Den Teufel werd' ich.«

»Ihr bittet Ihn jetzt um Verzeihung, oder Ihr werdet von diesem Treffen ausgeschlossen und Eures Kommandos enthoben.«

»Weshalb? Weil ich die Wahrheit gesagt habe?«

»Johann ...«, knurrte Menin.

»Na schön, na schön. Ich entschuldige mich bei dem ehrenwerten Herrn dafür, daß ich ihn einen Wicht genannt und angedeutet habe, er wäre ein widernatürlicher Mistkerl mit einer Vorliebe für hübsche junge Männer. Reicht das?«

»Das muß es wohl. Graf Fournier?«

»Das Wohlergehen meines Landes steht über persönlichen Abneigungen«, erwiderte Fournier mit deutlicher Betonung auf »mein«.

»Wie wahr. Nun, meine Herren, die Armee«, fuhr Menin fort. »Wie es scheint, sind wir zu einer ... defensiven Haltung verpflichtet, was jedoch keineswegs bedeutet, daß wir nicht einen Ausfall wagen können. Es wäre jammerschade, ließen wir den Feind friedlich vor den Mauern sein Lager aufschlagen. General Cear-Inaf, gemäß dem Schlachtplan, den der König und ich erstellt haben, wird Euer Kommando – das ja eigentlich an Oberst Aras gehen sollte, aber die Umstände haben sich geändert – die Hauptausfallstreitkraft sein, weil es über einen beträchtlichen Teil schwerer Reiterei verfügt. Euren Männern werden neue Unterkünfte in der Nähe des Nordtores zugeteilt, und sie haben in ständiger Bereitschaft zu sein, falls ein Ausfall nötig werden sollte. Im Zuge der allgemeinen Kampfhandlungen, die dem Zurückdrängen der Merduks von den Mauern zweifellos folgen werden, bilden Eure Männer die Hauptreserve der Armee und haben sich somit in die Nachhut zu begeben, bis man sie ruft. Ich hoffe, das ist klar.«

Sonnenklar. Corfe und Andruw blickten einander an. Sie würden vor den Mauern bluten und die Merduks erschöpfen; und während die entscheidende Schlacht gefochten wurde, hatten sie sich in der Nachhut zu halten. »All die Arbeit und keinen Ruhm«, murmelte Andruw. »Also ändert sich gar nichts.«

»Vollkommen klar, Herr«, bestätigte Corfe laut.

»Stammt diese Strategie von dir oder dem König, Martin?« wollte der unbezähmbare Berza wissen.

»Sie ... sie ging ursprünglich von Eurer Majestät aus, aber ich hatte meine Hand ebenfalls im Spiel.«

»Mit anderen Worten: Er hat sich diese Strategie ausgedacht, und du mußtest das Beste daraus machen.«

»Admiral ...« Warnend funkelte Menin den alten Seebären an. Berza hob die Hand.

»Nein, nein, ich verstehe schon. Er ist unser König, aber der arme Kerl kennt ja kaum den Unterschied zwischen einem Ende einer Lanze und dem anderen. Zahlenmäßig sind wir unterlegen ... wieviel? Fünf, sechs zu eins? Folglich scheint es durchaus sinnvoll, daß wir uns auf die Mauern verlassen, um die Übermacht wettzumachen. Aber keine Armee hat je einen Krieg gewonnen, indem sie sich belagern ließ, Martin, das weißt du so gut wie ich. So können wir nicht gewinnen. Das wäre ein zweites Aekir.«

Düstere Stimmung erfüllte die Kammer und drückte auf die Gemüter der Versammelten. Es war Formio, der das Schweigen brach. »Zahlen sagen gar nichts«, meinte er. »Auf die Fähigkeiten der Männer kommt es an. Und die ihrer Anführer.«

»Fimbrische Weisheiten waren noch nie viel wert«, gab Fournier zurück. »Würde man mit Plattheiten Kriege gewinnen, gäbe es niemals Verlierer.« Formio zuckte nur die Schultern.

Schließlich räusperte Menin sich zögernd und forderte Corfe in eigenartig wildem Tonfall auf: »General Cear-Inaf, Ihr wart in Aekir und in der Feste von Ormann. Vielleicht ...« – es war augenscheinlich, wie schwer Menin die Worte fielen – »vielleicht könntet Ihr uns an Eurer *einzigartigen* Erfahrung teilhaben lassen.«

Wieder ruhten alle Blicke auf ihm, doch nun sprach weniger Feindseligkeit aus ihnen. Sie haben Angst, dachte Corfe. Endlich stellen sie sich den wahren Umständen.

»Aekir war stärker befestigt als Torunn, und wir hatten John Mogen – trotzdem ist Aekir gefallen«, begann er mit rauher Stimme. »Die Feste von Ormann war stärker befestigt als Aekir, und wir hatten Martellus. Trotzdem ist auch die Feste gefallen. Wenn Torunn belagert wird, fällt die Stadt, und mit ihr der Rest des Königreichs. Und wenn Torunna untergeht, dann folgen Perigraine und Almark. Das sind Tatsachen, keine Vermutungen.«

»Was sollen wir also Eurer Meinung nach tun?« fragte Menin leise.

»Mit den Männern, die wir haben, ins Feld ziehen. Damit rechnet der Feind am wenigsten. Und wir müssen es sofort tun, um zu versuchen, den Feind auf Raten zu besiegen, bevor die beiden Armeen der Merduks sich vollständig vereint haben. Shahr Baraz hat vor der Feste viele seiner besten Männer verloren; der Großteil der verbleibenden Truppenstärke setzt sich aus den Fußsoldaten zusammen, den *Minhraib*. Wir spüren sie auf, schlagen gnadenlos zu, und die Aussichten stehen bedeutend besser. Die Merduks lassen die *Minhraib* immer getrennt von den *Ferinai* und den *Hraibadar* lagern – den Elitetruppen. Ich würde zwei Drittel der Garnison ins Feld führen und die *Minhraib* angreifen. Gleichzeitig sollte Admiral Berza dieses Vorratslager an der Küste zerstören. Danach sollte die Flotte die Kardische See überwachen, um weitere Flankenmanöver wie jenes zu verhindern, das uns die Feste gekostet hat. Ich glaube, Aurungzeb wäre zum Zurückweichen gezwungen, wenn der Großteil seiner Fußsoldaten ausgelöscht oder in alle Winde verstreut und seine Versorgungslinien bedroht wären und das Wetter zunehmend schlechter wird.«

»Draußen liegt fast ein Fuß Schnee«, gab Oberst Aras zu bedenken. »Wollt Ihr, daß wir in einem Schneesturm in die Schlacht ziehen?«

»Ja. Dadurch ist es leichter, die geringe Zahl unserer Männer zu verschleiern, und es steigert die Verwirrung. Zudem rechnet der Feind nicht damit.«

Abermals Schweigen. Menin musterte Corfes Züge, als glaubte er, die Zukunft daraus ablesen zu können. »Ihr mutet Euch ja sehr viel zu, General«, meinte er schließlich.

»Ihr habt um meine Meinung gefragt. Ich habe sie Euch mitgeteilt.«

»Tollkühner Wahnsinn«, urteilte Graf Fournier.

»Dem schließe ich mich an«, pflichtete Aras ihm bei. »Einen um viele Male stärkeren Feind inmitten eines Schneesturms angreifen? Das ist ein sicherer Weg in eine Katastrophe. Außerdem würde der König dem niemals zustimmen.«

»Seine Mutter schon«, brummte Berza. »Aber die hat auch mehr Mumm in den Knochen als so mancher von uns hier.«

»Vielleicht ist es Eurer Aufmerksamkeit entgangen, General Cear-Inaf«, sprach Menin, »aber der ranghöchste Offizier hier bin ich, nicht Ihr. Sollte diese Strategie angenommen werden, würde ich das Kommando führen.« Corfe erwiderte nichts.

»Nun denn, genug«, fuhr Menin fort. »Ich muß mich mit dem König bereden. Meine Herren, dieses Treffen ist zu Ende. Wir versammeln uns wieder, nachdem Seine Majestät ... sich erholt hat und von mir in diese neue Strategie eingeweiht wurde. Ich bin sicher, Ihr alle habt viel zu tun.«

»Soll ich die Arbeit an den Flußsperren einstellen lassen?« wollte Berza wissen.

»Vorerst ja. Schließlich können wir uns ebensogut mehrere Möglichkeiten offenhalten. Meine Herren, guten Tag.« Menin erhob sich, und alle übrigen mit ihm. Die anwesenden Offiziere sammelten ihre Dokumente ein und steuerten auf die Tür zu. Corfe und die Gruppe seiner Untergebenen blieben zurück, während ihre Vorgesetzten die Kammer verließen.

Admiral Berza kam herüber und klopfte Corfe auf die Schulter.

»Ihr habt gut gesprochen. Ich hätte dasselbe getan, hätten sie versucht, mir meine Schiffe wegzunehmen. Aber wißt Ihr, jetzt hassen sie Euch. Sie können es nicht ausstehen, wenn man sie auf ihre Fehler aufmerksam macht. Das gilt auch für Martin Menin, obwohl er ein guter Freund ist.«

Corfe brachte ein Lächeln zustande. »Ich weiß.«

»Aye. In gewisser Weise sind Palastkorridore die tödlichsten Schlachtfelder von allen. Aber soweit ich gehört habe, geltet Ihr für die gemeinen Soldaten als der Held schlechthin. Bewahrt Euch ihre Treue, und Ihr könntet trotz allem überleben.« Berza zwinkerte ihm zu; dann ging auch er.

Achtzehn

Den ganzen Vormittag waren bunt livrierte Kavalkaden in die Stadt gezogen. Scharen von Bürgern waren auf die Straßen gekommen, um ihnen zuzujubeln, während sie durch die geschwärzte Unterstadt rollten und stapften und sich schließlich auf den breiten Königlichen Weg hinauf ins obere Abrusio und zu den beiden hochaufragenden Bauwerken des Palasts und des Klosters begaben.

Sie präsentierten sich prächtig herausgeputzt, die Pferde reich geschmückt, die überdachten Kutschen knallig bunt vor Farbe und Bannern. Darüber flatterten und bauschten sich die Wimpel und Flaggen der Adelshäuser gleich farbenfroh gefiederten Vögeln. Der Troß erstreckte sich über nahezu eine Meile, vom Osttor bis hinauf zum Fuße des Hügels von Abrusio. Über ihnen prangten an der Abtei und am Kloster der Brüder vom Ersten Tage Willkommensflaggen, und in den Mauern zeichneten sich helle Flicken frisch eingesetzter Steine gegen ihre verwitterten, alten Gegenstücke ab. Im Hof vor der Abtei warteten Scharen von Bediensteten; außerdem stand ein Dutzend Trompeter bereit, um einen Salut anzustimmen, sobald die Adeligen sich näherten.

Jemilla beobachtete das Geschehen aus einer offenen Kutsche, dick vermummt, um sich gegen die Schneeregenschauer zu schützen, die von den Hebros herüberprasselten. Neben ihr saß ihr Haushaltsvorstand, Antonio Feramond. Seine Nase schimmerte rot; er schniefte immerzu und hatte den Kragen gegen den rauhen Wind hochgeschlagen.

»Da … da, siehst du? Dieser stumpfsinnige, überhebliche alte Narr. Da hockt er, der Inbegriff des großzügigen Gastgebers, und sieht aus wie eine Katze, die eine Maus gefangen hat.«

Jemilla spuckte aus. Sie sprach von Urbino, Herzog von Imerdon, der am Eingang zum großen Hof auf einem geduldigen, weißen Schlachtroß saß, bereit, seine adeligen Vettern zum Rat willkommen zu heißen.

Nun, man konnte nicht alles haben. Wer auch nur einen Hauch Verstand besaß, würde wissen, wer dies alles eingefädelt hatte. Dennoch ärgerte es Jemilla, daß sie keine Rolle in den Geschehnissen spielen durfte, bis Urbino sie und das Kind in ihrem Leib gleich einem Karnickel aus einem Hut hervorzauberte. Sie würde die pflichtbewußte Adelsdame geben, die um den König trauerte, ihren einstigen Liebhaber, während sie hinter den Kulissen die Fäden zog, die Urbino tanzen ließen.

»Das Wildbret wurde doch heute morgen geliefert, oder?« wollte sie vom kränklichen Antonio wissen.

»Ja, Fürstin. Etwa zwanzig üppige Rehe, gut abgehangen. Doch hätte ich gewußt, daß diese Blaublüter die Stadt mit ihrer gesamten Gefolgschaft überschwemmen, hätte ich ein Dutzend mehr bestellt.«

»Mach dir keine Gedanken wegen der Anhängsel. Für die ist Brot, Bier und Käse gut genug.«

»Zum Glück mußten wir für den Wein nichts bezahlen. Das hat uns ganz schön was gespart«, meinte Antonio selbstgefällig. Obwohl das Kloster und die Abtei im Zuge des jüngsten Krieges geplündert wurden, hatten die Weinkeller der Brüder vom Ersten Tage keinen Schaden erlitten. In ihnen lagerte genug Wein, um eine ganze Flotte Karacken auszustatten. Antonio hatte das eigene Säckel mit einem hübschen Sümmchen gefüllt, indem er ein paar große Fässer an einen unternehmungsfreudigen Schiffskapitän aus Macassar verkaufte. Er dachte, es wäre sein Geheimnis, und Jemilla hatte nicht vor, ihn dieses Irrglaubens zu berauben, bis sie es für nützlich erachtete.

»Wie ist es derzeit um unsere Mittel bestellt?« fragte sie ihn.

»Wir haben noch fünfzehnhundertundzwölf Goldkronen übrig, Fürstin. Der Herzog war außerordentlich großzügig. Keine Sorge, wir werden bei der ganzen Sache Gewinn machen.«

Kurzsichtiger Narr. Er dachte in Gewinn und Verlust, während Jemilla ein wesentlich umfassenderes Bild vor Augen hatte. Eines nahen Tages würde ihr der gesamte hebrionische Staatsschatz zur Verfügung stehen. Sollten sie vorerst ruhig ihren Prunk und Pomp haben.

Ein Tumult an der Westseite des Hofes erregte ihre Aufmerksamkeit. Eine Gruppe Reiter trabte heran.

»Wer, um alles in der Welt …«

Zuvorderst ritt eine Adelige im Damensitz. Sie hatte sich zum Schutz gegen das rauhe Wetter vermummt; dennoch erkannte Jemilla sie sofort. Diese astarakische Schlampe, Isolla. Was wollte sie hier? Und neben ihr ein Mann mit einem breitkrempigen Hut, der sich im Wind bog und knautschte. Über einem Auge trug er eine Klappe, und die Gestalt unter der fellbesetzten Reiterkluft glich einem Skelett. Jemillas Mund öffnete sich, als sie Golophin erkannte. Hinter dem Paar folgten vier schwer bewaffnete Ritter in der Livree Astaraks, danach vier weitere in den Farben Hebrions. Die Gruppe begab sich zu Herzog Urbino in der Mitte des Platzes. Sogar auf die Entfernung sah Jemilla, daß der Herzog sich bestürzt zeigte. Golophin verneigte sich im Sattel und lüpfte den Hut, wodurch er einen kahlen Schädel entblößte, der an ein Ei erinnerte. Isolla streckte dem verwirrten Herzog die Hand zum Kuß entgegen.

»Fürstin«, begann Antonio. »Wer …?«

»Sei still, du Narr. Laß mich nachdenken.«

Die Vorhut des Adeligentrosses erreichte den Hof, und ein ohrenbetäubender Trompetenstoß ertönte. Isolla und Urbino begrüßten die eintreffenden Adeligen gemeinsam. Die astarakische Prinzessin warf die Kapuze zurück und enthüllte kunstvoll geflochtene Zöpfe kastanienbraunen Haares, die durch brillantenbesetzte Nadeln zusammengehalten wurden.

Jemilla war überrumpelt, ausgestochen worden. Doch als sie genauer darüber nachdachte, wurde ihr klar, daß es keine Rolle spielte. Der Rat würde seinen Lauf nehmen, ein Regent würde gewählt werden. Sollte das seltsame Paar doch diesen Augenblick des Triumphes haben; letzten Endes würde es bedeutungslos sein.

Der Rat versammelte sich im einstigen Refektorium des Klosters. Die zerbrochenen Fenster waren ersetzt worden, wenngleich anstelle der uralten, wunderschönen Bleiglasscheiben nun schlichtes Glas die Rahmen füllte. Außerdem waren der große Saal gereinigt und die Wände frisch verputzt worden. Entlang der mächtigen Sparren des Dachgewölbes hingen die Banner der Adeligen. Zwei Kamine, jeder davon groß genug, um einem Bullen am Spieß Platz zu bieten, waren gesäubert worden. Nun knisterten heimelige Feuer darin. Der lange Refektoriumstisch hatte den Krieg unbeschadet überlebt und stand, wo er immer gestanden hatte. Die einzigen Zeichen der jüngsten Kampfhandlungen, die der aus stahlhartem Teak aus Calmar gezimmerte Tisch aufwies, waren ein paar Hakenbüchsenkugeln, die sich tief ins Holz gegraben hatten. Rings um den Tisch reihten sich Stühle mit hohen Lehnen, jeder geschmückt wie ein kleiner Thron. Bei angeregten Unterhaltungen ließ der Adel des Königreichs sich darauf nieder, während Bedienstete immer wieder Weinkaraffen und Teller voller Leckereien auf dem Tisch verteilten und ein Dutzend dicker Bienenwachskerzen anzündeten.

Entlang der Wände saßen Schriftführer an kleinen Schreibpulten bereit, um jedes Wort aufzunehmen, das von den versammelten Würdenträgern gesprochen wurde. Drei stämmige Diener schafften weitere Stühle herbei, um den unerwarteten zusätzlichen Gästen Platz zu bieten. Die Sitzordnung war säuberlich nach Rang und Namen angelegt worden, doch die Ankunft Isollas und Golophins warf alles über den Haufen, und so wurde die Anordnung hastig geändert. Der größere Thron am Kopf des Tisches würde, stellvertretend für den abwesenden König, selbstverständlich leer bleiben, und da eine Prinzessin einen ebenso hohen Rang genoß wie ein Herzog, würde Isolla gegenüber Urbino auf dem nächsten Platz sitzen. Golophin erklärte, er begnüge sich gerne mit einem gut gepolsterten Stuhl am Feuer. Er ließ sich eine Karaffe und einen Becher bringen, nippte Wein und beobachtete die Menge sichtlich vergnügt.

Es dauerte eine Stunde, bis die Anwesenden einander begrüßt, ihre Plätze gefunden und sich gesetzt hatten. Währenddessen erschien Jemilla und ließ sich einen weiteren gemütlichen Stuhl herbeischaffen, so daß sie sich zu Golophin ans Feuer gesellen konnte. Er bot ihr Wein an, doch sie lehnte dankend ab, wobei sie sich auf die Schwangerschaft berief. So hockten sie dort und starrten in die Flammen, ganz wie ein altes Ehepaar, während rings um sie der Lärm erstarb und gemessene Stille einkehrte.

Ein grau gekleideter Bettelmönch erschien, stellte sich neben den leeren Platz des Königs und hob die Hände.

»Fürsten, Fürstin, ich bitte um einen Augenblick des Gebets für unseren armen, kranken König. Möge er bald wieder Besinnung erlangen und mit der ihm eigenen Gerechtigkeit und Barmherzigkeit über uns herrschen.«

Die Anwesenden neigten die Häupter. Golophin beugte sich vor und flüsterte Jemilla zu:

»Ich nehme an, das war Eure Idee.«

»Gewiß habt Ihr gegen ein Gebet für die Gesundheit des Königs nichts einzuwenden, Golophin.«

»Arm und krank. Das hättet Ihr wohl gerne.«

Der Geistliche zog sich zurück. Herzog Urbino erhob sich. Für einen Augenblick schienen ihm die Worte zu fehlen. Dann blickte er Jemilla in die Augen, wodurch ihn offenbar neuer Mut erfüllte.

»Meine Herren, meine werten Vettern, verehrte Fürstin, wir haben uns hier zu einer Aufgabe von größter Bedeutung für die Zukunft des Königreichs Hebrion versammelt ...«

»Eine gute Wahl«, bescheinigte Golophin der Fürstin Jemilla. »Achtbar, aber begriffsstutzig. Zweifellos habt Ihr ihn dazu gebracht, beinahe zu glauben, er wäre sein eigener Herr.«

»Jeder Mann, der denkt, er wäre sein eigener Herr, ist ein Narr. Sogar Ihr, Golophin. Ihr haltet an Abeleyn fest, obwohl er kaum mehr als ein atmender Leichnam ist. Wieso übertragt Ihr Eure Treue nicht auf seinen Sohn? Gegen welche Grundsätze würdet Ihr damit verstoßen? Wäre er am Leben, hätte er es so gewollt.«

»Er ist am Leben. Und er ist mein König. Und mein Freund.«

»Wäre er tot – wirklich tot –, würdet Ihr seinen Sohn als Thronfolger anerkennen?«

Golophin schwieg längere Zeit, während der Herzog von Imerdon auf seine gestelzte, übertriebene Weise weiterschwafelte und der Rest der Versammelten seinen Plattheiten ernst und aufmerksam lauschte.

»Wenn es sein Sohn wäre«, antwortete er schließlich.

Jemilla spürte eine kalte Hand, die sich um ihr Herz schloß. »Darüber braucht Ihr Euch keine Gedanken zu machen. Abeleyn selbst war überzeugt davon. Außerdem gab es keine anderen in meinem Bett.«

»Palastwachen zählen also nicht.«

»Irgendwie mußte ich die Freiheit erlangen. Ich habe das einzige Werkzeug eingesetzt, das ich besaß.« Plötzlich schien es am Feuer unangenehm warm, während das leuchtende Auge des Zauberers sie eingehend musterte.

Endlich wandte Golophin den Blick von ihr ab und trank einen weiteren Schluck Wein. Jemillas Züge verrieten nichts von der Erleichterung, die sie verspürte. Dieser Mann muß verschwinden, dachte sie. Er weiß zu viel, ist viel zu gerissen. Die anderen kann ich zum Narren halten, aber nicht ihn – nicht auf Dauer.

»Erspart mir das Gerede vom Erben des Königs, Fürstin«, forderte der Magier sie auf und wischte sich den Mund ab. »Wir beide wissen, wer in Hebrion herrscht, wenn dieser schwatzhafte Narr da vorn zum Regenten ernannt wird oder Euer Balg das Licht der Welt erblickt und bis zur Volljährigkeit überlebt. Wenn in Eurem Leib tatsächlich Abeleyns Sproß heranwächst, wäre ich der erste, der seine Ansprüche anerkennt; aber ich würde meinen Kopf eher in die Höhle einer Wölfin stecken, als Euch an der Erziehung des Kindes teilhaben zu lassen.«

»Gut, daß wir einander verstehen«, meinte Jemilla.

»Ja. Aufrichtigkeit kann mitunter erfrischend

sein, findet Ihr nicht? Kostet doch diesen vorzüglichen Wein. Ihr seht ein wenig blaß aus, und ein Glas wird dem Kind in keiner Weise schaden.«

Er schenkte ihr ein, und die beiden hoben die Becher, musterten einander und stießen an.

»Auf den König«, schlug Golophin vor.

»Auf den König. Und seinen Erben.«

»Nun?« fragte Golophin die astarakische Prinzessin. »Was haltet Ihr davon?«

Sie befanden sich in den Gemächern des Königs bei einem späten Abendessen – Fasan, mit Trüffeln und Basilikum gefüllt, eine von Golophins Lieblingsspeisen. Das Wetter hatte sich verschlechtert; Hagel prasselte gegen die riesigen Fenster.

»Der hebrionische Adel ist ja noch langatmiger als der von Astarak«, erwiderte Isolla. »Die haben an die sieben oder acht Stunden geschwafelt und sind kaum über die Einführung hinausgekommen.«

»Sie ertasten sich ihren Weg. Unsere Anwesenheit hat sie durcheinandergebracht. Nachdem Jemilla gegangen war, habe ich mir einen Spaß daraus gemacht, für alle sichtbar die Namen aufzuschreiben. Sollen sie ruhig eine Hetze fürchten. Es wird dafür sorgen, daß sie klaren Kopf bewahren.«

»Diese Jemilla ... Ihr habt Euch lange mit ihr unterhalten. Man hätte fast glauben können, ihr wärt alte Freunde.«

»Sagen wir, wir verstehen einander. In vielerlei Hinsicht ist sie eine bewundernswerte Frau. Sie hätte Abeleyn eine würdige Königin werden können, wäre sie nicht so ... ehrgeizig.«

»Sie wäre lieber König.«

Golophin lachte. »Damit trefft Ihr den Nagel auf den Kopf. Aber Jemilla fehlt die Klasse einer Odelia von Torunna, einer weiteren ränkeschmiedenden, ehrgeizigen Frau. Jemilla will unter allen Umständen herrschen. Sie würde das Königreich in Schutt und Asche legen, könnte sie dadurch den Thron erlangen.«

»Ist sie von so hoher Geburt? Das wußte ich gar nicht.«

»O nein. Sie ist zwar eine Adelige und war gut verheiratet, aber ihr Blut ist in keiner Weise edel genug, als daß sie verfassungsgemäß herrschen könnte, selbst wenn sie ein Mann wäre. Aber sie besitzt einen klugen Kopf. Sie wird durch andere regieren.«

»Urbino von Imerdon.«

»Genau.«

»Wie wollt Ihr sie aufhalten, Golophin? Morgen beginnen die Gespräche über die Regentschaft.«

»Wir können sie nicht aufhalten, Fürstin«, gab Golophin leise zurück.

Isolla zeigte sich bestürzt. »Was sollen wir dann tun?«

Der alte Zauberer lehnte sich vom Tisch zurück und legte die Serviette beiseite. »Jemilla hat sorgfältig geplant. In Abwesenheit des Königs steht es einer beschlußfähigen Mehrheit der Adeligen zu, Staatsentscheidungen zu treffen. Meine Rechtsberater haben mir bestätigt, daß es dafür durchaus

Beispiele gibt. Die Erlässe des Rats werden volle Gesetzeskraft haben.«

»Aber wir haben die Armee und die Flotte hinter uns.«

»Was soll ich Eurer Meinung nach tun, Fürstin? Einen Staatsstreich veranlassen? Rovero und Mercado würden dem niemals zustimmen. Die Stadt hat genug gelitten, und wir würden uns dadurch auf eine Stufe mit Jemilla stellen. Nein. Aber es gibt einen anderen Weg. Nur eine einzige Sache kann ihnen jetzt noch den Wind aus den Segeln nehmen.«

»Und das wäre?«

»Der König selbst.«

»Dann sind wir am Ende. Das ist unmöglich. Oder, Golophin?«

»Ich ... ich bin nicht ganz sicher. Ich muß etwas nachlesen. Ich sage es Euch später. Vielleicht später heute nacht. Können wir uns im Schlafgemach des Königs treffen, sagen wir, um die fünfte Stunde der Nacht?«

»Gewiß. Also sind Eure Kräfte zurückgekehrt?«

Der alte Magier verzog das Gesicht. »Meine Kräfte sind kein Vogelschwarm, Isolla, der über das Land zieht. Sie fliegen nicht davon und kehren über Nacht zurück. Sicher, eine gewisse Erholung hat eingesetzt. Aber ob das reicht, steht auf einem anderen Blatt.«

»Glaubt Ihr, Ihr könnt ihn heilen? Es wäre die Antwort auf alles.«

»Nicht auf alles, aber es würde das Leben ... besser gestalten, ja.«

Isolla musterte ihren Gefährten eingehend.

Wenngleich er noch immer spindeldürr war, glich sein Antlitz nicht mehr ganz so sehr dem Totenschädel, der Isolla bei ihrem ersten Treffen so erschreckt hatte. Was mochte mit seinem Auge geschehen sein? Sie hatte ihn nicht danach gefragt, und Golophin hatte von sich aus keine Erklärung angeboten. Manchmal liefen Tränen schwarzen Blutes unter der Klappe hervor, und er trug ständig ein fleckiges Taschentuch bei sich, um sie abzuwischen.

»Vielen Dank für den Fasan, Fürstin«, sagte er. »Ich muß mich eine Weile zu meinen Büchern zurückziehen.« Er erhob sich. Nach den ersten paar Tagen hatte es keine besonderen Förmlichkeiten mehr zwischen den beiden gegeben.

»Habt Ihr … habt Ihr Schmerzen, Golophin?«

Sein schrulliges Lächeln blitzte auf, warm und doch auf liebenswerte Weise spöttisch. »Haben wir die in dieser unglücklichen Welt nicht alle? Bis später, Isolla.«

Draußen in den Hügeln besaß Golophin einen Turm, einen heruntergekommenen Ort, an dem er sich in Ruhe seinen Forschungen widmen konnte. Einst hätte er sich binnen weniger Lidschläge hinzuzaubern vermocht, dieser Tage jedoch dauerte der Weg zwei Stunden auf einem schnellen Maultier. Die für das bloße Auge unsichtbare Tür öffnete sich auf ein Zauberwort hin. Mühselig erklomm Golophin die gewundene Treppe zur höchsten Kammer. Von dort aus konnte er Hebrion durch die breiten Erkerfenster zwanzig

Wegstunden weit überschauen, ein unter den Sternen schlummerndes Königreich. Das Meer zeichnete sich als fahler Schimmer am Horizont ab; rechter Hand verdunkelte die schwarze Masse der Berge von Hebros den Himmel. Manche nannten diese Zeit die Zauberstunde. *Dweomer* wirkte am besten des Nachts, was wenig zum Ruf derer beitrug, die ihn ausübten. Vermutlich hatte es etwas mit der störenden Kraft der Sonne zu tun. Golophin erinnerte sich, daß der Gilde vor ein paar Jahren ein Papier zu der Frage vorgelegt wurde. Von wem doch gleich …? Ach ja, von Bardolin, seinem früheren Lehrling.

Und wo bist du jetzt, Bard? fragte sich Golophin. Hast du dieses Land im Westen gefunden, oder vermodern deine Gebeine fünfzig Faden tief in grünem Wasser?

Er schloß sein noch heiles Auge. Seelenwandern war eine der Disziplinen, die Golophin beherrschte, und sie hatte am wenigsten unter allen Unbillen gelitten, die ihm jüngst widerfahren waren. Er ließ seinen Geist treiben, ließ ihn leicht wie eine Feder, zart wie einen Schatten werden und sandte ihn über das Meer. Er strich über ein paar hart arbeitende Nachtfischer in einer Winterketsch hinweg, geriet mit den massigen, formlosen Gedanken eines Wals in Berührung und zog weiter, hinaus auf die leere See des Westens.

Nutzlos. Zwar kehrte seine Kraft allmählich wieder, war aber immer noch zerfranst. Er vermochte sie weder zu bündeln, noch klar zu beobachten. Sogar als er noch all seine Macht besaß, war sein Hausgeist, ein Gerfalke, dafür erforderlich gewesen. Golophin zog sich zurück, rief seinen schimmernden Geist wieder zu sich.

Wer magst du wohl sein?

Golophin taumelte. Irgend etwas, so hell und gleißend wie ein Leuchtfeuer, sauste über ihn hinweg: die ehrfurchtgebietende, alles schauende Erscheinung eines ungemein mächtigen Verstandes.

Ah, jetzt hab' ich dich. Hebrion! Nun, das nenne ich einen Zufall. Sind nicht mehr viele von euch übrig, wie? Der Kontinent ist dunkel wie ein Grab. Sie haben uns beinahe ausgelöscht.

Golophin war gefesselt, gleich einem Schaustück, das jemand in den Händen dreht, um es zu betrachten. Er versuchte, in den Verstand einzudringen, der ihn festhielt, doch er wurde abgeblockt. Belustigung.

Noch nicht, noch nicht! Du wirst mich früh genug kennenlernen. Wonach durchsuchst du den verlassenen Westen in dieser Nacht? Ah, verstehe. Er lebt, weißt du. Zwar ist er nicht glücklich, aber das wird er zu gegebener Zeit noch sein. Ich habe große Pläne für deinen Freund Bardolin.

Und dann das schwache Aufblitzen eines anderen Geistes, der über den zunehmend dunklen Ozean wirbelte.

Golophin! Hilf mir, in Gottes Namen …

Und aus. Golophin sank auf die Knie. Einen Augenblick schien etwas Riesiges, Dunkles die Sterne vor dem Turmfenster zu verhüllen; dann war es verschwunden, und die kalte Nachtluft war wieder leer und still.

»Großer Gott«, krächzte er. Er murmelte einen

Zauberspruch, um die mitternächtliche Kammer zu erhellen, doch der Schimmer flackerte und verlosch binnen weniger Lidschläge. Keuchend kniete er in der Finsternis, bis er endlich die Kraft aufbrachte, nach Feuerstein und Zunder zu tasten und eine Kerze anzuzünden. Seine Hände zitterten so heftig, daß er sich mit dem Feuerstein einen Knöchel aufritzte.

Und dann erfaßte er ihn.

Ein Blitz geistiger Energie, so mächtig, daß er sich körperlich niederschlug. Golophin wurde quer durch den Raum geschleudert. Die Macht durchzuckte ihn, verrenkte ihm die Glieder, entriß seiner Kehle ein Kreischen. Er stieg auf in die Luft, und die Kammer loderte taghell auf, als die überschüssige Energie sich entlud wie eine explodierende Sonne. Eine Zeitlang erstrahlte er gleich einer Fackel, wand sich vor Schmerzen, die er nie zuvor erlebt oder für möglich gehalten hatte. Seine Kleider verpufften zu Asche, die Kerze schrumpfte zu einer Pfütze aus dampfendem Wachs. Die schweren Holzmöbel der Kammer schwelten.

Dann ließ es ihn los, und er stürzte polternd zu Boden.

Neunzehn

Die Vervielfältiger waren frühzeitig fertig geworden, und die Frucht ihrer rund um die Uhr andauernden Bemühungen lag inmitten eines wirren Haufens anderer Dinge auf dem Tisch. Albrec hatte den Schatz in Öltuch gewickelt, um ihn vor der Feuchtigkeit zu schützen; dennoch war er klein genug, um in die Brusttasche seiner Robe zu passen, wenn es sein mußte.

Abermals ließ er die Hände über seine Habseligkeiten wandern. Pelzbesetzte Stiefel, nach Hammelfett stinkende Socken, zwei dicke Wollkutten, Fäustlinge, einen schweren Mantel mit Kapuze und die geräumige Tasche mit den zusätzlichen Riemen, die er einen Ledermeister anbringen ließ. Einen Vorrat getrockneten und geräucherten Essens, einen vollen Weinschlauch, Feuerstein und Zunder in einer mit Kork ausgekleideten Metallschatulle und einen Bärenfellsack, in dem er irgendwie schlafen sollte. Und das Buch, die kostbare Abschrift des noch kostbareren Originals, das er aus Charibon mitgebracht hatte.

Albrec schlüpfte in die dicke Winterkluft, stopfte den Rest in die Tasche und schlang sich die Riemen über die Schulter. Fertig, dachte er. Die Reisevorbereitungen sind getroffen, aber ist auch die Entschlossenheit vorhanden?

Torunns Straßen präsentierten sich verwaist, als er den Palast verließ. Die Reihe von Schneestürmen, die jüngst über die Stadt hinweggezogen waren, war verebbt. An ihre Stelle war frostige

Stille getreten, durchbrochen nur vom Knirschen des Eises unter seinen Füßen. Doch die Sterne hingen hinter dichten Wolken verborgen; der nächtliche Himmel versprach unverkennbar weiteren Schnee.

Albrec schwindelte sich ohne Zwischenfall an drei Wachposten vorbei, indem er sich als päpstlicher Bote ausgab, und stapfte durch den gefrierenden Schnee auf das Nordtor zu. Sie öffneten die Nebenpforte für ihn, wenngleich einer der Soldaten den kleinwüchsigen Mönch aufhalten wollte, bis er von einem Offizier die Bestätigung für Albrecs Auftrag einholen konnte. Ein anderer aber überredete seinen Kameraden nach einem Blick auf das entstellte Antlitz des Mönchs, eine Ausnahme zu machen.

»Er ist harmlos«, meinte er. »Geht mit Gott, Vater, aber seht Euch um Himmels willen vor dieser verdammten Reiterei der Merduks vor, wenn Ihr den Ausdruck verzeiht.«

Albrec segnete die unsicheren Torwachen. Augenblicke später hörte er ein dumpfes Poltern, als die schwere Pforte hinter ihm geschlossen wurde. Er schlug das Heiligenzeichen vor der Brust, sog die frostige Nachtluft durch die beiden Löcher ein, die früher seine Nase waren, und stapfte durch den Schnee gen Norden. Auf das Winterlager des Feindes zu.

Hoch droben im Palast konnte Corfe die winzige Gestalt deutlich erkennen, die sich langsam in die Hügel vorkämpfte und sich schwarz gegen den

Schnee abzeichnete. Welche arme Seele mag das sein? fragte er sich. Ein Bote ohne Pferd? Unwahrscheinlich. Kurz spielte er mit dem Gedanken, jemanden zur Torwache zu schicken, um es herauszufinden, dann jedoch überlegte er es sich anders. Statt dessen schloß er die Balkontür und trat zurück in die feuererhellte Düsternis des Schlafgemachs der Königswitwe.

»Nun, General«, sprach Odelia sanft, »da sind wir also.«

»So ist es«, pflichtete er ihr bei.

Sie trug scharlachrote, mit Perlen besetzte Samtgewänder. Ein Netz weiterer Perlen prangte in ihrem Haar. In dem dunklen Raum schienen ihre grünen Augen ein eigenes Licht zu versprühen.

»Willst du nicht wenigstens herkommen und dich zu mir setzen?«

Er gesellte sich am Feuer zu ihr. Neben ihr standen Glühwein und ein mit Feingebäck überladenes Silbertablett.

»Wie geht es deiner Schulter?« erkundigte sie sich.

»So gut wie neu.«

»Schön zu hören. Das Königreich braucht diesen Arm. Keine Neuigkeiten über die Nachforschungen hinsichtlich des … Zwischenfalls?«

Seine Lippen verzogen sich zu einem süßsauren Lächeln. »Welche Nachforschungen?«

»Richtig. Weißt du, es war mein Sohn.«

Mit weit aufgerissenen Augen starrte Corfe sie an. »Mein Gott. Seid Ihr sicher?«

»Ziemlich sicher. Er lernt, aber nicht schnell genug. Noch können seine Spitzel sich nicht mit den meinen messen. Der Angreifer war kein Mitglied der echten Bruderschaft, sondern ein gedungener Mörder aus Ridawan. Ein Anfänger. Glück für dich, würde ich meinen, obwohl selbst ein Meister der Bruderschaft der Klinge seine liebe Not mit dir und deinem fimbrischen Gefolgsmann gehabt hätte.«

Corfe runzelte die Stirn, doch Odelia lachte. »Corfe, du besitzt diese seltene Gabe, mit Menschen umgehen zu können. In der ganzen Garnison gibt es keinen Soldaten, der nicht einen Arm dafür opfern würde, an deiner Seite zu reiten. Sogar dieser fimbrische Befehlsempfänger ist nicht dagegen gefeit. Glaubst du etwa, er hätte die Reste seiner Truppen auch Menin oder Aras zur Verfügung gestellt, wenn die sie gerettet hätten? Denk doch mal nach. Und dann diese lächerliche Drohung, den Palast zu stürmen. Du bist zu einer Macht geworden, General. Von nun an wirst du Anhänger anziehen wie eine Kerze Motten.«

»Ihr seid gut unterrichtet«, bescheinigte er ihr.

»Das habe ich mir zur Tugend gemacht, wie du sehr wohl weißt. Übrigens hat der König beschlossen, die von dir vorgeschlagene Strategie anzunehmen.«

»Tatsächlich?« Hoffnung keimte in Corfes Herz auf.

»Ja, aber nur, weil Menin sie ihm als die seine präsentiert hat. Lofantyr wird die Armee anführen, und er und Menin werden alles tun, um dir einen großen Sieg zu verweigern.«

»Das ist mir egal, solange wir siegen. Das allein zählt.«

Voll spöttischer Verwunderung schüttelte sie den Kopf. »Welche Selbstlosigkeit! Sogar Mogen war nicht so selbstlos. Dürstet dich denn gar nicht nach Ruhm?«

Einst hatte er sich diese Frage selbst gestellt, als Ebro sich besorgt über die Übermacht zeigte, gegen die sie antraten. Nun konnte er die Frage ehrlich beantworten.

»Nein, Fürstin. Ich habe schon so viel Ruhm miterlebt, daß es mir den Magen umdreht, wenn ich nur daran denke.«

»Tatsächlich?« Die unglaublichen Augen wanderten über seinen Körper, musterten ihn, betrachteten ihn. Dann erhob Odelia sich und streckte sich vor ihm wie ein junges Mädchen. »Nun, du wirst deine Befehle morgen früh erhalten. Am Tag darauf bricht die Armee auf. Zweifellos mitten hinein in die Klauen eines weiteren Schneesturms.« Ihr Tonfall klang beiläufig; dennoch spürte Corfe eine gewisse Anspannung in ihr. Der straffe, samtüberzogene Leib befand sich kaum eine Handbreit von seinem Antlitz entfernt. Sie legte ihm die Hände auf die Schultern, und es erschien ihm wie die natürlichste Geste der Welt, mit den Armen ihre schlanken Hüften zu umschlingen, den Kopf an sie zu lehnen und das Gesicht in dem warmen Samt zu vergraben. Ihre Finger zerzausten ihm das Haar wie die einer Mutter.

»Mein armer Corfe. Du wirst dich nie in deinem Ruhm sonnen, nicht wahr?«

»Er ist mit zuviel Blut erkauft.«

Odelia kniete sich nieder und küßte ihn auf die

Lippen. Binnen eines Lidschlags schienen sie sich aneinander zu entzünden. Er zog ihr das Kleid über die Schultern, und es glitt bis zu den Hüften hinunter; dann umfaßte er es fester, zerriß es, auf daß es zu Boden sank. Freigesprengte Perlen spritzten davon. Er spürte ihre warme Haut unter den Händen. Ungestüm machte er sich an seiner Hose zu schaffen, doch sie wob mit der Hand eine Art Zeichen in die Luft, das einen kurzen Schimmer hinterließ, und mit einem Mal war auch er nackt. Corfe lachte.

»*Dweomer* ist ja tatsächlich zu etwas nütze.«

Danach lagen sie auf einem wirren Haufen ihrer abgeworfenen Kleider vor dem Feuer. Ihr Kopf ruhte auf seiner Brust, während er ihren Rücken streichelte, die Finger über die zierlichen Hügel ihrer Wirbelsäule gleiten ließ. Wie immer erfaßte ihn Traurigkeit, die unaussprechliche Leere des Verlusts, als er an Heria und die Zeiten dachte, die er mit ihr verbracht hatte, die Nächte, die sie im Bett geteilt hatten. Doch dieses eine Mal gelang es ihm, das Gefühl niederzuringen. Er war es leid, immer nur die Schatten zu sehen, die ein Licht warf. Corfe schätzte diese Frau – es gab keinen Grund, sich deshalb schuldig zu fühlen. Er *würde* sich einfach nicht schuldig fühlen.

Odelia hob den Kopf und berührte die Tränen in seinem Gesicht. »Die Zeit heilt alle Wunden«, flüsterte sie zärtlich. »Eine Plattheit. Aber sie stimmt trotzdem.«

»Ich weiß. Doch es scheint so endlos lange zu dauern. Ich will sie nicht vergessen, aber ich muß.«

»Nicht vergessen, Corfe. Nur darf sie kein Geist werden, der dich heimsucht.« Sie hielt inne. »Erzähl mir von ihr.«

Es fiel Corfe unvorstellbar schwer zu sprechen. Seine Kehle schmerzte. Als seine Stimme schließlich ertönte, klang sie heiser wie die einer Krähe.

»Da gibt's nicht viel zu erzählen. Sie war die Tochter eines Seidenhändlers in Aekir, und sie hat den Laden für ihn geführt. Als Jungoffizier meines Regiments war ich Fahnenträger und somit für unsere Banner verantwortlich, die wie jene der Merduks aus Seide bestanden. Sie mußten ersetzt werden, also wurde ich zum Haus dieses Händlers geschickt, und da war sie.«

»Und da war sie«, wiederholte Odelia leise. »Und sie konnte nicht aus der Stadt flüchten.«

»Nein. Ich habe nach ihr gesucht, nachdem die Mauern überrannt waren, habe meinen Posten verlassen, um sie zu suchen, doch unser Heim befand sich bereits hinter den Linien der Merduks, außerdem brannte jener Teil der Stadt. Ich war im Strom der Flüchtlinge gefangen, die über die Straße nach Westen entkamen. Ich wollte zwar sterben, habe aber mein Möglichstes getan, um zu überleben. Wieso weiß ich nicht. Ich hoffe nur, für sie ging es schnell. In meinem Kopf spuken Bilder herum ...« Corfe konnte nicht weitersprechen. Sein Körper hatte sich in Odelias Armen versteift. Sie spürte, wie trockene Schluchzer seinen Leib erbeben ließen, doch er gab keinen Laut von sich, und als sie ihm schließlich ins Gesicht blickte, sah sie, daß die Tränen verebbt waren. Dafür funkelte in seinen Augen ein Glitzern, das ihr das Blut in den Adern gerinnen ließ, ein Schimmer puren Hasses. Doch es verging, und Corfe lächelte, als er die Sorge auf ihren Zügen sah.

»Ich bin froh«, brachte er stockend hervor. »Ich bin froh darüber, Euch zu haben, Fürstin. Die Zeit mag wohl heilen, Ihr aber heilt ebenso.« Damit zog er sie dichter an sich.

Endlich gestand Odelia es sich ein. Sie liebte ihn. Die Erkenntnis erschütterte sie, erfüllte sie jäh mit Selbstzweifeln. Sie ertappte sich dabei, die Erinnerung an seine tote Frau zu hassen, einen Geist um dessen festen Platz in Corfes Herz zu beneiden. Ihr Leben lang hatte sie Ränke geschmiedet, Fäden gesponnen, ihren Körper benutzt, um ihre Ziele zu verwirklichen und das Königreich zu schützen. Nun wurde ihr bewußt, daß sie all das aufgeben würde – Palast, Königreich, Samtgewänder, alles – sollte er sie darum bitten. Sie fühlte sich benommen, gleichermaßen vor Furcht und Erregung.

»Gibt es denn Hoffnung für uns?« fragte sie.

»Ich glaube schon. Wenn wir hart und schnell genug zuschlagen und Berzas Flotte ihre Aufgabe drunten an der Küste erfüllt, dann *müssen* sie sich zurückziehen. Dadurch gewinnen wir Zeit und ein wenig Raum. Trotzdem wird es nicht vorbei sein. Bei Frühlingsanbruch werden wir die entscheidende Schlacht erleben.«

Das hatte Odelia zwar nicht gemeint, doch sie war froh, daß er sie falsch verstanden hatte. Es war schon fast Sonnenaufgang, und für eine Nacht war er weit genug gegangen.

Sonnenaufgang in Torunna bedeutete die sechste Stunde der langen Winternacht in Hebrion. Ungeduldig lief Isolla im königlichen Schlafgemach auf und ab. Golophin kam zu spät, was ihm alles andere als ähnlich sah. Wenn sie die Balkontüren öffnete und hinausspähte, konnte sie die Lichter und Festlichkeiten sehen, die in dem einstigen Kloster auf dem Hügel gegenüber dem Palast die ganze Nacht angedauert hatten. Für den versammelten Adel wurde ein Ball veranstaltet. Es hatte keiner großen Überwindung bedurft, die ihr ausgesprochene Einladung abzulehnen, doch die leisen, blechernen Klänge der Musik drangen sogar in diese Kammer, störten sie beim Nachdenken. Allmählich bezweifelte sie ihre Rolle in diesem großen Spiel und ertappte sich gar dabei, sehnsüchtig an den astarakischen Hof und besonders an ihren Bruder Mark zu denken. Was sollte sie tun? Ihm einen Brief senden, der besagte: »Ich will nach Hause«, wie ein kleines Mädchen, das an eine fremde Schule geschickt wurde? Von einem solchen Schlag würde ihr Stolz sich nie erholen. Also lief sie weiter mit den ihr eigenen, langen, undamenhaften Schritten auf und ab und dachte nach.

Das Klicken der verborgenen Tür ließ sie jäh innehalten. Der Mauerteil glitt nach innen, und Golophin erschien. Er lächelte sie an. »Verzeiht, daß ich zu spät komme, Fürstin.«

»Egal.« Irgend etwas an ihm schien verändert. Etwas …

»Golophin!« entfuhr es ihr. »Euer Auge! Es ist geheilt.«

Er hob die Hand ans Gesicht. »So ist es.«

»Habt Ihr Eure Kraft wiedererlangt?«

Ruhig stand er vor ihr. Er hatte sich tatsächlich verändert. Seine Gestalt war kräftiger geworden; zudem wirkte er größer. Er sah zwanzig Jahre jünger aus als noch wenige Stunden zuvor. Dennoch stimmte etwas nicht. Isolla hätte schwören können, daß er verwirrt war – nein, mehr als das. Er hatte *Angst*.

»Golophin, geht es Euch gut?«

»Ich glaube schon. Ziemlich gut sogar. Ich bin wieder ganz der alte, Isolla.« Ein Werlicht flackerte über seinem Kopf und erhellte den düsteren Raum. Gleichzeitig entzündete sich jede Kerze in der Kammer.

»Das ist ja wunderbar!« rief Isolla aus.

Der alte Zauberer zuckte die Schultern. »Ja. Ist es.«

»Was ist denn los? Ihr scheint Euch gar nicht zu freuen. Jetzt seid Ihr in der Lage, den König zu heilen. Unsere Sorgen sind vorüber.«

»Ich weiß nicht, wie es geschehen ist!« brüllte Golophin so unvermittelt, daß Isolla erschrocken zusammenzuckte.

»Ihr wißt es nicht? Aber ... Wie ist das möglich?«

»Ich weiß es nicht, Fürstin, und diese Unwissenheit treibt mich beinahe in den Wahnsinn. Irgend etwas ist heute nacht mit mir geschehen, aber ich kann mich an überhaupt nichts erinnern.«

»Es ist wie ein Wunder.«

»An Wunder glaube ich nicht«, entgegnete er bedrückt. »Genug davon. Dies ist weder der rechte Ort noch die rechte Zeit.« Er rieb sich die Augen. »Ich muß mich unverzüglich an die Arbeit machen, wenn wir die Pläne dieses verfluchten Rates durchkreuzen wollen. Morgen nachmittag werden sie einen Regenten wählen. Verzeiht meine Unverblümtheit, Fürstin. Ich bin ein wenig … verwirrt.«

»Das verstehe ich. Aber *heilt ihn*.«

Golophin nickte und seufzte, als wäre er erschöpft, obwohl er vor Kraft nur so strotzte. Sogar die Kehllappen unter seinem Kinn hatten sich gestrafft und waren verschwunden. Es juckte Isolla, Frage um Frage zu stellen; dennoch schwieg sie. Die beiden begaben sich ans Bett des Königs. Golophin blickte auf die bewußtlose, verstümmelte Gestalt hinab und schien sich zu beruhigen. Er schaute sich um. »Was haben wir denn hier, womit ich arbeiten kann? Denkbar wenig. Es muß alles viel zu schnell gehen.« Er berührte die schweren, hölzernen Bettpfosten. »Das sollte vorerst reichen.« Er wandte sich an Isolla. »Fürstin, Ihr müßt die Hände des Königs halten. Was immer Ihr seht, was immer er tut, Ihr dürft sie unter keinen Umständen loslassen. Habe ich mich klar ausgedrückt?«

»Vollkommen klar«, log sie.

»Sehr gut. Dann laßt uns Stühle für uns holen und beginnen.«

Isolla ergriff Abeleyns Hände. Sie fühlten sich heiß und fiebrig an; das Antlitz des Königs hingegen wirkte bleich wie das einer Wachsbüste. Obwohl die Laken täglich gewechselt wurden, waren sie schweißdurchtränkt. Der König schien zu lodern wie Glut eines Kohlenbeckens, die mit dem Blasebalg geschürt wurde.

Golophin schloß die Augen und saß reglos auf dem Stuhl. Nichts geschah. Eine Viertelstunde verstrich. Isolla verspürte das Verlangen, die Körperhaltung zu wechseln, den Hals zu strecken, wagte aber nicht, sich zu rühren. Sie hatte mit Blitzen oder einem Donnerschlag gerechnet, dem Aufwallen von Theurgie oder dem Glucksen heraufbeschworener Dämonen – mir *irgend etwas*. Statt dessen waren da nur der stickige Raum, das widernatürliche Flackern des Werlichts und das entspannte Antlitz des Magiers.

Und dann das Knarren von Holz. Isolla zuckte zusammen, als das Bett zu zittern und beben begann. Der Baldachin über ihr bauschte sich wie das Segel eines Schiffes. Er waberte und flatterte; die schweren Vorhänge fegten über ihr Gesicht. Dann löste sich das ganze Ding und sauste quer durch die Kammer.

Die Bettpfosten, dicke, geschnitzte, oberschenkelbreite Balken, begannen zu schrumpfen. Isolla starrte sie fassungslos an. Sie lösten sich auf, von oben nach unten. Es war, als würde man das Werk von Termiten beobachten, nur daß alles unvorstellbar viel schneller geschah. Vormals hatten die Pfosten über Kopfhöhe aufgeragt – nun entschwanden sie Fuß um Fuß.

Gleichzeitig wölbte und bewegte sich das Laken, das Abeleyn bedeckte. Isolla unterdrückte einen Schrei, als darunter etwas zu wachsen begann. Es waren die Stümpfe der Beine des Königs. Sie wurden länger, bauschten das Laken darüber. Isolla starrte den Zauberer an. Seine Züge wirkten unverändert, doch nun glitzerte Schweiß darauf, und die Augen rollten fieberhaft hinter den geschlossenen Lidern hin und her.

Zwei Füße lugten unter dem Laken hervor, das den Leib des Königs bedeckte. Entsetzt sprang Isolla auf. Es waren menschliche Füße, bis zu den Zehennägeln vollkommen geformt, doch sie bestanden aus dunklem Holz. Und sie zuckten vor Leben.

Der König stöhnte; zum ersten Mal erhob der Zauberer die Stimme.

»Abeleyn«, sprach er leise, doch so leise der Klang auch sein mochte, er ließ die Möbel der Kammer erbeben.

»Abeleyn. Mein König.«

Der Mann im Bett knurrte wie ein Tier. Seine bislang schlaffen Hände schlossen sich fest um die Isollas, preßten das Blut aus ihnen, bis ihre Finger sich weiß verfärbten. Sie biß sich vor Schmerz auf die Lippe, fest entschlossen, nicht zu schreien.

Dann versteifte der Körper des Königs sich im Bett; die hölzernen Fersen trommelten auf die Matratze, der Rücken wölbte sich wie ein gespannter Bogen. Seine schwitzenden Hände lösten sich aus Isollas Fingern. Von Panik ergriffen warf sie sich auf ihn. Krämpfe durchzuckten Abeleyns Leib, übertrugen sich auf sie. Ein unsagbar hartes Knie schoß empor und brach ihr eine Rippe. Der König kreischte, Isolla weinte vor Schmerz.

Dann verebbten die Krämpfe, und er beruhigte sich wieder. Isollas Gesicht ruhte an seinem Hals. Sie konnte sich nicht bewegen. Der peinvolle Griff seiner Hände lockerte sich, und sie lösten sich behutsam von den ihren.

»Was, um alles in der Welt ...«, keuchte der König.

Isolla hob den Kopf, schaute ihm ins Gesicht. Seine Augen waren geöffnet; er lächelte sie an, wobei er gleichermaßen verwirrt und belustigt wirkte.

»Issy Langnase«, stellte er fest und lachte. »Was *tust* du denn da?«

Zwanzig

Den ganzen Vormittag war die Armee aus dem Nordtor Torunns marschiert. Die Reihe der Männer, Pferde, von Ochsen gezogenen Artilleriekarren, Gepäckwagen und Maultiere schien endlos. Sie hatte den frischen Schnee in den Schlamm getrampelt und eine dunkle Linie über die Hügel nördlich der Hauptstadt gezogen. An den Flanken der Kolonne patrouillierten ständig Schwadrone schwer bewaffneter torunnischer Kürassiere. Die Spitze der Kolonne befand sich bereits drei Meilen außer Sicht. Mehr als dreißigtausend Mann waren unterwegs, die letzte Feldarmee des Königreichs.

»Der Krieg fördert eine gewisse Größe zutage«, meinte Andruw und blies sich in die Hände, die in Fäustlingen steckten. Seine Metallhandschuhe hingen am Sattelknauf.

»Ich hätte nie gedacht, daß es so viele Torunnen auf der Welt gibt«, gestand Marsch. »Hätten wir das gewußt, hätten wir euch wohl nicht so lange bekämpft.«

»Zahlen sind nicht alles«, gab Corfe zu bedenken.

»Ist unser Haufen schon zu sehen?« fragte Andruw.

Sie befanden sich etwa eine halbe Meile vom Nordtor entfernt auf einem Hügel. Bereits seit einer Stunde waren sie hier, und immer noch setzte der Strom der Männer sich fort.

»Sollte nicht mehr lange dauern«, antwortete

Corfe. »Da kommt der Hauptgepäckzug. Dahinter sind wir.«

Ein Troß großer, schwerer, von Maultieren und Ochsen gezogener Karren. Der Gepäckzug umfaßte die Munition sowie die Vorräte. Corfe war die Aufgabe zugeteilt worden, ihn und die Nachhut der Armee zu bewachen. Wenn es zur Schlacht kam, würden er und seine Männer eher Zuschauer als Beteiligte sein. Es sei denn, daß irgend etwas schiefging.

»Die besten Truppen der Welt, und wir bewachen die Wagen«, meinte Andruw verdrossen. »Dieser Menin ist wahrlich ein Mistkerl.«

Dem mußte Corfe widersprechen. »Er hat getan, was er konnte. Es ist ein Wunder, daß es ihm überhaupt gelungen ist, den König zum Losmarschieren zu überreden und zu kämpfen. Und außerdem«, – dabei grinste er Andruw an – »gilt die Nachhut als Ehrenposten. Sollte die Armee geschlagen werden, liegt es an uns, den Rückzug zu decken.«

»Auf den Ehrenposten pfeif' ich ...«

»Da kommen sie«, unterbrach ihn Marsch.

Corfes Kommando begann, hinter den letzten Wagen durch das Tor zu marschieren. Die tausend Kathedraler in ihren scharlachroten Rüstungen, deren eindrucksvolles Banner im frostigen Wind flatterte, waren unübersehbar. Ihnen folgten die schwarz gekleideten Fimbrier mit ihren Piken, die in vollkommenem Einklang marschierten – zweitausend Mann, Formio an der Spitze. Und schließlich die letzten Überlebenden der Feste von Ormann, fünftausend Hakenbüchsenschützen und Schwertkämpfer unter dem Befehl von Ranafast. Das Kommando bildete eine fast eine Meile lange Kolonne.

Wie würden sie miteinander kämpfen? Corfe wußte, daß zwischen ihnen eine starke Bindung bestand, die von der Schlacht an den Nordausläufern herrührte, wo sie gemeinsam der völligen Vernichtung ins Antlitz geschaut hatten. Und sie alle verabscheuten die Garnisonssoldaten Torunns, von denen die meisten noch kein einziges Geplänkel miterlebt hatten. Dennoch verkörperten sie zweifellos einen bunt zusammengewürfelten Haufen. Wilde Stammeskrieger aus den Bergen, fimbrische Berufssoldaten und torunnische Veteranen. Sie hatten Gelegenheit gehabt, sich von den Mühen und Plagen der Schlacht an den Nordausläufern zu erholen, waren frisch ausgerüstet und verfügten über hervorragende Moral. Wenn alles wie geplant verlief, würden sie im bevorstehenden Kampf kaum eine Kugel abfeuern müssen. Darauf hoffte Corfe, so sehr er sich auch gewünscht hätte, sein neues Werkzeug in einer Schlacht zu schwingen.

»Es fängt wieder zu schneien an«, stellte Andruw mißmutig fest. »Herrgott, will dieser Winter denn nie enden? Eine verflucht unnatürliche Jahreszeit für einen Feldzug.«

»Schließen wir uns der Kolonne an«, schlug Corfe vor, und die drei Reiter trabten den Hang hinab, wobei sie eine Schneewolke aufwirbelten, die der Wind gleich Rauch hinter ihnen verwehte.

Am ersten Tag legte die Armee nur sechs Meilen zurück. Immer wieder hielt der endlose Troß der Männer an und setzte sich von neuem in Bewegung, weil Karren im Matsch unter dem Schnee hängen blieben, die schweren Kanonen Räder verloren oder Maultiere lahmten. Corfes Männer beendeten den Tagesmarsch, drei Stunden nachdem die Spitze der Kolonne die Zelte aufgeschlagen hatte. So weit das Auge reichte, erstreckten sich flackernde Lagerfeuer über die Hügel und erhellten den Himmel schon von weitem. Es war ein angenehmes Gefühl, wieder auf dem Feld zu sein. Hier waren die Dinge stets einfacher.

Zumindest glaubte Corfe das. Während er mit Marsch und Morin bei den Pferden war und einige lahmende Rösser untersuchte, brachte ein Kurier ihm eine Botschaft vom Oberkommando. An jenem Abend sollte im königlichen Zelt eine Strategiebesprechung stattfinden, bei der seine Anwesenheit erforderlich war.

Niedergeschlagen bahnte er sich einen Weg durch das riesige, von Feuerschein erhellte Lager. Überall hockten Männer um die Feuerstellen, wärmten ihr Essen und trockneten ihre Stiefel. Während des Tages waren ein paar Schneeflocken gefallen, zudem wurde es kälter. Der Schlamm begann zu vereisen, der Schnee unter den Füßen zu knirschen.

Des Königs Zelt erwies sich als weitläufiges Gebilde aus Leder, vor dem ein halbes Dutzend bibbernder Wachen fror, deren Rüstungen vor Frost glitzerten. Corfe befahl ihnen eigenmächtig, ein Feuer zu entfachen.

Im Zelt des Königs glommen heimelig drei Kohlenbecken. Der König war in das schlichte Lederwams gekleidet, das Soldaten unter der Rüstung trugen. Bei ihm waren Graf Fournier, General Menin, Oberst Aras, Oberst Rusio und sieben oder acht weitere Jungoffiziere, die Corfe nicht kannte. Oberst Willem war das Kommando über die etwa fünftausend in der Hauptstadt verbliebenen Männer übertragen worden.

»So, damit sind wir vollzählig. Endlich«, sprach der König, als Corfe eintrat. Lofantyr sah aus, als hätte er eine Woche nicht geschlafen. Unter seinen Augen prangten graue Ringe, und um den Mund hatten sich Falten gegraben. »Nun, Fournier, beginnt.« Der König ließ sich auf einen Feldstuhl aus Segeltuch nieder. Alle anderen mußten stehen.

Fournier, der in seiner uralten, kratzerlosen Halbrüstung eher lächerlich wirkte, räusperte sich und drehte unablässig einen hölzernen Zeigestock in den Fingern.

»Unsere Kundschafter sind soeben zurückgekehrt, Majestät. Sie berichten, daß der Feind sich auf drei Lager verteilt hat. Das größte befindet sich etwa vier Wegstunden nordwestlich. Schätzungen zufolge umfaßt es etwa achtzig- bis neunzigtausend Mann. Es ist nicht befestigt. Ringsum sind Pferdeherden. Zusätzlich zu den üblichen Wachen patrouilliert leichte Reiterei.« Abermals räusperte sich Fournier. »Das zweite Lager liegt eine Wegstunde östlich des ersten. Die Kundschafter schätzen es auf fünfzigtausend Mann, einschließlich der schweren Reiterei der *Ferinai* und zahlreicher Hakenbüchsenschützen. Es ist mit einem Graben und einer Palisade befestigt. Das dritte befindet sich noch weiter nördlich, ungefähr eine weitere Wegstunde von den ersten beiden entfernt. Dort sind die Elefanten, jede Menge Reiterei sowie der Hauptgepäckzug. Wir gehen davon aus, daß der Sultan und sein … sein Harem sich in diesem dritten Lager aufhalten. Nochmals etwa vierzig- oder fünfzigtausend Mann.«

»Warum teilt er seine Armee so sehr auf?« murmelte jemand.

»Wendigkeit«, erklärte Corfe. »Wird ein Lager angegriffen, sieht der Angreifer sich an den Flanken Kolonnen aus den anderen beiden Lagern gegenüber.«

Menin musterte Corfe mit gerunzelter Stirn. »Der Grundgedanke war, das Hauptlager anzugreifen und keine Gegenschläge von den anderen beiden fürchten zu müssen. Aber wir hatten nicht damit gerechnet, daß die Lager sich so dicht aneinander befinden würden. Mit einem Mal wirkt dieser Feldzug wesentlich gefahrenreicher als zuvor.«

»Es ist immer noch machbar, wenn der Angriff schnell und erbarmungslos genug erfolgt. Die Männer eines großen Lagers kampfbereit zu machen, sie zu formieren und eine Wegstunde marschieren zu lassen, dauert mindestens zwei bis drei Stunden. Mit ein wenig Glück können wir in dieser Zeit die *Minhraib* aufreiben, den Kern der Armee der Merduks. Danach wären wir in der Lage, uns der anderen beiden Armeen anzunehmen, sofern sie kommen, oder wir können uns zurückziehen. Auf jeden Fall wäre es ratsam, starke Formationen für die Flanken abzustellen, falls wir noch mitten im Kampf sind, wenn die Verstärkung der Merduks eintrifft.«

»Ja. Ja, sicher«, pflichtete Menin ihm bei. »Genau was ich dachte ...« Seine Stimme verhallte; er wirkte alt und bekümmert.

»Neunzigtausend Mann im ersten Lager«, meinte jemand zweifelnd. »Das entspricht der dreifachen Stärke unserer Truppen. Wer behauptet, das wäre ein leichtes Ziel?«

»Ihr Lager ist unbefestigt«, gab Corfe zu bedenken. »Sie werden sich in ihren Zelten wärmen. Außerdem handelt es sich um die Fußsoldaten, die Bauern Ostrabars, Wehrpflichtige ohne Feuerwaffen. Solange wir die Überraschung auf unserer Seite haben, sollten sie kein allzu großes Problem darstellen.«

»Ich bin erleichtert, das zu hören«, sprach der König. Er musterte seinen jüngsten General mit offensichtlichem Mißfallen. »Ihr scheint auf alles eine Antwort zu haben, General Cear-Inaf. Wie ich sehe, brauchen wir keine Strategiebesprechungen mehr. Wir fragen einfach Euch um Rat.«

Gekicher ertönte an einigen Stellen. Corfe zeigte sich ungerührt. Er verbeugte sich lediglich vor seinem Herrscher. »Verzeiht, Majestät, wenn ich die Befugnisse meines Ranges überschreite. Mir geht es einzig und allein um das Wohl der Armee.«

»Selbstverständlich.« Der König erhob sich. »Meine Herren, werft einen Blick auf diesen Plan hier. Fournier, wärt Ihr so freundlich?«

Der Graf entrollte ein Pergament, auf das mehrere Diagramme gezeichnet waren. Die Anwesenden scharten sich dichter zusammen, um es zu begutachten.

»So wird die Armee in die Schlacht ziehen. General Menin, seid so gut und erklärt.«

»Ja, Majestät. Meine Herren, wir verteilen uns auf vier Kommandos. In der Mitte wird sich der Haupttruppenkörper unter Seiner Majestät, mir und Oberst Rusio befinden. Diese Formation wird die Feldartillerie umfassen – dreißig Kanonen unter Eurem Befehl, Rusio –, außerdem die Kürassiere, dreitausend Reiter. Seine Majestät wird die schwere Reiterei persönlich anführen.

An der rechten Flanke des Haupttruppenkörpers wird sich eine kleinere Formation aufhalten, die der Möglichkeit eines Angriffs der Merduks aus diesem Winkel entgegenwirken soll. Diese Armee wird Oberst Aras unterstehen und etwa fünftausend Mann stark sein, überwiegend Hakenbüchsenschützen. General Cear-Inafs achttausend Mann bilden die Nachhut. Sie stellen unsere einzige Reserve dar und haben zudem die Aufgabe, den Gepäckzug zu bewachen. Habe ich mich klar ausgedrückt, meine Herren?«

»Was ist mit der linken Flanke?« fragte Corfe. »Sie ist gänzlich ungeschützt.«

»Wir haben nicht das Gefühl, daß diese Flanke einer besonderen Bedrohung ausgesetzt ist«, erklärte der König. »Die einzige Gefahr von dieser Seite stellt das Hauptquartier und Gepäcklager des Feindes dar. Wir glauben kaum, daß der Sultan der Merduks Truppen entsenden wird, die seine Person bewachen, bis er den genauen Stand der Dinge kennt. Bis dahin haben wir uns zurückgezogen. Nein, die einzige wahre Gefahr droht von rechts, aus dem Lager der *Hraibadar und Ferinai.* Aras, Ihr habt den Ehrenposten inne. Erweist Euch als würdig.«

»Das werde ich, Majestät, wenn nötig bis zum letzten Mann.«

Corfe öffnete den Mund, um zu widersprechen, besann sich jedoch eines Besseren. Es bestand durchaus die Möglichkeit, daß der König recht hatte; dennoch gefiel ihm die Sache nicht. Ebenso wenig hielt er es für klug, die schwere Reiterei in die Mitte zu nehmen, wo sie in ihrer Beweglichkeit eingeschränkt war und in ein Zeltlager einfallen mußte – weiß Gott keine Aufgabe für Reitersoldaten. Doch es hätte keinen Sinn, darauf hinzuweisen.

»Wir brechen morgen früh auf«, fuhr der König fort. »Nach zwei Tagesmärschen werden wir uns in unmittelbarer Feindnähe befinden. Irgendwo außer Sichtweite ihres Lagers gehen wir in Schlachtformation; dann stürzen wir uns im Morgengrauen in einem einzigen, gewaltigen Angriff auf sie. Wie General Cear-Inaf schon sagte, verringert sich in den allgemeinen Wirren die Bedeutung der Mannschaftsstärke. Wir haben einen undurchdringlichen Schutzschirm aus Reiterei um uns, folglich wird der Feind unsere Absichten erst erkennen, wenn es längst zu spät ist. Wir schlagen erbarmungslos zu; dann ziehen wir uns zurück. Etwa zur selben Zeit wird Admiral Berzas Flotte die feindlichen Stützpunkte an der Küste unter Beschuß nehmen. Nach diesem Doppelangriff wird der Sultan gezwungen sein, zum Searil zurückzuweichen, und die Feste von Ormann ist praktisch nicht mehr zu verteidigen, wenn sie von Süden her angegriffen wird. Wir werden Nordtorunna vom Feind erlösen. Noch Fragen, meine Herren?«

»Diese Schlacht wird in die Geschichte eingehen, Majestät!« rief Aras aus. »Wir haben Glück, uns daran beteiligen zu dürfen.«

Wohlwollend neigte Lofantyr das königliche Haupt. Sogar Menin wirkte angesichts Aras' schleimiger Gebärde ein wenig ungehalten.

»Ihr seid entlassen, meine Herren«, verkündete der König. »Am Abend vor der Schlacht treffen wir uns noch einmal, um die letzten Einzelheiten zu besprechen. Bis dahin gehabt Euch wohl.«

Die versammelten Offiziere verneigten sich und verließen das Zelt. Draußen ergriff General Menin Corfes Arm und zog ihn beiseite. »Auf ein Wort, wenn es Euch recht ist, General.«

Gemeinsam schlenderten sie durch das Lager. Abwechselnd huschten die Finsternis der Nacht und Feuerschein über Menins Antlitz. Er wirkte zutiefst bekümmert.

»Ich will, daß Ihr ohne Widerspruch hinnehmt, was ich Euch nun anvertraue«, begann er mit gedämpfter Stimme. »Aber sollte ich die Schlacht nicht überleben, wünsche ich, daß Ihr das Kommando über die Armee übernehmt und den Rückzug anführt.«

Jäh hielt Corfe inne. »Ist das Euer Ernst?«

Der ältere Mann holte eine versiegelte Schriftrolle hervor. »Hier habt Ihr es schriftlich. Selbstverständlich wird der König Einwände erheben, aber für Einwände wird wenig Zeit sein. Seine erste Wahl nächst mir ist Aras, und der wurde erst kürzlich in einen Rang befördert, der seine Fähigkeiten übersteigt. Diese Armee muß überleben, komme was wolle. Bringt diese Männer zurück nach Torunn, Corfe.«

Corfe nahm die Schriftrolle an sich. »Ihr wählt einen seltsamen Zeitpunkt, um endlich Vertrauen in mich zu bekunden«, meinte er, merklich verbittert.

»Die Zeit für politisches Geplänkel ist vorüber. Jetzt braucht das Land einen Soldaten an der Spitze.«

»Ihr werdet überleben, Menin. Das hier ist unnötig.«

»Nein, General. Mich erwartet im Norden der Tod. Ich weiß, daß ich nicht zurückkehren werde. Aber Ihr werdet dafür sorgen, daß diese Armee zurückkehrt!« Mit verzweifelter Kraft ergriff er Corfes Unterarm. Sein Antlitz wirkte versteinert und fahl. Furcht spiegelte sich darin wider; doch es war keine Furcht um sich selbst, dessen war Corfe gewiß.

»Ich werde tun, was in meiner Macht steht, sollte es sich als nötig erweisen«, erwiderte Corfe stockend.

»Danke. Und noch etwas Corfe. Eure Männer mögen zwar die Nachhut bilden, aber ihnen obliegt in den kommenden Tagen die schwerste Aufgabe, so viel ist sicher.« Damit stapfte er ohne ein weiteres Wort davon.

»Da«, sagte Andruw und hielt ihm den Weinschlauch hin. »Du siehst aus, als könntest du einen Schluck vertragen. Was haben sie gemacht? Dich mit ihrer strategischen Brillanz geblendet?«

Corfe drückte sich einen Schwall säuerlichen Armeeweins in den Mund. »Herrgott, Andruw, das habe ich gebraucht.«

Um das Lagerfeuer hockten die meisten seiner ranghohen Offiziere. Er hatte sie gebeten, wach zu bleiben, bis er von dem Treffen zurückkehrte. Erwartungsvoll blickten sie ihn an. Außer Andruw war auch Marsch da, und neben ihm Morin. Formio stand neben Ranafast und wärmte sich die Hände. Ebro, der gerade einen Stock schnitzte, hatte innegehalten und starrte seinen Befehlshaber an. In den Schatten dahinter warteten zahlreiche andere. Corfe vermeinte, Joshelin auszumachen, den altgedienten Fimbrier, außerdem Cerne, seinen Trompeter. Der Anblick seiner Kampfgefährten wärmte ihm das Herz und verscheuchte ein wenig von der Kälte, die Menins Worte in ihm ausgelöst hatten. Mit der Treue solcher Männer hatte er das Gefühl, so gut wie alles erreichen zu können.

»In zwei Tagen werden wir mit ihnen zusammenprallen, Freunde«, sprach er schließlich. »Ebro, gib mir diesen Stock. Kommt mal alle her. Ich zeige euch, wie wir es anstellen werden.«

Einundzwanzig

Morgendämmerung über Nordtorunna. In den Lagern der Merduks fand die Wachablösung statt; Männer schürten zur Vorbereitung auf das Frühstück die Glut der Lagerfeuer. Entlang der Reihe der Pferde kauten Tausende der Tiere Heu und Hafer und entließen warme Atemwölkchen in die frostige Luft. Trupps mit Versorgungskarren kamen und gingen. Über den Zeltstädten der Merduks hing ein Rauchschleier; zudem wallte Dampf himmelwärts, der trotz der niedrigen Wolkendecke meilenweit zu erkennen war. Die kegelförmigen Zelte erstreckten sich über Hunderte Ar. Zwischen den Reihen waren Straßen aus aneinandergereihten Holzbalken angelegt worden. Auch Frauen und Kinder waren zu sehen, außerdem gab es inmitten der Lager Märkte und Basare mit Ständen geschäftstüchtiger Händler, die der Armee folgten. Die drei riesigen Winterlager der Merduks präsentierten sich so friedlich, wie eine militärische Anlage nur sein konnte. Es war gemeinhin bekannt, daß die feigen Torunnen sich hinter den Mauern ihrer Hauptstadt verschanzten und sich auf die unvermeidliche Belagerung vorbereiteten. Im Umkreis von mehreren Wegstunden gab es keine feindlichen Formationen, abgesehen von ein paar vereinzelten Reitereigruppen. In ein, zwei Wochen sollten die Zeltstädte abgebrochen werden und die Armeen weiter marschieren, vorerst jedoch beschäftigten die Soldaten des Sultans sich mit dem Problem, sich während des barbarischen, torunnischen Winters warm, trocken und wohlgenährt zu halten.

Shahr Indun Johor, ranghöchster Khedive der Streitkräfte des Sultans, hatte sein Hauptquartier inmitten des Lagers der *Hraibadar* und der *Ferinai* aufgeschlagen, der Elite der Armee. Sein Rang brachte gewisse Vorrechte mit sich, und so döste er mit dem Kopf zwischen den Brüsten seiner Lieblingskonkubine, als sein *Subadar* – der Hauptstabsoffizier – den Kopf durch die schweren Vorhänge des Zeltes steckte.

»Shahr Johor.« Als keine Antwort erfolgte, noch einmal: »Shahr Johor!«

Endlich rührte er sich, ein junger, schlanker Mann, dunkel und flink wie ein Otter. »Was? Was ist denn los, Buraz?«

»Vielleicht gar nichts, Khedive. Aber einige der äußeren Wachen berichten von Kanonenfeuer aus dem Westen.«

»Ich komme sofort. Laß mein Pferd satteln.« Shahr Johor stieß seine murrende Konkubine beiseite und schlüpfte in Hose und Kittel. Dann schlang er sich eine Schärpe um die Hüften, steckte einen Dolch in die Tasche und schlüpfte in die schweren, kniehohen Reiterstiefel. Schließlich küßte er seine wohlriechende Bettgefährtin. »Später, meine Taube«, flüsterte er; dann schritt er aus dem Zelt ins fahle Zwielicht des Morgengrauens.

Buraz erwartete ihn mit zwei gesattelten Pferden, deren Atem in der Kälte weiße Wölkchen bildete. Die beiden Offiziere stiegen auf und ritten im Kanter zum äußeren Rand des riesigen Lagers, wobei sie Soldaten und andere Lagerbewohner auseinanderscheuchten, als sie über die hölzerne Straße preschten. Am Ziel angelangt, saß Shahr Johor aufrecht im Sattel und starrte schwer atmend an den kahlen Horizont. Es war immer noch so düster, daß er den Schimmer der drei Meilen entfernten Lagerfeuer der *Minhraib* vor dem wolkenverhangenen Himmel erkennen konnte. Sanfter Schneefall hatte eingesetzt, und die tief hängenden Wolken verhießen weiteren Flockensegen.

»Ich höre nichts. Wer hat das berichtet?«

Ein Feldwebel der *Hraibadar* trat vor, ein kampferfahrener Soldat mit harten, pockennarbigen Zügen und schwarzen Augen. »Ich, Khedive. Der Lärm kommt und geht. Wenn Ihr eine Zeitlang wartet, werdet Ihr ihn hören, mein Wort darauf.«

Schweigend verharrten sie und lauschten, während hinter ihnen das große Lager mit den Zehntausenden Bewohnern im zunehmenden Licht zum Leben erwachte. Und schließlich hörte es Shahr Johor. Ein fernes, abgehacktes Donnergrollen aus dem Westen, dessen leiseres Krachen nach kurzen Salven klang.

»Artillerie«, meinte Buraz.

»Ja. Und scharenweise Hakenbüchsenschützen. Da draußen tobt eine Schlacht, Buraz.«

»Es könnte sich auch nur um ein Scharmützel handeln, ein Geplänkel.«

Abermals lauschten die beiden. Wütend gebot der Feldwebel der *Hraibadar* den Umstehenden Ruhe, und rings um die beiden Offiziere hielten Hunderte Männer in ihrem Treiben inne und lauschten ebenfalls.

Der ferne Donner wurde lauter. Mittlerweile hörte ihn jeder. Er schien nachgerade vom Antlitz der Hügel widerzuhallen.

»Das ist kein Geplänkel«, stellte Shahr Johor fest. »Das ist unverkennbar eine Schlacht, Buraz. Die Ungläubigen haben das Lager der *Minhraib* angegriffen.«

»Ob sie das gewagt haben?« meinte sein Untergebener zweifelnd.

»Es hat ganz den Anschein. Hol mir einen Trompeter. Blast den Alarm. Ich will, daß die Armee unverzüglich zum Aufbruch bereit ist. Und schick einen Boten zum Sultan im Nordlager. Wir werden diese Heiden für ihre Unverschämtheit geißeln. Ich will mich mit den *Ferinai* auf ihre Flanke stürzen. Du folgst mit den Fußsoldaten nach. Schnell, Buraz!«

Das Lager der *Minhraib* bildete ein ungefähres Viereck, anderthalb Meilen zu jeder Seite. Es lag auf einer sanft abfallenden, von Wasserläufen durchzogenen Ebene. Wo der Boden feucht genug war, sprossen Erlen- und Weidenhaine. Östlich davon ragte eine Hügelkette etwa hundert, hundertfünfzig Meter hoch auf. Auf diesen Anhöhen war ein kleineres Lager mit etwa tausend Mann angelegt worden, um die Ebene darunter zu überschauen und die Verbindung zum nächsten Merduk-Lager im Osten zu wahren. Das Hauptlager glich einem Meer aus Zelten, durchschnitten von schlammigen Straßen. Nördlich befanden sich die Koppeln der Packtiere. Südwestlich davon, auf einer sanften Anhöhe, erstreckte sich eine lange Kette lichten Waldes, etwa zwei Meilen von den ersten Zeltreihen entfernt. In diesen Wäldern wechselte die torunnische Armee von Kolonnen- in Schlachtformation.

Drei große Formationen verließen die Wälder, während der Himmel über ihnen sich zunehmend erhellte. Sie waren spät in der Zeit. Der Angriff sollte eigentlich vor dem Morgengrauen erfolgen, im Schutz der Dunkelheit, doch es hatte unweigerlich länger gedauert als erwartet, in der Finsternis dreißigtausend Mann neu zu formieren, und nun mußten sie im Laufschritt zwei Meilen freies Gelände überwinden, bevor sie mit den Merduks zusammenstießen.

Vor dem Hauptkörper waren Batterien im Galopp gezogener Kanonen unter Oberst Rusio vorausgeeilt, die eine Meile von den feindlichen Linien entfernt gefechtsbereit gemacht wurden. Bald krachten und rauchten die kleinen Sechspfünder heftig und verursachten im Lager ein blutiges Chaos, zerfetzten Zelte, sprengten Männer auseinander.

Dahinter preschte im Laufschritt die Formation des Königs heran, achtzehntausend Mann stark. Im Durchschnitt wies die Kampflinie eine Tiefe von sechs Reihen auf; sie erstreckte sich über eine Länge von fast zwei Meilen, eine düstere, schlachthungrige, klirrende Apokalypse aus schwer bewaffneten Männern und kräftigen Pferden. Die Erde erbebte unter Füßen und Hufen, und in der Mitte, unter den Bannern des Königs und dessen edler Leibgarde, befanden sich die schwarz gekleideten Kürassiere.

Im Osten, etwa eine Meile vom Haupttruppenkörper entfernt, griff Oberst Aras an. Sein Ziel war das kleine Lager der Merduks auf den Hügeln. Er sollte das Lager einnehmen und die Anhöhe gegen die Ankunft etwaiger Verstärkung des Feindes verteidigen. Aras' Männer waren leicht bewaffnet und dadurch wendig. Rauch kräuselte sich von den Lunten ihrer Hakenbüchsen empor, so daß es aussah, als würden sie sich einen Pfad über das Land brennen, während sie sich auf den Feind zubewegten.

Und hinter dem Hauptkörper der kämpfenden Truppen wartete eine weitere Formation. Siebentausend Fußsoldaten und tausend Reiter – Corfes Männer, in tiefen Rängen aufgestellt, nur zwei Drittel einer Meile lang. Er selbst befand sich mit den Kathedralern an der linken Seite seines Kommandos, die Fimbrier auf der rechten, die Veteranen der Feste von Ormann in der Mitte. Hinter ihnen, in den Wäldern, standen die mehr als hundert Karren, aus denen sich der Gepäckzug zusammensetzte. Zwischen den Wagen huschten geschäftig Feldärzte und deren Gehilfen umher und legten sich ihre Werkzeuge zurecht. Ganze Scharen von Kutschern luden hastig Kisten voll Kugeln und Pulverfässer ab. In ihrer Mitte stand eine große Zahl leichter Pferdekarren bereit, um Munition an die Front zu bringen und Verletzte zu den Hilfsstationen zurückzuschaffen. Alles in allem werkten in den Wäldern an die tausend

Männer, zudem hatte Corfe für den Fall, daß kleinere Feindkörper die Frontlinie durchbrechen sollten, zweihundert Hakenbüchsenschützen zurückgelassen.

Eine Meile vor dem Lager der Merduks ließ er sein Kommando innehalten. Der Donner der Artillerie ertönte zunehmend lauter. In der Zeltstadt sah er hektisches Treiben; Offiziere versuchten, wirre Soldatenhaufen in Kampfformation zu bringen, doch sobald sie sich formiert hatten, zersprengten die Kanonengeschosse sie wieder. Der Haupttruppenkörper der Torunnen marschierte gnadenlos, unerbittlich voran, begleitet vom dumpfen Trommelwirbel der Infanterie und den Klängen von Armeetrompeten. Es schien, als könnte nichts auf Erden sie aufhalten. Der Anblick der angreifenden torunnischen Armee ließ Corfe den Anflug eines wilden Hochgefühls verspüren, eine zornige, schwindelerregende Freude. Sofern der Krieg etwas Ruhmreiches besaß, dann war es ein Anblick wie dieser: geordnete Männerreihen, die wie Schachfiguren auf dem Spielbrett der Welt vorrückten. Sobald man das Ganze näher betrachtete, verblaßte und entschwand die Glorie; zurück blieb nur ein scharlachrotes Gemetzel, das unvorstellbare Elend von Menschen, die zu Tausenden starben oder verstümmelt wurden.

Nun passierte die Formation des Königs die beweglichen Batterien. Die niedrigen Kanonen feuerten nur in flachem Bogen, so daß die eigenen Truppen ihnen in die Quere gerieten. Die Kanoniere lehnten sich jubelnd an ihre Geschütze, als ihre Kameraden an ihnen vorüberzogen. Hatten sie denn keine weiteren Befehle? Corfes Miene verfinsterte sich. Dreißig Kanonen, die nutzlos herumstanden. Das schien eine unentschuldbare Leichtsinnigkeit, und technisch betrachtet, stand er im Rang höher als Oberst Rusio, der Befehlshaber der Artillerie. Er griff in die Satteltasche, holte Stift und Papier hervor, kritzelte eine Botschaft und sandte sie zu den untätigen Batterien. Wenig später begannen die Kanoniere, ihre Geschütze in Bewegung zu setzen und zogen sie den Hang hinauf zu Corfes Kommando zurück. In ihrer Mitte erblickte er Rusio, der helmlos Befehle brüllte. Der grauhaarige Offizier wirkte fuchsteufelswild. Pech gehabt. Corfe würde eine sinnvollere Beschäftigung für ihn finden als für den Rest der Schlacht Däumchen zu drehen.

Weiter vorn auf der Ebene war die torunnische Hauptformation kaum zweihundert Meter vor dem Lager der Merduks zum Stehen gekommen. Rauch überschattete die gesamte Frontlinie, als die Masse der Hakenbüchsenschützen eine Salve abfeuerte. Einen Lidschlag später ertönte das abgehackte Krachen der Schüsse. Dann erhob sich ein gewaltiger, dumpfer Donner, als die Linie angriff und achtzehntausend Männer im Laufschritt und aus voller Kehle brüllend ins Lager der Merduks stürmten.

Corfe beobachtete, wie der Keil der dreitausend Mann starken schweren Reiterei mit dem Banner des Königs an der Spitze voranpreschte. Schon stürzten die ersten Pferde, da sie sich in niedergerissenen Zelten und Spannseilen verhedderten. Der ungeordnete, unglückliche Haufen der

Minhraib hatte keine Gelegenheit zur Gegenwehr. Die Soldaten des Feindes präsentierten sich als unregelmäßige Linie, die sich zunächst in einen heulenden Mob, dann in eine Masse flüchtender Einzelkämpfer auflöste. Binnen weniger Augenblicke waren die Torunnen tief in das feindliche Lager vorgedrungen und trieben dessen Bewohner vor sich her. Doch nun war auch ihre Formation zersplittert und ungeordnet. Die Schlacht in der Zeltstadt wurde zu einem wüsten Kampf Mann gegen Mann, und inmitten des dichtesten Gewühls wüteten der König und seine Kürassiere wie fürchterliche, zum Leben erwachte Schlachtmaschinen. *Lofantyr hat Mut,* dachte Corfe. *Das muß man ihm lassen.*

Er schaute nach rechts, wo sich auf den Hügeln im Osten eine weitere, kleinere Schlacht entwickelt hatte. Aras und seine Männer rückten in einer vollkommenen Linie vor, wobei sie im Vormarsch unablässig feuerten. Dennoch stürmten ihnen die Merduks des Hügellagers, die den Angreifern zahlenmäßig fünf zu eins unterlegen waren, tapfer entgegen. Da sie so gut wie keine Feuerwaffen besaßen, mußten sie den Kampf Mann gegen Mann suchen. Gezielte Salven mähten sie reihenweise um wie Stroh, und die Überlebenden, ein geschlagener, wirrer Haufen, flüchteten ins Feld. Aras führte seine Männer weiter zur Hügelkuppe und ließ sie Verteidigungsstellung einnehmen.

»Ich hoffe, er verschanzt sich ordentlich«, murmelte Corfe. Die geringe Größe von Aras' Truppe bereitete ihm Kopfzerbrechen. Bald würden seine

Männer den Rückzug der Formation des Königs decken müssen, und sofern der Feind mit einer gewissen Truppenstärke aus dem Osten anrückte, erwartete ihn eine schwere Aufgabe.

»Oberst Rusio meldet sich, *wie befohlen,* zum Rapport«, spie Corfe eine Stimme entgegen. Er drehte sich um. Rusio und seine Kanonen hatten die Stellung von Corfes Kommando erreicht. Der ältere Offizier funkelte ihn an, doch Corfe hatte keine Zeit, das Selbstwertgefühl des Mannes zu streicheln.

»Bringt Eure Kanonen zu Aras' Stellung hinüber und bereitet Euch darauf vor, einen Angriff auf die Hügel abzuwehren, Oberst«, befahl er statt dessen scharf. »Wieviel Munition habt Ihr noch auf den Kanonenkarren?«

»Zehn Kugeln pro Geschütz.«

»Dann schlage ich vor, Ihr schickt Karren zum Gepäckzug, um Nachschub zu holen. Ihr werdet bald jedes Geschoß brauchen, das Ihr auftreiben könnt.«

»Bei allem Respekt, *Herr,* wir scheinen sie voll und ganz im Griff zu haben. Bei der Strategiebesprechung habe ich keine derartigen Befehle erhalten. Ich verstehe nicht, weshalb ...«

»Tut, was Euch befohlen wird!« herrschte Corfe ihn an, den allmählich die Geduld verließ. »Das ist eine Armee, kein Besprechungszimmer. Geht jetzt!«

Rusio, gut dreißig Jahre älter als Corfe, funkelte ihn abermals wütend an; dann riß er ohne weiteres Wort das Pferd herum und begann, seinen Kanonieren Befehle zuzubrüllen. Dreißig Geschütze, jedes von acht Pferden gezogen, holperten nach Osten.

Das Lager der Merduks war in einen dichten Rauchschleier gehüllt. Darunter schwelten dumpfe Flammen, und winzige, schwarze Gestalten huschten in Schwärmen gleich Ameisen umher. Dort unten herrscht gewiß ein entsetzliches Chaos, dachte Corfe, das für die Angreifer ebenso schlimm ist wie für die Verteidiger. Dennoch war ein solches Durcheinander stets ein Vorteil für die kleinere Streitmacht. In dieser wimmelnden, kochenden Hölle war es einfacher, achtzehntausend Mann zu befehligen als neunzigtausend. So weit, so gut.

Mittlerweile war die Sonne vollends aufgegangen und leuchtete von einem trüben, mit niedrigen Wolken verhangenen Himmel, aus dem immer wieder kurze Schneeschauer hervorbrachen. Die geübten Schlachtrosse der Kathedraler stampften unruhig und schwitzten trotz der Kälte; sie rochen den Gestank der Schlacht, der ihr Blut in Wallung versetzte. Für die Männer galt dasselbe; stetes Gemurmel ging durch die Reihen der Reiter. In der Mitte von Corfes Linie hatten die Veteranen der Feste von Ormann ihre Hakenbüchsen geladen und schußbereit auf die Y-förmigen Haltevorrichtungen gesenkt, die sie vor sich in den Boden gerammt hatten. Und ganz rechts standen die in schwarze Rüstungen gekleideten Fimbrier gleich dunkel schimmernden Statuen, die Piken himmelwärts ragend.

Andruw trabte zu Corfe hinüber und nahm den Helm ab. »Was haben meine Leute und ich für eine Aufgabe, Corfe?« wollte er wissen. »Mitschriften machen?« Er mußte schreien, um sich über den gewaltigen Lärm der Schlacht Gehör zu verschaffen.

»Üb dich in Geduld, Andruw. Die Schlacht hat gerade erst angefangen.«

Gemeinsam mit seinem General ließ Andruw den Blick über die linke Hälfte des Schlachtfeldes wandern, die sich westlich des Lagers der Merduks befand. Das Gelände dort war von Männern überzogen, von flüchtenden Feinden, die versuchten, der tödlichen Hölle in der Zeltstadt zu entrinnen, und von torunnischen Hundertschaften, die hinter ihnen herfeuerten. Hinter ihnen aber erstreckte sich ein gewaltiger, völlig verlassener Streifen Hügel- und Sumpfland.

»Du glaubst, sie werden von links einfallen?« fragte Andruw.

»Würdest du das nicht? Im Augenblick kämpfen wir gegen Wehrpflichtige. Die Berufssoldaten müssen erst noch eintreffen. Ich denke, Aras wird in der Lage sein, die rechte Seite zu halten, wenn er das Gelände ausnutzt und Rusios Kanonen richtig einsetzt. Mit der linken Seite verhält es sich dagegen völlig anders. Dort haben wir nichts, Andruw, gar nichts. Selbst wenn der Sultan nur eine flüchtige Erkundung durchführen läßt, wird er das erkennen und sich dort auf uns stürzen.«

»Und dann?«

»Und dann ... nun, dann haben wir einen harten Kampf zu bestehen.«

»Deshalb hast du uns so weit zurückbleiben lassen. Du glaubst, es könnte sich als nötig erwiesen, auf die linke Seite zu eilen.«

»Ich hoffe nicht. Aber schadet nichts, vorbereitet zu sein.«

»Aye. Der König jedenfalls erfüllt seine Aufgabe. Noch eine Stunde, dann hat er die halbe Armee der Merduks vom Antlitz der Erde gefegt.«

»In die Schlacht hineinzukommen ist eine Sache, wieder herauszukommen eine ganz andere.«

»Höre ich da so etwas wie Neid heraus, Corfe?« meinte Andruw grinsend.

»Es ist zweifellos ein ruhmreicher Angriff, aber ich wünschte, der König würde einen Augenblick innehalten und sich einen Überblick verschaffen. Die Armee dort unten ist hoffnungslos zersprengt. Es wird Stunden dauern, sie neu zu formieren und sich zurückzuziehen.« Corfe lächelte. »Na schön, vielleicht beneide ich ihn ein wenig um den Ruhm.«

»Das muß man ihm lassen, er hat sie wie ein kampferprobter Soldat in die Schlacht geführt. Aber ich sollte jetzt besser zurück an meinen Flügel. Mach ein fröhlicheres Gesicht, Corfe! Schließlich schreiben wir gerade Geschichte.« Damit galoppierte er davon.

Corfe verharrte eine weitere halbe Stunde auf seinem unruhigen Roß. Die Schlacht im Lager der *Minhraib* dauerte unvermindert an, wenngleich sie sich auf die Ebene jenseits der Zelte verlagert hatte. Er sah torunnische Hakenbüchsenschützen und Kürassiere, die untereinander vermischt kämpften und deren Banner bunt durch den Rauch schimmerten. Hinter dem Lager nahm eine gewaltige Männermasse Gestalt an, als die *Minhraib* die Reihen der Zelte verließen und versuchten, sich auf dem offenen Gelände nordwestlich davon zu formieren. Zwanzig-, dreißigtausend Mann bezogen ungestört Stellung, während die Torunnen in den schrecklichen Kampf innerhalb des Lagers verstrickt waren. Zwar hatte der Feind schwere Verluste erlitten, doch er verfügte über die nötige Anzahl an Männern, diese Ausfälle zu verkraften; schließlich brachte er sogar eine gewisse Ordnung in die zuvor wirren Massen. Es war an der Zeit, sich zurückzuziehen. Mittlerweile würde auch die Verstärkung der Merduks unterwegs sein.

Ein Bote löste sich aus dem Hexenkessel und trieb sein zu Tode erschöpftes Pferd den Hang empor auf Corfes Linie zu. Corfe trabte ihm entgegen. Der Mann war ein Kürassier. Sein Roß wies an einem halben Dutzend Stellen Schnittwunden auf, und die Rüstung des Mannes glich einer schwarzen Masse aus Dellen und Kratzern. Er salutierte.

»Ich bitte um Verzeihung, Herr ...« Verzweifelt rang er nach Luft. »Aber der König, der König ...«

»Laß dir Zeit, Soldat«, beruhigte ihn Corfe. »Cerne! Gib dem Mann Wasser.«

Sein Trompeter reichte dem Kürassier einen Wasserbeutel. Gierig schüttete der Bote sich große Schlucke in die vom Rauch ausgetrocknete Kehle. Er wischte sich über die Lippen.

»Herr, der König wünscht Eure Männer unverzüglich im Lager. Der Feind flieht vor ihm, aber seine eigenen Leute sind völlig erschöpft. Er will, daß Ihr die Verfolgung aufnehmt. Ihr müßt die gesamte Reserve ins feindliche Lager führen und diese Mistkerle fertigmachen … ich bitte um Verzeihung, Herr.«

Corfe blinzelte. »Der König, sagst du?«

»Ja, Herr. Sofort, Herr. Er meint, er könnte den ganzen Haufen überwältigen, wenn Ihr Euch nur beeilt.«

Just in diesem Augenblick krachte rechter Hand eine Salve Kanonen- und Artillerieschüsse. Aras' Männer hatten das Feuer auf einen unsichtbaren Feind unter ihnen eröffnet. Corfe rief nach Andruw.

»Schick einen Boten zu Aras. Ich will die Stärke und Formation des Feindes erfahren, auf den er feuert, außerdem eine brauchbare Schätzung, wie lange er den Gegner aufhalten kann. Und sag Marsch, er soll links eine Schwadron ungefähr ein, zwei Meilen weit hinausführen. Ich will früh genug gewarnt werden, falls sie uns von dort angreifen.« Andruw salutierte und preschte zu den Rängen los. Corfe griff wieder zu Stift und fleckigem Papier und bediente sich des Oberschenkelschutzes seiner Rüstung als Schreibunterlage.

»Wie lautet dein Name, Soldat?« fragte er den zerschundenen Kurier.

»Holman, Herr.«

»Na schön, Holman, wirf doch mal einen Blick auf das Land nördlich des Lagers der Merduks. Was siehst du dort?«

»Nun ja, General, es ist eine Armee, eine weitere Armee der Merduks, die sich formiert. Sieht aus, als wollte sie unsere Leute in der Zeltstadt angreifen!«

»Es ist keine weitere Armee. Es ist die, gegen die

ihr kämpft. Aber bislang habt ihr es nur mit der Hälfte dieser Armee zu tun gehabt. Die andere Hälfte hat sich zurückgezogen und formiert sich seit fast einer Stunde neu. Bald wird sie bereit sein, zuzuschlagen und das Lager zurückzuerobern. Zudem ist auf der rechten Seite Verstärkung der Merduks eingetroffen. Du mußt dem König ausrichten, daß seine Stellung unhaltbar ist. Ich kann ihn nicht verstärken – er muß sich sofort zurückziehen. Und ich will, daß du diese Botschaft zuerst General Menin überbringst, Holman. Diese Nachricht muß durchkommen, koste es, was es wolle. Die Armee *muß* sich zurückziehen, andernfalls wird sie vernichtet. Hast du verstanden, Soldat?«

Holman starrte ihn mit weit aufgerissenen Augen an. »Jawohl, General.«

»Mein Kommando wird den Rückzug so lange wie möglich decken. Trotzdem muß der Haupttruppenkörper sich unverzüglich zurückziehen.«

»Jawohl, Herr.« Holman zeigte sich beflissen und entsetzt zugleich. Unten im höllischen Getümmel des Lagers hatte niemand die Tausendschaften der Merduks bemerkt, die sich zum Gegenschlag vorbereiteten. Corfe beneidete den Mann nicht um seine Aufgabe. Der König würde aus der Haut fahren, aber Menin würde es wahrscheinlich einsehen.

Holman preschte los; sein erschöpftes Pferd schaukelte wie ein Schiff auf stürmischer See. Gleichzeitig brachen Marsch und seine Schwadron nach Nordwesten auf, um die linke Flanke im Auge zu behalten. Corfe schlug sich mit der panzerbehandschuhten Faust in die Hand. Hier untätig herumzuhocken verbitterte ihn über alle Maßen. Beinahe wünschte er sich, wieder Jungoffizier zu sein, der inmitten des dichtesten Getümmels tat, was man ihm befahl.

Der Bote von Aras traf ein, ein Stammeskrieger, dessen stampfendem, schnaubendem Pferd Schaum von den Nüstern spritzte. Er reichte seinem General einen Fetzen Papier, salutierte linkisch und gliederte sich wieder in die Ränge ein.

Etwa 8000 Mann vor mir, allesamt Reiterei – die Ferinai, *glaube ich. Mehrere Meilen dahinter ist eine Truppe Fußsoldaten zu erkennen. Vorerst hält die Artillerie sie fern. Sie sammeln sich zum Sturmangriff. Kann sie vielleicht noch ein, zwei Stunden aufhalten, länger nicht. Aras.*

»Großer Gott«, entfuhr es Corfe leise. Der Khedive der Merduks hatte schnell geschaltet und gehandelt.

Er trat sein Pferd in Bewegung und trabte die Kampfreihe entlang, bis er die Fimbrier erreichte. Seine Männer jubelten, als er an ihnen vorüberritt. Abwesend winkte er ihnen mit einer Hand zu, während sein Verstand hektisch arbeitete.

»Formio? Wo seid Ihr?«

»Hier, General.« Der schlanke Fimbrier trat aus der Mitte seiner Männer hervor. So wie sie, trug auch er eine Pike. Einzig die Schärpe um seine Hüfte unterschied ihn von den gemeinen Soldaten.

»Führt Eure Männer zu den Hügeln im Osten und verstärkt Oberst Aras. Er hat es mit schwerer Reiterei zu tun – Eure Piken können ihr Einhalt gebieten. Ihr müßt Zeit für uns herausschinden, Formio. Ihr müßt diese Stellung halten, bis Ihr etwas anderes von mir hört. Ist das klar?«

»Sonnenklar, General.«

»Viel Glück.«

Eine Reihe gebrüllter Befehle, ein Trompetensignal, und die Fimbrier formierten sich zu einer Marschkolonne und zogen los wie eine gewaltige Maschine, die aus perfekten Einzelteilen bestand. Es widerstrebte Corfe zutiefst, sein Kommando zu zerreißen, aber allein würde Aras den Feind nicht lange genug aufhalten können. Er fühlte sich wie jemand, der verzweifelt versuchte, ein Leck in einem Damm zu stopfen, aber jedesmal, wenn er eine Stelle abdichtete, brach das Wasser an einer anderen hervor.

Andruw gesellte sich wieder zu ihm. »Ich habe das Gefühl, da kommt eine heiße Aufgabe auf uns zu«, meinte er beinahe vergnügt, was die Aussicht auf einen zünftigen Kampf stets bei ihm bewirkte.

»Als nächstes werden sie an der linken Seite zuschlagen«, erklärte Corfe. »Und wenn sie es tun, dann ordentlich. Ich werde den Rest des Kommandos für die Verteidigung brauchen. Wir haben keine Reserven mehr.«

»Glaubst du, wir haben mehr in den Mund genommen, als wir schlucken können?«

Corfe antwortete nicht. Er spürte, wie ihm die Zeit Augenblick für Augenblick zwischen den Fingern zerrann, als wäre es sein Lebensblut, das aus seinen Venen strömte. Und je mehr Zeit verstrich, desto geringer wurde die Aussicht, daß die Armee überleben würde.

Zweiundzwanzig

Aurungzeb hatte schon länger kein Pferd mehr geritten, als er sich einzugestehen wagte. Seine Oberschenkel rieben am Sattel, seine Pobacken fühlten sich wie ein Paar purpurner Blutergüsse an. Dennoch saß er, eingedenk seines Ranges, aufrecht im Sattel und schenkte dem Schnee keine Beachtung, der sich in seinem Bart sammelte.

»Beim Blut des Propheten!« rief er ungeduldig. »Können die denn nicht schneller machen?«

Shahr Harran, sein zweiter Khedive, saß augenscheinlich behaglicher auf einem Pferd neben ihm. »Es dauert seine Zeit, eine Armee in Bewegung zu setzen, Hoheit. Zu Beginn erscheinen solche Dinge immer langsam, aber die Torunnen hängen noch stundenlang fest. Unsere Kundschafter berichten, daß sie inmitten des Lagers der *Minhraib* kämpfen – sie haben ihre schwere Reiterei unmittelbar zwischen den Zelten, diese Narren. Keine Sorge, sie werden uns nicht entwischen. Und ihre linke Flanke ist immer noch ungeschützt.«

»Was ist mit diesen verfluchten Reitern in roter Rüstung, vor denen alle solche Angst haben? Wo sind die?«

»In den hinteren Linien des Feindes, Sultan, als Reserve. Und sie zählen kaum tausend Mann. Wir setzen zwanzigtausend berittene Bogenschützen aus Nalbeni auf ihre linke Seite an, und Shahr Johor müßte jeden Augenblick von rechts angreifen. Die Torunnen können nicht entkommen. Wir werden ihre Armee auslöschen, und das Königreich kann unmöglich eine weitere auf die Beine stellen.«

»Haltet das verdammte Ding gerade, geht das?« keifte der Sultan. Dies war an die Unglücklichen gerichtet, die danach trachteten, ihren Herrscher mit einem riesigen Schirm vor den herabwirbelnden Schneeflocken zu schützen, doch der Wind ließ den Schirm wie einen Hundeschwanz über Aurungzebs Kopf wackeln. »Ich bin sicher, Ihr habt recht, Shahr Harran. Es ist nur so, daß meine Khediven mir in letzter Zeit des öfteren die Vernichtung der Torunnen versprochen haben, und die verfluchten Ramusier scheinen stets in der Lage zu sein, ihre Armeen durch irgendeinen Trick im letzten Augenblick zu retten. Das darf diesmal nicht geschehen.«

»Wird es nicht. Kann es nicht«, versicherte ihm Shahr Harran.

Die beiden Reiter waren von Hunderten weiteren in silbernen Rüstungen umgeben – der Leibgarde des Sultans. Daneben erstreckte sich eine schier endlose Kolonne leicht bewaffneter Reiterei. Die Männer dieser Truppe trugen keine Rüstungen, waren jedoch dick gegen die Kälte vermummt. Die Pferde waren schlanke, hochbeinige, zierlich wirkende und auf Schnelligkeit gezüchtete Geschöpfe, die Reiter dunkle Männer, ebenso drahtig wie ihre Rösser und mit Bogen und Köchern voller schwarz befiederter Pfeile bewaffnet, die von ihren Sattelknäufen hingen.

»Wo ist mein furchtloser Ungläubiger?« fragte Aurungzeb in gefälligerem Tonfall. »Ich will unbedingt hören, was er zu dieser Phalanx zu sagen hat.«

Eine kleinwüchsige, dunkle Gestalt auf einem Maultier ritt an Aurungzebs Seite. Sie trug die Kutte eines ramusischen Mönchs und wies ein gräßlich entstelltes Antlitz auf.

»Sultan?«

»Ah, Priester. Wie fühlt es sich an, die Macht Ostrabars vor sich zu sehen und zu wissen, daß sie schon bald die geistliche Befreiung deines umnachteten Volkes herbeiführen wird? Sprich frei heraus. Mir gefällt der Unsinn, den du brabbelst. Er erinnert mich daran, wie hoffnungslos irregeleitet ihr Ramusier seid.«

Albrec ließ ein seltsames Lächeln aufblitzen. »Nicht nur die Ramusier, Sultan, sondern auch Euer Volk. Beide Völker huldigen demselben Gott und verehren denselben Mann als seinen Boten. Es ist eine unvergleichliche Schande, daß ihr einander wegen eines uralten Mißverständnisses bekriegt. Wegen einer Lüge. Eines Tages werden sich sowohl Merduks als auch Ramusier mit dieser Tatsache anfreunden müssen.«

»Du überheblicher kleiner ...«, fuhr Shahr Harran ihn an, doch Aurungzeb hob eine vor Ringen glitzernde Hand.

»Khedive, dieser Wahnsinnige ist in guter Absicht zu uns gekommen, um uns unsere Fehler aufzuzeigen. Einen besseren Hofnarren habe ich noch nie gehabt.« Der Sultan lachte lauthals auf. »Priester, du hast Mut. Schade, daß du verrückt bist. Wenn du weiter deine irren Offenbarungen verkündest, erlebst du vielleicht sogar den Frühling, es sei denn, du versuchst zu fliehen.« Und wieder lachte er.

Albrec verneigte sich im Sattel. Seine Füße waren an die Steigbügel gefesselt, sein Maultier durch eine Führungsleine mit dem Schlachtroß eines Kriegers verbunden. Eine Flucht war so undenkbar, daß es lachhaft schien. Doch Albrec wollte gar nicht fliehen. Er wollte nirgendwo anders sein. Seine entstellten Züge zeigten keine Regung, während er beobachtete, wie die mächtige Armee endlos an ihm vorübermarschierte – dabei handelte es sich, wie er erfahren hatte, nur um ein Drittel der Gesamtarmee, und nicht einmal um das größte Drittel. Sein Herz verkrampfte sich in der Brust, als er an das Gemetzel dachte, das bald beginnen würde. Torunna konnte nie und nimmer hoffen, diesen Krieg allein durch Waffengewalt zu gewinnen. Seine Mission bei den Merduks schien wichtiger als je zuvor.

In jener Nacht, als er auf den Schwingen des Sturms in ihr Lager wankte, hatten sie ihn verprügelt und um ein Haar getötet. Doch ein Offizier erwies sich als neugierig und wollte erfahren, weshalb er gekommen war, vermutlich weil er ihn für einen Überläufer hielt, der nützliche Kenntnisse besitzen mochte. Daraufhin wurde Albrec ins Lager des Sultans geschickt und neuerlich verprügelt. Schließlich bekundete der Sultan selbst Interesse, den seltsamen Wanderer zu sehen. Aurungzeb sprach gut genug Normannisch, um keinen Dolmetscher zu benötigen. Albrec fragte sich, wer es ihm beigebracht haben mochte – wohl der eine oder andere gefangene Ramusier, nahm er an. Der Sultan zeigte sich zunächst verblüfft, dann höchst belustigt, nachdem Albrec ihm von seiner Mission berichtet hatte: die Völker der Merduks davon zu überzeugen, daß ihr Prophet ein und derselbe wie der Heilige der Ramusier war. Er rief zwei Mullahs herbei – Geistliche der Merduks –, und Albrec unterhielt sich die ganze Nacht mit ihnen, wobei er sie ebenso verblüffte wie den Sultan. Denn Albrec hatte nahezu alles über die Merduks und ihre Geschichte gelesen, in jedem Band, der er auftreiben konnte, sowohl in Charibon als auch in der kleineren Bibliothek Torunns. Er kannte Aurungzebs Stammbaum und die Geschichte seine Klans besser als der Sultan selbst, und der Herrscher fühlte sich durch das Wissen des Mönchs merkwürdig geschmeichelt. Er hielt Albrec wie einen Tanzbären in leichten Ketten im königlichen Pavillon. Wenn die Offiziere der Armee sich zu Besprechungen versammelten, war Albrec dabei und wurde aufgefordert, sich zu erheben und seinen Schwank zur Unterhaltung seiner Häscher zum Besten zu geben.

Aber viele, mit denen er zuvor gesprochen hatte, waren alles andere als belustigt. Was der Sultan als einen unterhaltsamen Wahnsinnigen betrachtete, hielt so mancher für einen Gotteslästerer, der einen grausamen Tod verdiente. Wieder andere schwiegen gänzlich, wirkten jedoch besorgt und verwirrt, als Albrec von der Reise des Heiligen über die Berge von Jafrar erzählte, von seinen Lehren, seiner Verwandlung in den Propheten, der den östlichen Stämmen die Erleuchtung und ein Ende ihrer belanglosen, blutschwangeren Kriege brachte und sie zu dem gewaltigen Volk verschweißte, das nunmehr die Welt bedrohte.

Bei einer dieser Gelegenheiten war eine Frau anwesend, eine der Gemahlinnen des Sultans, prunkvoll gekleidet wie eine Königin, verschleiert und schweigsam. Ihre Augen hafteten unablässig in Albrecs Gesicht, während der kleinwüchsige Mönch seine Predigt hielt. Die hellen Augen eines Menschen aus dem Westen. Aus ihnen sprachen Verzweiflung und ein Verlust, der Albrec fast das Herz zerriß. Er vermeinte, einst denselben Ausdruck in jemand anderes Antlitz gesehen zu haben, konnte sich jedoch beim besten Willen nicht erinnern, wer es gewesen war.

Der ferne Donner einer Schlacht holte seine Gedanken jäh in die Gegenwart zurück. Der Sultan sprach wieder zu ihm.

»Weißt du, wer dieser General ist, der die rot gekleideten Reiter anführt, Priester? Meine Spione wissen nichts Brauchbares zu berichten. Ich weiß, daß der torunnische König kein Phönix ist, und sein Oberkommando setzt sich aus einem Haufen alter Waschweiber zusammen. Und doch, entgegen allen Erwartungen, haben sie sich herausgewagt, um gegen uns zu kämpfen. Zumindest einer von ihnen ist ein wahrer Krieger.«

»Ich weiß wenig mehr als Ihr, Sultan. Aber ich habe diesen General getroffen, von dem Ihr sprecht.«

Aurungzebs Augen funkelten vor Neugier. »Tatsächlich? Was für ein Mann ist er?«

»Es war ein kurzes Treffen. Er ist ...« Plötzlich

erinnerte Albrec sich. Der Ausdruck, den er über einem Schleier in den Augen einer Frau gesehen hatte. Nun wußte er, an wen er ihn erinnert hatte. »Er ist ein einzigartiger Mann. Erfüllt von Traurigkeit, glaube ich.« Er besann sich der stechenden, grauen Augen des Offiziers namens Corfe, dem er vor Torunn begegnet war, der Kolonne scharlachroter, barbarischer Reiterei hinter ihm, die vorüberzog wie ein Heer aus einer uralten Legende.

»Traurigkeit! Was bist du bloß für ein Schelm, Priester! Nach allem, was wir hören, ist er der beste General der Torunnen seit Mogen, zudem ein rasender Dämon im Sattel. Ich würde ihn gerne kennenlernen. Vielleicht lasse ich ihn sogar am Leben, nachdem wir seine Armee vernichtet haben.« Aurungzeb kicherte. »Höre sich einer bloß an, was ich da sage! Ich werde schon wie Shahr Baraz, ritterlich gegenüber Feinden.«

»Großmut macht einen großen Herrscher aus, Sultan«, erklärte Albrec. »Nur geringere Menschen schwelgen in ihrer Grausamkeit.«

»Was ist das, eine der Plattheiten deines Heiligen?«

»Nein. Ein Sprichwort Eures Propheten.«

Ein weiterer Bote. Schnee gefror auf seinen Schultern und verkrustete die Mähne seines Rosses. »Ich komme von Marsch«, verkündete er und deutete nach Westen, um seine Aussage zu bekräftigen.

»Und?« fragte Corfe.

»Viele, viele Reiter kommen. Kleine Pferde, Männer mit Bögen.«

»Wie viele? Wie weit entfernt?«

Der Bote verzog das tätowierte Gesicht. »Marsch mir sagt«, antwortete er, »so viele wie Armee des Königs, oder mehr, und kommen von Nordwesten. In einer Stunde sie werden sein da.« Seine Züge entspannten sich. Er war offensichtlich erleichtert, den Satz ohne größeres Mißgeschick herausgebracht zu haben.

»Männer mit Bögen«, wiederholte Andruw nachdenklich. »Berittene Bogenschützen. Das ist bestimmt das Kontingent aus Nalbeni. Und wenn sie tatsächlich so viele Leute haben wie der König ...«

»Achtzehn-, zwanzigtausend«, stellte Corfe mit tonloser Stimme fest.

»Verflucht, Corfe, dann sind wir erledigt. Menin und der König haben unten im Lager damit begonnen, sich neu zu formieren; trotzdem können sie ihre Männer unmöglich binnen einer Stunde da herausholen.«

»Dann müssen wir uns ihnen alleine in den Weg stellen«, erwiderte Corfe schlicht.

Andruw brachte ein reuiges Lächeln zustande. »Ich weiß, wir verstehen uns gut darauf, scheinbar aussichtslose Schlachten zu schlagen, aber findest du nicht, daß wir damit das bißchen Glück, das uns noch bleibt, über Gebühr in Anspruch nehmen? Jetzt haben wir nicht einmal mehr die Fimbrier. Nur die Kathedraler und Ranafasts Männer. Sechstausend.«

»Wir haben keine Wahl. Wir müssen sie zurückschlagen, bevor sie sich auf unsere linke Seite stürzen können. Wenn ihnen das gelingt, ist die gesamte Armee umzingelt.«

»Wie?« wollte Andruw wissen.

Corfe trieb sein Pferd ein paar Schritte vor. In den letzten Monaten hatte er viel über das Wesen des Krieges gelernt. Es war wie bei jedem anderen Gebiet menschlichen Strebens: der Schein war oft bedeutender als die Wirklichkeit. Und Arglist bedeutender als schiere Kraft.

Die berittenen Bogenschützen mit seiner schweren Reiterei angreifen? Selbstmord. Der Feind würde sich lediglich zurückfallen lassen und auf dem Rückzug schießen. Sie würden seine Männer mit Pfeilsalven zu Fall bringen und sie niemals in Kampfesnähe lassen. Er mußte sie irgendwo, irgendwie festnageln und dann erbarmungslos zuschlagen, aus nächster Nähe, so daß Gewicht und Rüstung seiner Männer die zahlenmäßige Übermacht ausgleichen konnten. Ihm wurde klar, daß er Feuer mit Feuer bekämpfen mußte. Feuer mit Feuer. Und er hatte fünftausend kampferprobte Hakenbüchsenschützen von der Feste von Ormann unter seinem Kommando.

Corfe ließ den Blick prüfend über das riesige Schlachtfeld vor sich wandern. Drunten in den Überresten des *Minhraib*-Lagers dauerte der Kampf zwar noch an, doch er schien ein wenig abgeflaut. Beide Armeen versuchten, sich neu zu formieren; Corfe sah, wie wirre Massen torunnischer Soldaten wieder in ordentliche Reihen verwandelt wurden. Gut die Hälfte der Zelte des gewaltigen Lagers war vernichtet; überall loderten Feuer, überall hing in dichten, grauen Schwaden Rauch. Jenseits des Lagers hatten die überlebenden *Minhraib* die eigene Neuformierung beinahe abgeschlossen. Bald würden sie den Gegenangriff beginnen. Aber das war im Augenblick nicht sein Problem. Eins nach dem anderen.

Drüben im Osten bemühten sich Aras und die Fimbrier, die Kolonne der von der Seite her anstürmenden Merduks abzuwehren. Formio hatte seine Pikenstreiter unter Aras' Hakenbüchsenschützen und Rusios Kanonen gemischt. Das gesamte Gebiet war von dichten Rauchwolken verhangen, in denen rot und gelb die Blitze der feuernden Geschütze aufleuchteten, doch die westlichen Streitkräfte hielten die Stellung. Corfe wußte, daß Formio keine Elle zurückweichen würde. Die rechte Flanke war also vorerst sicher.

Blieb die linke – und an der linken Flanke zeichnete das Unheil sich am deutlichsten ab. Wie sollte er diese neue Bedrohung mit den wenigen Männern eindämmen, die ihm noch zur Verfügung standen …?

Urplötzlich überkam es ihn. Mit List und Tücke, nicht mit Gewalt. Und er wußte haargenau, was er zu tun hatte. Er riß sein Pferd herum und wandte sich an Andruw.

»Wir ziehen los. Ich will, daß Ranafasts Männer vorausmarschieren, und zwar im Laufschritt. Andruw, du führst die Kathedraler nach links. Ich erklär's dir unterwegs.«

Dreiundzwanzig

Eine gewaltige Kolonne aus unzähligen Reitern, gleich einem Heuschreckenschwarm. Ihre Ränge wiesen keinerlei Ordnung auf, und während sie vorantrotteten, rempelten sie einander, lichteten und verdichteten die Reihen mit jeder Unebenheit des Geländes. Die Vorderfront des Truppenkörpers maß etwa eine halbe Meile, doch während des Vormarsches verfielen die hinteren Ränge in einen Kanter und begannen, nach links und rechts auszuscheren, so daß die Linie sich Meter um Meter verbreiterte. Als sie in Sichtweite des *Minhraib*-Lagers und des dort nach wie vor tobenden Kampfes gerieten, hatten sie sich zu einem großen Bogen formiert, einer flachen Neumondsichel, die sich von einer Spitze zur anderen über beinahe eine halbe Wegstunde erstreckte und deren Ankunft die gefrorene Erde unter den Hufen der Pferde scheinbar erbeben ließ. Zwanzigtausend von Nalbenis besten Männern, die sich mit dem Sultanat Ostrabar verbündet hatten, um die Falle über dem Feind zuschnappen zu lassen und die Torunnen in den Schnee zu stampfen.

Corfe beobachtete sie von den Bäumen aus und verspürte unweigerlich eine Art Bewunderung. Sie waren ein prächtiger Anblick. In diesen von Kanonen und Schießpulver beherrschten Tagen wirkten sie wie irgend etwas aus einer barbarischen Vergangenheit, doch er wußte, daß ihre kraftvollen Bögen praktisch die Reichweite einer Hakenbüchse aufwiesen und zudem leichter nachzuladen waren. Sie hatten Durchschlagskraft im Überfluß.

Hinter ihm, verborgen in der Baumreihe, die sich bis zum hinteren Ende der torunnischen Front erstreckte, warteten zunehmend ungeduldig seine Kathedraler. Die nalbenischen Reiter würden an ihnen vorbeifegen, um die Streitkräfte des Königs von der Flanke her anzugreifen. Corfe wollte sie seinerseits von hinten attackieren und unbarmherzig zuschlagen. Doch erst mußten sie zum Stillstand gebracht werden. Sie mußten auf den Amboß treffen, bevor der Hammer fallen konnte.

Und der Amboß war bereit und erwartete ihre Ankunft.

Schlieren pulvrigen Schnees wehten über die Hänge des Hügels. Der Himmel hatte ein wenig aufgeklart, aber es war viel kälter geworden, und Corfes Atem gefror auf der Vorderseite seines Helms zu einem weißen Kristallmuster. Die Schneeverwehungen würden den kräuselnden Rauch von viertausend brennenden Lunten verschleiern. Ranafast und seine Männer lagen irgendwo im Schnee und warteten, zwei Ränge tief, über eine Meile lang. Corfes Amboß.

Er hatte für die Männer einen langen, gegenläufigen Hang gefunden, wo sie sich bis zum letzten Augenblick verbergen konnten, und die Schneeverwehungen hatten still und heimlich das Schwarz ihrer Uniformen übertüncht. Zwar würde es dort draußen auf dem harten Boden kalt sein, aber schon bald würden sie sehr viel Arbeit haben, um sich zu erwärmen. Wie lange dauerte die Schlacht schon an? Scheinbar ewig, und doch hatte Corfes Schwert die Scheide noch kein einziges Mal verlassen. Das war ein Teil des Preises der Befehlsgewalt: anderen Männern zu befehlen, in den Tod zu gehen, während man selbst zuschaute.

Aber nicht mehr lange, bei Gott. Bald würde der Feind …

Ein lautes, zischendes Geräusch, als würde schwerer Stoff zerfetzt. Rechter Hand stieg eine Rauchwand auf. Ranafasts Männer hatten gefeuert.

Corfe richtete sich im Sattel auf. Sein Roß tänzelte unter ihm. Er zog Mogens Schwert und hielt es hoch. Deutlich spürte er die Blicke seiner Männer auf sich ruhen, ungeduldig auf das Zeichen wartend. Es war, als säße man mit dem Rücken zu einem brüchigen Damm, der jeden Augenblick bersten konnte.

Die vordersten Ränge der nalbenischen Reiter wirkten, als wären sie gleichzeitig in einen Stolperdraht gelaufen. Ranafast hatte aus unmittelbarer Nähe geschossen – aus weniger als hundert Metern. Während Corfe hinabblickte, feuerte der zweite Rang. Leise hörte er in den kurzen Augenblicken zwischen den Salven die fernen Befehle: »Laden! Anlegen! Feuer!«

Der Feind war zum Stillstand gekommen, als wäre er gegen eine Steinmauer gerannt. Ein paar tödliche Minuten wimmelten die Nalbeni hilflos durcheinander, während die schweren Bleikugeln sie durchlöcherten, durchschlugen, zerfetzten. Pferde brüllten, bäumten sich auf, traten um sich, stürzten in den Schnee. Männer zuckten, als die schweren Kugeln sie trafen, flogen aus dem Sattel, schrien gellend, faßten sich an blutende Löcher. Die Tiere standen so dicht beieinander, daß die Reiter, die an der Front hingemetzelt wurden, sich nicht aus dem mörderischen Kugelhagel zurückziehen konnten. Pfeilhagel wurden abgeschossen, doch Ranafasts Männer lagen flach auf dem Boden, wodurch sie ein winziges Ziel darstellten. Die Tausende von Reitern an der Front des nalbenischen Truppenkörpers hingen fest wie ein Käfer, der auf eine Nadel gespießt war; sie wurden Opfer der Masse ihrer eigenen Armee. Binnen hundert Herzschlägen wuchs eine Mauer zuckender, sich windender Leiber, Hunderte, Tausende. Es war einer der gräßlichsten Anblicke, die Corfe je gesehen hatte. Ein plötzliches Gefühl verriet ihm, daß er den Tod der Reiterei beobachtete – der gesamten Reiterei.

Doch es reichte nicht. Die Arbeit mußte zu Ende gebracht werden. Nach und nach wurde die nalbenische Formation dünner. Die Soldaten wichen zurück, wobei die hinteren Ränge zurückzuströmen begannen, so daß die armen Teufel an der Front aus dem vernichtenden Kugelhagel flüchten konnten. Bald würden sie die Formation gänzlich öffnen, die Enden von Ranafasts Linie entdecken und ihn umzingeln. Sie mußten wieder zusammengepfercht und zurück auf den Amboß gezwungen werden.

Corfe ließ Mogens Schwert herabsausen. »*Angriff!*«

Der Hammer fiel.

Der König von Torunna wischte sich den Ruß aus dem Gesicht und stellte mit verkniffener Miene fest, daß Blut von seinem Panzerhandschuh tropfte. Er zitterte vor Erschöpfung, und seine Rüstung schien doppelt so schwer wie sonst. Lofantyr saß bereits auf dem dritten Pferd an diesem Tag. Beim Sturz des ersten hatte er sich den Knöchel so schlimm verrenkt, daß er nicht mehr gehen konnte. Der Kronenhelm hatte ihm fürchterliche Kopfschmerzen beschert, und darunter rann der Schweiß in Strömen. Seine Kehle fühlte sich trocken wie Sand an, und seine Stimme hatte sich in ein Krächzen verwandelt.

Rings um ihn scharten sich die Überlebenden seiner dreitausend Kürassiere. Zwei Drittel waren tot oder zu schwer verwundet, um ein Schwert zu heben, neun Zehntel waren zu Fuß. Sie waren den ganzen Vormittag an vorderster Front des Angriffs gewesen und hatten wahre Wunder vollbracht. Er war stolz auf sie – insgeheim auch auf sich selbst. Seine erste Schlacht, sein erster Angriff, und er vermeinte, sich wie ein König verhalten zu haben.

Der Rest der Armee formierte sich soeben neu. Umherirrende Gruppen von Männern wurden von ihren überlebenden Offizieren in ordentliche Ränge gescheucht. Die *Minhraib* hatten sich vorerst zurückgezogen; was noch vom Lager übrig war, war sein. Es glich einem tristen, dampfenden, rauchverhangenen Ödland, übersät mit Leichen, eingestürzten Zelten und toten Pferden. Es wurde weder um Gnade gebettelt, noch wurde sie gewährt, und wenn ein Mann, ganz gleich auf welcher Seite, in Hilflosigkeit verfiel, wurde ihm alsbald die Kehle durchgeschnitten. Wo die äußeren Hundertschaften inmitten des Rauchs immer noch mit dem Feind rangen, ertönten vereinzelte Hakenbüchsenschüsse, zum größten Teil aber hatte die Armee sich zurückgezogen und bereitete sich auf den entscheidenden Schlußangriff vor. Wo blieb nur die verfluchte Verstärkung, die er angefordert hatte?

Lofantyr hörte das glorreiche, dumpfe Donnergrollen des Krieges von der rechten Seite, wo Aras und seine Männer die Verstärkung der Merduks abwehrten. Auf der linken Seite schien bislang alles ruhig. Oder war es Hakenbüchsenfeuer, das er da hörte? Nein, es war zu weit entfernt. Zweifellos ein Echo. Er hatte recht gehandelt, die linke Flanke zu vernachlässigen. Und die dachten, er wäre kein Stratege!

Träge wankte General Menin zu ihm herüber und salutierte. Sein Schwertarm war bis zum Ellbogen blutig.

»General, wieso diese Verzögerung? Wo sind General Cear-Inaf und unsere Reserve? Der Bote ist schon vor einer Stunde aufgebrochen.«

Ein gewaltiges Klirren unzähliger Musketen ertönte vor ihnen, der Lärm eines Truppenkörpers im Angriff. Die Ränge der Torunnen versteiften sich und spähten angestrengt durch den beißenden Rauch. Von den achtzehntausend Mann, die der König ins Lager geführt hatte, waren noch etwa zwölftausend übrig, doch sie hatten dem Feind vier- bis fünfmal so schwere Verluste zugefügt. Diese zwölftausend Mann präsentierten sich nun als unstete, eine Meile lange Linie. An manchen Stellen war die Linie nur zwei Ränge tief, an anderen scharten sich wahre Massen erschöpfter und verwundeter Männer, die zusammenströmten und aus der Nähe der Kameraden Zuversicht schöpften. Die Armee war ausgezehrt; dabei war es erst früher Nachmittag am längsten Tag, den die meisten von ihnen erlebt hatten.

»Der Bote ist vor ein paar Minuten zurückgekehrt, Majestät.«

»Ach? Und warum hat er sich nicht bei mir zum Rapport gemeldet?«

Menin kam zum Pferd des Königs und lehnte sich an die Flanke des Tieres. Er sprach mit leiser Stimme.

»Majestät, Corfe hält die Reserve zurück. Er fürchtet um die linke Flanke. Außerdem hat er mir mitgeteilt, daß die *Minhraib* jeden Augenblick zum Gegenangriff bereit sind.« Der General schaute nach Norden, wo der Lärm der Schlacht inmitten des Rauchs zu einem Tosen anschwoll. »Tatsächlich könnten sie diesen Angriff schon begonnen haben. Er rät uns, sofort den Rückzug anzutreten. Ich pflichte ihm bei und habe bereits die nötigen Befehle erteilt.«

»Ihr habt *was*? Damit überschreitet Ihr Eure Befehlsgewalt, General. Wir stehen kurz vor einem unvergleichlichen Sieg. Noch einmal nachstoßen, und der Sieg gehört uns. Wir brauchen Cear-Inafs Reserve hier, und zwar sofort.«

»So hört doch, Majestät! Wir haben unser Pulver verschossen. Wie General Cear-Inaf erklärte, haben sich dreißig- bis vierzigtausend *Minhraib* am Nordrand des Lagers neu formiert und werden uns jeden Augenblick bestürmen. Aras kämpft auf der rechten Seite um sein Leben, und Corfe *muß* die Reserve in Bereitschaft halten, um sich möglichen neuen Bedrohungen zu stellen. Wir müssen uns unverzüglich zurückziehen.«

»Bei Gott, General ...«

Doch seine Worte wurden übertönt. Das Klirren im Rauch schwoll zunehmend an; rennende Männer in Einer- und Zweierreihen tauchten auf – torunnische Hakenbüchsenschützen in wirrer Flucht, die ihre Waffen im Laufen wegwarfen. Und hinter ihnen das gestaltlose Tosen eines riesigen Truppenkörpers brüllender Männer.

»Zu spät«, stellte Menin fest. »Da kommen sie schon. Männer! Bereitet euch darauf vor, einen Angriff zurückzuschlagen!«

Die erschöpften Soldaten stählten sich, machten sich bereit.

»Majestät, Ihr solltet Euch nach hinten begeben«, drängte Menin den König. »Ich weiß nicht, ob wir sie aufhalten können.«

»Was? Unsinn! Ich führe einen weiteren Angriff. Wollen mal sehen, wer ...«

An der westlichen Front brach eine abgehackte Salve los, als die ersten Feinde in Sicht preschten. Zu früh – die Merduks befanden sich noch außer Reichweite. Doch sie rollten heran, eine unaufhaltsame Welle bewaffneter Fußsoldaten unter den wogenden Schachtelhalmstandarten. Zehntausende.

Das Antlitz des Königs erblaßte bei diesem Anblick. »Mein Gott! Ich hätte nie gedacht, daß noch so viele übrig sind«, krächzte er.

Die beiden Armeen prallten mit unvorstellbarem Getöse aufeinander. Sofort entflammte entlang der gesamten Linie ein erbitterter Kampf Mann gegen Mann, da den torunnischen Hakenbüchsenschützen keine Zeit blieb, ihre Waffen nachzuladen, um sich die *Minhraib* vom Leib zu halten.

Rings um den König brach ein mörderisches, hektisches Chaos aus, als ein vollständiges feindliches Regiment auf die königliche Standarte zustürzte. Die leichter bewaffneten Torunnen wurden von der Wucht des Angriffs der Merduks hinweggefegt, so daß die in Eisen gekleideten Kürassiere, gleich einer Insel, allein zurückblieben und die schweren Reitereisäbel um sich hieben, mit schrecklichen Verlusten für den Gegner. Binnen weniger Lidschläge wurde die gesamte torunnische Kampflinie zurückgeschleudert. Menin und Lofantyr mußten feststellen, daß sie umzingelt und vom Hauptteil der Armee abgeschnitten waren.

Lofantyrs Verstand erstarrte. Er saß auf seinem völlig verängstigten Pferd und beobachtete, wie die Merduks mit selbstmörderischer Inbrunst über die Ränge seiner Leibgarde herfielen. Die schwer bewaffneten Ritter metzelten die Angreifer nieder; dennoch wurden sie überwältigt. Auf jeden bewaffneten Torunnen stürzten sich drei oder vier Feinde, zerrten ihn zu Boden, begruben ihn unter sich, rissen ihm den Helm vom Kopf und schlitzten ihm die Kehle auf.

»Wir sind am Ende«, keuchte Menin.

Lofantyr las ihm die Worte von den Lippen ab,

denn der Lärm der Schlacht übertönte den Klang seiner Stimme. Menin lächelte. Panik stieg erstickend in Lofantyrs Kehle auf. Er würde sterben? Er, der König? Das war unmöglich.

Einer der Feinde durchbrach die schrumpfende Kette der Kürassiere und hechtete auf das Pferd des Königs zu. Ein Krummschwert blitzte auf, und das Tiere schrie grell, als ihm die Kniesehnen durchtrennt wurden. Menin enthauptete den Mann, doch der König war bereits zu Boden gegangen. Das Schlachtroß stürzte, trat um sich, rollte sich auf die Seite und begrub Lofantyrs Bein unter sich. Er spürte, wie seine Knochen splitterten und barsten und kreischte auf, doch der Laut ging in dem Getöse rings um ihn unter.

Menin stand über ihm und hieb mit dem Schwert um sich wie ein Titan. Überall fielen Männer, wanden sich Leiber in Schnee und Schlamm. Ein unvorstellbarer Tumult, ein Gemetzel, das zu ertragen Lofantyr keinem Menschen zugemutet hätte. Matt tastete er nach dem Schwert, das einst seinem Vater gehört hatte, ein königliches Erbstück, doch es war verschwunden. Er empfand weder Schmerz noch Furcht, nur eine Art benommener Ungläubigkeit. Er konnte nicht fassen, daß dies alles tatsächlich geschah.

Der König sah, wie vier Merduks Menin überwältigten. Der alte General wehrte sich bis zum letzten Atemzug. Erst als sie ihm mit einem Dolch das Auge durchbohrten, erstarb sein Widerstand. Wo steckte der Rest der Leibgarde? Mittlerweile gab es keine Linie mehr, nur noch ein paar vereinzelte Inseln torunnischer Soldaten inmitten eines

Meeres aus Feinden. Die letzten Kürassiere wurden wie Bären zu Boden gezerrt, die von Hundemeuten angefallen wurden.

Jemand riß Lofantyr den Helm vom Kopf. Er starrte in das Gesicht eines Mannes. Ein junger Mann, die Augen dunkel und wild, Schaum in den Mundwinkeln. Lofantyr versuchte, einen Arm zu heben, doch jemand stand auf seinem Handgelenk. Er sah das Messer aufblitzen, wollte schreien, um Hilfe rufen ... dann zischte die Klinge herab und machte seinem Leben ein Ende.

Vierundzwanzig

Von den achtzehntausend Torunnen, die an jenem Morgen in das feindliche Lager gestürmt waren, schaffte es vielleicht die Hälfte wieder heraus. Sie zogen sich verbissen zurück, wobei sie hartnäckig um jeden Meter blutigen Bodens kämpften. Noch hatte die Kunde vom Tod des Königs sich nicht verbreitet, und trotz der unbarmherzigen Heftigkeit des Gegenangriffs der *Minhraib* brach keine Panik aus. Da das gesamte Oberkommando tot auf dem Schlachtfeld lag, übernahmen Feld- und Jungoffiziere das Kommando und führten die Männer halbwegs geordnet aus dem Lager der Merduks. Die *Minhraib* – wiederum ein wirrer Haufen, diesmal jedoch beim stürmischen Vormarsch, nicht beim überhasteten Rückzug – brandeten ohne Rücksicht auf Verluste an den Rand ihres einstigen Lagers und zeigten sich verblüfft von dem Anblick, der sie erwartete.

Auf dem hohen Gelände zu ihrer Rechten, wo ihnen die Unterstützung der nalbenischen Reiterei versprochen worden war, erblickten sie statt dessen eine ebenmäßige, undurchbrochene Linie aus fünftausend grimmigen, torunnischen Hakenbüchsenschützen. Und hinter ihnen standen in reglosen Rängen die furchteinflößenden Gestalten jener roten Reiter, die an den Nordausläufern auf so verheerende Weise zugeschlagen hatten; ihre aufrechten Lanzen zeichneten sich deutlich gegen den Himmel ab, und die Rüstungen leuchteten wie frisch vergossenes Blut.

Der Vormarsch der Merduks verebbte. Die Männer der *Minhraib* hatten seit dem Morgengrauen gekämpft. Sie hatten sich wacker geschlagen, und sie wußten es, doch fast vierzigtausend ihrer Männer lagen tot hinter ihnen, und Tausende weitere irrten führerlos auf dem Schlachtfeld umher. Der unerwartete Anblick dieser frischen torunnischen Streitmacht brachte sie aus dem Gleichgewicht. Wohin waren die Nalbeni verschwunden? Man hatte ihnen versprochen, daß der Gegenangriff von der linken Seite der Torunnen unterstützt würde.

Wie zur Antwort löste sich ein Reiter aus den Rängen der scharlachroten Krieger. Er lenkte das Roß bis auf dreihundert Meter an die Armee der *Minhraib* heran; dann verharrte er. In der Hand hielt er eine Schachtelhalmstandarte, auf der das Symbol eines Galeerenbugs prangte. Es war die Standarte eines nalbenischen Generals. Verächtlich stak er das Ding in den Boden neben sich, während das Schlachtroß unter ihm tänzelte und schnaubte; gleichzeitig begann die Reiterei auf dem Hügel hinter ihm, einen wilden, unmenschlichen Sprechgesang anzustimmen, einen barbarischen Schlachtruf, ein Siegeslied. Dann riß der Reiter sein Pferd herum und kanterte den Weg zurück, den er gekommen war.

Die Reihen der torunnischen Hakenbüchsenschützen stimmten in das Lied mit ein, und es veränderte sich in ihren Kehlen, wurde zu einem Wort, das sie endlos wiederholten, als besäße es eine Art unerklärlicher Macht. Fünftausend Stimmen brüllten es wieder und wieder.

Corfe.

Der Kanonendonner erstarb, und eine Woge der Stille flutete über das entstellte Antlitz der Hügel. Der winterliche Nachmittag wich einem schneegesprenkelten Zwielicht. Zwei Armeen befanden sich kaum eine Wegstunde voneinander entfernt, und zwischen ihnen erstreckten sich die zerstörten Überreste eines vormals gewaltigen Lagers; das Land ringsum präsentierte sich leichenübersät. Zwei Armeen, so übel zugerichtet, daß sie einander wie durch ein stillschweigendes Abkommen keinerlei Beachtung schenkten. Die in alle Winde verstreuten Männer, aus denen die Truppen bestanden, entfachten Feuer und legten sich auf dem harten Boden zum Schlaf nieder; ob die Sonne jemals wieder für sie aufgehen würde, kümmerte sie kaum noch.

Ein wackeliger Maultierkarren mit einem in Mäntel gehüllten Bündel auf der Ladefläche holperte vom Schlachtfeld. Neben dem Kutscher begleiteten vier Männer zu Fuß das Gefährt. Die vier hielten inne, nahmen die Helme ab und ließen den Karren in das torunnische Lager unter ihnen vorausrollen. Die Räder verursachten auf dem gefrorenen Schnee Geräusche, die sich wie ein Kanonsalut anhörten, während die Männer zwischen den steifen, verrenkten Leichen standen und über ihnen die ersten Sterne zum Leben erwachten.

Corfe, Andruw, Marsch, Formio.

»Menin muß ihn bis zum letzten Atemzug verteidigt haben«, meinte Andruw. »Dieser alte Teufelskerl. Er hat sich tapfer geschlagen.«

»Er wußte, daß dieser Tag sein letzter sein

würde«, erklärte Corfe. »Das hat er mir gesagt. Er war ein guter Mann.«

Die vier Gefährten bahnten sich einen Weg über das Schlachtfeld. Weitere Gestalten irrten durch die Nacht, sowohl Torunnen als auch Merduks. Männer, die nach vermißten Kameraden Ausschau hielten; Brüder, die nach den Leichen ihrer Brüder suchten. Während die früheren Feinde gemeinsam in das Antlitz des Todes blickten, herrschte ein unausgesprochener Waffenstillstand.

Corfe hielt inne und starrte hinaus in die zunehmende Dunkelheit. Er war erschöpft, erschöpfter als je zuvor in seinem Leben.

»Wie geht es deinen Männern, Formio?« fragte er den Fimbrier.

»Wir haben nur zweihundert Leute verloren. Diese *Ferinai* – das sind wahre Soldaten. Ich habe noch nie gesehen, wie Reiterei so auf Pikenstreiter zustürmt, noch dazu bergauf und unter Artilleriebeschuß. Natürlich bestand keine Aussicht, uns zu schlagen, aber sie haben sich redlich bemüht.«

»So schnell kann das Glück wechseln«, meinte Andruw. »Eine weitere Viertelstunde hier oder da, und wir wären verloren gewesen.«

»Also haben wir gewonnen?« fragte Corfe in die frostige Nachtluft. »Dies ist ein Sieg? Unser König und der gesamte Adel sind tot. Ein Drittel der Männer, die wir aus Torunn herausgeführt haben, liegt hingemetzelt auf dem Feld. Wenn das ein Sieg ist, hat er mich ein wenig zu viel gekostet.«

»Wir haben überlebt«, gab Marsch kurz und bündig zu bedenken. »Das ist auch eine Art Sieg.«

Corfe lächelte. »Ich schätze, du hast recht.«

»Was jetzt?« wollte Andruw wissen. Alle Blicke richteten sich auf den General.

Corfe starrte zu den Sternen empor. Sie funkelten hell und klar, unberührbar, unbeeindruckt. Die Welt drehte sich weiter, und das Leben nahm seinen Fortgang, auch mit so vielen Toten ringsum.

»Wir haben immer noch eine Königin«, sagte er schließlich. »Und ein Land, für das zu kämpfen sich lohnt …«

Seine Worte klangen hohl, selbst für seine Ohren. Er vermeinte, das brüchige Papier mit dem letzten Befehl Menins an der Brust unter der Rüstung zu spüren. Die Überreste von Torunnas letzter Armee sollten seinem Befehl unterstehen. Das zählte immerhin etwas. Diese Männer, diese Freunde hier bei ihm – auch das zählte etwas.

»Gehen wir zurück ins Lager«, meinte er. »Dort gibt es weiß Gott genug zu tun.«

Epilog

Die Reste des Wintersturms jagten auf das stürmische, mit weißen Schaumkronen übersäte Meer des Golfs von Hebrion hinaus. Über dem Westlichen Ozean ging die Sonne hinter einer blutroten, atemberaubenden Sturmwolkenbank auf, und sogleich schien der westliche Himmel sich zu entzünden; der Horizont entflammte, leuchtete safrangelb, grün und blau, majestätisch wie der Herr aller Sonnenaufgänge.

Und aus dem Westen schnitt ein Schiff durch die schaumgekrönten Wogen und peitschte Gischt auf, die in sämtlichen Regenbogenfarben schimmerte. Die Segel glichen Fetzen, die Takelage baumelte lose, und Rahen und Rumpf wiesen Zeichen eines schweren Sturmes auf; dennoch kreuzte das Schiff weiter, das Fahrwasser gerade wie die Flugbahn eines Pfeils. Der Bug wies unmittelbar auf das Herz des Hafens von Abrusio. Die verblichenen Buchstaben am Bug wiesen den Kahn als die *Gabrian Osprey* aus; am Steuer stand ein ausgemergelter Mann mit salzgrauem Bart, die Kleider in Fetzen, die Haut von einer fremden Sonne mahagonibraun gebrannt.

Richard Hawkwood kehrte endlich nach Hause zurück.

Ende

Die Königreiche Gottes liegen in Schutt und Asche. Invasion und Inquisition drohen. Derweil hat Richard Hawkwoods Forschungsexpedition endlich das Land im Westen erreicht – doch hier begegnen sie einer Magie, die weitaus stärker ist als alles bisher Bekannte.

Während die Königreiche sich verzweifelt gegen die Sieben Sultanate wehren und Hawkwood und seine Gefährten sich unbekannten Gefahren stellen, entdeckt ein Mönch eine uralte Schriftrolle, deren Inhalt die Welt retten – oder zerstören könnte ...

ISBN 3-404-20315-1

BASTEI LÜBBE

Das große Spiel der Götter dauert schon Jahrhunderte an und erstreckt sich über alle Dimensionen in alle Welten: ein tödlicher Kampf, in dem skrupellose Zauberer ihre Kräfte messen ... und in dem die Menschen unserer Welt eine entscheidende Rolle spielen. Fünf Jahre lang hat Edward Exeter dem Schicksal getrotzt, das ihm in Filobys Testament vorhergesagt wurde. Fünf Jahre lang ist der junge Engländer durch die geheimen Tore, welche die Welten miteinander verbinden, gereist, um dem Großen Spiel zu entrinnen, in dem er eine Hauptrolle spielen soll. Nun naht der Tag der Entscheidung, und Edward findet sich in einem dichten Netz von Intrigen wieder. Doch er hat inzwischen die Regeln des Großen Spiels gelernt, und er hält einige Überraschungen bereit – für seine Feinde und seine Freunde.

ISBN 3-404-20374-7

BASTEI
LÜBBE